OTTO VON CORVIN

DER
ILLUSTRIERTE
PFAFFENSPIEGEL

MELCHIOR
Historischer Verlag

M
© Melchior Verlag
Wolfenbüttel
2011
ISBN: 978-3-942562-25-6
www.melchior-verlag.de

OTTO VON CORVIN

DER ILLUSTRIERTE PFAFFENSPIEGEL

Historische Denkmale des Fanatismus
in der römisch-katholischen Kirche

PIO BONO!

»Sollte Dir, heiligster Vater, dieses Büchlein gefallen und Du mir solches öffentlich zu erkennen geben, so will ich mich bemühen, mit ähnlichen Geschenken aufzuwarten.«

Ulrich von Hutten

Der Papst als Herr der Welt

INHALT

Ego sum Papa – Ich bin der Papst

EINLEITUNG

Wenn der schwache Mensch sich unter den Schlägen des Unglücks erliegen fühlt und weder in sich selbst, noch in anderen, noch überhaupt irgendwo auf Erden Trost und Hilfe für seine Leiden findet, dann treibt ihn ein natürlicher Hang dazu, sich mit der in Gefühlen, Gedanken oder Worten ausgedrückten Bitte an die von jedem geahnte, wenn auch nicht begriffene Macht zu wenden, welcher er den Ursprung und die Erhaltung alles Bestehenden, der Welt, zuschreibt und die wir mit dem allgemeinen Namen Gott bezeichnen.

Es kann nur eine Weltursache, einen Gott geben, aber das Wesen – die Beschaffenheit und Art dieser schaffenden und erhaltenden Kraft ist das große Weltgeheimnis, welches nie ergründet wurde, nie ergründet werden wird und nie ergründet werden kann.

Jeder Mensch, der überhaupt eines Gedankens fähig ist, macht sich indessen von diesem Wesen eine Vorstellung, welche dem Grade der Ausbildung der ihm mit der Geburt gegebenen Vernunft angemessen ist. Diese Vorstellung ist sein Gott, und somit ist jeder Mensch der Schöpfer seines Gottes.

Die Vernunft entwickelt sich infolge sehr mannigfaltiger Einflüsse sehr verschieden, und wie es kaum zwei Menschen gibt, die durchaus körperlich gleich sind, so gibt es auch nicht zwei, deren geistige Ausbildung oder Entwicklung genau dieselbe ist. Daraus folgt, dass es, streng genommen, ebenso viele Götter wie Menschen gibt – das heißt Vorstellungen von Gott.

Was verschiedene Menschen für eine Ansicht über die Natur der Sonne haben, ändert die Sonne nicht, und Gott bleibt derselbe, wie verschieden sich auch die Vorstellung der Menschen gestalten mag. Der Neger, der vor dem von ihm selbst geschnitzten Fetisch kniet, welcher der verkörperte Ausdruck seiner Gott-Vorstellung ist, wie der Inder, der Feueranbeter, der Mohammedaner, Jude oder Christ – alle beten zu demselben Gott, und die sogenannten Materialisten und Atheisten, die nicht beten, haben nur eine von der mehr allgemeinen abweichende Ansicht. Die sogenannten Gottesleugner verneinen nicht eigentlich das Vorhandensein Gottes, was eine absolute Dummheit wäre, sondern erklären sich nur gegen die Vorstellung von einem persönlichen Gott.

Alle Gottvorstellungen sind zwar aus ein und derselben Urquelle geschöpft, allein je nach den Einfluss übenden verschiedenen Verhältnissen bildeten sie sich verschieden und oft zu so seltsam und wunderlich erscheinenden Formen aus, dass es selbst dem kundigen, denkenden Forscher schwer wird, den gemeinschaftlichen Ursprung nachzuweisen.

Da nun die Gottvorstellung die Grundlage jeder Religion ist, so erklärt sich einerseits das Vorhandensein so vieler verschiedener Religionen und andererseits wieder der Umstand, dass Völker, die sich unter denselben oder ähnlichen Verhältnissen entwickelten, dieselbe Religion haben.

Das Nachweisen des gemeinschaftlichen Ursprunges der verschiedenen Religionen würde ein eigenes Werk erfordern, und da es für den mir vorliegenden Zweck genügt, so beschränke ich mich darauf, eine Skizze von dem allgemeinen Entwicklungsgang aller Religionen zu geben.

Als die Erde in ihrer Entwicklung auf dem dazu geeigneten Punkt angelangt war, entstanden Menschen. Diese empfanden die angenehmen und unangenehmen Wirkungen der verschiedenen Naturerscheinungen zum ersten Mal, und da sie mit Vernunft begabt waren, so forschten sie bald, oder vielmehr machten sich Gedanken über deren Ursprung.

Die unmittelbarsten Eindrücke empfanden sie von der Witterung, und Regen, Wind, Gewitter, Hitze und Kälte waren umso mehr geeignet, ihre Neugierde zu erregen, als deren Urheber ihren Augen verborgen waren.

Die Veränderungen, welche vor Regen und Gewitter am Himmel vorgingen, konnten sie indessen sehen, und da der Regen und der Blitz aus den Wolken kamen, so lag es sehr nahe, die verborgenen Urheber »im Himmel«, das heißt in den Wolken zu suchen.

Die Sonne, von welcher Tag und Nacht, Hitze und Kälte mit ihren Wirkungen abhängen, musste natürlich ebenfalls ein hauptsächlicher Gegenstand ihrer verwunderten Betrachtung werden.

Auch der Wechsel der Jahreszeiten mit seinen Annehmlichkeiten und Unannehmlichkeiten musste die Frage nach dessen Ursache erzeugen.

Da die Erfahrung, die Mutter aller Wissenschaft, noch in der Kindheit war, so bewegte sich die Phantasie, das ungeregelte Spiel der Vernunft, nur in dem sehr beschränkten Kreis des Sichtbaren und knüpfte daran ihre Schlüsse in Bezug auf das Verborgene. Als handelnde Wesen kannte man nur Tiere und Menschen, und die Geschöpfe der Phantasie, die man als die Urheber der genannten Naturerscheinungen dachte, konnten nur tier- oder menschenähnliche Wesen sein.

In manchen Menschen ist die Phantasie reger als in anderen, und sie teilten mit, was sie über die Handlungen und Verhältnisse dieser Wesen zueinander dachten und aus den Äußerungen der ihnen zugeschriebenen Tätigkeit erfanden. So entstanden Märchen und Sagen, welche durch die mit besonders lebhafter Phantasie begabten Menschen, Dichter, immer weiter ausgesponnen, in Zusammenhang gebracht und mit Personen bevölkert wurden.

Solche in der Kinderstube des Menschengeschlechts entstandene Märchen pflanzten sich als wirklich geschehen von Geschlecht zu Geschlecht fort, und ihre Spuren sind noch nach Jahrtausenden selbst unter den am weitesten entwickelten Völkern nachzuweisen und üben noch heute einen gewissen Einfluss. Das wird einem jeden begreiflich sein, der sich über seine eigenen Gefühle und Empfindungen Rechenschaft gibt. Selbst der aufgeklärteste und gebildetste Mann wird noch am Ende seines Lebens Anklänge der Eindrücke entdecken, die er in seiner Kinderstube empfing; es wird keinem gelingen, sich absolut von dem Ammenmärchen loszumachen.

Da sich die Urmenschen, die in den Wolken oder an anderen ihnen unzugänglichen Orten vermuteten Urheber der Naturerscheinungen – »Götter« – nur als mächtigere Tiere oder Menschen dachten, so schrieb man ihnen natürlich auch dieser Vorstellung angemessene Empfindungen zu, wie Zorn, Hass, Rache, Wohlwollen, Güte usw. Da sich nun der Zorn von Menschen besänftigen und dessen Äußerung abwenden lässt, so lag der Gedanke nahe, dies auch mit den Göttern zu versuchen, und so entstanden die Opfer.

Diese Opfer bestanden in Gegenständen, die Menschen angenehm waren, und da die Götter im Himmel wohnten und diese Opfer nicht abholten, so musste man sie ihnen in den Himmel senden, was in keiner anderen Weise geschehen konnte als dadurch, dass man sie verbrannte, da doch wenigstens der Geruch und Rauch zum Himmel aufstiegen.

Die geschäftige Phantasie bildete sich bald eine Theorie über die Wirkung dieser Opfer, und da man dabei nie den menschlichen, oder rein sinnlichen Standpunkt verließ, so kam man natürlich zu dem Schluss, dass das, was Menschen ganz besonders angenehm, was selten und daher schwer zu verschaffen, was ihnen vorzüglich lieb war, den Göttern das angenehmste Opfer sein müsse.

Da nun aber der Zorn der Götter oft schwer zu besänftigen war, das heißt, da unangenehme Naturerscheinungen oft lange dauerten und man viele Opfer gebrauchte, bis sie mit ihren Wirkungen aufhörten, solche seltene, den Göttern besonders angenehme Opfer aber schwer zu verschaffen waren und dem einzelnen oft fehlten, so vereinigten sich viele, den Bedarf für die Götter herbeizuschaffen, da alle den Wunsch haben mussten, sie zu versöhnen. So bildeten sich Opfervereine, die wohl als der Anfang der Religion bezeichnet werden können.

Die herbeigeschafften Opfervorräte mussten aufbewahrt und endlich den Göttern dargebracht werden, und es wurden bald besondere Personen mit diesem Geschäft beauftragt. So entstanden Priester.

Da diese Priester diejenigen Personen waren, welche den Göttern, die man sich stets als mehr oder weniger idealisierte Menschen dachte, die Opfer darbrachten, also mit ihnen in unmittelbare Verbindung traten, so lag der Gedanke nahe, dass die Götter ihnen als den wirklichen Spendern besonders günstig seien und ihnen zunächst ihre Wünsche mitteilten. Daraus folgte wieder, dass man ihnen einen gewissen Einfluss auf die Entschlüsse der Götter zuschrieb und sich um ihre Gunst bemühte, damit sie diesen vorausgesetzten Einfluss für diejenigen anwendeten, welche sich ihre Zuneigung zu erwerben verstanden.

Herrschsucht liegt aber in der Natur jedes Menschen, und es ist begreiflich, dass den Priestern der von ihnen erlangte Einfluss angenehm war und sie denselben zu erhalten und zu vermehren trachteten. Sie wussten freilich, dass die in Bezug auf ihr Verhältnis zu den Göttern gehegten Voraussetzungen irrtümliche waren; allein der Irrtum hatte dieselbe Wirkung wie ihn die Wahrheit gehabt haben würde, und es lag in ihrem Interesse, denselben zu erhalten und zu vermehren.

Die Priester in dieser Kinderperiode der Menschheit glaubten übrigens selbst an die Götter und hatten von ihrer Natur hauptsächlich dieselbe Vorstellung wie die übrigen Menschen; sie hielten daher eine unmittelbare Verbindung mit denselben für keineswegs unerhört oder unmöglich, und Träume und Visionen, über deren Ursprung und Natur die Erfahrungen noch gering waren, mochten sie darin bestärken, dass ein solcher Verkehr mit den Göttern nicht nur möglich sei, sondern auch wirklich stattfinde.

So entstand denn allmählich infolge unabsichtlicher und absichtlicher Täuschung über die Beziehungen zwischen Göttern, Priestern und den anderen Menschen ein System, welches auf dem Glauben beruhte, den das Volk den Aussagen der Priester schenkte. Diese, die vertraut mit den Göttern waren, wussten, was diesen angenehm und unangenehm war, und sie verstanden es, die Sprache zu deuten, durch welche sie sich den Erdenkindern mitteilten. Die Priester ordneten die Art und Weise an, wie die Opfer gebracht werden sollten, und dass sie bei all diesen Anordnungen sich selbst nicht vergaßen, versteht sich wohl von selbst. So wuchs das Ansehen der Priester von einem Menschenalter zum anderen immer mehr, und sie waren die eigentlichen Herrscher des Volkes.

Außer den im Himmel, das heißt in den Wolken, wohnenden Göttern gab es aber auch auf der Erde dem Menschen mehr oder weniger furchtbare Gewalten; zunächst starke und reißende Tiere und endlich Menschen, die ihre größere körperliche Kraft zum Nachteil anderer anwandten. Gegen diese musste man sich schützen, und es ist begreiflich, dass diejenigen, welche vermöge größerer Kraft, größeren Mutes und Geschicklichkeit sich bei der Jagd und im Krieg auszeichneten, Einfluss und Macht unter ihren Mitmenschen erwarben. Sie wurden Häuptlinge – Fürsten.

Verstand und Körperkraft sind nur selten in gleichem Maße in denselben Menschen vereinigt, und als im Laufe der Zeit die Verhältnisse der Gesellschaft verwickelter wurden, wurde auch das Herrschen schwieriger, und Fürsten und Priester fanden es zweckmäßig, sich gegenseitig zu unterstützen, wobei je nach den Umständen bald die Gewalt der Fürsten, bald die der Priester überwog.

Die Religion wurde daher die Stütze der Despotie und umgekehrt.

Viele sind stärker als einer, und da sich die Interessen des einen nicht immer mit denen der vielen vertragen, so würde es noch häufiger vorkommen, als es der Fall war und ist, dass die vielen den einen zwingen, nach ihrem Willen zu regieren, wenn nicht die Religion, die auf die

Furcht vor den verborgenen, mächtigen Göttern gegründet war, ein solches Auflehnen durch den Mund ihrer anerkannten Vertreter, der Priester, als ein Verbrechen gegen diese Macht schon deshalb gestempelt hätte, weil durch die Verminderung der Macht der Despoten die der Priester gefährdet wurde, indem diese sie dazu gebrauchten, den gefährlichsten Feind der von ihnen erfundenen Religion zu bekämpfen.

Dieser Feind ist die Vernunft, das Denken und die daraus folgende Erkenntnis – die Wissenschaft.

Die Macht der Priester und alle Religion beruhten auf der Phantasie, welche in der Kinderperiode der Menschheit die Götter erschuf. Die Spekulation der Priester bildete diesen traditionellen Glauben zu einem komplizierten System aus, welches aus Täuschungen und Erdichtungen zusammengesetzt und von vornherein auf Einbildungen erbaut war.

Je mehr sich in den Menschen die Vernunft entwickelte und sie anfingen zu beobachten und zu denken, das heißt aus Erfahrungen Schlüsse zu ziehen, desto häufiger entdeckten sie, dass manche von den Priestern als positive Wahrheiten ausgegebene Dinge gerade das Gegenteil waren, was natürlich Misstrauen gegen andere Behauptungen erzeugte, auf denen die Priestergewalt hauptsächlich gestützt war. Jeder Schritt, den die Wissenschaft vorwärts tat, trat irgendeiner Priesterlüge auf den Kopf.

Es war daher eine Lebensfrage für das Ansehen der Priester, oder was sie mit sich selbst zu identifizieren verstanden, der Religion, die Entwicklung der Vernunft nach Kräften zu hemmen und die Verbreitung der unvertilgbaren Resultate der Wissenschaft zu verhindern, was zunächst durch die despotische Macht geschehen konnte.

Da nun aber häufig Konflikte zwischen der Herrschsucht der Priester und derjenigen der Fürsten entstanden, so waren die ersteren darauf bedacht, für ihre Macht eine noch festere Begründung zu schaffen, als sie das sie mit den Despoten verbindende gemeinschaftliche Interesse darbot, welches nur bis zu einer gewissen Grenze gemeinschaftlich war. Das Verfahren der Priester, um diesen selbstsüchtigen Zweck zu erreichen, war ebenso praktisch wie für die Menschheit und deren geistige Entwicklung verderblich: Der menschliche Geist musste der Aufklärung möglichst unzugänglich und schon von Kindheit an in eine Form gezwängt werden, welche ihn nötigte, sich in der gewünschten Weise zu entwickeln. Zu diesem Ende bemächtigten sie sich der Erziehung der Jugend.

Das genügte indessen ihrer Vorsicht noch nicht. Dieses Lehrerverhältnis musste für das ganze Leben beibehalten und die Herrschaft der Priester über die Seele der Menschen in solcher Weise ausgedehnt werden, dass diese von der Wiege bis zum Tode keinen Gedanken denken konnten, von dem die Priester nicht Kenntnis erhielten.

Die Kolonisationstätigkeit der Kirche

Das Mittel, dies vollkommen zu erreichen, war, in den Menschen die Furcht zu pflanzen vor entsetzlichen Gefahren (die einzig in dem Gehirn der Priester ihren Ursprung fanden) und gegen welche allein die Priester die Mittel zu vergeben hatten.

Es ist hiermit keineswegs gesagt, dass alle Priester bewusste Betrüger waren. Das wohlersonnene und konsequent durchgeführte System verfehlte seine Wirkung auf die Priester selbst nicht, welche aus dem Volk hervorgingen und nach der als zweckmäßig und notwendig erkannter Art erzogen worden waren. Ein großer Teil der Priester glaubte wirklich, was sie lehrten, und diejenigen, die nicht glaubten, begriffen bald den Vorteil, den es ihnen brachte, den Glauben im Volk zu erhalten.

Der Glaube war der Hauptpfeiler des Ganzen von den Priestern erbauten Religionsgebäudes, und da mit seiner Zerstörung dasselbe durchaus fallen musste, so war es die Hauptsorge aller Priester, diesen Glauben als das Heiligste und Unantastbarste hinzustellen und schon den bloßen Zweifel, welcher der Vernunft den Weg bahnte, als ein Verbrechen darzustellen, welches die Götter als das schrecklichste von allen bestraften.

Dieser Gedanke, welcher schon seit Jahrtausenden von Priestern aller Religionen den Kindern eingeprägt wurde und sich von Generation zu Generation forterbte, behauptete sich unter den Menschen mit solcher Gewalt, dass noch heute, nachdem die Vernunft und die trotz aller Hemmnisse unaufhaltsam fortschreitende Wissenschaft die Abgeschmacktheit aller auf den Glauben gegründeten Religionen erkannt hatte, selbst Nichtgläubige es nicht wagen dürfen zu sagen: Ich glaube nicht an Gott, ohne unter Millionen Entsetzen zu erregen, obwohl mit diesen Worten doch weiter nichts ausgedrückt ist als: Die Vorstellung, welche ich, ein Kind des 19. Jahrhunderts, von der Weltursache, von Gott, habe, ist eine durchaus andere als diejenige, welche die Menschen vor Jahrtausenden hatten, und welche noch die Basis der heutigen Religion bildet.

Da nun der Glaube sich als der Hauptfeind des menschlichen Fortschritts erwies und noch erweist, und es Zweck dieses Buches ist, zu der Wegräumung dieses mächtigen Hindernisses beizutragen, so wird es nötig sein, die Natur desselben zu untersuchen.

Was ich aus eigener Erfahrung kenne, brauche ich nicht zu glauben, das weiß ich; ich kann nur glauben oder nicht glauben, was ich aus dieser Erfahrung schließe, oder was mir andere als ihre Erfahrung, oder als Schlüsse, die aus derselben gezogen sind, mitteilen.

Es gibt zwei Arten von Glauben: Der vernünftige und der unvernünftige, und ihre Erklärung liegt schon im Beiwort. Was meine Vernunft als möglich annimmt, kann ich glauben ohne unvernünftig zu sein, selbst wenn das mir als Faktum mitgeteilte nicht wahr sein sollte; glaube ich aber an das Geschehensein einer Handlung, welche meine Vernunft als unmöglich erkennen muss, so ist mein Glaube ein unvernünftiger.

Der Maßstab, den die Vernunft für die Möglichkeit einer Sache hat, ist ursprünglich einzig und allein die Erfahrung. Beispiele werden meine Ansicht klarer machen als Definitionen.

Erzählt mir jemand, er habe im Oktober einen Kastanienbaum blühen gesehen und ich glaube ihm, so ist mein Glaube ein vernünftiger, selbst wenn derjenige, der mir die Sache erzählt, eine Unwahrheit sagen sollte. Ich selbst habe Kastanienbäume oder andere Pflanzen um diese Zeit blühen gesehen, welche sonst nur im Frühjahr zu blühen pflegen und dasselbe ist mir von vielen Personen bekannt, von denen ich keinen Grund habe anzunehmen, dass sie eine Unwahrheit sagen.

Man sagt, die Sonne sei einundzwanzig Millionen Meilen entfernt. Ich glaube es, und mein Glaube ist kein unvernünftiger, obwohl ich die Entfernung nicht gemessen habe, da mir dazu die Mittel, das heißt die nötigen Kenntnisse fehlen. Ich habe aber Kenntnisse genug, um durch Berechnung die Entfernung von mir zu Punkten zu messen, zu denen ich nicht mit dem Maßstab gelangen kann und habe die Richtigkeit meiner Rechnung durch Abschreiten oder mit dem Maßstab nicht selten geprüft, wenn das Hindernis, welches mich von dem Gegenstand trennte, vielleicht später hinweggeräumt wurde. Ich weiß daher, dass die Wissenschaft Mittel bietet, die Entfernung von Punkten zu messen, zu denen man nicht gelangen kann. Mein Glaube ist daher auf Erfahrung begründet, also vernünftig.

Es teilt mir jemand mit, ein Mensch sei von Liverpool nach New York durch die Luft geflogen. Wenn ich es glaube, so mag man mich leichtgläubig nennen, allein mein Glaube ist kein absolut unvernünftiger, denn ich weiß aus Erfahrung, dass der Unterschied zwischen der Schwere des Körpers und der Luft durch verschiedene Mittel ausgeglichen werden kann und sehe Vögel fliegen mit Hilfe einer mechanischen Vorrichtung, der Flügel.

Sagt man mir, es habe ein Mensch durch sein Wort einen Körper geschaffen, das heißt ohne andere vorhandene Stoffe zu Hilfe zu nehmen, aus dem Nichts hervorgerufen, und ich glaube es, so ist mein Glaube ein unvernünftiger, denn ich selbst kann durch meinen Willen nicht einmal ein Staubkorn schaffen, noch ist es jemals bewiesen worden, dass es von einem Menschen geschehen ist.

Glaubt man, dass ein Gemälde oder ein Steinbild geredet oder eine willkürliche Bewegung gemacht habe, so ist dieser Glaube ein unvernünftiger, da eine solche Tat allen Erfahrungen widerspricht. Trotzdem mögen Personen, welche behaupten, ähnliches erlebt zu haben, nicht absolut Lügner zu nennen sein, da die Erfahrung lehrt, dass es Seelenzustände gibt, in denen sich Menschen so fest einbilden, Dinge zu sehen oder zu hören, dass sie dieselben für Wahrheit halten, während sie in der Tat nur auf Sinnentäuschung beruhen.

Der Kreis unserer persönlichen Erfahrung kann wegen der Kürze unseres Lebens selbst bei dem Gebildetsten nur beschränkt sein, und wir würden uns gewissermaßen in die hilflose Lage der ersten Menschen versetzen, wenn wir allein das als wahr annehmen oder glauben wollten, was wir von unseren eigenen Erfahrungen und den daraus gefolgerten Möglichkeiten auf dem Weg des vernünftigen Denkens ableiten. Die wirklich festgestellten Erfahrungen vor uns lebender Beobachter sind das kostbarste, nie wieder zu verlierende Erbteil des lebenden Geschlechtes.

Die Vernünftigkeit des Glaubens an diese die Erfahrung begründenden Tatsachen hängt von den Gründen ab, welche wir haben, an die Wahrhaftigkeit der Personen zu glauben, von welchen sie uns mitgeteilt wurden, wie auch von dem Grad ihrer geistigen Ausbildung, ihrem Charakter und ob sie fähig sind, eine absichtliche Unwahrheit zu sagen, wenn es ihrem Interesse dienen kann; ferner ob die berichtete Tatsache isoliert dasteht; ob gleichartige von anderen beobachtet wurden; ob sie ganz bekannten Naturgesetzen in bestimmter Weise zuwider sind

Hexen bei ihrer frevelhaften Arbeit

und von vielen anderen Gründen. Die Glaubwürdigkeit einer mitgeteilten Tatsache beruht daher zunächst auf der Autorität der Person, von welcher sie berichtet wird, und ob sie wirklich als selbst gesehen oder erfahren, oder als geglaubt vom Hörensagen angegeben wird.

Auf Erfahrung beruht die Wissenschaft; die Tatsachen sind die Sprossen der Leiter, welche unsere Vernunft zur Erkenntnis der Wahrheit führen, und daher ist die Wissenschaft der Todfeind des unvernünftigen Glaubens, da sie ihn als solchen erkennen lehrt und mit dieser Erkenntnis vernichtet.

Unvernünftigen Glauben nennt man gewöhnlich Aberglauben, und nach der Erklärung, die ich von der Entstehung der Religion gegeben habe, kann ich ohne alles Bedenken den religiösen Glauben als unvernünftigen oder Aberglauben bezeichnen. Dies gilt nicht nur von den Religionen der ersten Menschen, sondern von allen noch jetzt auf der Erde bestehenden Religionen, von denen sich ohne Schwierigkeit nachweisen lässt, dass sie nur eine in der Form veränderte Erweiterung der »vom Himmel«, das heißt aus den Wolken gekommenen Urreligion sind.

Das Wunder ist des Glaubens liebstes Kind.

Wenn wir die vergangenen und bestehenden Religionen untersuchen, so finden wir, dass sie alle, ohne Ausnahme, auf Wunder gegründet sind, welche der Dichter sehr richtig als das Kind des (religiösen) Glaubens bezeichnet.

Allgemein nennt man Wunder jede Erscheinung, Handlung oder Tatsache, deren Ursprung die Wissenschaft nicht angeben und nachweisen kann; ja wir dehnen den Begriff dieses Wortes auch auf solche Erscheinungen aus, deren Ursachen wir wohl kennen, die uns aber als ungewöhnlich oder besonders merkwürdig auffallen, und in diesem Sinn reden wir zum Beispiel von Naturwundern.

Obwohl nun auch die Religion, das heißt die Priester, solche natürliche Wunder zu ihren Zwecken benutzte, als deren Ursachen dem Volk noch unbekannt waren, so ist doch das eigentliche religiöse Wunder ganz anderer Art und charakterisiert sich dadurch, dass es gegen die Natur ist, das heißt eine Aufhebung der bekannten Naturgesetze voraussetzt.

Den Völkern früherer Zeiten erschien eine Sonnen- oder Mondfinsternis oder ein Komet als ein Wunder, und derselbe Fall war es mit einer Menge von Erscheinungen, deren Ursprung die jetzige Wissenschaft nicht nur ganz klar nachweist, sondern auch ganz genau im Voraus berechnet. Manchen wilden Völkern ist ein Streichhölzchen noch ein Wunder, und selbst unseren eigenen niederen Volksklassen erscheint manches als Wunder, was dem Gebildeten eine alltägliche Erscheinung ist.

Die Priester, welche hauptsächlich mit den Göttern zu verkehren und ihren Willen zu erforschen hatten, der sich, wie wir gesehen haben, für sie in Naturerscheinungen äußerte, mussten durch Beobachtung wohl zunächst mit der Tatsache bekannt werden, dass es bestimmte Naturgesetze gebe. Indem sie ihre Erfahrungen von Priestergeschlecht zu Priestergeschlecht fortpflanzten, kamen sie auf dem Weg der Wissenschaft allmählich zur Kenntnis von Dingen, die sie für sich behielten, da sie diese Kenntnis zur Erhöhung ihres Ansehens beim Volk äußerst brauchbar fanden. Einen Beweis dafür finden wir in dem Verhalten der alten ägyptischen Priester, die in der Erkenntnis der Natur und der Eigenschaft vorhandener Dinge sehr weit vorgeschritten waren und Erfindungen und Entdeckungen machten, die erst nach sehr vielen Jahrhunderten auf anderen Wegen ebenfalls entdeckt und allgemein bekannt wurden. Man fand zum Beispiel in ägyptischen Gräbern metallene Gegenstände, deren Hervorbringung man sich gar nicht erklären konnte, bis man erst in diesem Jahrhundert durch die Erfindung der Galvanoplastik in den Stand gesetzt wurde zu erkennen, dass sie auf galvanoplastischem Weg gemacht waren. Diese Kunst setzt aber schon bedeutende andere Erfahrungen und Entdeckungen in Bezug auf die Eigenschaften natürlicher Substanzen voraus.

Dass die ägyptischen Priester die Wissenschaft zu dem eben angeführten Zweck benutzten, wissen wir mit Bestimmtheit. Sie verrichteten Handlungen, welche die übrigen Menschen als Wunder betrachteten, und viele Schriftsteller der alten Zeit berichten von ägyptischen Künsten und ägyptischer Wissenschaft.

Ich erwähnte diese ägyptische Wissenschaft insbesondere deshalb, weil sie die Mutter der in der Bibel erzählten Wunder ist, die wieder die Veranlassung zu den Wundern der römisch-katholischen Kirche wurden, welche jedoch meistens keineswegs mithilfe der Wissenschaft hervorgebracht, sondern von den Priestern erfunden wurden. Wunder, wie sie die Ägypter taten, setzten Kenntnisse voraus, die schwer zu erlangen waren; allein die Priester fanden, dass sich noch wunderbarere Dinge erfinden ließen, die, mit Rücksicht auf ihren Zweck, ganz dieselbe Wirkung hervorbrachten, da sie geglaubt wurden; geglaubt, weil sie als Tatsachen von Männern erzählt wurden, an deren Autorität man nicht zweifelte und die zum Teil selbst glaubten.

Eigentliche Wunder, das heißt Dinge, welche gegen die Naturgesetze sind, kann es nicht geben; was geschieht, geschieht auf natürliche Weise und entspringt aus natürlichen Ursachen, und wenn wir diese Ursachen nicht erkennen können, da unsere Kenntnis von den Eigenschaften und Kräften der Natur noch beschränkt ist, so ist die Annahme doch eine durchaus vernünftige, wie aus den folgenden Auseinandersetzungen hervorgehen wird.

Viele gebildete Leser werden sich darüber wundern, dass ich mich bei den Wundern so lange aufhalte, da dies, um eine Modephrase zu gebrauchen, »ein längst überwundener Standpunkt« ist; allein wenn dies auch in Bezug auf den Gebildeten der Fall sein mag, so hat doch das Volk im Allgemeinen diesen Standpunkt noch keineswegs überwunden, und selbst der größte Teil derer, die sich zu den Gebildeten zählen, werden aus den folgenden Beweisen erkennen, dass sie an Wunder glauben.

Die Verteidiger des Wunderglaubens sagen zum Beispiel: »Gott ist allmächtig; aus Nichts hat Gott die Welt gemacht« – und Millionen nehmen das als eine so unumstößliche Wahrheit an, dass sie es mit Abscheu als ein Verbrechen betrachten, wenn jemand sagt: »Gott ist nicht allmächtig; Gott hat nicht die Welt aus Nichts gemacht; denn ein solcher Glaube ist unvernünftig.«

Dass das Weltall, welches aus getrennten Körpern besteht, die nach bestimmten Gesetzen zusammengesetzt und vermöge der jedem Körper innewohnenden Eigenschaften miteinander zu dem großen Ganzen vereinigt sind, einen Ursprung, eine Ursache haben muss, muss jeder mit Vernunft begabte Mensch zugeben. Diese Ursache oder Macht, welche das, was ist, bewegt und erhält, ist Gott; und was ich in dem hier folgenden sage, bezieht sich durchaus auf diesen Begriff und auf keine subjektive Vorstellung der Weltursache, wie sie irgendeiner der bestehenden oder vergangenen Religionen zugrunde liegt.

Ich rede auch nicht von der Vorstellung, die ich mir selbst von Gott mache, denn diese, so vernünftig sie auch sein oder erscheinen mag, hat doch immer nur einen subjektiven Wert wie jede andere Gottvorstellung; ich untersuchte mit meiner Vernunft einfach, inwieweit sich die Idee der Allmacht und einer Erschaffung aus dem Nichts mit dem von mir oben definierten Begriff Gott verträgt. Ein Streben, das Wesen Gottes zu erkennen, ist gewiss der erhabenste Gebrauch, den der Mensch von dieser ihm von Gott gegebenen Vernunft machen kann.

Wir erkennen die Beschaffenheit einer Ursache einzig aus ihrer Wirkung, und zunächst erscheint uns als eine solche das Weltall mit den Gesetzen, die es erhalten und bewegen. Wir haben keinen anderen Anhaltspunkt für die Beurteilung dieser Kraft, welche den Stoff zu organischen Körpern vereinigt, als unseren eigenen Gedanken, kraft dessen wir imstande sind, aus vorhandenem Material, dessen Eigenschaften wir aus Erfahrung kennen, Zusammensetzungen herzustellen, durch deren Aufeinanderwirken ein bestimmter Zweck erreicht wird, wie es durch eine Maschine oder durch ein chemisches Präparat geschieht.

Vergleichen wir eine Sperlingsfalle, die sich ein Kind aus Ziegelsteinen erbaut, mit einer Dampfmaschine, die ein Schiff bewegt, so ist es klar, dass ein bedeutend mehr ausgebildeter Geist dazu gehörte, diese letztere zu erdenken, allein die Tätigkeit oder Kraft, durch die beide hervorgebracht wurden, die Ursache, ist gleichartig.

Vergleichen wir nun aber den gewöhnlichsten Organismus, der einen Teil des großen Ganzen, der Welt bildet, zum Beispiel eine Blume, oder einen Baum, mit der allervollkommensten Maschine, welche der menschliche Gedanke hervorbrachte, so sieht auch der oberflächlichste Beobachter, dass beide in Bezug auf Vollkommenheit noch unendlich verschiedener sind als die Falle des Kindes und die Dampfmaschine; allein trotzdem ist der Schluss vernünftig, dass der Organismus, den wir bewundern, seinen Ursprung einer geistigen Tätigkeit verdankt, die derjenigen ähnlich ist, welche die Sperlingsfalle und die Dampfmaschine zusammensetzte.

Die Göttin Häresie als Sinnbild der Verbreitung von Irrlehren

Wenn wir aber den wunderbaren Organismus der ganzen Welt betrachten, soweit wir denselben erkennen können, so schließen wir aus der Vollkommenheit, die wir überall entdecken, dass der Geist, welchem dieser Organismus seinen Ursprung verdankt, die höchste Potenz geistiger Vollkommenheit sein müsse.

Manches in der Welt erscheint dem Beobachter allerdings unzweckmäßig und unvernünftig, also unvollkommen; allein die Erfahrung lehrt uns, dass eine unendliche Menge von Einrichtungen und Dingen, die früher den Menschen so erschienen, später als bewundernswürdig und vollkommen erkannt wurden, nachdem man den Zweck entdeckt hatte. Diese Erfahrung ist so häufig gemacht und die Menschen sind so oft von ihrem Irrtum überführt worden, dass es vollkommen vernünftig ist, anzunehmen, dass der Weltorganismus vollkommen, dass er der angewandte Gedanke der höchsten Vernunft, und dass alles, was ist, vernünftig ist.

Wir sind zu dem Schluss gekommen, dass die geistige Ursache der Weltorganisation, von der wir selbst einen Teil bilden, also Gott, dem menschlichen Geist ähnlich sei und sind daher vernunftgemäß berechtigt, von diesem Anhaltspunkt weiter zu schließen.

Der menschliche Geist kann vorhandenen Stoff zu bestimmten Zwecken zusammensetzen, allein er kann durch seinen Gedanken oder Willen keinen Körper aus dem Nichts hervorrufen oder schaffen, auch nicht einmal das kleinste Sandkörnchen. Da nun unser Geist der einzige Anhaltspunkt für das Verständnis geistiger Kraft ist und wir aus der erkannten Gleichartigkeit des menschlichen Geistes mit Gott auf die Eigenschaften Gottes nur von denen schließen, die wir selbst besitzen, so kommen wir zu dem logischen Schluss, dass Gott die Welt, das heißt den Stoff, nicht geschaffen haben kann.

Da wir aber wissen, dass alles was innerhalb dieser Welt – von einem darüber Hinausliegenden können wir überhaupt gar keinen Begriff haben – geschieht und ist, eine Ursache hat, so fragen wir natürlich, welches ist die Ursache des Stoffes? Und um sie zu lösen sind wir wieder auf unsere Erfahrung und Vernunft angewiesen, die jedes Urteil überhaupt begründen.

Kein Mensch kann einen Körper aus dem Nichts schaffen; allein ebenso wenig vermag er es, den Stoff zu vernichten. Die Form, in welcher sich der Stoff zeitweilig darstellt, sehen wir täglich zerstören, und wir vermögen das ebenfalls; allein von dem Stoff selbst, aus dem irgendein Körper zusammengesetzt ist, geht auch nicht das kleinste Teilchen verloren, wie jeder Chemiker am besten weiß, der sich täglich damit beschäftigt, Körper in seine verschiedenen Bestandteile zu zersetzen.

Unser eigener Körper kehrt nach dem Tod »zur Erde zurück«. Das heißt die Bestandteile, aus denen er besteht, zersetzt sich und werden wieder Bestandteile anderer Körper. Legen wir Silber in Salpetersäure, so löst dieselbe das Metall auf und verwandelt dasselbe in eine Flüssigkeit, in der das Silber durch das Auge nicht zu erkennen ist; allein wir wissen, dass es darin steckt und haben Mittel, es wieder in seiner Gestalt als Metall herzustellen, verbrennen wir einen Körper, das heißt zerstören wir seine Form durch Feuer, so zersetzt er sich in Asche, Rauch und Gase, in andere Körper; denn wenn auch das Gas unsichtbar ist, so ist es doch anderen Sinnen wahrnehmbar, zum Beispiel dem Geruch, und wir können es messen und wiegen und aus der Verbindung von Gasen sogar wieder sichtbare Körper herstellen, wovon das Wasser das bekannteste Beispiel ist.

Da unsere Erfahrung keinen aus dem Nichts entstandenen Körper kennt und ebenso wenig von der absoluten Vernichtung eines solchen weiß, so kommen wir zu dem Schluss, dass der Stoff, das Körperliche, die Materie weder geschaffen wurde noch vernichtet werden kann, also vorwärts und rückwärts ewig ist.

Der Begriff Ewigkeit ist für uns unfassbar, weil wir zu ihrer Beurteilung nur die Zeit haben, welche ein endlicher Begriff ist. Ob wir zu der Ewigkeit eine Minute oder eine Million Jahrhunderte hinzutun oder davon hinwegtun ist gleichgültig, denn es bleibt immer Ewigkeit.

Noch unfassbarer, weil wir dafür auch nicht den Schein eines Anhaltspunktes haben, ist für uns ein absoluter Geist, oder absolute geistige Kraft; denn jeder Geist und jede geistige Äußerung die wir kennen, steht in Verbindung mit der Körperwelt, und ebenso ist uns ein Körper undenkbar ohne geistige Beeinflussung, denn selbst der Stein ist gewissen Gesetzen unterworfen.

Wir kommen daher zu dem Schluss, dass der Stoff und der ihn belebende Geist ewig verbunden waren und dass ein von der Welt abgesonderter Gott undenkbar und unmöglich ist.

Da Gott die höchste Potenz der Vernunft und der zur Welt zusammengesetzte Stoff das Werk derselben ist, so ist alles, was ist, vernünftig, vollkommen und keiner Verbesserung fähig, wie auch keiner Änderung, die nicht nach den ewigen, absolut vollkommenen Gesetzen vor sich geht. Da nun ein Wunder, nach der früher gegebenen Erklärung eine Handlung oder ein Ereignis ist, welches den Naturgesetzen widerspricht, so ist ein solches selbst Gott unmöglich, denn die höchste Vernunft kann nicht irren.

Gott kann also kein Wunder tun und kann keinen Stoff aus dem Nichts erschaffen, ist also nicht allmächtig, und die Vorstellung von einem Wunder tuenden, allmächtigen Gott ist eine in sich selbst zerfallende. Diejenigen, welche damit ihrer Verehrung vor dem höchsten Wesen den höchstmöglichen Ausdruck gegeben zu haben meinen, sind im Irrtum, da wie eben gezeigt wurde, diese Vorstellung von Gott eine zu geringe ist.

Sie würde für die Welt im Allgemeinen keine größere Bedeutung haben, wie irgendwelche andere, wenn sie nicht einer Religion zugrunde läge, welche als Hauptstütze des Despotismus gilt und seit Jahrhunderten zu diesem Zweck benutzt wurde.

Die Regierungen selbst der als aufgeklärt geltenden Staaten gehen noch immer von der Idee aus, welche ursprünglich Priester und Despoten verband, dass nur Furcht vor der unsichtbaren Macht, welche doch der Hauptfaktor der Religion der Religiösen ist, imstande sei, die Achtung vor dem Gesetz und dem Fürsten zu erhalten. Aus diesem Grund wird die Erziehung der Jugend auf das strengste vom Staat überwacht und der Kontrolle der Priester überlassen, damit diese die Kinderseele bereits mit dem Glauben vergiften, welcher zur Erhaltung der Religion absolut nötig ist.

Der Grund dieser Religionspflege, dieser Sorge für den religiösen Sinn von Seiten der Regierungen ist eine mehr oder weniger bewusste Maßregel despotischer Gelüste und Tendenzen und das Vorgeben, dass der religiöse Sinn zum individuellen Wohl der Untertanen mit solcher Strenge aufrechterhalten werde, eine offenbare Heuchelei und handgreifliche Lüge.

Königin Christine von Schweden, die Tochter Gustav Adolfs, war katholisch geworden und hielt sich viel in Rom auf. Als sie den alten Oxenstierna einlud dorthin zu kommen, entsetzte sich der orthodoxe Protestant bei dem Gedanken, dass der Papst es auf seine Seele abgesehen habe. Christine, die den Papst und seine Absichten besser kannte, antwortete lachend: »Glaubt mir, der Papst gibt nicht vier Taler für Eure Seele.« Ich glaube kaum, dass irgendeine Regierung aus bloßer väterlicher Teilnahme für das Schicksal einer Seele, nachdem deren Inhaber durch den Tod aus dem Untertanenverband ausgeschieden ist, vier Silbergroschen geben würde.

Ich habe nicht nötig, über diesen Vorwand für den ausgeübten Religionszwang noch ein Wort zu sagen und darf dreist behaupten: Je sorgfältiger eine Regierung die Religion durch Zwangsmaßregeln unterstützt, je ängstlicher sie darauf bedacht ist, die Erziehung in der Hand der Priester zu lassen, desto despotischer sind ihre Neigungen.

Die Behauptung, dass der Religionszwang zur Erreichung des vernünftigen Staatszweckes noch immer notwendig sei, dass ohne denselben die Gesetze nicht hinreichen würden, Verbrechen zu verhindern, ist eine falsche, welche durch die Erfahrung widerlegt wird, diese lehrt, dass in denjenigen Ländern, in welchen durch die Reformation ein Teil des religiösen Glaubenswustes hinweggeräumt und der durch die Wissenschaft verbreiteten Aufklärung mehr Spielraum gewährt wurde, weit weniger Verbrechen begangen werden, als in den katholischen. Wilberforce beweist uns, dass bereits dreißig Jahre nach der Reformation die Zahl der in England hingerichteten Verbrecher sich von 2.000 auf 200 jährlich verminderte.

Seit die Reformation »der Freiheit eine Gasse« bahnte, sind aber über drei Jahrhunderte vergangen, und wenn auch die reformierten Fürsten und Priester über die Nützlichkeit des Religionszwanges ganz dieselben Ansichten hatten wie die katholischen, so war die Organisation der reformierten Kirche doch nicht so geeignet wie die der katholischen, der Entwicklung der Wissenschaft hindernd in den Weg zu treten, obwohl es an dem aufrichtigen Willen hierzu besonders bei den Geistlichen wahrhaftig nicht fehlte. Die Wissenschaft hat der Tat nach den Aberglauben vollständig überwunden und trotz aller Bemühungen der Finsterlinge, trotz aller Hausmittel der Despoten, wie Zensur, Lehrzwang usw. gewinnt sie täglich mehr und mehr

Einfluss im Volk und dasselbe sieht täglich klarer, dass es seit Jahrhunderten das Opfer des grandiosesten Schwindels war, den die Geschichte kennt und dass der Eigennutz der Priester und Despoten an der Menschheit ein Verbrechen beging, welches an Schlechtigkeit und Gemeinschädlichkeit jedes andere übertrifft.

Wäre die Ansicht richtig, dass der kirchliche Glaube nötig sei, die Achtung vor dem Gesetz zu erhalten, dann müsste die größte Zahl der Verbrecher aus den gebildeten Ständen kommen, die, wenn sie sich aufrichtig prüfen, gestehen müssen, dass sie von dem was im Katechismus gelehrt wird, sehr wenig oder gar nichts so glauben, wie es die Kirche verlangt.

Der wirklich Gebildete verletzt nicht das Gesetz, weil er sich vor irgendwelcher Strafe fürchtet, die ihn hier oder nach dem Tod treffen könne, sondern einfach, weil das Gefühl für Recht und Unrecht in ihm Fleisch und Blut geworden ist. Je ausgebildeter der Verstand eines Menschen ist, desto weniger wird er selbst der Versuchung ausgesetzt sein, ein Verbrechen zu begehen; und durch ein Befördern der Mittel, welche die Bildung erzeugen, würde die Regierung am besten dazu gelangen, in Bezug auf die zur Erreichung des vernünftigen Staatszweckes nötigen Gesetze einen Zustand herzustellen, wie er bereits faktisch in Bezug auf die Anstandsgesetze besteht. Selbst wenn die Polizei es gestattete, würde es doch unter tausend Menschen kaum einem einfallen, entblößt durch die Straßen zu gehen, und wenn es jemand tut, so bedarf es meistens nicht der gesetzlichen Gewalt ihn daran zu verhindern, oder dafür zu bestrafen. Mag die Religion auch in früheren Jahrhunderten einen guten Einfluss geübt und nicht allein zur Unterstützung der Despotie, sondern überhaupt der gesellschaftlichen Ordnung gedient haben; im gegenwärtigen Jahrhundert ist sie für den Staatszweck nicht nur durchaus unnütz, sondern geradezu schädlich, da sie der Entwicklung der Wissenschaft und der durch sie erzeugten Bildung hinderlich ist.

Die tägliche Erfahrung lehrt, dass heutzutage die Menschen, selbst der ungebildeten Klassen, nicht durch religiöse Furcht von Verbrechen abgehalten werden. Man frage nur einen Polizei- oder Kriminalbeamten auf sein Gewissen, und jeder wird gestehen müssen, dass – mit äußerst seltenen Ausnahmen – selbst der dümmste Bauer, einen Gendarmen, also das Gesetz und die durch dasselbe diktierte Strafe mehr fürchtet, als Gott oder den Teufel. Alles, was die Regierungen durch ihre Zwangsmaßregeln in Bezug auf Religion erzeugen, ist einerseits Gleichgültigkeit dagegen, wenn nicht Hass und Verachtung gegen die bornierte oder despotische Zwecke verfolgende Regierung, oder eine zur Gewohnheit gewordene, alle Schichten der Gesellschaft durchdringende und sie demoralisierende Heuchelei.

Was wir von unseren Regierungen verlangen, ist, dass sie als solche von der Religion gar keine Notiz nehmen und sie nicht, wie es jetzt fast noch überall der Fall ist, den Aberglauben aussäen und sein Wachstum befördern zu müssen glauben. Wer das Bedürfnis der Religion fühlt, mag dieselbe ausüben und sich mit anderen zu diesem Zweck vereinigen; das Gesetz wird ihn in dieser Ausübung beschützen und sich erst dann hindernd einmischen, wenn durch diese Ausübung die gesetzlichen Rechte anderer beeinträchtigt werden. Ist die Religion durch sich selbst

Der Ablasskrämer

stark, so braucht sie keine Unterstützung und Begünstigung von Seiten der Regierung; hat sie aber Grund, die Wissenschaft zu fürchten, so beruht sie auf Aberglauben, und je eher sie dem Feind desselben unterliegt, desto besser ist es für die Menschheit.

Wie wir allmählich die Regierungen gezwungen haben, den Despotismus aufzugeben, oder wenigstens seine Unberechtigung dadurch anzuerkennen, dass sie ihn unter konstitutionellen und anderen Masken verstecken, so werden sie auch durch die Macht der öffentlichen Meinung gezwungen werden, ihre schützende Hand von dem Aberglauben abzuziehen und seine Ausrottung der Wissenschaft zu überlassen.

Wir wissen sehr wohl, dass die Trennung von Kirche und Staat nicht ohne Schwierigkeiten vonstatten geht und können die Natur derselben nach denen beurteilen, mit welchen in diesem Augenblick die österreichische Regierung nur deshalb zu kämpfen hat, weil sie die zu anmaßend gewordene Dienstmagd in ihre Schranken zurückzuweisen gezwungen wurde. Der Widerstand geht nicht allein von den Pfaffen aus, sondern er wird durch das von ihnen im Aberglauben gezogene und erhaltene Volk teilweise unterstützt. Nun rächt sich »der Fluch der bösen Tat« an der Regierung, welche, als sie es noch wagen durfte despotisch zu sein, mit allem Eifer den Pfaffen schmieden half, welche dieselben nun gegen sie anwenden.

Der Kampf gegen die Anmaßungen der in ihren Ansprüchen durchaus logischen römischen Kirche würde ohne besondere Schwierigkeiten zu Ende geführt werden können, wenn die Regierungen sich entschließen könnten, ehrlich mit dem Aberglauben zu brechen; allein sie wünschen von demselben zu behalten, was den despotischen Tendenzen ihrer Leiter nützt, welche freiere Institutionen meistens nicht deshalb bewilligen, weil sie von der Berechtigung des Volkes zur Freiheit und Selbstregierung überzeugt, sondern einfach, weil sie zu Konzessionen und Aufgabe eines Teils ihrer Macht gezwungen sind, um nicht alles zu verlieren. Sie fühlen, dass der religiöse und der politische Aberglaube Zweige desselben Stammes sind, deshalb hüten sie sorgfältig die Wurzel.

Die Erfahrung lehrt, dass das Wissen den Aberglauben jeder Art zerstört und dass es unmöglich ist, seiner Verbreitung gänzlich Einhalt zu tun, denn wie Luft und Licht dringt das Wissen durch kaum wahrnehmbare Poren in den geistigen Körper des Volks und entwickelt in ihm die latenten, natürlichen Kräfte, welche den Aberglauben zersetzen und ausscheiden.

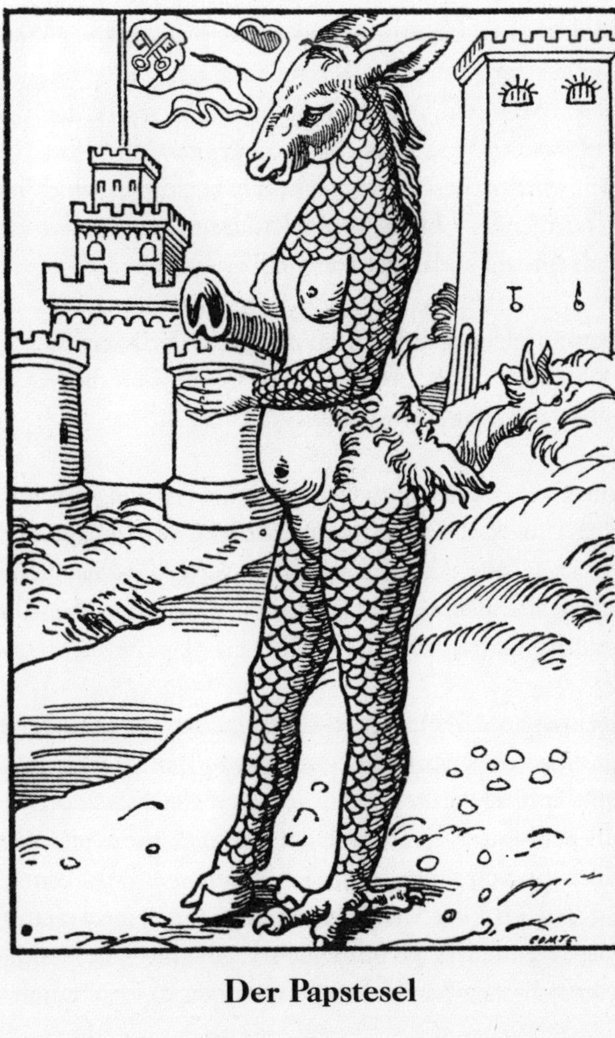

Der Papstesel

Es hat Zeiten gegeben, wo der dem Eindringen des Wissens entgegengesetzte Widerstand bedeutend stärker war, als es jetzt der Fall ist und wo die Männer, die sich seine Verbreitung zur Lebensaufgabe stellten, ihr Streben mit Leben und Freiheit zu bezahlen hatten; dennoch ließen sie nicht ab und das Wissen schritt fort. Es wäre törichte Feigheit, den Kampf nicht kräftiger fortzuführen, da der endliche Sieg des Wissens über den Aberglauben von keinem mit gesundem Sinn begabten Menschen mehr bezweifelt werden kann.

Obwohl jeder allgemein für die Verbreitung des Wissens wirken kann, so ist es doch zweckmäßig, wenn die Kämpfer ihre Wirksamkeit auf besondere Punkte in der feindlichen Schlachtlinie richten, welche andere Situationen beherrschen.

Einer der Schlüsselpunkte der feindlichen Stellung ist der persönliche Einfluss der römischen Priester auf das Volk, denn der Aberglaube desselben wurzelt ursprünglich in Autoritätenglauben. Das Volk glaubt, dass die Männer, welche ihm die Lehre der römischen Kirche erklären, achtungswerte Männer sind, die nicht allein selbst glauben, was sie sagen, sondern auch einzig und allein das Wohl der Menschen im Auge haben, wenn sie von ihnen unbedingten Glauben und ein Befolgen der von der römischen Kirche verlangten Handlungen fordern. Es wird daher ein verdienstliches Werk sein, dem Volk zu beweisen, soweit dies durch die Geschichte möglich ist, dass die ehrlichen Priester, das heißt diejenigen, die selbst glauben, von unehrlichen Priestern betrogen wurden; dass Aussagen und Fakta, die als wirklich geschehene berichtet werden, zu diesem oder jenem selbstsüchtigen Zweck erfunden wurden, und dass das ganze Gebäude der Kirche auf einem Fundament von greifbaren Lügen erbaut wurde. Es wird daher verdienstlich sein, historisch nachzuweisen, dass die größte Zahl der Päpste und ihrer Priester bewusste Betrüger waren, welche nicht entfernt das Wohl der Menschen, sondern einzig und allein ihren eigenen Vorteil im Auge hatten und zur Erreichung dieses nichtswürdigen Zweckes die allernichtswürdigsten Mittel anwendeten.

Dies historisch nachzuweisen, ist der spezielle Zweck des nachfolgenden Buches. Mich treibt dazu kein eigennütziger Zweck, denn welcher persönliche Vorteil ließe sich dadurch erzielen? Mich treibt einzig die Liebe zur Wahrheit und der Wunsch vielleicht einige Menschen, die sich von den Fesseln des Aberglaubens bedrückt fühlen, davon zu befreien, indem ich ihnen zeige, dass diese Fesseln Einbildungen sind; mit dieser Erkenntnis wird der Geist frei.

Da ich nun keinen eigennützigen Zweck mit der Verbreitung der Wahrheit verbinden kann, so dürfte ich gewiss ebenso viel Anspruch auf Glaubwürdigkeit machen, wie irgendein Priester, der, so ehrlich er auch sein mag, doch immer zu derjenigen Klasse gehört, welche von dem, was ich als Lüge bloßlege, Nutzen zieht; allein ich verlange gar keinen Glauben; es stehen ja jedem dieselben Quellen zu Gebot, aus denen ich diejenigen Tatsachen schöpfte, die mir als Beweise dienen und denen ich Glauben schenke, weil ich keinen vernünftigen Grund habe ihnen zu misstrauen; wer meint, dass ich imstande sei, irgendwelche Aussagen einem Heiligen oder hochgeachteten katholischen Kirchenlehrer unterzuschieben, kann sich ja leicht davon

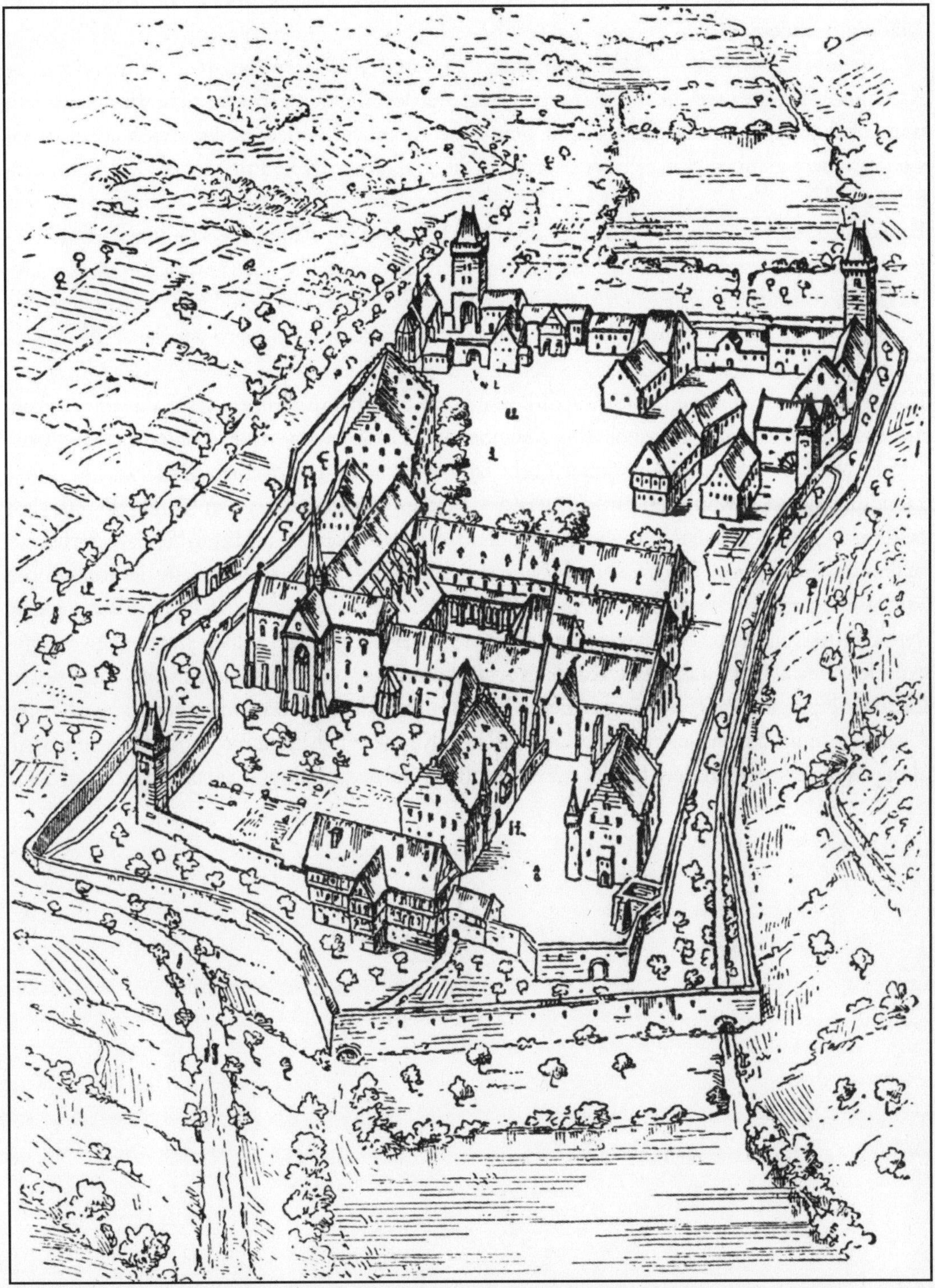

Anlage eines reichen mittelalterlichen Klosters

überzeugen, indem er die von der Kirche selbst anerkannten und veröffentlichten Werke dieser Männer nachliest.

Katholische Priester, welche von Leuten befragt werden, die dieses Buch lesen, werden höchstwahrscheinlich alle oder viele von mir gemachte Angaben als Lügen bezeichnen, und viele werden ihnen glauben, wie sie ihnen andere Dinge glauben. Viele Priester werden meine Angaben wirklich für Lügen halten, weil sie eben unwissend sind. Wenn sie imstande sind, ihre Faulheit zu überwinden und ihnen an der Wahrheit liegt, so mögen sie sich belehren. Dieses Buch, welches unendliche Mühe und großen Fleiß erforderte, ist ebensowohl für ehrlich strebende unwissende Priester wie für diejenigen geschrieben, welche von ihnen ebenso betrogen werden, wie sie selbst es von Unwissenden oder von bewussten Lügnern wurden.

Das in Rom sich vorbereitende Konzil könnte den Glauben erwecken, als sei es die Absicht des Papstes, die römisch-katholische Religion den Erfordernissen der Gegenwart anzupassen. Es wird sich diese Ansicht jedoch sehr bald als eine irrtümliche herausstellen. Die ganze Handlungsweise sowohl des vorigen, wie des jetzigen Papstes liefert den klaren Beweis, dass beide im Gegenteil danach streben, die Glaubensherrlichkeit des Mittelalters wiederherzustellen und dass sogar die Hoffnung gehegt wird, sämtliche Protestanten in den Schoß der »alleinseligmachenden« Kirche zurückzuführen. Es liegt dieser Zuversicht eine wunderbare Verblendung, ein gänzliches Verkennen des Zeitgeistes zugrunde, und wir hegen die wohl gegründete Erwartung, dass diese Kirchenversammlung, welche die Aufmerksamkeit selbst der Gleichgültigen auf religiöse Gegenstände lenken muss, durch die von ihr zutage geförderten Glaubensdummheiten der römisch-katholischen Kirche einen härteren Stoß versetzen wird, als es in den letzten hundert Jahren selbst durch die Wissenschaft geschehen ist.

DIE STATTHALTEREI GOTTES IN ROM

Als die Leute schliefen und stockdumm waren, hat der böse Feind, der Teufel, das Papsttum gestiftet.

Mit konsequenter Unverschämtheit kann in der Welt alles durchgesetzt werden, es mag auf den ersten Anblick noch so abgeschmackt oder verrückt erscheinen. Beweise davon liefert die Geschichte in Menge; aber den schlagendsten und demütigendsten die des Papsttums.

Eine Geschichte des Papsttums würde die Grenzen überschreiten, die ich mir notwendig setzen muss; ich beabsichtige nur in der bisher befolgten skizzenhaften Weise zu zeigen, dass das Papsttum auf den gröbsten Betrug gegründet ist, welche nichtswürdigen Wege die Päpste einschlugen, welche verbrecherischen Mittel sie anwendeten, sich die Welt tributpflichtig zu machen, und welchen moralischen Wert die Menschen hatten, welche von der römischen Kirche als Statthalter Gottes an ihre Spitze gestellt wurden.

Ich schreibe mit der unverhüllt ausgesprochenen Absicht, den als Aberglauben früher charakterisierten religiösen Glauben zu vernichten, und da derselbe auf die Autorität der Päpste und der römischen Priester gestützt ist, so trachte ich zunächst danach, diese Autorität dadurch zu vernichten, dass ich auf geschichtlichem Weg die unreinen Quellen der Glaubenssätze nachweise und durch Erzählung der Handlungen der Päpste den Gläubigen beweise, dass sie auf die Aussagen von Menschen vertrauten, die ihres Vertrauens in jeder Beziehung unwürdig sind.

Dieser offen ausgesprochene Zweck macht mir die äußerste Vorsicht in Angabe von Tatsachen zur Pflicht und erlaubt mir nur solche zu berichten, welche historisch so klar bewiesen sind, dass eine Widerlegung unmöglich ist. Aus dem folgenden wird es dem Leser klar werden, warum ich es für nötig hielt, diese Bemerkung voranzuschicken.

Nachdem die Pfaffen entstanden waren, usurpierten die Bischöfe eine geistliche Obergewalt über ihre Gemeinden.

Die Bischöfe begnügten sich mit der erlangten Macht nicht, und je besser es ihnen glückte, ihre Brüder zu knechten, desto ausschweifender wurden sie in ihren Ansprüchen. Die Macht der jüdischen Hohenpriester, ihrer Vorbilder, war es, nach welcher sie trachteten. Das Bild des Priesters Samuel schwebte ihnen beständig vor Augen.

Ein Betrüger schmiedete falsche Schriften, welche er den Aposteln zuschrieb und welche unter dem Namen der apostolischen Konstitutionen bekannt sind. Ihr Zweck war es, das Ansehen und die Gewalt der Bischöfe zu erhöhen, und sie enthielten das Verrückteste, was man bisher zur Ehre der Bischöfe gesagt hatte. Diese wurden darin irdische Götter, Väter der Gläubigen,

Richter an Christi Statt und Mittler zwischen Gott und den Menschen genannt. In demselben Sinn sprachen von den Bischöfen viele angesehene Kirchenväter.

Als die römischen Kaiser zum Christentum übertraten, behaupteten sie zwar selbst ihre Würde als Oberpriester (Pontifices maximi), aber sie beförderten das Ansehen der Bischöfe ihren Gemeinden gegenüber. Ja manche Kaiser waren so verblendet und unklug, ihre Kinder diesen Bischöfen zur Erziehung anzuvertrauen, was dann die ganz natürliche Folge hatte, dass diese in der Furcht Gottes, das heißt in der Demut gegen die Pfaffen erzogen wurden, und als sie selbst Kaiser wurden, ihre Knie vor denselben beugten und ihnen die Hände küssten. Dass diese dadurch nur immer aufgeblasener und anmaßender wurden, liegt in der menschlichen Natur, und wir dürfen uns nicht darüber wundern, wenn schon Bischof Leontius von Tripolis verlangte, dass die Kaiserin Eusebia, Gemahlin des Kaisers Konstantin, vor ihm aufstehen und sich verneigen sollte, um seinen Segen zu empfangen.

Ein Heiliger wird vom Teufel heimgesucht

Die protestantischen Bischöfe der neueren Zeit hätten es gern auch so weit gebracht. Als Friedrich Wilhelm III. von Preußen einst in Magdeburg aus dem Wagen stieg und sich dabei bückte, erhob schon der Bischof Dräseke seine Hand und seine Stimme, um ihm den Segen zu erteilen. Zum großen Verdruss des Bischofs schob ihn der sonst so fromme König beiseite und sagte ärgerlich in seiner kurzen Weise: »Dumm Zeug! So was nicht leiden!«

Das Hauptstreben der Bischöfe war darauf gerichtet, die Einmischung der weltlichen Macht in die Kirchenangelegenheiten zu beseitigen, ja womöglich die Kaiser sich unterzuordnen. Der Bischof von Mailand, Ambrosius, machte damit gleich auf sehr freche Weise den Anfang. Er nahm es sich heraus, den Kaiser Theodosius zu exkommunizieren, das heißt von der Kirchengemeinschaft auszuschließen.

Manche Kaiser, denen die Pfaffen mit der Hölle zusetzten, waren schwach genug, zu den pfäffischen Anmaßungen zu schweigen, und wenn nun das Volk sah, wie ihre gefürchteten Oberherren sich so demütig gegen die Bischöfe betrugen, musste es natürlich auf den Gedanken kommen, dass diese übermenschliche Wesen seien. In einigen Orten wurden denn auch die Bischöfe von den Christen mit dem evangelischen Hosianna empfangen.

So stieg der Hochmut der Pfaffen von Jahr zu Jahr. Schon 341 n. Chr., auf der Synode von Antiochien, wurde es den Geistlichen verboten, sich in kirchlichen Angelegenheiten ohne Erlaubnis der Bischöfe an den Kaiser zu wenden. Die niedere Geistlichkeit wurde überhaupt immer mehr unterdrückt, und die Landbischöfe, welche über ihre Gemeinden ganz dasselbe Recht gehabt hatten wie die Stadtbischöfe, wurden 360 durch Beschluss der Synode von Laodicäa ganz abgeschafft.

Das gewöhnliche Sprichwort sagt: Eine Krähe hackt der anderen nicht die Augen aus; aber die Pfaffen machten es zunichte, denn sie hackten sich nicht nur die Augen aus, sondern die Köpfe ab, wenn sie konnten und es ihnen passte. Wegen den lächerlichsten theologischen Streitigkeiten lagen sie sich fortwährend in den Haaren und erfüllten deshalb die Welt mit Unruhe und Mord.

Einen bedeutenden Anteil an den theologischen Streitigkeiten hatten die zahllosen Mönche, welche ihre Ansichten nicht allein mit geistlichen Waffen, sondern weit wirksamer mit höchst irdischen Knitteln verfochten. Sie bildeten förmliche Freikorps, welche von den fanatischen Bischöfen benutzt wurden und oft die gräulichsten Exzesse begingen. Ein römischer Feldherr, Vitalianus, musste 314 in Konstantinopel einrücken, um die Stadt vor den wütenden Mönchen zu schützen.

Die zweite Kirchenversammlung zu Ephesus 449 n. Chr. erhielt den Namen Mörderversammlung, weil hier die tollen Mönche mit dem Schwert in der Hand die Annahme der Glaubenssätze erzwangen, welche sie für gut hielten. Einer der größten Fanatiker war der Bischof Cyrillus von Alexandrien. Sein Hass traf die in dieser Stadt seit siebenhundert Jahren wohnenden Juden. Er hetzte die Mönche und den Pöbel gegen sie auf, ließ ihre Synagogen niederreißen und jeden Juden niederhauen, der in ihre Hände fiel. So verlor Alexandrien vierzigtausend seiner fleißigsten Bürger!

Der römische Präfekt Orestes wollte der Verfolgung Einhalt tun, allein er verlor darüber beinahe sein Leben, indem er von einem wütenden Mönch mit einem Stein am Kopf schwer verwundet wurde. Die römische Regierung schwieg, da sie die Schuldigen nicht zu strafen wagte. So hoch war die Macht der Pfaffen bereits gestiegen.

Die schändlichste Grausamkeit verübten diese christlichen Mönche aber gegen die Geliebte dieses Präfekten, die Tochter des Mathematikers Theon, die liebenswürdige Philosophin Hypatia. Zur Fastenzeit rissen die Mönche dies herrliche Weib aus ihrem Wagen, zogen sie nackend aus und schleppten sie wie ein Osterlamm in die Kirche. Hier ermordete man sie auf die grausamste Weise: Kannibalische Pfaffen kratzten ihr mit Muscheln das Fleisch von den Knochen und warfen die noch zuckenden Glieder ins Feuer.

Stolz, Herrschsucht und Geldgier hatten in den Herzen der christlichen Priester die Stelle der christlichen Liebe eingenommen, und die demokratische, christliche Gleichheit war schon längst als unchristlich gebrandmarkt worden. Jeder Bischof trachtete nur danach, sich über die anderen Bischöfe emporzuschwingen, und so entstanden unter ihnen allerlei Rangabstufungen.

Die Bischöfe in den Hauptstädten und Provinzen der Länder erlangten bald eine Art von Oberhoheit über die der anderen Städte und nannten sich Metropoliten. Auch unter diesen maßten sich einige wieder einen höheren Rang an und wussten die Bischöfe mehrerer Länder unter ihre Oberhoheit zu bringen. Sie nannten sich zuerst Exarchen, dann aber Patriarchen.

Abschlachtung von Andersgläubigen

Zur Zeit des Kaisers Theodosius II. gab es fünf solcher Patriarchen, zu Konstantinopel, Antiochien, Jerusalem, Alexandrien und Rom. Sie waren voneinander vollkommen unabhängig und in ihrem Rang wie in ihren Vorrechten vollkommen gleich.

Rom war die Hauptstadt der damaligen Welt; von hier gingen alle Befehle aus, durch welche sie regiert wurde. Die Pfarrer der römischen Gemeinde, welche sahen, wie trefflich es sich von Rom aus regieren ließ, wurden lüstern danach, die kirchliche Welt in ähnlicher Weise zu regieren wie die Kaiser die politische.

Die übrigen Gemeindevorsteher, die Bischöfe, fanden das natürlich und mit Recht sehr anmaßend und empörten sich über die Lügen, durch welche ihre Kollegen in Rom ihre Prätensionen zu Rechten zu erheben trachteten. Wenn wir diese Lügen untersuchen, so wissen wir in der Tat nicht, ob wir mehr über die Dummheit und Unverschämtheit dieser Lügen oder über die Dummheit der Menschen erstaunen sollen, die sich auf solche handgreifliche Weise übertölpeln ließen.

Die Bischöfe zu Rom sagten: Jesus machte Petrus zum obersten der Apostel; diese waren ihm untergeordnet. Petrus war 24 Jahre, 5 Monate und 10 Tage Bischof in Rom; wir sind seine Nachfolger, folglich – stehen alle Bischöfe und Fürsten der Christenheit unter unserer Oberhoheit!

Selbst wenn Jesus so unchristlich gehandelt und Petrus einen Vorrang vor den anderen Jüngern gegeben hätte, selbst wenn Petrus Bischof in Rom gewesen wäre, so ist es doch noch immer eine sehr seltsame Behauptung, dass deshalb seine Nachfolger Statthalter Gottes auf Erden seien! Doch diese Behauptung und Anmaßung wird erst dadurch zur frechsten Unverschämtheit, dass es Jesus nie einfiel, Petrus einen Vorrang zu geben und endlich Petrus niemals in Rom und daher nicht Bischof dort war!

Das erste bedarf kaum eines Beweises. Jesus spricht es oft genug gegen seine Jünger aus, dass keiner vor dem anderen einen Vorrang habe, und es ist Petrus auch niemals eingefallen, sich einen solchen anzumaßen, wie aus seinen Briefen klar hervorgeht. In einem derselben sagt er: Die Ältesten, so unter euch sind, ermahne ich als Mitältester usw. (1 Petr. 5. 1). Auch Paulus sagt kein Wort von dem Avancement des Petrus, und hält sich selbst den anderen Aposteln gleich (2. Kor. 11 – 12,5).

Außerdem verdiente es auch nächst Judas Petrus von den Jüngern wohl am wenigsten, gleichsam als Oberhaupt an ihrer Spitze zu stehen. Er zeigte sich schwächer als jeder andere, indem er Jesus dreimal verleugnete und nicht einmal eine Stunde für Jesus wachen konnte, nachdem er doch vorher ruhmredig versichert hatte, dass er sein Leben für ihn lassen wolle.

Petrus war ein unüberlegter Hitzkopf, der mancherlei Übereilungen beging, wozu der gegen Malchus geführte Streich – den ich ihm übrigens keineswegs übelnehme – und die Ermordung des Ananias und seines Weibes gehören. Nebenbei war er ein Duckmäuser, den Paulus wegen seiner Heuchelei schilt (Gal. 2, 11–13), ja der sogar einmal den sanften Jesus so in Eifer brachte, dass er ihn einen Satan nannte (Matth. 16, 23).

Dass Petrus die christliche Gemeinde in Rom gegründet habe, ja, dass er hier nahe an 25 Jahre Bischof gewesen sei, ist eine noch frechere Lüge, die sich gewissermaßen mathematisch aus der Bibel nachweisen lässt, weshalb es die Päpste auch nicht dulden wollen, dass dieselbe von den Katholiken gelesen werde.

Die Apostelgeschichte geht bis in das Jahr 61 nach Christi Geburt. Nach der Erzählung der päpstlichen Geschichtsschreiber ist Petrus schon über 20 Jahre früher nach Rom gekommen; aber die Apostelgeschichte, die doch am Anfang so viel und weitläufig von Petrus spricht – sagt von dieser so wichtigen Reise kein Wort!

Ganz sicher ist bewiesen, dass Paulus in Rom war und hier unter dem Kaiser Nero zwischen den Jahren 66–68 den Märtyrertod erlitt, zugleich mit Petrus, lügen die päpstlichen Geschichtenschreiber hinzu. Paulus war zwei Jahre in Rom und schrieb von dort Briefe an verschiedene christliche Gemeinden, in denen er mehrere seiner Freunde und Anhänger nennt; aber von Petrus schreibt er kein Wort!

Wäre dieser Bischof in Rom gewesen, so hätte es Paulus gar nicht umgehen können, von ihm zu reden, sei es auch nur, um sich über ihn zu beschweren, dass er ihn nicht in seinem Werk unterstützte, denn er sagt ausdrücklich, dass diejenigen, die er nennt, sind allein meine Gehilfen am Reich Gottes, die mir ein Trost geworden sind (Kolosser 4, 7–14). Also Paulus schreibt davon nichts, dass Petrus jemals in Rom war.

Doch wenn dieser auch, ganz gegen seinen Beruf als Apostel, 25 Jahre Pfarrer einer Anzahl armer, verfolgter Christen in Rom gewesen wäre, folgt denn daraus, dass die nachherigen Bischöfe von Rom ein Recht hatten, mit Völkern, Kaisern und Königen wie mit Lumpengesindel umzuspringen? Möchten sich die Päpste immerhin Nachfolger Petri oder Pauli nennen, allein auch nicht mehr Ansprüche machen als diese!

Wo Petrus gestorben ist, weiß man zum Glück für die Päpste nicht, und so konnten diese eine schöne, rührende Geschichte erfinden, die gar keine historische Begründung hat. Nach ihrer Erzählung wurde Paulus als römischer Bürger nur enthauptet; allein der Jude Petrus wurde gegeißelt und dann gekreuzigt, den Kopf nach unten, wie er es – nach der Legende – aus Demut und zum Unterschied mit Christus verlangte. In dieser Demut sind die Päpste nicht seine Nachfolger!

Aller Wahrscheinlichkeit nach war die Gemeinde der Christen zu Rom, zur Zeit als Paulus dort war, noch nicht so groß, dass eines eigenen Aufsehers bedurfte und von einem Bischof im späteren Sinn kann vollends nicht die Rede sein. Der Verdienst, die christliche Gemeinde zu Rom gestiftet zu haben, gebührt also unbedingt dem Paulus; dem Petrus aber auf keinen Fall.

Alle Ansprüche also, welche die sich Päpste nennenden römischen Bischöfe darauf gründeten, dass sie Nachfolger Petri wären – zerfallen demnach in nichts. Ursprünglich waren diese Peterlügen von ihnen nur deshalb erfunden worden, weil sie dadurch bewirken wollten, dass ihre Stimme bei Kirchenstreitigkeiten als die entscheidende gelten sollte. Als sie dies erst durchgesetzt hatten, griffen sie weiter, denn l'appetit vient en mangeant.

Konsequenterweise beginnen die Päpste ihre Reihe mit Petrus. Nach ihm nennt man eine Menge zum Teil völlig erdichteter Namen, um nur die Lücken auszufüllen; denn die frühere Geschichte der römischen Bischöfe ist noch dunkler, wie die der römischen Könige. Es ist zwecklos, diese Herren Stadtpfarrer, denn anderes waren sie nicht, namentlich aufzuführen; ich will mich damit begnügen, nur diejenigen näher zu beleuchten, welche die größten Schritte taten, dem Gipfelpunkt näherzukommen, nach welchem alle strebten.

Die Reihen der römischen Kaiser, die der asiatischen Despoten, kurz, keine Fürstenreihe der Welt, ja nicht einmal die chamber of horrors der Madame Tussaud in London bietet solche moralische Ungeheuer dar wie die Reihe der Päpste, die sich die Statthalter Gottes nennen. Aber sie mochten es noch so arg treiben, den verdummten Menschen gingen die blöden Augen nicht auf. Fürsten und Völker ließen sich von diesen ekelhaften Bösewichtern das Fell über die Ohren ziehen und küssten dafür den Tyrannen noch demütig den Pantoffel.

Fuhr einmal ein vernünftiger Fürst dem hochmütigen Priester zu Rom über die Glatze, dann schrie das dumme Volk Zetermordio, und war einmal das Volk vernünftig genug, den römischen Anmaßungen entgegenzutreten, dann kam gewiss ein dummer Fürst mit geweihtem Schwert und Hut und wetterte hernieder auf die verfluchten Ketzer.

So kam es denn, dass die Päpste bis auf den heutigen Tag ein Recht ausüben, das ihnen niemand gegeben hat. Durch eine unerhörte Dreistigkeit, durch die klügste Benützung der Dummheit der Menschen haben sie sich Schritt für Schritt in den Besitz desselben gesetzt; denn die Christen der ersten Jahrhunderte waren weit entfernt, ihnen dasselbe einzuräumen. Ein Unrecht kann aber nie ein Recht werden, mag es auch Jahrtausende faktisch bestanden haben und selbst von dem Gesetz anerkannt sein; diejenigen, welche darunter leiden, haben vollkommen recht, sich von dem aufgezwungenen Joch loszumachen sobald sie können. Dies kann aber ein jeder, sobald er aufhört zu glauben; tut er das, so ist er schon frei ohne weitere Anstrengung.

Vor Ende des ersten Jahrhunderts hatte die römische Gemeinde wahrscheinlich weder einen besonderen Bischof noch eine besondere Kirche. Die armen Christen mussten sich herumdrücken wie sie konnten, und ihre Ältesten waren gewiss Männer von unbescholtenen Sitten, denen es mit der Lehre Christi Ernst war. Das Märtyrertum war ihnen unter den Verfolgungen so ziemlich gewiss, und daraus geht schon ganz sicher hervor, dass sie andere Leute waren als ihre Nachfolger.

Der erste römische Bischof, von dem wir wissen, dass er schon mehr gelten wollte als seine Kollegen, hieß Viktor (192–201). Er verlangte sehr ungestüm, dass alle übrigen Christen das Osterlamm zu der Zeit essen sollten, wenn es in Rom geschah, nämlich am Auferstehungstage Jesu, und nicht, wie es die anderen Christen beibehalten hatten, am jüdischen Passahfest, zu welcher Zeit es auch Christus aß.

Die anderen Bischöfe meinten, es rapple dem Herrn Kollegen in Rom unter der Mütze, und von seiner Berufung auf Petrus, der diesen Gebrauch in Rom eingeführt haben sollte, nahmen sie nur so viel Notiz, dass ihm der Bischof Polykrates von Ephesus antwortete: Dass nicht Petrus, sondern Johannes an der Brust Jesu gelegen wäre. Von einer Oberhoheit des Petrus über die anderen Apostel schien man damals, so nahe der Quelle, noch nichts zu wissen, aber tausend Jahre später hatte sich die beharrliche Lüge allgemeinen Glauben verschafft.

Als die Christen in Rom einst zur Bischofswahl versammelt waren, setzte sich zufällig eine Taube auf den Kopf eines Mannes, namens Fabianus, und mit echt heidnischem, altrömischem Wunderglauben riefen die Christen: »Der soll Bischof sein!« Seitdem nahm man an, dass der Heilige Geist bei jeder Bischofswahl gegenwärtig sei und sie leite. Das war bequem, denn nun konnte jede dumme Wahl ihm zur Last gelegt werden.

Stephanus, welcher 253 Bischof wurde, war der erste, welcher behauptete, er sei mehr als die anderen Bischöfe, denn er sei der Nachfolger des heiligen Apostels Petrus. Ja, dieses Papstwickelkind ging schon so weit, dass es den asiatischen Bischöfen die Kirchengemeinschaft aufkündigte, weil sie seinen Vorschriften nicht gehorchen wollten.

Diese waren höchlich erstaunt über die Frechheit ihres Herrn Bruders in Christo, und der Bischof Firmilian von Kappadokien äußerte sich in einem den Bischöfen zugeschickten Zirkular wie folgt: Mit Recht muss ich mich in diesem Punkt über eine so offenbare als unverkennbare Torheit des Stephanus ärgern, welcher sich seines Bischofssitzes rühmt und sich für einen Nachfolger des Apostels Petrus ausgibt.

Als Kaiser Konstantin die christliche Religion zur Staatsreligion machte, da wurde dieser Umstand sogleich von den römischen Bischöfen zur Erhöhung ihrer Macht benutzt. Durch niedrige Schmeichelei und Kriecherei gelang es ihnen, denen stets das Ohr des Kaisers zu Gebote stand, diese zu bewegen, dass ihnen immer mehr Vorrechte eingeräumt wurden. Dabei waren sie nicht blöd; sie nahmen, wo sie etwas bekommen konnten, wie schon im ersten Kapitel erzählt ist. So wurden sie reich und dem Reichtum von Jahr zu Jahr hochmütiger.

Ein Kardinal – Die Kronprinzen des Vatikans

Die Stelle des römischen Bischofs wurde nun eine sehr begehrte und beneidete. Der heidnische Statthalter zu Rom, Prätextatus, sagte: »Macht mich zum Bischof von Rom, dann will ich sogleich Christ werden.« Die Bewerber um diese Stelle lieferten sich die blutigsten Gefechte, in denen Hunderte von Menschen ihr Leben einbüßten.

Mit der Frömmigkeit und Heiligkeit der römischen Bischöfe war es längst vorbei, und wir sehen auf dem Bischofsstuhl schon Mörder und Ehebrecher. Doch bei solchen Kleinigkeiten dürfen wir uns nicht aufhalten und ebenso wenig bei den ehrgeizigen Kämpfen zwischen den Bischöfen von Rom und denen der anderen Städte.

Obwohl es interessant ist zu beobachten, wie durch konsequente Anwendung der Lüge, Unverschämtheit, List und Gewalt die Macht der römischen Bischöfe immer weiter um sich griff, so würde mich doch eine solche Auseinandersetzung hier zu weit führen, und ich will mich damit begnügen, die Stellung der römischen Bischöfe in den verschiedenen Jahrhunderten, sowohl ihren Mitbischöfen als der weltlichen Macht gegenüber, zu didakterisieren und nur einzelne dieser Ehrenmänner als Beispiel anzuführen.

Schon im 4. Jahrhundert hatten die römischen Bischöfe verlangt, dass ihnen der erste Rang unter den Patriarchen, also auch unter allen Bischöfen, zuerkannt würde. Dies geschah jedoch nicht, weil sie sich für Nachfolger Petri ausgaben, sondern weil sie ihren Sitz in der Hauptstadt der damaligen Welt hatten. Aber man dachte noch nicht daran, ihnen eine höhere Würde als den anderen Patriarchen einzuräumen.

Mehr erlangten sie auch nicht im 5., 6. und 7. Jahrhundert, wenn sie selbst auch schon anfingen, sich eine höhere Stellung anzumaßen und zu behaupten, dass sie vermöge der ihnen von Petrus anvertrauten Gewalt mit der Vorsorge für die allgemeine Kirche beauftragt wären.

Diese Anmaßungen wurden indessen noch von niemand anerkannt. In diesen Jahrhunderten hielt man noch die allgemeinen Kirchenversammlungen für die einzige rechtmäßige kirchliche Behörde, welche für die Erhaltung der Einheit der Kirche Sorge tragen musste. Über die Beobachtung der allgemeinen Kirchengesetze hatte jeder Bischof in seiner Diözese und vorzüglich jeder Patriarch in seinem Bezirk zu sorgen.

Die von den Aposteln gestifteten Gemeinden waren allerdings und begreiflicherweise die Richtschnur für die übrigen, und da Rom im Abendland die einzige der Art war (da sie von Paulus gestiftet wurde), so war es denn ganz natürlich, dass sich die abendländischen Bischöfe hin und wieder in streitigen Fällen kollegial an die Bischöfe von Rom wandten und um Rat baten.

In solchen Fällen waren diese stets darauf bedacht, ihren Rat in die Form eines Befehls zu kleiden und wohl gar hinzuzufügen: »So beliebt es dem apostolischen Stuhl.« Wenn nun auch einzelne Bischöfe zu solchen Anmaßungen schwiegen, worauf die römischen sogleich ein Recht gründeten, so protestierte man doch von allen Seiten dagegen, und an ein Primat des römischen Stuhls dachte vollends noch niemand, höchstens die römischen Bischöfe selbst. Kaiser Justinian erklärte sogar durch ein eigenes Gesetz, die Kirche zu Konstantinopel sei das Haupt aller christlichen Kirchen, und andere legten dem dortigen Patriarchen, zum größten Ärger des römischen, den Titel und Charakter eines allgemeinen Bischofs bei.

Selbst im Abendland, wo doch der römische Bischof noch im höchsten Ansehen stand, räumte man ihm zu dieser Zeit nicht einmal einen besonderen Titel ein. Alle Bischöfe nannten sich Papst (von papa, Vater), auch Oberpriester, auch sogar Stellvertreter Christi, und gaben sich untereinander diese Titel, also auch dem Bischof von Rom, der bald Papst der Stadt Rom, bald schlechtweg Papst genannt wurde.

Sogar der Titel Patriarch wurde im Abendland nicht einmal dem Bischof von Rom gegeben; es nannten sich die meisten Metropoliten so, und noch im Jahre 883 wurde der Bischof von Lyon, der auf der zweiten Synode zu Mahon den Vorsitz führte, Patriarch genannt. Hierin liegt der Beweis, dass man selbst im Abendland gar nicht daran dachte, dem Bischof von Rom einen höheren Rang einzuräumen.

Im 5., 6. und 7. Jahrhundert stand der römische Bischof wie jeder andere Staatsbeamte unter dem Kaiser, und dieser und sein Statthalter waren seine Richter. Die Reichssynoden wurden von den Kaisern berufen, und diese präsidierten hier durch einen Kommissar, und wenn auf der Synode zu Chalzedon der Legat des römischen Bischofs Leo den Vorsitz führte, so geschah es, weil dieser es sich vom Kaiser als eine besondere Gnade erbeten hatte. Die Beschlüsse dieser Synoden wurden nicht vom Bischof in Rom, sondern von den Kaisern bestätigt, und selbst wenn eine solche Kirchenversammlung gegen den Willen des römischen Bischofs gehalten wurde, so verlor sie dadurch nichts an ihrer allgemeinen Gültigkeit.

Bei streitigen Bischofswahlen entschied immer der Kaiser, und kein Bischof durfte seine Würde antreten, ohne die kaiserliche Bestätigung. Machte auch der Hochmut hin und wieder einen der Bischöfe verrückt, so wagten sie es doch nicht, sich über den Kaiser zu erheben.

Selbst Gregor I. (590 – 604), in dem schon der Geist der späteren Päpste spukte, war demütig wie ein Hund vor den Kaisern. In seinen Briefen an den Kaiser Mauritius gebraucht er die kriechendsten Ausdrücke und schreibt zum Beispiel: Wer bin ich, der ich zu meinem Herrn rede, als Staub und Wurm. Er nennt den Kaiser seinen frommen Herrn, dem die Gewalt über alle Menschen vom Himmel herab erteilt worden sei, und sich selbst nennt er seinen unwürdigen Diener. Dies war er in der Tat, denn er war durch und durch ein lasterhafter, heuchlerischer Schurke. Sein Benehmen gegen den Tyrannen Phokas beweist das schon zur Genüge.

Der Kaiser Mauritius, einer der edelsten Menschen, die jemals auf einem Thron saßen, wurde durch diesen Phokas, einen seiner Hauptleute, entthront. Selbst Nero ist gegen dieses blutdürstige Ungeheuer ein guter, liebreicher Mensch. Phokas ließ fünf Kinder des Mauritius vor dessen Augen grausam hinrichten und dann ihn selbst. Er rottete die ganze kaiserliche Familie aus und mordete bis an das Ende seines Lebens.

Gregor hatte von Mauritius nur Gutes erfahren; er nannte ihn selbst seinen Wohltäter, und dennoch verleumdete er aus Kriecherei gegen Phokas den edlen Kaiser. An den blutdürstigen Tyrannen schrieb er: Bisher sind wir hart geprüft gewesen; der allmächtige Gott aber hat Eure Majestät erwählt und auf den kaiserlichen Thron gesetzt, um durch Eurer Majestät barmherzige Gesinnung und Einrichtung aller unserer Not und Traurigkeit ein Ende zu machen. Der Himmel freue sich daher, und die Erde sei fröhlich, und das ganze Volk müsse wegen einer so glücklichen Veränderung Dank sagen.

Und so warf sich Gregor weg, um Phokas und sein gleich nichtswürdiges Weib auf seine Seite zu ziehen, damit er ihn vor dem Bischof von Konstantinopel bevorzuge, welcher zum größten Missvergnügen Gregors den Titel allgemeiner Bischof angenommen hatte. Doch ich muss die Äußerungen der Verachtung gegen diesen elenden Pfaffen unterdrücken, denn, wo soll ich sonst Worte finden, die noch nichtswürdigeren Handlungen seiner noch verruchteren Nachfolger zu bezeichnen?

Diesem Gregor I. verdankt die Kirche die Einführung einer Menge sinnloser oder vielmehr dummer Zeremonien, die noch bis zum heutigen Tag Geltung haben. Er war es, welcher aus der römischen Kirche die letzten Spuren des wahren Christentums, wie es Jesus und allenfalls seine Apostel verstanden, austilgte. Er ist der Erfinder des Fegefeuers, dieser päpstlichen Prellanstalt, die sich besser rentierte als irgendein Schwindelgeschäft, welches je ein beschnittener oder unbeschnittener Jude machte. Gregor ist auch der eifrigste Beförderer des Mönchswesens. Er hinterließ einen Wust selbstverfasster Schriften, die von dem wundervollsten Unsinn strotzen. In ihnen sind auch Regeln für Geistliche enthalten, aus denen ich eine Probe anführe, damit die der römischen Kirche angehörigen Leser untersuchen können, ob ihr Bischof derselben entspricht. Es handelt sich nämlich darum, wie die Nase eines Bischofs beschaffen sein müsse. Ein Bischof darf keine kleine Nase haben, denn – er muss Gutes und Böses zu unterscheiden wissen, wie die Nase Gestank und Wohlgeruch, daher auch das Hohelied sagt: »Deine Nase ist gleich dem Turm auf Libanon.« Ein Bischof darf aber auch keine allzu große oder gekrümmte Nase haben, um nicht spitzfindig oder niedergedrückt von Sorgen zu sein; er darf nicht triefäugig sein, denn er muss hell sehen; noch weniger krätzig oder beherrscht vom Fleisch.

Im 7. Jahrhundert trug sich eine Veränderung zu, welche zwar dem Christentum einen harten Stoß gab, aber für das Ansehen der römischen Bischöfe in der Folge höchst vorteilhaft wirkte. Mohammed trat als Stifter einer neuen Religion auf.

Mohammed lehrte: Es ist nur ein einziger Gott, welcher die ganze Welt beherrscht; er will von den Menschen treu verehrt sein durch Tugend. Tugend besteht in Ergebung in den göttlichen Willen, andächtigem Gebete, Wohltätigkeit gegen die Armen und Fremden, Redlichkeit, Keuschheit, Nüchternheit, Reinlichkeit, tapferer Verteidigung der Sache Gottes bis in den Tod. Wer diese Pflichten erfüllt, ist ein Gläubiger und empfängt den Lohn des ewigen Lebens.

Diese Lehre musste in der damaligen Zeit großen Anklang finden, denn sie war einfach und verständlich, während die der Christen sich von der Jesu so weit entfernt hatte, dass sie unverständlicher, unklarer, mystischer und unvernünftiger geworden war, als die der Heiden jemals gewesen. Dazu kam noch ein zwar auf sehr sinnliche Vorstellungen gegründeter, aber deshalb sehr praktisch und verlockend erfundener Himmel, während ein Mensch mit gesunden Sinnen dem von den Mönchen geschilderten Christenhimmel weder eine fassliche Vorstellung, noch den allergeringsten Geschmack abgewinnen kann.

Der praktische Wert des Islams in Vergleich mit der zu jener Zeit als Christentum geltenden Religion war besonders bei den Völkern des Orients überwiegend, um die Lehre Mohammeds verbreitete sich mit großer Schnelligkeit über ganz Asien und Nordafrika und vernichtete die christliche Kirche in diesen Ländern. Dadurch verschwanden die Patriarchen von Antiochien, Jerusalem und Alexandrien und mit ihnen die gefährlichsten Gegner der römischen Anmaßungen. Mohammed und die Kalifen arbeiteten für die römischen Päpste.

Diese waren aber bis zum Ende des 7. Jahrhunderts noch gar weit von ihrem Ziel entfernt. Die Kaiser küssten ihnen noch nicht den Pantoffel, wie sie es später taten, sondern gingen mit ihnen ebenso um, wie die preußische Regierung es mit den evangelischen Bischöfen tut, das heißt, sie betrachteten sie einfach als Staatsbeamte.

Im Höllenrachen

Der Bischof Liberius, welcher sich in Glaubenssachen nicht fügen wollte, wurde vom Kaiser Konstantin abgesetzt und verwiesen. Der stolze Bischof Leo »der Große« (452) musste sich vom Kaiser Valentinian als Gesandter an den Hunnenkönig schicken lassen, und der Bischof Agapet wurde in derselben Eigenschaft von dem Ostgotenkönig Theodat an Kaiser Justinian abgesendet.

Wie demütig Gregor war, haben wir gesehen, und das war wenigstens klug von ihm, denn die Kaiser ließen nicht immer mit sich scherzen, wie es Konstantin dem Bischof Martin (649–655) bewies.

Martinus wagte es, den Befehlen des Kaisers entgegen zu handeln, ja er ließ sich in hochverräterische Pläne ein. Dies bewog den Kaiser, den römischen Bischof durch seinen Statthalter in Rom gefangen nehmen und nach der Insel Naxos bringen zu lassen, die durch Ariadne bekannter geworden ist als durch Martinus, der hier ein ganzes Jahr lang im Gefängnis saß.

Von hier brachte man den Heiligen Vater nach Konstantinopel, sperrte ihn 49 Tage lang ein und stellte ihn dann vor ein Gericht, welchem der Großschatzmeister präsidierte. Der römische Papst hatte das päpstliche Übel, das Podagra, in den Beinen – seine Nachfolger hatten es häufig im Kopf – und erschien sitzend in einem Sessel. Der Richter befahl ihm jedoch, das Verhör stehend abzuwarten, und da er dies nicht konnte, so wurde er von zwei Männern aufrecht gehalten.

Die Schuld war offenbar, und so ward ihm denn bald das Urteil gesprochen. »Du hast gegen den Kaiser verräterisch gehandelt«, sagte der Großschatzmeister, »du hast Gott verlassen, und Gott hat dich wieder verlassen und in unsere Hände gegeben.« Darauf übergab er den Bischof von Rom dem Gouverneur von Konstantinopel mit der Weisung, ihn ohne Bedenken in Stücke zerhauen zu lassen, wenn er wolle.

Dem hochverräterischen römischen Papst wurde nun ein Halseisen umgelegt, und an Ketten wurde er durch die Stadt geschleppt. Vor ihm her ging der Scharfrichter mit entblößtem Schwert, zum Zeichen, dass der Verbrecher zum Tod verurteilt war. Darauf wurde Martin ins Gefängnis gebracht, mit Ketten auf eine Bank geschlossen und unter freien Himmel gestellt, wie es mit allen Verbrechern den Tag vor ihrer Hinrichtung geschah.

Über den armen deutschen König Heinrich erbarmte sich niemand, als er halbnackt im Schlosshof von Canossa im Schnee stand, aber Martin fand mitleidige Seelen. Die Gefängniswärter legten ihn ins Bett, und der Kämmerling des Kaisers ließ ihm zu essen bringen. Ja, der sterbende Patriarch Paulus von Konstantinopel, ein frommer Mann, den Martin feierlich als Ketzer verflucht hatte, bat auf seinem Sterbebett den Kaiser um seines Feindes Leben. Es wurde ihm bewilligt. Martin wurde aus dem Land verwiesen. Wo bat jemals ein römischer Papst um das Leben seines Feindes? Ich konnte in der Geschichte keinen Fall auffinden, und würde jedem dankbar sein, der mir einen solchen nachweisen könnte.

Der Nachfolger des abgesetzten Martinus zeichnete sich durch nichts aus, als dadurch, dass er diesen verhungern ließ.

Im 8. Jahrhundert taten die Päpste einen mächtigen Sprung vorwärts, wozu sie im Anfang desselben nicht die allergeringste Hoffnung hatten. Als die Langobarden Herren Italiens waren, beschränkte sich die Macht der römischen Bischöfe nur auf ihre Diözese, denn die barbarischen Könige derselben erkannten sie nicht einmal als Patriarchen von Italien an, und die anderen Bischöfe dieses Landes behaupteten ihre Unabhängigkeit.

Das änderte sich aber bald, als das langobardische Reich unter die Herrschaft der Franken kam. Durch sie wurden die Bischöfe von Rom die größten Landbesitzer in Italien, und dies, wie die Unterstützung der Frankenkönige, half ihnen zu dem Primat in Italien.

Sie verloren zwar in dieser Periode allen Einfluss auf Spanien, dafür traten sie aber wieder in nähere Berührung mit Gallien und legten den Grund zu ihrer Herrschaft in Deutschland. In England hatten sie schon zu Ende des 6. Jahrhunderts festen Fuß gefasst, indem die dortigen christlichen Kirchen auf ihre Veranlassung gestiftet wurden.

Von 715 bis 735 saß Gregor II. auf dem bischöflichen Stuhl zu Rom. Unter ihm brach der große Bilderstreit aus, von dem ich schon früher gesprochen habe, und der das ohnedies schon durch Thronstreitigkeiten zerrüttete oströmische Reich noch mehr schwächte.

Eigentlich hatte man sich schon seit den ersten Jahrhunderten des Christentums wegen der Verehrung der Bilder gezankt, und die angesehensten und frömmsten Kirchenlehrer hatten den Bilderdienst als abscheulichsten Götzendienst verdammt. Um von den vielen Beispielen nur eins anzuführen, setze ich den Ausspruch Tertullians her: Ein jedes Bild ist nach dem Gesetz Gottes ein Götze, und ein jeder Dienst, der demselben erwiesen wird, eine Abgötterei.

So wie dieser verdammen Eusebius von Cäsarea, Clemens von Alexandrien, Origenes, Chrysostomus und viele andere der geachtetsten Kirchenväter die Verehrung der Bilder als eine der christlichen Lehre durchaus hohnsprechende Abgötterei. Aber die römischen Bischöfe und die Mönche, welche ihren Vorteil kannten, den ihre Kasse aus diesem Götzendienst ziehen musste, verteidigten die Bilder mit Leib und Leben.

Gregor II. war ein großer Bildernarr, und als der oströmische Kaiser Leo, der Isaurier, die Bilder mit Gewalt aus den Kirchen Italiens entfernen lassen wollte, da kam es zu den blutigsten Streitigkeiten, welche der Langobardenkönig Luitbrand dazu benutzte, seine Herrschaft in diesem Land immer weiter auszudehnen.

Gregor hetzte alles gegeneinander und wiegelte das Volk gegen den Kaiser auf. An diesen schrieb er einen unverschämten Brief, in welchem er ihn einen Ignoranten, einen Tölpel, einen dummen und verrückten Menschen, einen gottlosen Ketzer nannte. Der rechtschaffene Kaiser, anstatt diesen hochmütigen Pfaffen nach dem Gesetz strafen zu lassen, antwortete ihm mit großer Mäßigung, aber nun stieg erst recht die Frechheit Gregors, und in einem seiner Briefe schrieb er an seinen Kaiser und Herrn: Jesus Christus schicke dir den Teufel in den Leib, damit dein Geist zum Heil gelange.

Leo griff nun den rebellischen Bischof am richtigen Fleck an; er entzog ihm sein ganzes Patrimonium in Sizilien und Kalabrien und unterwarf es dem Patriarchen von Konstantinopel. Dadurch verlor Gregor jährlich 224.000 Livres Einkünfte. Dafür verehrt denn aber auch die römische Kirche diesen Gregor II. als einen Heiligen.

Sein Nachfolger Gregor III. fuhr ganz in demselben Geist fort und wiegelte das Volk zu offener Empörung gegen den Kaiser auf. Als er aber auch den Langobardenkönig beleidigte, rückte dieser vor Rom. Der geängstigte Bischof, den nun alle heiligen Knochen nicht schützen konnten, und der für seine eigenen fürchtete, bat Karl Martell, den fränkischen Majordomus, um Hilfe und wand sich vor ihm wie ein Wurm. Endlich ließ sich der Franke bewegen, ihn zu schützen, als er versprach, sich vom Kaiser loszusagen und Rom ihm zu unterwerfen.

Nach Gregors und Martells Tod wurde der folgende Bischof von Rom, Zacharias, wieder arg von den Langobarden bedrängt und sah nirgends Trost und Hilfe als bei den Franken. Hier führte der Sohn Karl Martells, Pipin, das Schwert des Reichs, und hatte große Lust, den schwachen König Childerich III. zu entthronen. Zacharias wusste es nun so zu lenken, dass die fränkischen Stände an ihn die Frage richteten: »Ob nicht ein feiger und untüchtiger König des Thrones beraubt und ein würdigerer an seine Stelle gesetzt werden dürfe?« Der römische Bischof antwortete: »Ja«, und machte sich dadurch den nun zum Frankenkönig erwählten Pipin zum Freund.

Zacharias erlebte aber die Früchte seiner Politik nicht. Von ihm verdient noch bemerkt zu werden, dass er einen Bischof namens Virgilius in den Bann tat und als Ketzer verdammte, weil derselbe behauptet hatte, dass die Erde eine Kugel sei, und dass auf der anderen Seite derselben Menschen wohnten, die uns die Fußsohlen zukehrten.

Bischof Stephanus II. (752–757) erntete, was seine Vorgänger gesäet. Bedrängt von den Langobarden, begab er sich in persona zu Pipin. Dieser schickte ihm seinen Sohn Karl dreißig Meilen weit entgegen und ritt selbst eine Meile, ihn zu begrüßen. Er litt nicht, dass der Bischof vom Pferde stieg, sondern begleitete ihn selbst zu Fuß, gleich einem Stallknecht. So erzählen die päpstlichen Geschichtsschreiber.

Pipin ließ sich in Paris von Stephan salben, und dieser entband ihn feierlich des Eides, den er seinem König geleistet hatte, und tat die Franken, wenn sie Pipin und seine Nachkommen nicht als Könige anerkennen würden, in den Bann. Das tapfere Volk war bereits so sehr von päpstlichem Aberglauben umgarnt, dass die Dreistigkeit des Stephanus sie nicht empörte, son-

Pipin wird von Bonifatius zum König gesalbt

dern vielmehr die Macht Pipins befestigte. Dieser zeigte sich dankbar; er schenkte dem römischen Bischof das Exarchat, nämlich die heutige Romagna und Ankona, ein Land, welches Pipin gar nicht zu verschenken hatte, da es ihm nicht gehörte!

Als Stephan nach Rom zurückgekehrt war und die Franken zu lange zögerten, ihn von den Langobarden zu befreien, schrieb er einen Brief nach dem anderen an Pipin, und als derselbe immer noch nicht kam, griff er zu einem ebenso dummen wie schamlosen Betrug, der aber trotzdem gescheit war, da er bei den abergläubischen Franken Erfolg hatte. Stephan schickte nämlich einen Brief des Apostels Petrus an Pipin, seinen Sohn und die fränkische Nation, in welchem der Apostel auf die Langobarden schimpft und dem Frankenkönig mitteilt, dass, wenn er nicht helfen wolle, er vom Reich Gottes ausgeschlossen sei.

Es mit dem »Himmelspförtner« zu verderben, war eine ernste Sache, und die Franken entschlossen sich, in Italien einzurücken. Die Langobarden wurden gezwungen, das Exarchat zu räumen und Bischof Stephan in den Besitz eines Landes gesetzt, welches dem oströmischen Kaiser gehörte, dessen Untertan Stephanus war!

Während die römischen Bischöfe selbst dafür besorgt waren, in Italien ihr Schäfchen ins Trockene zu bringen, arbeitete für sie in Deutschland Bonifatius, welcher seiner Beschützer ganz würdig war. Ich habe schon früher von diesem Unglücksapostel gesprochen, dem Deutschland all das Unheil verdankt, welches die römische Kirche über dasselbe gebracht hat. Dieser Bonifatius kam nach Rom und leistete Gregor II. über dem erlogenen Grabe der Apostel einen Huldigungseid, durch welchen er sich dem Papsttum, nicht dem Christentum, mit Leib und Seele unterwarf.

Mit heiligen Knochen aller Art ausgerüstet, ging er nun nach Deutschland und wandte alle von seinem Meister in Rom erlernten Mittel an, die deutschen Bischöfe dem römischen Stuhl zu unterwerfen.

Das Christentum hatte in Deutschland längst Wurzel gefasst; allein Bonifatius rottete es als Ketzerei aus und gab ihm dafür das moderne Heidentum, welches man schon damals in Rom christliche Religion nannte. Er stiftete als Legat des römischen Bischofs eine Menge Kirchen in Deutschland, die er alle demselben unterwarf, und seinen Bemühungen gelang es, zustande zu bringen, dass im Jahr 744 sämtliche deutschen Bischöfe dem römischen Stuhle beständigen Gehorsam gelobten.

Auch über die fränkischen Bischöfe erlangte der zu Rom eine Art von Oberhoheit; allein sowohl hier als in Deutschland hatte dieselbe noch ziemlich enge Grenzen, und man war weit davon entfernt, ihm die gesetzgebende Gewalt über die ganze Kirche einzuräumen. Aber es war schon genug, dass man ihm eine gewisse Autorität einräumte; mit Lug und Trug kamen, wie wir sehen werden, die Päpste bald weiter.

Wenn auch Pipin sich sehr demütig zeigte, so fiel es doch seinem Sohn, Karl dem Großen, obwohl er sich in Rom vom Papst zum Kaiser krönen ließ, nicht im allerentferntesten ein, sich diesem unterzuordnen; er betrachtete ihn als den ersten Reichsbischof, denn er selbst trat in alle Rechte, welche sonst der römische Kaiser ausgeübt hatte. Aber dieser sonst so vernünftige Mann, welcher die Geistlichkeit wegen ihrer Habsucht, Prachtliebe und Sittenlosigkeit sehr derb zurechtwies, beging den dummen Streich, den Pfaffen ein wichtiges Recht zu gewähren, welches nur dazu diente, die Macht zu stärken, von der Karls Nachfolger misshandelt wurden; er bestätigte das Recht des Zehnten.

Als die christlichen Priester sich ganz nach dem Muster der jüdischen bildeten, verlangten sie auch, wie diese, den zehnten Teil der Ernte usw. für sich. Bisher hatten sie die gläubigen Christen zur Zahlung dieser Abgabe zu überreden gewusst, und wenn auch schon am Ende des 7. Jahrhunderts eine fränkische Synode den Zehnten für eine göttliche Satzung erklärte und jeden mit dem Bann bedrohte, der ihn nicht bezahlen wollte, so war dies doch eben weiter nichts, als ein Beweis pfäffischer Unverschämtheit, wie wir deren so viele haben.

Karl der Große machte den Zehnten erst gesetzlich, und bald dehnten ihn die Pfaffen auf alles Mögliche aus. Sie verlangten nicht nur den Zehnten von den Feldfrüchten, Schafen, Ziegen, Kälbern, Hühnern und dem Erwerb, sondern sie wollten ihn sogar von Dingen erheben, die sich für Geistliche sehr schlecht schickten. Als ein Beweis mag folgender Fall dienen:

Zu Brescia belehrte der Pfarrer die Frauen im Beichtstuhl, dass sie ihm auch den Zehnten von – den ehelichen Umarmungen entrichten müssten. Eine der Frauen, welche sich von der Rechtmäßigkeit der geistlichen Ansprüche hatte überzeugen lassen, wurde von ihrem Mann wegen ihrer langen Abwesenheit zur Rede gestellt; von ihm gedrängt, beichtete sie das saubere Beichtstuhlgeheimnis. Der beleidigte Ehemann sann auf eine herbe Züchtigung. Er veranstaltete ein großes Gastmahl, zu welchem auch der zehntenlustige Pfarrer geladen wurde. Als man in der besten Unterhaltung war, erzählte der Wirt der Gesellschaft die Nichtswürdigkeit des Pfaffen und wandte sich dann plötzlich an diesen, indem er ihm sagte: »Da du nun von meiner Frau den Zehnten von allen Dingen verlangst, so empfange nun auch den hier!« Dabei überreichte er dem Pfaffen ein Glas voll Urin usw. und zwang den halbtoten Pfarrer, dasselbe vor den Augen der ganzen Gesellschaft zu leeren. Seitdem wird ihm wohl der Appetit nach dem Zehnten etwas vergangen sein.

Karls des Großen unwürdige Nachfolger begingen die Torheit, sich gleichfalls von den Päpsten krönen zu lassen, und so wurde in dem Volk bald die Idee erweckt, dass der Papst die

Krone zu vergeben habe, da er den Kaiser erst durch die Krönung zum Kaiser mache. Die Einwilligung, welche aber die Päpste zu ihrer Wahl vom Kaiser bedurfte, wurde stets in aller Stille und ohne Sang und Klang eingeholt, damit das Volk davon nichts merke.

Papst Eugenius entwarf selbst den Eid, welchen er »seinen Herren, den Kaisern Ludwig und Lothar«, leistete und den auch seine Nachfolger den Kaisern schwören mussten. Dieser Eid, den ich nicht ausführlich hersetzen will, steht auch in den Diplomen, die von den Kaisern Otto I. und Heinrich I. in der Engelsburg in Rom aufgefunden wurden. Es ist also ganz klar bewiesen, dass die Päpste selbst sich damals durchaus als Untergebene der Kaiser betrachteten.

Man erstarrt förmlich über die grenzenlose Unverschämtheit, mit welcher die Päpste dies abzuleugnen suchten! Wahrhaft groß darin war Nikolaus I. (858–868). Er behauptete: »Dass die Kaiser, wenn sie Synoden für nötig hielten, stets nach Rom geschrieben und nicht befohlen, sondern nur gebeten hätten, eine Synode zusammenzurufen, und dann gut geheißen oder verdammt hätten, was man in Rom für nötig fand.«

Dieser Nikolaus war sogar dreist genug zu behaupten, »dass die Untertanen den Königen, die den Willen Gottes (das heißt des Papstes) nicht täten, keinen Gehorsam schuldig wären.« Seinen Namen setzte er in allen Schriften vor den der Könige, ja er wagte es, Lothar zu exkommunizieren, und dieser bat wirklich demütig um Absolution!

Die Erzbischöfe Teutgand von Trier und Günther von Köln traten kühn dem frechen Nikel entgegen. »Du bist ein Wolf unter Schafen«, sagten sie zu ihm, »du handelst gegen deine Mitbischöfe nicht wie ein Vater, sondern wie ein Jupiter; du nennst dich einen Knecht der Knechte und spielst den Herrn der Herrn. Du bist eine Wespe, aber glaubst du, dass du alles tun dürftest, was dir gefällt? Wir kennen dich nicht und deine Stimme, und fürchten nicht deinen Donner – die Stadt Gottes, von der wir Bürger sind, ist größer als Babylon, das sich rühmt, ewig zu sein, und sich brüstet, als ob es nie irren könne.«

Doch was halfen solche vereinzelte Anstrengungen? Die starke Kreuzspinne zu Rom spann ihr Lügengewebe über ganz Europa und bestrickte damit endlich Könige, Bischöfe und Volk! Es ging aber damit den Päpsten noch immer zu langsam, und sie ersannen einen Betrug, der ihnen schneller zum Ziel helfen sollte und, dank der Dummheit der Menschen, leider auch half!

Niemand wollte noch an die Rechtmäßigkeit all der Rechte glauben, welche die Päpste nach und nach usurpiert hatten. Dies war ihnen in vielen Fällen fatal, und sie mussten sehr wünschen, nachweisen zu können, dass schon die ersten römischen Bischöfe solche Machtvollkommenheit gehabt hätten, wie sie dieselben in Anspruch nahmen.

Zu diesem Ende wurden zu Anfang des 9. Jahrhunderts die in der Geschichte unter dem Namen der Pseudo-Isidorischen Dekretalen bekannten falschen Urkunden von einem päpstlichen Betrüger zusammengestellt. Sie wurden unter dem Namen des höchst geachteten Bischofs Isidor von Sevilla, der 636 starb, verbreitet und begannen mit sechzig Briefen der allerersten Bischöfe Roms, denen eine Menge bischöflicher Dekretalen (Beschlüsse), echte und falsche durcheinander, folgten.

Der Hauptzweck dieser Fälschung war es, die ganze Kirchenzucht über den Haufen zu werfen, den römischen Bischof zum unumschränkten Kirchenmonarchen zu machen, ihm mit Vernichtung aller Metropolitan- und Synodalgewalt die Bischöfe unmittelbar zu unterwerfen; die Kirche von aller weltlichen Gerichtsbarkeit unabhängig zu machen und allen Einfluss des Staates auf kirchliche Angelegenheiten und Verhältnisse zu zerstören.

In diesem sauberen Spitzbubenwerk ist auch eine Schenkungsurkunde enthalten, durch welche der Kaiser Konstantin dem Apostel Petrus das ganze abendländische Reich und dessen Hauptstadt Rom zusichert!

Das Betrügerische dieser Briefe und Urkunden liegt so klar am Tag, dass man kaum begreift, wie selbst Bischöfe ihnen damals Glauben schenken konnten. Aber die meisten derselben waren ungelehrte Leute, welche nicht einmal die Geschichte ihrer Kirche kannten. Fragte ein Gescheiter einmal nach den Originalen dieser Dekretalen, die doch in Rom aufbewahrt sein mussten und von denen man die Abschriften gemacht hatte, dann wusste man sehr schlau und ausweichend zu antworten, und die meisten Bischöfe ließen fünf gerade sein, da sie lieber von dem entfernten Bischof von Rom, als von ihrem Metropolitan abhängig sein wollten, der ihnen zu nah auf die Finger sehen konnte.

In diesen Briefen, die angeblich von den römischen Bischöfen der ersten Jahrhunderte geschrieben sein sollten, kommen Bezeichnungen von Dingen vor, die man zu ihrer Zeit noch gar nicht kannte. Ja, der betrügerische, unwissende Fälscher, welcher dieses Buch verfasste, lässt diese Bischöfe Stellen aus der Bibel nach der Übersetzung des viel später lebenden heiligen Hieronymus, selbst aus Büchern zitieren, die erst im 7. Jahrhundert geschrieben waren! Noch mehr, es sind sogar Stellen aus den Beschlüssen einer Synode zu Paris im Jahr 829 in diesem ungeschickten Machwerk aufgenommen!

Doch, wie lächerlich es auch klingen mag, diese Pseudo-Isidorischen Dekretalen, diese anerkannte Fälschung, sind die Grundlage des Papsttums. Durch sie wurden die Päpste unumschränkte Gesetzgeber in geistlichen und weltlichen Dingen, durch sie erhoben sie sich über Fürsten und Völker, ließen sich als Halbgötter anbeten und verfügten unwillkürlich über große Reiche.

Der Titel also, den ein meuchelmörderischer Schurke Phokas erteilte; die Schenkung ihm nicht gehörigen Gutes, welches ein Usurpator, Pipin, machte, und eine ganz gemeine Fälschung, diese Pseudo-Isidorischen Dekretalen – bilden die unheilige Dreieinigkeit, auf welcher die päpstliche Macht gegründet ist. Mord, Diebstahl, Fälschung! Ein sauberes Fundament!

Das Gebäude, welches darauf erbaut wurde, hielt bis auf den heutigen Tag, denn es war gemörtelt mit der Dummheit der Menschen, und die Risse, welche die Vernunft zu manchen Zeiten darin machte, wurden zugeleimt mit dem Blut von Millionen!

Die Pseudo-Isidorischen Dekretalen äußerten schon ihre Kraft unter dem oben genannten Papst Nikolaus I. und noch mehr unter Johannes VIII., der 872 den römischen Stuhl bestieg. Er gebärdete sich schon wie ein rechter Papst und sprach von dem Kaiser Karl dem Kahlen: »Da er von Uns zum Kaiser gekrönt sein will, so muss er auch zuerst von Uns gerufen und erwählt sein.« Er war der erste, welcher den Kronkandidaten eine förmliche Kapitulation vorlegte, ehe sie zur Krönung nach Rom kommen durften.

Karl dem Dicken, der einige Klostergüter verschenkt hatte, schrieb er: »Wenn du solche binnen sechzig Tagen nicht wieder schaffst, sollst du gebannt sein, und wenn auch dies nicht hilft, durch derbere Schläge klug werden.«

Er sprach in einem Schreiben an die deutschen Bischöfe mit dürren Worten aus, wohin das Streben aller Päpste zielte: »Was schaffen wir denn in der Kirche an Christi Statt, wenn wir nicht für Christus gegen der Fürsten Übermut kämpfen? Wir haben, sagt der Apostel, nicht mit Fleisch und Blut, sondern wider die Fürsten und Gewaltigen zu kämpfen.«

Stephan V. (885–891) war schon nicht mehr damit zufrieden, ein Mensch zu sein, denn er sagte: »Die Päpste werden, wie Christus, von ihren Müttern durch die Überschattung des Heiligen Geistes empfangen; alle Päpste seien so eine gewisse Art von Gott-Menschen, um das Mittleramt zwischen Gott und den Menschen desto besser betreiben zu könnnen.«

Doch nicht nur die Päpste der alten Zeit beanspruchten solche Gottmenscherei; alle römischen Priester tun es bis in die neueste Zeit, und als Beweis dafür will ich eine Stelle aus einer Predigt anführen, welche am 16. August 1868 in der Pfarrkirche zu Ebersberg von dem Cooperator in Oberdorfen, Anton Häring, gehalten wurde. Dieser Gott-Häring sagt: »Mit der Absolutionsgewalt hat Christus dem Priestertum eine Macht verliehen, die selbst der Hölle furchtbar ist, der selbst Luzifer nicht zu widerstehen vermag; eine Macht, die sogar hinüber reicht in die unermessliche Ewigkeit, wo sonst jede irdische Macht ihre Grenze und ihr Ende findet; eine Macht, sage ich, die Fesseln zu brechen vermag, welche für eine Ewigkeit geschmiedet waren durch die begangene schwere Sünde. Ja, fürwahr, diese Macht der Sündenvergebung macht den Priester gewissermaßen zu einem zweiten Gott, denn – Sünden vergeben kann naturgemäß eigentlich nur Gott. Und doch ist das noch nicht die höchste Spitze der priesterlichen Macht, seine Gewalt reicht noch höher; Gott selbst nämlich vermag er sich dienstbar zu machen! Wieso? Wenn der Priester zum Altar schreitet, um das heilige Messopfer dazubringen, da erhebt sich gleichsam Christus Jesus, der da sitzt zur Rechten des Vaters, von seinem Thron, um bereit zu sein auf den Wink seines Priesters auf Erden. Und kaum beginnt der Priester die Konsekration, da schwebt auch schon Christus, umgeben von himmlischen Scharen, vom Himmel zur Erde und auf den

Opferaltar nieder, und verwandelt auf die Worte des Priesters hier Brot und Wein in sein heiliges Fleisch und Blut und lässt sich dann von den Händen des Priesters heben und legen, und wenn er auch der sündhaftigste und unwürdigste Priester ist. Fürwahr, eine solche Macht übertrifft selbst die Macht der höchsten Himmelsfürsten, ja sogar die Macht der Himmelsköniginnen. Darum pflegt der heilige Franziskus von Assisi mit Recht zu sagen: Wenn mir ein Priester und ein Engel zugleich begegnen würden, so würde ich zuerst den Priester begrüßen, dann erst den Engel, weil der Priester eine viel höhere Macht und Hoheit besitzt als die Engel.«

Ich führe diese Stelle aus einer erst wenige Monate alten Predigt nur deshalb an, um zu beweisen, dass der dumme Glauben unter den römisch-katholischen Christen noch kein überwundener Standpunkt ist, wie viele Leute im Norden von Deutschland glauben. Doch kehren wir zu den Päpsten zurück.

Der Strom der päpstlichen Nichtswürdigkeit und Unfläterei wird nun immer breiter und stinkender. Mit dem 10. Jahrhundert beginnt die Zeit, welche in der Geschichte als das römische Hurenregiment berüchtigt ist. Gemeine Huren regieren die Christenheit und schalten und walten nach Gefallen über den sogenannten apostolischen Stuhl.

Ich könnte leicht parteiisch erscheinen, wenn ich diese schmachvolle Periode der Wahrheit getreu charakterisierte, deshalb mag für mich ein durchaus päpstlicher Schriftsteller reden, nämlich Kardinal Baronius. Er sagt: »In diesem Jahrhundert war der Gräuel der Verwüstung im Tempel und Heiligtum des Herrn zu sehen, und auf Petri Stuhl saßen die gottlosesten Menschen, nicht Päpste, sondern Ungeheuer. Wie hässlich sah die Gestalt der römischen Kirche aus, als geile und unverschämte Huren zu Rom alles regierten, mit den bischöflichen Stühlen nach Willkür schalteten und ihre Galane und Beischläfer auf Petri Stuhl setzten.«

Doch man darf ja nicht glauben, dass nur die Päpste ein so unwürdiges Leben führten, nein, verdorben wie das Haupt, so waren auch die Glieder. König Edgard sagte in einer Rede von der englischen Geistlichkeit: »Man findet unter der Klerisei nichts anderes als Üppigkeit, liederliches Leben, Völlerei und Hurerei. Ihre Häuser haben sie ganz infam gemacht und sie in Hurenherbergen verwandelt. Tag und Nacht wird darin gesoffen, getanzt und gespielt. Ihr Bösewichte, müsset ihr die Vermächtnisse der Könige und die Almosen der Fürsten so anwenden?« Ich werde später hinlängliche Beweise anführen, dass König Edgard die Wahrheit sprach, und dass seine Strafrede nicht allein die Geistlichkeit Englands, sondern aller Länder anging.

Nicht der Heilige Geist, sondern die Mätresse des mächtigen Markgrafen Adalbert von Toskana, Marozia, erhob Sergius III. auf den päpstlichen Stuhl und zeugte mit ihm hier ein Söhnlein, welches später ebenfalls Papst wurde. Als Sergius starb, gaben ihm Marozia und ihre Schwester Theodora ihren Liebhaber Anastius II. zum Nachfolger. Diesem folgte in kurzer Zeit, weil das Schwesternpaar viele Päpste konsumierte, Johannes X., der es aber mit Marozia verdarb, die ihn gefangensetzen und ersticken ließ. Leo VI., der ihm folgte, wurde ebenfalls nach einigen Monaten ermordet.

Endlich machte Marozia ihren mit Sergius III. erzeugten Sohn Johannes XI., der noch fast ein Kind war, zum Papst. Mord und Totschlag erfüllte Rom. Einer der Feinde des Papstes bemächtigte sich desselben und ließ ihn im Gefängnis vergiften.

Die tolle Wirtschaft, die in Rom und überhaupt in Italien zu dieser Zeit herrschte, ist zu bunt und verwirrt, als dass ich mich auf Einzelheiten einlassen könnte.

Im Jahr 956 gelang es einem Enkel der Marozia namens Oktavian, den päpstlichen Stuhl zu erobern, obwohl er erst neunzehn Jahre alt und niemals Geistlicher gewesen war. Er nannte sich Johannes XII. und ist ein wahres Juwel von einem Papst, der es noch toller trieb als sein gleichzeitiger Kollege, der griechische Patriarch Theophylaktus – ein Junge von sechzehn Jahren!

Johannes verkaufte Bistümer und Kirchenämter an den Meistbietenden, und verwandte ungeheure Summen auf Pferde und Hunde. Von ersteren hielt er nicht weniger als 2.000, und diese fütterte er aus bloßer Verschwendungssucht mit Pistazien, Rosinen, Mandeln und Feigen, die vorher in guten Wein eingeweicht waren. Guter Hafer und Heu wäre ihnen wahrscheinlich lieber gewesen.

Unter seiner Regierung ging es recht lustig zu, man lachte und tanzte in der Kirche und sang dazu liederliche Lieder. Der päpstliche Palast wurde von Johannes XII. in einen Harem verwandelt. »Kein Weib war mehr so keck, sich sehen zu lassen, denn Johannes notzüchtigte alles, Mädchen, Frauen und Witwen, selbst über den Gräbern der heiligen Apostel.« So erzählt von ihm der Bischof von Cremona, Luitbrand.

Diese Wirtschaft wurde endlich Kaiser Otto I. zu toll. Er berief ein Konzil, und hier erfuhr er von dem »Heiligen Vater« höchst unheilige Dinge. Die achtungswertesten Bischöfe tra-

ten gegen ihn als Ankläger auf. Einer sagte, dass er gesehen habe, wie der Papst einen im Pferdestall zum Bischof ordinierte. Andere bewiesen, dass er Bischofsstellen für Geld verkaufte und dass er einen zehnjährigen Knaben zum Bischof von Lodi machte. Die Unzucht will ich hier übergehen, da sie zu viel Platz wegnehmen würde. Man beschuldigte ihn ferner, dass er den Kardinal-Subdiakonus kastriert, meherere Häuser in Brand gesteckt, beim Wein des Teufels Gesundheit getrunken und beim Würfelspiel oftmals Venus und Jupiter angerufen habe.

Nachdem die Synode feierlichst die Wahrheit dieser Aussagen beschworen hatte, bat sie den Kaiser, den Papst trotz aller Beweise nicht ungehört zu verdammen. St. Johannes wurde daher zitiert, aber statt seiner kam ein Brief, in welchem er schrieb: »Wir hören, dass ihr einen anderen Papst wählen wollt. Ist das eure Absicht, so exkommuniziere ich euch alle im Namen des allmächtigen Gottes, damit ihr außer Stand gesetzt werdet, weder einen Papst zu verdammen noch eine Messe zu halten.«

Nun machte Otto I. nicht viele Umstände mit dem liederlichen Hans, setzte ihn ab und den von Volk, Adel und Geistlichkeit erwählten Leo VIII. an seine Stelle. Hänschen hatte sich mit den Schätzen der Peterskirche davon gemacht.

Als Kaiser Otto mit seinen schwerfälligen Deutschen abmarschiert war, da verlangten die römischen Damen nach ihrem Liebling Johannes und wussten es durch ihren Anhang dahin zu bringen, dass er wieder im Triumph in Rom eingeholt wurde. Leo gelang es zu entkommen, aber mehrere seiner Freunde fielen Johannes in die Hände, der sie schändlich verstümmeln ließ. Otgar, Bischof von Speyer, einer dieser Freunde, der noch in Rom war, wurde so lange gepeitscht, bis er tot war!

Der Heilige Vater Johannes XII. genoss aber die neue Herrlichkeit nicht lange. Er entführte eine schöne Frau, wurde von dem Mann derselben auf der Tat ertappt und auf der Bresche der erstürmten Zitadelle totgeschlagen. Ein seltsames Sterbekissen für einen heiligen Papst!

Ich habe die Taten dieses Johannes etwas ausführlicher erzählt, um die Leser vorzubereiten auf die späteren Päpste, die noch heiliger waren als er. Die anderen Heiligkeiten dieses Jahrhunderts will ich kürzer abhandeln.

Leo VIII. und Benedikt V. wurden bald abgetan, und es bestieg den päpstlichen Stuhl Johann XIII. (965–972), den die Römer wegjagten, weil er zu stolz und gewalttätig war, und an dessen Stelle Benedikt VI. zum Papst gemacht wurde. Dieser wurde aber auch bald von einem Sohn der Marozia und des Papstes Johann X. ins Gefängnis geworfen und erdrosselt.

Johann XIV. ließ einen seiner Gegenpäpste ebenfalls einsperren und vergiften; aber dieser Giftmischer, Bonifatius VII., starb darauf, und seine Leiche wurde von den erbitterten Römern durch alle Pfützen geschleift und dann auf offener Straße liegen gelassen wie ein Aas. Einige Geistliche holten sie hinweg und begruben sie heimlich.

Johann XV. (985–996) maßte sich das ausschließliche Recht der Seligsprechung und Heiligsprechung an, welches bisher jeder Bischof nach Gefallen ausgeübt hatte.

Johann XVI. wurde von seinem Gegner Gregor V. (996–998) gefangen genommen und hatte ein klägliches Ende. Gregor ließ ihn an Augen, Ohren und Nase schrecklich verstümmeln, in einem beschmutzten priesterlichen Gewand rücklings auf einem Esel, den Schwanz in der Hand, durch die Straßen führen und dann in einem Kerker elend verhungern.

Ich darf nicht vergessen, hier eine Sage einzuschieben, welche von den Feinden des Papsttums immer mit großer Schadenfreude erwähnt wurde, wenn auch neuere Schriftsteller sie als eine Erdichtung behandeln. Es ist die berüchtigte Geschichte von der Päpstin Johanna.

Angebliche Niederkunft der Päpstin Johanna auf der Straße in Rom

Man erzählt nämlich, dass zwischen Leo III. und Benedikt IV. ein Frauenzimmer unter dem Namen Johann VIII. auf dem päpstlichen Stuhl gesessen habe. Bald macht man diese Päpstin zu einem englischen, bald zu einem deutschen Mädchen, und nennt sie Johanna, Guta, Dorothea, Gilberta, Margaretha oder Isabella. Sie soll mit ihrem Liebhaber, als Jüngling verkleidet, nach Paris gegangen sein, dort studiert und sich solche Gelehrsamkeit erworben haben, dass man sie, als sie später nach Rom kam, zum Papst wählte.

Porträt der angeblichen Päpstin Johanna als Papst Johannes VIII.

Dieser Papst war aber, so erzählt die Sage weiter, vertrauter mit dem Kämmerer als mit dem heiligen Geist, und der Heilige Vater fühlte, dass er eine heilige Mutter werden wollte. Es erschien ihr ein Engel – die Engel flogen damals noch wie die Sperlinge herum –, der ihr die Wahl ließ, ob sie ewig verdammt oder vor der Welt öffentlich beschimpft sein wolle. Sie wählte das Letztere und kam in öffentlicher Prozession zwischen dem Kolosseum und der Kirche St. Clemens mit einem jungen Päpstlein nieder.

Jeder Hof hat seine geheime Geschichte, und die vorgefallenen Schändlichkeiten werden meistens so gut vertuscht, dass der spätere gewissenhafte Geschichtsschreiber, die sich hin und wieder davon vorfindenden, sich oft widersprechenden Erzählungen als nicht hinlänglich begründet verwerfen muss. Ich habe Büchertitel gelesen, auf denen versprochen ist, die Echtheit der Päpstin Johanna aus mehr als hundert päpstlichen Schriftstellern nachzuweisen; aber andere Titel, die ebenso gründlich und zuversichtlich klingen, versprechen gerade das Gegenteil. Die Sache ist an und für sich nicht so wichtig, deshalb habe ich meine Zeit nicht damit verloren, sie historisch zu untersuchen, was eine sehr mühsame Arbeit sein möchte, und ich muss sie dem Glauben oder Unglauben der Leser überlassen.

Seit dieser ärgerlichen Geschichte, fährt die Sage fort, musste sich der neu erwählte Papst auf einen durchlöcherten Stuhl setzen vor versammelter Geistlichkeit und Volk. Dann musste ein Diakonus unter den Stuhl greifen und sich handgreiflich davon überzeugen, ob der Papst das habe, was der Johanna fehlte, und was ein Papst jener Zeit durchaus zur Regierung der Christenheit nicht entbehren konnte. Fand er alles in Ordnung, dann rief er mit feierlicher Stimme: Er hat, er hat, er hat! (Habet, habet, habet!) Und das Volk jubelte: Gott sei gelobt! Dieser Stuhl hieß der Untersuchungsstuhl, oder auch die sella stercoraria. Erst Leo X. soll diesen Gebrauch abgeschafft haben.

Gregor V., der letzte Papst im 10. Jahrhundert, war der erste, welcher das Interdikt auf ein Land schleuderte, und zwar auf Frankreich. »Das Interdikt war die furchtbarste und wirksamste Taktik der Kirchendespoten und der recht eigentliche Hebel der geistlichen Universalmonarchie.«

Jetzt mag der Papst bannen und interdizieren so viel er will, es kräht kein Hahn danach; allein in jener finsteren Zeit konnte ein Land kein größeres Unglück treffen als das Interdikt. Trauer und Verzweiflung waren über dasselbe ausgebreitet, als wüte die Pest.

Der Landmann ließ seine Arbeit liegen, denn er glaubte, dass der verfluchte Boden nur Unkraut statt Frucht trüge; der Kaufmann wagte es nicht, Schiffe auf die See zu schicken, weil er befürchtete, Blitze möchten sie zertrümmern; der Soldat wurde ein Feigling, denn er meinte, Gott sei gegen ihn.

Keine Wallfahrt, keine Taufe, keine Trauung, kein Gottesdienst, kein Begräbnis mehr! Alle Kirchen waren geschlossen, Altäre und Kanzeln entkleidet, die Bilder und Kreuze lagen auf der Erde; keine Glocke tönte mehr, kein Sakrament wurde ausgeteilt: Die Toten wurden ohne Sang und Klang verscharrt wie Vieh, in ungeweihter Erde! Ehen wurden nur eingesegnet auf den Gräbern, nicht vor dem Altar – alles sollte verkünden, dass der Fluch des Heiligen Vaters auf dem Land laste. Kurz, die ganze Pfaffheit mit allem, was daran und darum hängt, war suspendiert. Es war ein Zustand, wie ich ihn – die Dummheit des Volks abgerechnet – dem deutschen Volk von ganzem Herzen wünsche.

Der Bann, oder die Exkommunikation, kommt schon weit früher in der christlichen Kirche vor; aber dann war er immer nur gegen einen einzelnen gerichtet, und dieser hatte daran schwer zu tragen, wenn er sich auch persönlich gar nichts daraus machte. Das Volk betrachtete ihn als dem Teufel verfallen und floh seine Gemeinschaft, als ob er ein Pestkranker sei. Die Überbleibsel seiner Tafel, und wenn es die einer kaiserlichen waren, rührte selbst der Ärmste nicht an; sie wurden verbrannt.

Mit der Exkommunikation wurde der Gebannte auch zugleich für bürgerlich tot erklärt. Er konnte keine Rechtssache vor Gericht führen, nicht Zeuge sein, kein Gut zu Lehen oder in Pacht geben usw. Vor die Tür eines Gebannten stellte man eine Totenbahre, und seine Leiche durfte nicht in geweihter Erde begraben werden. Hieraus wird man es erklärlich finden, dass selbst Könige vor dem Bann zitterten.

Sylvester II., der Nachfolger Gregors V., ist der einzige Papst, von welchem die päpstlichen Geschichtsschreiber mit Bestimmtheit melden, dass ihn der Teufel geholt habe. Er war nämlich ausnahmsweise gescheit, trieb viel Mathematik, begünstigte die Wissenschaften und dergleichen Teufeleien. Ihm verdanken wir auch die arabischen, das heißt unsere gewöhnlichen Zahlen.

Diesem gescheiten Papst hatte, so erzählt man, der Teufel die Papstwürde verheißen und versprochen, ihn nicht eher zu holen, als bis er in Jerusalem Messen lesen würde. Dazu war wenig Hoffnung, denn diese Stadt war von den Sarazenen besetzt, und Sylvester glaubte, die Bedingung eingehen zu können. Wie der Teufel mit dem heiligen Geist fertig wurde, der sonst die Papstwahlen leiten soll, weiß ich nicht; genug, Sylvester wurde gewählt, und hatte nicht die geringste Lust, in Jerusalem Messe zu lesen. Aber der Teufel ist ein Schalk. Es gab in Rom eine Kapelle, welche den Namen Jerusalem führte; hier las der Papst Messe, ohne an den Namen zu denken, und der Teufel holte ihn gewissenhafterweise. Sylvesters Grab hat lange geschwitzt, und seine Gebeine rasselten. Schrecklich!

Die Pseudo-Isidorischen Dekretalen hatten im 10. Jahrhundert schon ihre Blüten entfaltet; aber im 11. fingen sie an, ausgiebig Frucht zu tragen. In demselben sehen wir das Papsttum in seiner höchsten Macht, und Gregor VII. auf dem Gipfelpunkt derselben.

Ehe ich von diesem gewaltigen Papst rede, muss ich erwähnen, dass schon vor seiner Zeit das Kollegium der Kardinäle zu sehr hoher Bedeutung gelangte. Ursprünglich gab es nur sieben Kardinales (von cardo, Türangel), und es waren dies die vornehmsten Geistlichen Roms. Da nun der Einfluss dieser Herren sehr stieg und alle Geistlichen nach dieser Würde trachteten, so sahen sich die Päpste genötigt, die Zahl der Türangeln der Kirche unter allerlei Abstufungen zu vermehren, bis sie endlich, weil Jesus siebzig Jünger hatte, auf diese Zahl stieg.

Allmählich wurde der Geistlichkeit und dem Volk das Recht der Papstwahl entzogen, was man in nicht diplomatischem Deutsch gestohlen nennt, und die Kardinäle maßten sich das ausschließliche Recht derselben an. Dieses Kollegium, aus und von welchem der Papst nun gewählt wurde, hatte ein direktes Interesse daran, das Ansehen des päpstlichen Stuhls auf jede Weise zu fördern, denn es konnte ja jedes Mitglied desselben selbst Papst werden.

Die Kardinäle wussten sich bald die größten Vorrechte zu verschaffen. Sie machten Anspruch auf einen Rang unmittelbar nach den Königen und verlangten den Vorrang vor allen Kurfürsten, Herzögen und Prinzen. Sie, die eigentlichen Privatdiener des Papstes, standen weit höher als Erzbischöfe und Bischöfe, welche doch sämtlich ebenso viel wie der Papst selbst waren. Doch haben ja auch in manchen unserer deutschen Staaten die Kammerherren, die dem Fürsten den Operngucker nachtragen müssen, Oberstenrang.

Die Kardinäle trugen Purpur. Begegneten sie einem Verbrecher auf seinem Weg zum Galgen, so konnten sie ihn befreien. Sie selbst verdienten, wie wir sehen werden, diesen Galgen sehr häufig; allein ich glaube nicht, dass jemals ein Kardinal durch rechtskräftigen Urteilsspruch zum Tod verurteilt worden ist; denn es war beinahe unmöglich, ihn eines Verbrechens zu überführen, da nicht weniger als zweiundsiebzig Zeugen dazu nötig waren. Kardinäle durften jede Königin oder Fürstin auf den Mund küssen, und keiner durfte ein Einkommen unter 4.000 Skudi jährlich haben. Der Posten eines Kardinals ist einer der bequemsten in der ganzen Christenheit.

Gregor VII. (1073–85) war der Sohn eines Handwerkers und heißt eigentlich Hildebrand. Er war nur klein von Körper, aber der größte und kräftigste Geist, der je auf dem päpstlichen

Stuhl gesessen hat. Sein Zeitgenosse, der Kardinal Damiani, nannte ihn einen heiligen Satan, und die späteren reformierten Schriftsteller titulierten ihn nie anders als Höllenbrand.

Schon als Kardinal beherrschte er unter den ihm vorhergehenden Päpsten den »apostolischen Stuhl« und wusste, es durch Intrigen und Heuchelei dahin zu bringen, dass man ihn selbst auf denselben erhob, und dass Kaiser Heinrich IV., trotz aller Warnungen gutgesinnter Bischöfe, ihn bestätigte.

Dieser Grobschmiedssohn Hildebrand schmiedete die Kette, unter welcher die Welt seit achthundert Jahren seufzt. Er ist der eigentliche Begründer des Papsttums. Unablässig trachtete er danach, seine Idee von einer Universalmonarchie zu verwirklichen, und seinem echt pfäffischen Genie, welches kein Mittel verschmähte, gelang es auch.

Kaum war er Papst, so behauptete er: Die ganze Welt sei ein Lehen des päpstlichen Stuhls. Mehrere Fürsten waren so töricht, dieser Ansicht beizupflichten und ihre Reiche von ihm zu Lehen zu nehmen. Diejenigen Fürsten, bei denen all seine nichtswürdigen Künste und Lügen nicht fruchteten, tat er in den Bann, und ich habe oben gezeigt, was ein solcher Bann damals zu bedeuten hatte. Ein exkommunizierter König war nach Gregors Grundsatz seiner Macht und Würde entsetzt, und alle Untertanen waren ihres Eides und Gehorsams entbunden. Da man sich bereits daran gewöhnt hatte, den Papst als den Statthalter Gottes zu betrachten, so wurde es ihm nicht schwer, bei der verdummten Menschheit seinen Anmaßungen Geltung zu verschaffen.

Zur Ausführung seiner ehrgeizigen Pläne hielt es Gregor für nötig, die Geistlichkeit von allen Banden zu trennen, durch welche sie mit der bürgerlichen Gesellschaft und mit dem Staat verbunden war; sie sollte kein anderes Interesse als das der Kirche haben und dieser mit Leib und Seele angehören. Da Familienbande die fesselndsten und einflussreichsten Bande von allen sind, so unternahm er es, um jeden Preis die Ehe bei Geistlichen auszurotten.

Gregor VII. ist der Urheber der erzwungenen Ehelosigkeit der Priester, oder des Zölibats.

Wer die Süßigkeit und den Segen des Familienlebens kennt, kann sich wohl vorstellen, dass die Geistlichen dem Papst hierin den größten Widerstand leisteten. Der Kampf der Priester um ihre Weiber dauerte zwei Jahrhunderte; endlich unterlagen sie.

In der Folge werde ich mich weitläufiger über diesen Kampf auslassen, bei welchem der dumme Fanatismus der Völker die Päpste mächtig unterstützte, wie auch über die verderblichen Folgen, welche das Zölibat für die menschliche Gesellschaft hatte.

Ein anderer Schritt, den Gregor zur Erreichung seines Zweckes tat, war die Vernichtung des Investiturrechtes.

Spottbild auf die Völlerei der Äbte

Die höhere Geistlichkeit war von den Fürsten mit Reichtümern überschüttet, mit Land und Leuten begabt und mit fürstlichen Ehren und Rechten versehen worden; allein Erzbischöfe, Bischöfe und Äbte waren Vasallen des Reichs. Als solche übergaben ihnen die Fürsten bei der Belehnung einen Ring zum Zeichen der Vermählung des Bischofs mit der Kirche, und einen Hirtenstab, als Zeichen des geistlichen Hirtenamtes. Der Geistliche wurde nicht eher in den Genuss seiner Würde eingesetzt, bis diese Zeremonie stattgefunden hatte, welche die Investitur genannt wurde. Sie war das Band, durch welches die Bischöfe mit dem Landesfürsten zusammenhingen.

Dieses Band wollte Gregor lösen, um der weltlichen Macht alle Gewalt über die Kirche und deren Diener zu entziehen. Auf einer Synode (1075) erließ er ein Dekret, welches allen Geistlichen bei Strafe des Verlustes ihrer Ämter verbot, die Investitur aus der Hand eines Laien, das heißt Nichtgeistlichen zu empfangen und welches den Laien untersagte, dieselbe bei Strafe des Bannes zu erteilen.

Die Fürsten waren erstaunt über die neue Anmaßung des hochmütigen Pfaffen und kehrten sich nicht an seine Befehle. Gregor wusste jedoch sehr wohl, was er wagen konnte; er mühte sich nicht mit den kleineren Fürsten ab; er wollte ihnen seine Macht zeigen, indem er sie gegen den angesehensten unter ihnen, gegen den Kaiser, seinen Herrn, richtete.

Heinrich IV. hatte in Deutschland unter den Mächtigen viele Gegner. Gregor schürte die Streitigkeiten mit denselben und machte die Sache der Feinde des Kaisers zu der seinigen.

Endlich hatte er die Frechheit, den Kaiser nach Rom zu zitieren, damit er sich vor ihm verantworte!

Heinrich, dessen Vater noch drei Päpste abgesetzt hatte, war empört über diese Unverschämtheit und berief eine Synode nach Worms, von welcher Gregor einstimmig in den Bann getan und abgesetzt wurde.

Während dies in Worms geschah, sprang auch in Rom eine Mine gegen Gregor. Eine Menge Gebannter vereinigten sich, überfielen ihn in der Kirche, als er gerade Hochamt hielt und schleppte ihn bei den Haaren ins Gefängnis; der verblendete Pöbel in Rom setzte ihn wieder in Freiheit.

Gregor lechzte nach Rache. Die Absetzungsdekrete beantwortete er damit, dass er Heinrich IV. und alle seine Anhänger in den Bann tat, die Untertanen ihres Eides entband und den Kaiser absetzte! Zugleich überschwemmten Mönche, die bereitwilligen Handlanger der Päpste, ganz Deutschland und bearbeiteten das Volk.

Zuerst schrie man hier fast einstimmig gegen den verwegenen Papst, denn im Schreien waren die Deutschen schon damals groß; aber Heinrichs Gegner handelten. Durch Hildebrands Intrigen verführt, fielen allmählich die Anhänger des Kaisers von demselben ab, nur Herzog Gottfried von Lothringen blieb ihm treu; Gregor schaffte ihn durch Meuchelmord aus dem Weg.

Die erbärmlichen deutschen Fürsten versammelten sich zu Tibur und erklärten hier dem Kaiser: »Dass sein Reich zu Ende sei, wenn er sich nicht innerhalb eines Jahres vom Bann befreie!«

Niedergedrückt von dem finsteren Geist seiner Zeit, von aller Welt verlassen – nur wenige Soldaten waren noch bei ihm – entschloss sich der deutsche Kaiser nach Rom zu gehen und den durch die Dummheit der Menschen so furchtbar gewordenen Gegner zu versöhnen. In der strengsten Kälte, in einem armseligen Aufzug, ging er über die Alpen. Die Italiener strömten ihm zu und verlangten, er solle an der Spitze eines Heeres den rebellischen Großpfaffen zur Rede stellen; aber die Niederträchtigkeit der Deutschen hatte den Mut und das Herz des ohnehin schwachen Kaisers gebrochen. Er wollte demütig von Gregor Gnade erflehen.

Dieser ließ sich nichts weniger träumen als das. Er war auf einer Reise nach Augsburg begriffen und bereits in die Lombardei gekommen. Als er die Ankunft des Kaisers vernahm, floh er eiligst in das feste Schloss Canossa, welches seiner Buhlerin, der reichen Markgräfin Mathilde von Toskana, gehörte.

Hier erschien der deutsche Kaiser. In einem wollenen Büßerhemd, bloßen Hauptes, barfuß, stand er in dem Raum vor der inneren Ringmauer des Schlosses – drei Tage und drei Nächte lang, mitten im Januar, zitternd vor Frost und matt vor Hunger und Durst!

Heinrichs IV. Gang nach Canossa

Aus den Fenstern des Schlosses schaute Gregor an der Seite seiner Buhlerin auf seinen gedemütigten Feind herab und hätte ihn gern so sterben sehen. Des Papstes unmenschliche Härte brachte alle Hausgenossen zum Murren, und endlich gab er den Bitten der Markgräfin nach, die zwar Heinrichs Feindin, aber barmherziger war, und führte den Kaiser an den Altar. Hier durchbrach Gregor eine Hostie. »Bin ich der Verbrechen schuldig, deren du mich in Worms bezüchtigt hast«, redete er ihn an, »so mag Gott der Herr meine Unschuld bewähren, oder mich durch einen plötzlichen Tod strafen!« Dann nahm er die Hälfte der Hostie. Gregor war nicht abergläubisch und nicht nervenschwach. Er blieb am Leben.

Der Bann wurde nun von Heinrich genommen, aber unter den entehrendsten Bedingungen. »Wirst du dich«, sagte Gregor, »auf dem zusammenzurufenden Reichstag rechtfertigen und die Krone wieder erhalten, so sollst du mir gehorsam und untertänig sein.«

Nach Deutschland zurückgekehrt, richtete der von Kummer aller Art betroffene Kaiser sein Auge auf den von ihm selbst erbauten Dom zu Speyer und sagte zu seinem alten Freund, dem Bischof: »Siehe, ich habe Reich und Hoffnung verloren, gib mir eine Pfründe, ich kann lesen und singen.« Der Bischof antwortete: »Bei der Mutter Gottes! Das tue ich nicht.«

Die lombardischen Städte und Fürsten waren empört über die Demütigung Heinrichs und sagten ihm unverhohlen ihre Meinung. Da ermannte sich der niedergedrückte Kaiser und stellte sich an die Spitze der bald um ihn versammelten Armee. Die pflicht- und ehrvergessenen deutschen Fürsten aber erwählten in dem Herzog Rudolph von Schwaben einen neuen Kaiser.

Gregor verhielt sich ruhig, solange nichts Entscheidendes geschehen war; als aber Heinrich in einer Schlacht geschlagen wurde, sandte er dem Gegenkaiser eine Krone zu, mit der stolzen Inschrift: Der Fels (der Kirche) gab Petrus, Petrus gab Rudolph die Krone. Über Heinrich wurde aufs Neue der grässlichste Bannfluch ausgesprochen.

Der Kaiser hatte jedoch seine Mannheit wieder gefunden. Eine Synode setzte Gregor abermals ab, und Guibert, Erzbischof von Ravenna, wurde als Clemens III. zum Papst erwählt. Gregor versuchte seine alten Künste. Er gab den Rebellen die Versicherung, dass noch in demselben Jahr vor dem Petersfest ein falscher König sterben werde. Um seine Prophezeiung an Heinrich zu erfüllen, sandte er einige Meuchelmörder aus; aber des Papstes böse Absicht wurde zum Segen für Heinrich. Am 15. Juni 1080 schlug er Rudolph und dieser starb infolge einer in der Schlacht erhaltenen Wunde.

Nun rückte Heinrich gegen Rom, vernichtete das Heer der Papsthure Mathilde, eroberte die Stadt und belagerte den rasenden Hildebrand in der Engelsburg. Die von diesem zur Hilfe gerufenen Normannen, welche damals in Unteritalien herrschten, befreiten ihn zwar; aber Gregor musste vor der Wut der Römer fliehen. Er ging nach Salerno zu den Normannen und endete hier sein fluchbeladenes Leben.

Gregor war der erste wirkliche Papst. Er befahl auf einer Synode, dass von nun an nur einer Papst heißen soll in der Christenheit, denn bisher nannten sich alle Bischöfe so. Ein Schriftsteller aus jener Zeit sagt schon: Das Wort Papst in der Mehrzahl ist ebenso gotteslästerlich, als den Namen Gottes in der Mehrzahl zu gebrauchen.

Gregor wollte Kaiser und Könige zu seinen Untergebenen machen und keine andere Herrschaft als die seinige auf der Erde dulden. Darum schrieb er an Heriman, Bischof von Metz: »Der Teufel hat die Monarchie erfunden.«

Um die christliche Kirche leichter zu regieren, ordnete Gregor an, dass beim Gottesdienst überall die römischen Gebräuche befolgt und die lateinische Sprache gebraucht werden sollten. In den meisten deutschen Kirchen hatte das schon der Römerknecht Bonifazius eingeführt.

In einem seiner hinterlassenen Briefe hat Gregor seine Grundsätze niedergelegt. Es sind 27, aber ich will nur einige anführen:

»Der Papst allein kann den kaiserlichen Schmuck tragen. Alle Fürsten müssen dem Papst den Fuß küssen und dürfen dieses Zeichen der Ehre außer ihm keinem anderen erweisen. Es ist dem Papst erlaubt, Kaiser abzusetzen. Sein Urteil kann von keinem Menschen umgestoßen werden, er aber kann aller Menschen Urteil umstoßen. Die römische Kirche hat nie geirrt und wird auch nach der Schrift niemals irren. Derjenige ist kein Katholik, der es nicht mit der römischen Kirche hält. Der Papst kann die Untertanen vom Eid der Treue lossprechen, den sie einem bösen Fürsten geleistet haben.«

Es scheint mir nicht nötig, noch einige Bemerkungen über Gregor hinzuzufügen. Bischof Thierry von Verdun sagt von ihm: »Sein Leben klagt ihn an, seine Verkehrtheit verdammt, seine hartnäckige Bosheit verflucht ihn.«

Ich habe nun das Papsttum bis zum Gipfel seiner Macht begleitet. Der Raum gestattet mir nicht, in derselben Weise fortzufahren und ich muss mich darauf beschränken, aus jedem Jahrhundert einige Päpste biographisch zu skizzieren und an ihnen zu zeigen, wie sie alle danach strebten, Gregor nachzueifern und das von ihm aufgestellte System einer Universalmonarchie zur Ausführung zu bringen und fest zu begründen. Alle gefielen sich in der Vorstellung: »Sich als Christus, die weltlichen Regenten als die Eselin, die er ritt, und das Volk als das Eselsfüllen zu betrachten.« Die Eselin ist unterdessen gestorben; aber das Eselsfüllen ist seitdem ein alter Esel geworden, der geduldig auf sich reiten lässt.

Im 11. Jahrhundert trennte sich die griechische Kirche vollends von der abendländischen, indem die griechische behauptete, dass weder die Lehren noch die Disziplin der letzteren mit der Heiligen Schrift und den heiligen Überlieferungen übereinstimmten, also ketzerisch seien. Die Oberherrschaft des päpstlichen Stuhles verwarf sie als eine antichristliche Einrichtung.

Unter Hadrian IV., der 1153 den apostolischen Stuhl bestieg, begann der Kampf der Päpste mit den deutschen Kaisern aus dem Geschlecht der Hohenstaufen. Friedrich I., der Rotbart, trat den Anmaßungen dieses Papstes kräftig entgegen, und die Ehrenbezeugungen, welche derselbe von ihm verlangte, machte er lächerlich, selbst indem er sie gewährte. Friedrich hielt dem Papst den Steigbügel – so weit war es bereits mit den Kaisern gekommen –, aber er hielt ihn auf der rechten Seite, auf welcher der Schinder zu Pferd steigt, und antwortete auf die Bemerkung Hadrians darüber: »Ich war nie Stallknecht, Ew. Heiligkeit werden verzeihen.«

Den schwersten Stand hatte Friedrich mit Alexander III. (1159–1181). Es war dies einer der mutigsten und klügsten Päpste, der niemals im Unglück verzagte oder im Glück übermütig wurde; aber stets darauf bedacht war, die Errungenschaften seiner Vorgänger zu behaupten. Der große Kaiser Friedrich kam 1177 zum ersten Mal mit ihm in Venedig zusammen und – küsste ihm den Pantoffel.

Die Pfaffenlegende erzählt, dass der Papst bei diesem Kuss den Fuß auf des Kaisers Nacken gesetzt und gesagt habe: »Auf Schlangen und Ottern mögest du gehen und treten auf junge Löwen und Drachen.« Aber Alexander war gewiss viel zu klug, um den ihm an Geist ebenbürtigen Kaiser durch solche unnütze Worte zu reizen, und Friedrich viel zu stolz, um sich dergleichen gefallen zu lassen. Glaubhafter ist die Version, dass der Kaiser bei dem Pantoffelkusse sagte: »Nicht dir gilt es, sondern Petrus« und Alexander antwortete: »Mir und Petrus.«

Auch der kräftige König Heinrich II. von England musste sich vor dem Wort des mächtigen Papstes beugen. Heinrich hatte seinen Liebling, Thomas Becket, mit Gnaden überschüttet und endlich zum Erzbischof von Canterbury gemacht. Nun war der Schurke am Ziel. Er verband sich mit dem Papst gegen seinen Herrn und Wohltäter, dem er durch pfäffische Niederträchtigkeiten aller Art das Leben verbitterte. Im Unmut rief einst der geplagte König aus: »Wie unglücklich bin ich, dass ich in meinem Königreich vor einem einzigen Priester nicht Frieden haben kann! Ist denn niemand zu finden, der mich von dieser Plage befreit?«

Diese Worte hörten vier Ritter, welche dem König treu ergeben waren; sie eilten sogleich hinweg, fanden den Erzbischof vor dem von ihm geschändeten Altar, spalteten ihm den Kopf und machten ihn dadurch zum Heiligen, denn Wunder fanden sich. Einige Stalleute des Königs hatten einst dem Pferd des Erzbischofs den Schwanz abgehauen und für diesen Frevel zeugten sie forthin lauter Kinder – mit Schwänzen!

Die Pfaffen schnoben wegen dieses Mordes nach Rache. Alexander drohte mit dem Interdikt, und Heinrich, der sein Volk nicht leiden sehen wollte, unterwarf sich allen Strafen, die der Papst über ihn verhängte. Der König schwur feierlich, dass er den Mord des Erzbischofs nicht gewollt habe; es half ihm nichts. Er musste barfuß zum Grab des neuen Heiligen wallen, sich hier andächtig niederwerfen und – von achtzig Geistlichen geißeln lassen! Jeder gab ihm drei Hiebe – zweihundertundvierzig.

Mit Kaisern und Königen gingen jetzt die Päpste oft wie mit Hunden um. Als Cölestin III. (1191 – 1198) den Sohn des in Palästina gestorbenen Friedrichs I., Heinrich VI. gekrönt hatte und dieser ihm den Pantoffel küsste, stieß er dem Kaiser mit dem Fuß die Krone vom Kopf, zum Zeichen, dass er sie ihm geben und nehmen könne.

Der mächtigste aller Päpste war aber Innozenz III. (1198 – 1215). Alle Rechte, die Gregor VII. zu haben behauptete, übte dieser mächtige Papst wirklich aus. Als er den päpstlichen Stuhl bestieg, war er in seiner vollen Manneskraft, denn er war erst 37 Jahre alt. Die Könige zitterten vor ihm wie Schulknaben vor dem strengen Schulmeister. Allen gab er seine Rute zu fühlen. Johann von England rief einst beim Anblick eines sehr feisten Hirsches aus: »Welches dicke und feiste Tier, und doch hat es nie Messen gelesen!« Aber auch dieser Spötter über das Pfaffentum kroch demütig zum Kreuz, als ihm das heilige Raubtier zu Rom die apostolischen Zähne wies.

Innozenz III. ist der Erfinder der wahnsinnigen Lehre von der Transsubstantiation, das heißt von der Lehre: Dass sich durch die Weihung des Priesters das Brot und der Wein beim Abendmahl wirklich in Fleisch und Blut Christi verwandeln.

Hierbei fällt mir die Antwort eines Indianers ein, welchen der Missionär, nachdem er ihm das Abendmahl gereicht hatte, fragte: »Wie viele Götter gibt es?« – »Gar keine«, antwortete der Indianer, »denn du hast ihn mir ja soeben zu essen gegeben.« Dem rohen Menschen war das Mysterium dieser sublimen Gottfleischfresserei nicht offenbart worden.

Ebenso materielle Vorstellung vom Abendmahl hatte ein lutherischer Bauer. Der Herr Pastor war ein großer Whistspieler, und durch Zufall war eine weiße, runde elfenbeinerne Whistmarke mit unter die runden Oblaten auf den Hostienteller geraten. »Nehmet und esset, denn dies ist mein Leib«, sagte der Geistliche und steckte dem Bauer die unglückliche Marke in den Mund. Der Bauer biss herzhaft zu; als er aber das Ding gar nicht klein bekommen konnte, rief er: »Wies der Dübel, Herr Paster, ick mut 'nen Knoken derwischt hebben!«

Innozenz III. führte auch die Ohrenbeichte ein, von der ich schon früher geredet habe und im letzten Kapitel dieses Buches noch weitläufiger reden werde; ferner das scheußlichste Tribunal, welches jemals die Menschheit schändete – die Inquisition.

Spottbild über den Missbrauch der Beichte

Der gefährlichste Feind des Papsttums kam mit dem großen Hohenstaufen Friedrich II. auf den deutschen Kaiserthron. Er hatte in der Jugend unter der Vormundschaft von Innozenz gestanden, aber dennoch wurde er nichts weniger als ein Pfaffenknecht, vielmehr ein Mann, dessen religiöse Ansichten seiner Zeit bedeutend vorangeeilt waren. Hätte ihn das Volk unterstützt, dann wären vielleicht damals schon dem Papsttum die Flügel gestutzt worden. Sein Wahlspruch war: »Lass lärmen und dräuen und die Esel schreien.« Sein Kanzler Petrus de Vineo unterstützte ihn wacker und schrieb unter anderem 1240 gegen die Jurisdiktion des Papstes.

Den heftigsten Kampf hatte Kaiser Friedrich II. mit Gregor IX. (1227–1240). Dieser tat ihn einmal über das andere in den Bann und legte ihm Verbrechen zur Last, die ihn als den verruchtesten Ketzer brandmarken sollten. Friedrich wurde angeklagt, gesagt zu haben: »Die Welt sei von drei Betrügern getäuscht worden, wovon zwei in Ehren gestorben, der dritte aber am Galgen: Moses, Mohammed und Christus. Ferner habe er darüber gelacht, dass der allmächtige Herr des Himmels und der Erde von einer Jungfrau geboren sein sollte, und geäußert, dass man nichts glauben soll, was nicht durch Natur und Vernunft bewiesen werden könne.« Freilich eine ebenso schändliche wie schädliche Lehre, da sie dem ganzen Pfaffenschwindel den Hals brechen würde, wenn sie zur Geltung käme.

Papst Gregor IX.

Diese letzte Äußerung sah übrigens dem Kaiser sehr ähnlich, der aus dem Morgenland, wohin er einen Kreuzzug unternehmen musste, sehr freie Ansichten über die Religion mitgebracht hatte. Einst äußerte er: »Wenn der Gott der Juden Neapel gesehen hätte, würde er gewiss nicht Palästina auserwählt haben; und beim Anblick einer Hostie rief er: Wie lange wird dieser Betrug noch dauern?« Als er einst an ein Weizenfeld kam, hielt er sein Gefolge vor demselben zurück und sagte: »Achtung, hier wachsen unsere Götter.« Die Hostie wird nämlich aus Weizenmehl gebacken.

Gregor hatte den deutschen Ritterorden sehr lieb gewonnen, und da ihm ja die ganze Erde gehörte, so schenkte er demselben Preußen. Die Ritter zeigten sich aber nicht besonders dankbar gegen den päpstlichen Stuhl und gegen die Pfaffheit. Einer ihrer Großmeister, Reuß von Flauen, sagte: »Man muss den Geistlichen keine Güter geben, sondern nur Besoldung, wie anderen Staatsdienern auch; sie sollen sich an den schlichten Text des Evangeliums halten.« Der Hochmeister Wallenrode äußerte: »Ein Pfaff in jedem Land ist genug, und den muss man einsperren und nur herauslassen, wenn er sein Amt verrichten soll.«

Innozenz IV. (1243–1254) setzte den Kampf mit Friedrich II. fort. Er war ein Graf Fiesko und genauer Freund des Kaisers gewesen. Als man diesen wegen der Wahl seines Freundes

Innocenz IV. spricht den Bannfluch über Friedrich II.

zum Papst beglückwünschte, antwortete Friedrich: »Fiesko war mein Freund, Innozenz IV. wird mein Feind sein; kein Papst ist Ghibelline« (nämlich liberal).

Es war so, wie der Kaiser sagte, der bald in den Bann getan wurde, den Friedrich anfing als seinen natürlichen Zustand zu betrachten. Er war keineswegs zerknirscht, sondern rückte dem Papst zu Leibe, und der Heilige Vater machte, als Soldat verkleidet, einen Angstritt von 54 italienischen Meilen in einer kurzen Sommernacht, um der Gefangenschaft zu entgehen.

Der Papst floh nach Lyon, wo er 1245 eine Synode zusammenberief, auf der Friedrich abermals gebannt und abgesetzt wurde. Friedrich kämpfte wie ein Mann; aber die Menschen waren noch dumm, und man band ihm überall die Hände. Besonders die deutschen Fürsten zeigten sich dem edlen, großen Kaiser gegenüber so niedrig, so unendlich klein! Elende Pfaffenknechte. Nur in der Schweiz schlugen ihm treue Herzen trotz Bann und Interdikt. Mehrere Kantone sandten ihm Hilfstruppen, und Luzern und Zürich hielten zu ihm bis zum letzten Augenblick.

Kaiser Friedrich starb an päpstlichem Gift. Innozenz jubelte; nun stand ihm der Weg nach Rom wieder offen. Er zog ab und bedankte sich bei den Lyonesern für die gute Aufnahme. Diese hatten aber keine Ursache, sich bei dem Papst zu bedanken, denn Kardinal Hugo sagte in seinem Abschiedsschreiben mit echt pfäffischer, zynischer Unverschämtheit: »Wir haben euch, Freunde, seit unserer Anwesenheit in dieser Stadt einen wohltätigen Beitrag gestiftet. Bei unserer Ankunft trafen wir kaum drei bis vier Huren; bei unserem Abzug hingegen überlassen wir euch ein einziges Hurenhaus, welches sich vom östlichen bis zum westlichen Tor

Papst Innocenz IV.

durch die ganze Stadt verbreitet.« Lyon hatte demnach Ähnlichkeit mit einer deutschen, katholischen Hauptstadt, von welcher ihr König dasselbe sagte, und welche Papst Pius VI. Deutsch-Rom nannte.

Innozenz IV. verlieh den Kardinälen als Auszeichnung rote Hüte. Auf ihn folgt eine Reihe unbedeutender Päpste. Urban IV., der Sohn eines Schuhflickers, stiftete das Fronleichnamsfest zu Ehren der Hostie, oder vielmehr des Abendmahls. Eine verrückte Nonne hatte ein Loch im Mond gesehen, und das flickte der päpstliche Schuhflicker mit einem neuen Kirchenfest aus.

Martin V., ein Franzose, war ein erbitterter Feind der Deutschen. Er wünschte, »dass Deutschland ein großer Teich, die Deutschen lauter Fische, und er ein Hecht sein möchte, der sie auffresse, wie der Storch die Frösche.«

Die Hohenstaufen erlagen im Kampf mit dem Papsttum. Die Habsburger nahmen sich ein warnendes Exempel daran; sie spielten daher lieber mit ihm unter einer Decke und zogen nun dem armen Volk vereinigt das Fell über die Ohren. Aus diesem Grund werden auch beide gleiche Dauer haben.

Innozenz V. war der erste Papst, der im Konklav gewählt wurde. Sein Vorgänger Gregor X. hatte nämlich befohlen, dass nach seinem Tod sämtliche Kardinäle in ein Zimmer geschlossen werden sollten, welches für jeden eine besondere Zelle und keinen anderen Ausgang hatte, als zum Abtritt. Jeder Kardinal hatte nur einen Diener bei sich. Das Zimmer durfte nicht verlassen werden, bis ein neuer Papst gewählt war. War dies nach drei Tagen nicht geschehen, so erhielt jeder der Kardinäle in den folgenden vierzehn Tagen nur ein Gericht, und nach dieser Zeit nur Brot, Wein und Wasser. Diese Hungerkur förderte merklich den Verkehr mit dem heiligen Geist!

Unter der Kirchenherrschaft von Nikolaus IV. (1288–1292) regierte über Tirol der wackere Graf Meinhard. Dieser hielt die liederlichen Pfaffen gehörig im Zaum und zog sich dadurch den Zorn des Papstes zu, der ihn in den Bann tat. Meinhard verteidigte sich wacker; er sagte: »Ich bin nicht der Angreifer, sondern meine Bischöfe, die keine Hirten, sondern Wölfe sind. Statt zu lehren, suchen sie sich nur zu bereichern, Bastarde in die Welt zu setzen, zu tafeln und zu zechen. Weidet man so die Schafe Christi? Sie nehmen gerade umgekehrt das Wort: »Gebet ihnen den Rock«; sie nehmen auch noch den Mantel und sind schlimmer, als Juden, Türken und Tataren. Sie blenden das Volk durch Zeremonien, und es genügt ihnen nicht, die Schafe zu melken und zu scheren; sie schlachten sie.«

Cölestin V. wurde aus einem einfältigen Eremiten ein noch einfältigerer Papst, und als Kardinal Cajetan eines Nachts durch ein versteckt angebrachtes Sprachrohr in sein Schlafzimmer schrie: »Cölestin, Cölestin, Cölestin – lege dein Amt nieder, denn diese Last ist dir zu schwer!«, glaubte der Dummkopf, der liebe Gott würdige ihn einer persönlichen Unterredung und dankte ab.

Kardinal Cajetan trat als Bonifatius VIII. (1295–1303) an seine Stelle. Auf einem kostbar aufgezäumten Schimmel, der von den Königen von Apulien und von Ungarn geführt wurde, ritt er zur Krönung. Nach der Rückkehr aus der Kirche, bei welcher Gelegenheit vierzig Menschen im Gedränge selig gedrückt wurden, tafelte er öffentlich, und die beiden Könige standen als Bediente hinter seinem Stuhl und warteten ihm auf.

Den neuen Papst verdross es sehr, dass viele die Abdankung Cölestins als ungültig betrachteten, der überall als ein Heiliger angestaunt wurde. Um der Sache ein Ende zu machen, ließ ihn Bonifatius einfangen. Der arme heilige Waldesel bat fußfällig, ihn doch wieder in seine Höhle zurückkehren zu lassen; aber all sein Flehen war umsonst. Er wurde auf dem festen Schloss Fumone in ein enges Behältnis eingesperrt, wo er so wenig zu essen bekam, wie er nur immer wollte, sodass er kläglich verhungerte.

Spottbild über die Völlerei der Mönche und Nonnen

Dieser Bonifatius war ebenso stolz wie Gregor VII. und Innozenz III. In einer Bulle von 1294 sagte er: »Wir erklären, sagen, bestimmen und entscheiden hiermit, dass alle menschliche Kreatur dem Papst unterworfen sei, und dass man nicht selig werden könne, ohne dies zu glauben.«

Dieser ungemessene Stolz musste ihn sehr bald in feindselige Berührung mit stolzen weltlichen Monarchen bringen. Philipp VI. der Schöne von Frankreich, geriet mit Bonifatius auf das heftigste zusammen. Aber der König war kein Heinrich IV., seine Großen keine Deutschen und der Papst kein Hildebrand. Er schrieb zwar an Philipp: »Bischof Bonifaz an Philipp, König von Frankreich. Fürchte Gott und halte seine Gebote! Du sollst hiermit wissen, dass du uns im Geistlichen und Weltlichen unterworfen bist. Wer anders glaubt, den halten wir für einen Ketzer.«

Hierauf antwortete ihm der von seinem Parlament wacker unterstützte Philipp: »Philipp, von Gottes Gnaden König von Frankreich, an Bonifatius, der sich für den Papst ausgibt, wenig oder gar keinen Gruß! Du sollst wissen, Erzpinsel (maxima Tua Fatuitas), dass wir in weltlichen Dingen niemanden unterworfen sind. Andersdenkende halten wir für Pinsel und Wahnwitzige.«

Wie jämmerlich erscheint dagegen König Erich von Dänemark, welcher mit Bann und Interdikt bedroht, schreibt: Erbarmen, Erbarmen! Was haben meine Schafe getan? Alles was Ew. Heiligkeit mir auflegen, will ich tragen. Rede, dein Knecht hört.

Der stolze Erzpinsel wurde aber bitter gedemütigt. Philipps Abgesandter, Nogaret, verbunden mit Sciarra Colonna, gegen dessen Familie der Papst die unerhörtesten Grausamkeiten begangen hatte, überfielen ihn in seinem Schloss Anagni und nahmen ihn gefangen. »Willst du die Tiara abtreten, die du gestohlen hast?«, schnob ihn der wütende Colonna an. Bonifatius antwortete hochmütig. Da loderte der Zorn des schwer misshandelten römischen Edelmannes hoch auf, er schlug dem Papst ins Gesicht und schrie: »Willst du das Maul halten, Höllensohn, alter Sünder!« Mit Mühe hielt Nogaret den Wütenden zurück, dass er seine Rache nicht vollends befriedigte an dem sechsundachtzigjährigen Bösewicht, der Seelenstärke genug hatte, Colonna zuzurufen: »Hier ist der Hals, und hier ist das Haupt!«

Darauf setzte man den Vizegott auf ein Pferd ohne Sattel und Zaum, das Gesicht dem Schwanz zugekehrt, und brachte ihn in ein elendes Gefängnis, wo er, aus Furcht vergiftet zu werden, drei Tage und drei Nächte lang nichts genoss, als ein wenig Brot und drei Eier, welche ihm ein altes Mütterchen zusteckte. Man möchte Mitleid haben mit dem alten Mann; aber er war ein alter Bösewicht, und man denke an den armen Cölestin, den er verhungern ließ.

Das Volk zu Anagni befreite Bonifatius und brachte ihn im Triumph nach Rom. Aber die erlittene Demütigung hatte den stolzen alten Mann wahnsinnig gemacht. Er befahl seinen Dienern, sich zu entfernen und schloss sich in seinem Zimmer ein. Am Morgen fand man ihn tot. Sein weißes Haar war mit Blut befleckt; vor seinem Mund stand Schaum, und der Stock, den er in der Hand hielt, war von seinen Zähnen zernagt.

So endete Bonifatius VIII., wie man vorher gesagt hatte: »Er wird sich einschleichen wie ein Fuchs, regieren wie ein Löwe und sterben wie ein Hund.«

Er starb wie ein Hund und lebte wie ein Schwein. Er erklärte öffentlich, dass Hurerei, Ehebruch und Unzucht gar keine Sünde sei, weil Gott Weiber und Männer dazu gemacht habe.

Die Tafelrunde des Lasters

Er lebte mit einer verheirateten Frau und mit ihrer Tochter zu gleicher Zeit und missbrauchte seine Pagen zu unnatürlicher Wollust, sodass sich diese untereinander Huren des Papstes nannten.

Was von seinem Glauben zu halten ist, ergibt sich aus folgenden Äußerungen, deren ihn Philipp gegen Clemens V. beschuldigt: Gott lasse es mir wohl gehen auf dieser Welt, nach der anderen frage ich nicht so viel wie nach einer Bohne. Die Tiere haben so gut Seelen wie die Menschen. Es ist abgeschmackt, an einen und an einen dreifachen Gott zu glauben. An Maria glaube ich so wenig, als an eine Eselin, und an den Sohn so wenig, als an ein Eselsfüllen. Maria war eine Jungfrau wie meine Mutter eine war. Sakramente sind Possen usw.

Philosophen und andere Freigeister haben dergleichen Gedanken wohl schon öfters ausgesprochen; allein im Mund eines Papstes klingen sie umso seltsamer, als die Inquisition Tausende wegen weit unbedeutenderer Ausdrücke verbrennen ließ. Clemens V. erklärte Bonifatius jedoch für einen frommen, katholischen Christen, und nun wissen wir doch, wie ein solcher beschaffen sein muss, um den Päpsten zu gefallen.

Bonifatius VIII. ist derjenige Papst, welcher das Jubeljahr erfand. Er war auch der erste Papst, der ein Wappen führte und der auf die Tiara oder päpstliche Mütze eine zweite Krone setzte. Früher trugen die römischen Bischöfe die sogenannte phrygische Mütze der Priester der Cybele, Mitra genannt. Ein Bischof, Hormidas, setzte die von König Chlodwig erhaltene Krone hinzu. Die dritte Krone kam erst mit Johann XXII. oder mit Benedikt XII. auf die päpstliche Narrenkappe.

Mit Clemens V. begann die sogenannte babylonische Gefangenschaft der Päpste (von 1305–1374). König Philipp der Schöne fand es nämlich vorteilhaft, die Päpste für seine Zwecke bei der Hand zu haben und verleitete sie durch allerlei Lockungen, ihren Sitz in Avignon zu nehmen, wo sie siebzig Jahre lang residierten. Sie waren hier völlig abhängig von den französischen Königen, lebten aber unter dem Schutz derselben dafür auch weit sicherer als in Rom. Sie beschäftigten sich in ihrem Exil damit, neue Geldprellereien zu ersinnen und das umliegende Land durch ihre eigene und die Sittenlosigkeit ihres Hofes zu demoralisieren.

Nach dem Zeugnis der geachtetsten Geschichtsschreiber stammt die spätere große Sittenlosigkeit in Frankreich hauptsächlich von dem siebzigjährigen Aufenthalt der Päpste in Avignon her.

Clemens V. trat ebenso fest wie Bonifatius, nur nicht so heftig und deshalb klüger auf, wodurch er auch mehr gewann. In dem deutschen Kaiser Heinrich VII., dem Luxemburger, würde wahrscheinlich ein Feind des Papsttums gleich Friedrich II. erwachsen sein, wenn er nicht, wie man es in Russland nennt, gestorben worden wäre. Der Dominikaner Bernard von Montepulciano, so erzählt man, reichte ihm eine vergiftete Hostie, und der Kaiser war zu religiös, um dem Rat seines Arztes zu folgen und ein Brechmittel zu nehmen. So starb er denn an seiner Frömmigkeit.

Das größte Schanddenkmal hat sich Clemens V. durch den nichtswürdigen Prozess gegen den Ritterorden des Tempelherrn und den Justizmord der unglücklichen Ritter gesetzt. Er war freilich nur die Katze, welche ihre heiligen Pfoten Philipp dem Schönen lieh, um für ihn die Kastanien aus dem Feuer zu langen. Die Sittenverderbnis unter den Tempelherrn war allerdings groß; allein waren etwa die anderen geistlichen Herrn und die Päpste selbst reiner?

Übrigens würde ihre Sittenlosigkeit den Tempelherrn schwerlich den Hals gebrochen haben; ihr Verbrechen war es, vernünftigere und freiere Religionsansichten zu haben als der andere Kuttenpöbel und dann – waren sie ungeheuer reich. Indem man ihnen den Prozess machte, schlug man, wie man zu sagen pflegt, »zwei Fliegen mit einer Klappe«.

Johann XXII., eines Schuhflickers Sohn, war schon ein Schuft und Betrüger, ehe er den päpstlichen Stuhl bestieg, und auf demselben vervollkommnete er sich noch in seinen Spitzbubentugenden. Ich habe schon im vorigen Kapitel Erbauliches von ihm berichtet und füge nur noch wenig hinzu.

Er lag in beständigem Streit mit dem deutschen Kaiser Ludwig dem Bayern und dem König von Frankreich. Ersterer wehrte sich zwar tüchtig, »kuschte« aber doch zuletzt, denn er hatte zwei Seelen, eine kaiserliche und eine bayerische.

Philipp der Schöne aber ließ dem übermütigen Papst sagen, »er werde ihn als Ketzer verbrennen lassen.« Leider ist das nicht geschehen; er starb 90 Jahre alt. Er hinterließ außer seinen 33 Millionen, welche die Kirche verdaute, die bekannte schöne Hymne: Stabat mater dolorosa.

Sein Nachfolger Benedikt XII. war ein herzensguter Mann, und man kann ihm weiter nichts zur Last legen, als dass er Papst war. Aber selbst diesen Fehler suchte er nach besten Kräften zu mildern, indem er wenigstens erklärte, ein Papst habe keine Verwandte, wodurch er seine Vorgänger und Nachfolger beschämte, welche ihre »Neffen« usw. nicht reich genug beschenken konnten. Hohe Personen hielten um seine Nichte an; er aber sagte: »Für ein solches Ross schickt sich nicht solch ein Sattel«, und er gab sie einem Kaufmann aus Toulouse.

Clemens VI., der Benedikt XII. folgte, war nach Ausdruck eines gleichzeitigen Geschichtsschreibers »höchst ritterlich und nicht sehr fromm«, welches letztere man wohl von mehreren »heiligen Vätern« sagen konnte. Er benahm sich sehr hochmütig gegen Kaiser Ludwig und hatte leichtes Spiel mit dessen Gegner, dem »Pfaffenkönig« Karl IV. Obwohl er selbst sehr locker lebte, so hielt er es doch für nötig, die höhere Geistlichkeit wegen ihres liederlichen Lebenswandels abzukanzeln und sagte den Herren unter anderem in seiner Strafpredigt: »Ihr wütet wie eine Herde Stiere gegen die Kühe des Volkes!«

Clemens war sehr prachtliebend, und mit unerhörtem Pomp krönte er Don Sanchez, den zweiten Sohn des Königs von Kastilien, zum König der glücklichen Inseln, wie damals die kanarischen hießen. Beim Krönungszug kam als üble Vorbedeutung ein Platzregen, welcher Papst und König bis auf die Haut durchnässte; und in der Tat wurde auch das Königreich zu Wasser, denn die kühnen Normannen hatten es in Besitz genommen und hielten es fest.

Mit diesem Sanchez hatte Clemens große Absichten. Er versprach, ihn an die Spitze eines Kreuzzuges zu stellen und ihm den Titel König von Ägypten zu geben. Der Prinz war außer sich vor Dankbarkeit und rief: »Nun, so mache ich Ew. Heiligkeit zum Kalifen von Bagdad!« – So erzählt uns der berühmte Dichter Petrarca.

Philipps des Schönen Beispiel hatte den Päpsten böse Früchte getragen, denn die Kraft ihres Bannes fing an zu erlahmen. Das fühlte Urban V. Ein Erzbischof weigerte sich, einen Mönch zu ordinieren, der ihm von seinem Landesherrn, Barnabo Viskonti von Mailand, empfohlen war. Dieser gottlose Mensch ließ den Erzbischof zitieren und sagte zu ihm: »Weißt du nicht, du alter Hurer, dass ich König, Papst und Kaiser in meinem eigenen Reich bin!« Für dieses ungeheure Verbrechen tat ihn Urban in den Bann und belegte sein Land mit dem Interdikt!

Als die Legaten des Papstes die Bannbulle nach Mailand brachten, führte sie Viskonti samt ihrem Wisch auf die Navigliobrücke und fragte sie sehr ernsthaft: »Wollt ihr essen oder trinken?« Die Legaten sahen mit sehr langen Gesichtern auf den Fluss und verlangten höchst kleinmütig zu essen. »Nun, so freßt den Wisch da!« Die Herren Legaten fraßen.

Gregor XI. verlegte die Statthalterei Gottes wieder nach Rom. Ich habe schon früher bemerkt, welche demoralisierenden Folgen die Residenz der Päpste für Avignon und Frankreich überhaupt hatte. Geschichtsschreiber jener Zeit können von der dort herrschenden Unzucht nicht genug erzählen, und die meisten Dinge verschweigen sie aus Schamgefühl!

Ein schönes Papstexemplar war Urban VI. (1378–1389), doch war er mehr Tiger als Affe. Seine Grausamkeit war empörend. Fünf Kardinäle, die nicht für ihn gestimmt hatten, und mehrere Prälaten, ließ er fürchterlich foltern und dann teils in Säcke stecken und ins Meer werfen, teils lebendig verbrennen, erdrosseln oder enthaupten. Einen sechsten Kardinal, der von der Tortur so elend war, dass er nicht fort konnte, ließ er unterwegs erwürgen. Als die Kardinäle zur Tortur abgeführt wurden, sagte der Statthalter Gottes zum Henker: »Martere so, dass ich Geschrei höre.« Dabei ging er im Garten spazieren und las in seinem Brevier.

Die Leichen von zwei Kardinälen ließ dieser Henkerpapst in Ofen austrocknen und dann zu Staub zerstoßen. Dieser Staub wurde auf seinen Befehl in Säcke getan und nebst den roten Hüten der Kardinäle auf seinen Reisen auf Mauleseln vor ihm hergeführt, anderen als schreckliches Exempel!

Zu Ende des 14. und am Anfang des 15. Jahrhunderts finden wir immer wenigstens zwei, meistens drei Päpste zugleich, die jeder von den verschiedenen Parteien als die echten Statthalter Gottes betrachtet wurden.

Ich habe es herzlich satt, die scheußlichen Handlungen der Menschen zu berichten, welche den Namen Statthalter Gottes zum schändlichsten Hohn machten; allein ich müsste vollends ermüden, wenn ich die Schandtaten und Verbrechen dieser verschiedenen Gegenpäpste berichten sollte. Man durchwandere einen Bagno oder irgendein Zuchthaus und lasse sich von jedem der Sträflinge erzählen, welche Verbrechen er begangen hat, so wird man doch ein nur unvollkommenes Verzeichnis der Verbrechen haben, welche von den Päpsten dieser Periode begangen wurden.

Das böse Beispiel der Päpste und überhaupt der Geistlichkeit hatte die übelsten Folgen. Von der Zügellosigkeit, welche damals unter dem Volk, namentlich aber unter den höheren Ständen

Ein Folterkeller

herrschte, hat man heutzutage kaum einen Begriff, so sehr man auch über die Sittenverderbnis der jetzigen Zeit klagt. Alle Gesetze der Moral und der Sitte waren durch die Liederlichkeit der Pfaffen aufgelöst. Die Notwendigkeit einer Beendigung dieses Zustandes wurde von allen gefühlt, in denen noch das Gefühl für das Gute lebte und man kam dahin überein, auf einem großen Konzil vorerst die Ordnung in der Kirche wiederherzustellen.

Dies Konzil wurde 1414 zu Konstanz gehalten und ist eines der glänzendsten, die jemals stattgefunden haben. Man sah auf demselben nächst einem Papst und dem Kaiser alle Kurfürsten, 153 Fürsten, 132 Grafen, über 700 Freiherrn und Ritter, 4 Patriarchen, 29 Kardinäle, 47 Erzbischöfe, 160 Bischöfe, über 200 Äbte, ein Heer von Mönchen, Geistlichen jeder Art und Rechtsgelehrten und – die gewöhnliche Begleitung des päpstlichen Hofes, gegen 1.000 öffentliche Dirnen, die privatim unterhaltenen und heimlichen gar nicht mitgerechnet.

Drei Päpste stritten sich um die Tiara: Johann XXIII., ein Gregor und ein Benedikt. Johann war dreist genug, auf dem Konzil zu erscheinen, allein als man ernstlich daran ging, seinen Lebenslauf zu mustern, hielt der Heilige Vater es für geratener, als Postknecht verkleidet, mit Hilfe des Herzogs Friedrich von Tirol zu entfliehen.

Man hatte seine Verbrechen in 70 Artikeln zusammengefasst und gab sie dem Heiligen Vater zur Durchsicht. Er äußerte aber kein Verlangen, sein Sündenregister zu lesen und versuchte lieber, das Konzil durch seine Flucht zu sprengen, was aber misslang. Johanns Taten wurden öffentlich verlesen, das heißt nur 54 Artikel davon, da man sich schämte, die anderen vor aller Welt auszusprechen. 37 Zeugen bewiesen, dass Johann nicht nur Hurerei, Ehebruch, Blutschande, Sodomiterei, Simonie, Freigeisterei, Räuberei und Mord verschuldet, sondern auch 300 Nonnen verführt oder genotzüchtigt und sie dann zum Lohn zu Äbtissinnen und Priorinnen gemacht habe.

Sein eigener Sekretär, Niem, erzählt, dass der Papst zu Bologna einen Harem von 200 Mädchen unterhalten hatte. Auch beschuldigte man Johann, seinen Vorgänger Clemens V. vergiftet zu haben.

Johann wurde abgesetzt. Gregor dankte freiwillig ab; aber der alte Benedikt spielte in einem Winkel Spaniens, wohin er geflohen war, den Vizegott; allein niemand kehrte sich an seine Bannflüche. Endlich ließ der neuerwählte Papst, Martin V., den neunzigjährigen Benedikt mittels Gift aus dem Weg räumen.

Unbegreiflich ist es, wie dieser in Wollust aller Art sich wälzende Heilige Vater ein so hohes Alter erreichen konnte. Berühmte Kanzelprediger predigten öffentlich gegen sein abscheuliches Leben, und einer derselben sagte: »J'aime mieux baiser le derriére d'une vielle maquerelle, qui aurait les hemmoroides, que la bouche de ce Pape lá!«

Das Konzil von Konstanz verurteilte Johann Hus und Hieronymus von Prag als Ketzer zum Feuertod und verursachte dadurch blutige Kriege; aber der Zweck des Konzils, eine Reformation an Haupt und Gliedern der Kirche, wurde nicht erreicht.

Im Jahr 1418 gingen die Herren Reformatoren auseinander. Die Stadt Konstanz hatte vier Jahre lang einen schönen Verdienst durch die 100.000 Fremden mit 40.000 Pferden, die sie so lange beherbergen musste. Für ihr gutes Verhalten erhielt die Bürgerschaft vom Kaiser unschätzbare Belohnungen, die ihn nichts kosteten, nämlich das Recht, eine vierzehntägige Messe zu halten, mit rotem Wachs zu siegeln, im Feld eigene Trompeter zu halten und auf ihr Banner – einen roten Schwanz zu setzen, der sie vielleicht an die vielen Kardinäle erinnern sollte; ich bin nicht bewandert genug in der Heraldik, um die Bedeutung dieses seltsamen Wappenvogels zu erklären. Der Bürgermeister wurde zum Ritter geschlagen, da das kleine Geld der Fürstengunst, die Orden, noch nicht gebräuchlich waren.

Hus, die papierne, mit Teufelsfratzen bemalte Ketzermütze auf dem Haupt, wird zum Scheiterhaufen geführt.

Von Eugen VI., Calixt III. und Pius II., der sich schminkte und eine Krone trug, die 200.000 Dukaten wert war, ebenso von dem schändlichen Meuchelmörder Sixtus IV., der in Rom die ersten öffentlichen Bordelle anlegte und jeden seiner Kardinäle auf die Erwerbnisse von 20–30 Huren anwies; der für Geld die Erlaubnis erteilte, bei der Frau eines Abwesenden die Stelle des Mannes zu vertreten; der mit seiner Schwester einen Sohn zeugte, seine beiden Söhne zu unnatürlicher Wollust missbrauchte und unendlich viel andere Schandtaten beging: Von allen diesen Päpsten schweige ich, obgleich ihre Geschichte gewiss sehr lehrreich und erbaulich sein würde.

Innozenz VIII. (1484–1492) sorgte mit väterlicher Zärtlichkeit für seine Kinder und scharrte unendlich viel Geld zusammen. Doch das taten alle Päpste. Er zeichnete sich nur noch durch seine Sündentaxordnung aus, die in 42 Kapiteln 500 Taxansätze enthielt. Ich habe schon früher davon gesprochen; hier nur noch einige Beispiele aus diesem Schanddokument: Begeht ein Geistlicher vorsätzlich einen Mord, so zahlt er nach Reichswährung zwei Goldgulden acht Groschen. Vater-, Mutter-, Bruder- und Schwesternmord ist taxiert zu einem Gulden zwölf Groschen! Wollte aber ein Ketzer absolviert werden, so hatte er vierzehn Gulden acht Groschen zu bezahlen. Eine Hausmesse in einer exkommunizierten Stadt kostete vierzig Gulden.

Dieser Papst Innozenz VIII. widmete dem Hexenwesen ganz besondere Aufmerksamkeit und kann als der Begründer der Hexenprozesse betrachtet werden, welche so vielen armen alten und jungen Weibern das Leben kosteten. In der abgeschmackten Bulle, die er hierüber erließ, faselt er von bösen Geistern, die sich auf den Menschen und solchen, die sich unter ihn legen!

Alexander VI. (1492–1502) war der Nachfolger von Innozenz, und obwohl er nicht schlechter und lasterhafter war als viele seiner Vorgänger, so sind doch seine Handlungen mehr bekannt geworden als die anderer Päpste, und er gilt gewöhnlich als die Quintessenz päpstlicher Schlechtigkeit.

Er war in Valencia geboren und hieß ursprünglich Roderich Langolo; aber sein Vater veränderte seinen Namen in Borgia. Roderich studierte, wurde dann aber Soldat und verführte eine Witwe namens Vanozza und ihre beiden Töchter. Von einer derselben hatte er vier Söhne: Franz, Cäsar, Ludwig und Gottfried, und eine Tochter Lukretia.

Hexenverbrennung

Sein Oheim Alfons Borgia wurde unter dem Namen Calixtus III. Papst, und Roderich begab sich schleunigst nach Rom. Der Papst überschüttete seinen Neffen mit Würden und Geschenken und machte ihn endlich zum Kardinal. Nun richtete derselbe seine Augen auf die päpstliche Krone. Als Innozenz VII. starb, bestach er von 27 Kardinälen 22 durch Versprechungen und wurde Papst. Als er sein Ziel erreicht hatte, ermahnte er die bestechlichen Kardinäle zur Besserung und räumte sie als ihm unbequem allmählich durch päpstliche Hausmittelchen aus dem Weg.

Für das Schicksal seiner Kinder war Alexander VI. auf das zärtlichste bedacht. Er verheiratete sie alle vortrefflich und sorgte für ihr Fortkommen. Cäsar Borgia wurde zum Kardinal gemacht und hatte die Freude, seinen Bruder Gottfried mit Sanzia, der Tochter des Königs Karl VIII. von Frankreich, zu verheiraten, der noch weit größere Opfer bringen musste, um den Papst zu bewegen, seine Absichten auf das Königreich Neapel zu unterstützen. Karl musste unendlich viele Dukaten opfern, denn Geld war bei Alexander VI. die Losung.

Um Geld zu verlangen, verschmähte dieser Papst kein Mittel. Einen Beweis für seine Handlungsweise liefert sein Betragen gegen den unglücklichen Prinzen Dschem. Dieser hatte sich gegen seinen Bruder, den Sultan Bajazet, empört, war gefangen und dem Papst Innozenz gegen ein Jahrgeld von 40.000 Dukaten zur Aufbewahrung anvertraut worden. Um Geld zu gewinnen, ließ Alexander VI. dem Sultan weismachen, dass Karl VIII., wenn er Neapel erobert habe, gegen ihn ziehen wolle und sich bereits seinen Bruder Dsdiem erbeten habe, um ihn an die Spitze des Unternehmens zu stellen. Zugleich erbat sich Alexander die fälligen 40.000 Dukaten. Der wirklich besorgte Sultan schickte gleich 50.000 und schrieb an den »ehrwürdigen Vater aller Christen«, so nannte er Alexander, einen sehr freundschaftlichen Brief, in welchem er ihn aufmuntert, »seinen Bruder so bald als möglich von dem Elend dieser Welt zu befreien und ihm zu einem glücklichen Leben zu verhelfen«. Wenn der Papst diese seine Bitte erfüllen wolle, so verspreche er ihm feierlich und eidlich 300.000 Dukaten, die kostbare Reliquie des Leibrocks Christi und ewige Freundschaft.

Alexander wollte aber noch mehr Nutzen aus dem Heiden ziehen; der in seinem Gewahrsam war; er lieferte ihn Karl VIII. für 20.000 Dukaten aus, aber bereits mit einem Trank im Leib, der ihn in Mohammeds Paradies beförderte. Einer der Geschichtsschreiber sagt: »Er starb an einer Speise oder einem Trank, die ihm nicht gut bekam.« Bajazet war ebenso ehrlich wie der Papst und zahlte mit Freuden das Blutgeld.

Alexander erhob seinen ältesten Sohn Franz, Herzog von Gandia, den er am liebsten hatte, zum Herzog von Benevent. Dies war sein Tod, denn sein eifersüchtiger Bruder Cäsar ließ ihn ermorden. Man zog den von neun Dolchstichen durchbohrten Leichnam aus dem Tiber, und die Römer sagten spottend: »Alexander ist der würdigste Nachfolger Petri, denn er fischt aus dem Tiber sogar Kinder.« Alexander war über den Tod seines Lieblings außer sich; aber er vergab Cäsar den kleinen Mord sehr bald und übertrug auf diesen würdigsten Sprössling all seine väterliche Zärtlichkeit.

Um nicht daran gehindert zu sein, durch Heirat zur Macht zu gelangen, verließ der Kardinal Cäsar Borgia den geistlichen Stand – ein bis dahin nie vorgekommener Fall –, wurde von dem König von Frankreich zum Herzog von Valence in der Dauphine ernannt und heiratete bald darauf eine Tochter der Königin von Navarra.

Seine anderen Kinder vergaß der zärtliche Vater aber auch nicht. Lukretia hatte schon viel herumgeheiratet, als sie an Alfons, Herzog von Bisceglia, gelangte, der aber ermordet wurde und einem Prinzen von Ferrara Platz machen musste.

Die päpstliche Familie führte ein äußerst gemütliches Familienstilleben. Die Brüder und der Vater schliefen abwechselnd bei der schönen Lukretia, und der letztere hatte die Freude, ihr einen Sohn zu erzeugen, der Roderich genannt wurde, und welcher demnach der Bruder seiner Mutter und der Sohn und Enkel seines glücklichen Vaters war, der das Wunderkind zum Herzog von Sermonata machte.

Die italienischen Fürsten, welche von dem Heiligen Vater und seinem Sohn Cäsar auf das Schamloseste geplündert wurden, vereinigten sich gegen diese Ungerechtigkeiten, allein wurden fast sämtlich gegen ihre bessere Überzeugung zur Seligkeit befördert. Ein halbes Dutzend von ihnen besorgte Cäsar zur Ruhe, und einen anderen der Herr Papa.

Cäsar würde sich wahrscheinlich unter dem Schutz seines Heiligen Vaters ein ganz artiges Reich zusammengeraubt haben, wenn dieser Musterpapst nicht aus Versehen gestorben wäre.

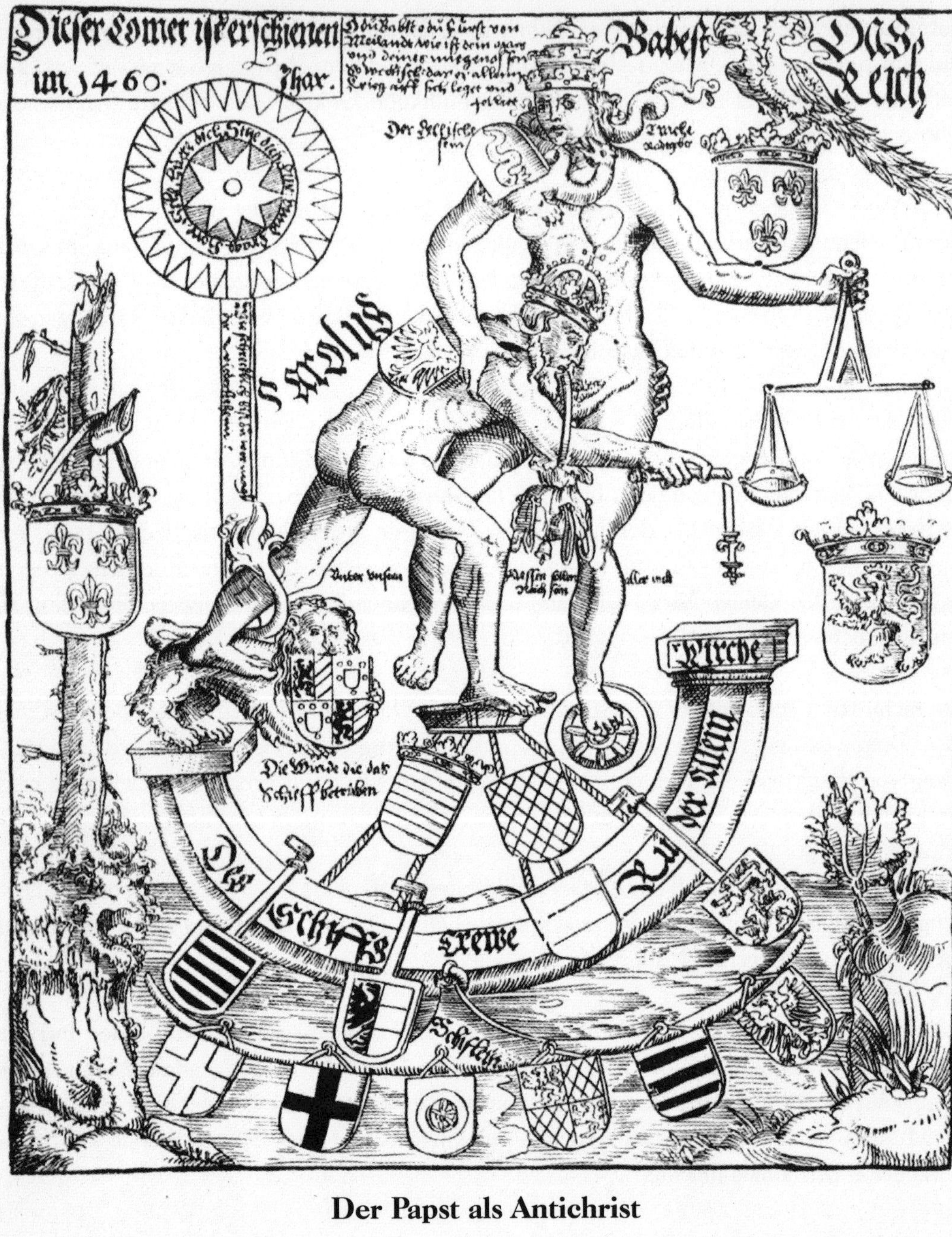

Der Papst als Antichrist

Alexander hatte die Gewohnheit, solche reichen Leute, die er gern beerben wollte, in die bessere Welt zu befördern, und eins seiner Lieblingsmittel dazu war Gift, welches er höchst gemütlich »Requiescat in pace« nannte. Der Kardinal Corneto, ein unchristlich reicher Mann, sollte so beruhigt werden und wurde zu diesem Zweck vom Papst zum Abendessen geladen. Durch ein Versehen reichte ein Diener dem Papst den »in der Hölle gewürzten«, für den Kardinal bestimmten Wein, und dieser endete am anderen Tag sein heiliges Leben im 72. Lebensjahr.

Cäsar, der auch von dem vergifteten Wein getrunken hatte, sollte ein volles Jahr daran zu verdauen haben.

Mit den Schandtaten dieses Papstes könnte man ein ganzes Buch füllen; aber ich will den Lesern nur einige mitteilen.

Von der Macht und Stellung der Päpste hatte Alexander die höchsten Begriffe, denn er sagte: »Der Papst steht so hoch über dem König, wie der Mensch über dem Vieh.« Und mit der Religion, welche damals die christliche hieß, war er vollkommen zufrieden, denn er äußerte: »Jede Religion ist gut, die beste aber – die dümmste«, und es würde schwer geworden sein, etwas Dümmeres als das Christentum der römischen Kirche jener Zeit aufzufinden. Alexander selbst hatte gar keine Religion.

Höchst originell ist eine Unterredung, welche der gelehrte Prinz Piko di Mirandola mit dem Papst nach der Niederkunft der Lukretia mit Roderich hatte. Alexander fragte ihn:

»Kleiner Piko, wen hältst du für den Vater meines Enkels?« »Nun, Ihren Schwiegersohn!«, nämlich den für impotent bekannten Alfons.

»Wie kannst du das glauben?«

»Der Glaube, Ew. Heiligkeit, besteht ja darin, Unmögliches zu glauben.« Und nun kramte der Prinz eine solche Menge geglaubter Unmöglichkeiten aus, dass der heilige Vater sich beinahe vor Lachen ausschüttete.

»Ja, ja«, sagte der Papst, »ich fühle wohl, dass ich nur durch Glauben, nicht aber durch meine Werke selig werden kann.«

»Ew. Heiligkeit«, antwortete der Prinz, »haben ja die Schlüssel des Himmelreichs; aber ich – wie ging es mir dort, wenn ich bei meiner Tochter geschlafen, mich des Dolches und der Cantarella (Gift) so oft bedient hätte!«

»Ernsthaft, sage mir«, fuhr der Papst fort, »wie kann Gott am Glauben Vergnügen finden? Nennen wir nicht den, der da sagt, er glaube was er unmöglich glauben kann, einen Lügner?«

»Großer Gott!«, rief der Prinz und schlug das Kreuz, »ich glaube, Ew. Heiligkeit sind kein Christ!«

»Nun, ehrlich gesprochen, ich bin's auch nicht.« »Dacht ich's doch!«, sagte der Prinz, und damit endete die seltsamste Unterredung, die wohl je zwischen einem Papst und einem Laien stattgefunden hat.

Die Liederlichkeit Alexanders lässt sich in unserer keuschen Sprache nicht wohl beschreiben; die kommt nur der Cäsar Borgia's und seiner Schwester Lukretia gleich. Alle Abarten der Wollust, welche wir Deutsche meistens nicht einmal dem Namen nach kennen und welche von früheren Päpsten einzeln getrieben wurden, dienten diesem Papst gewordenen Priap zur Unterhaltung.

Burkard, der Zeremonienmeister Alexanders VI., hat in seinem Diarium das Leben am päpstlichen Hof geschildert, und die üppigste Phantasie kann nichts erdenken, was hier nicht getrieben wurde. Burkard sagt: »Aus dem apostolischen Palast wurde ein Bordell, und ein weit schandvolleres Bordell, als je ein öffentliches Haus sein kann.«

»Einst wurde«, so erzählte Burkard, »auf dem Zimmer des Herzogs von Valence (Cäsar Borgia) im apostolischen Palast eine Abendmahlzeit gegeben, bei welcher auch fünfzig vornehme Kurtisanen gegenwärtig waren, die nach Tisch mit den Dienern und anderen Anwesenden tanzen mussten, zuerst in ihren Kleidern, dann nackend: Darauf wurden Leuchter mit brennenden Lichtern auf die Erde gesetzt, und zwischen denselben Kastanien hingeworfen, welche die nackten Weibsbilder, auf allen Vieren zwischen den Leuchtern durchkriechend, auflasen, während Seine Heiligkeit, Cäsar und Lukretia zusahen. Endlich wurden viele Kleidungsstücke für diejenigen hingelegt, die mit mehreren dieser Lustdirnen ohne Scheu Unzucht treiben würden, und sodann diese Preise ausgeteilt. Diese schöne Szene fiel vor an der Allerheiligen-Viglie 1501.«

Einst ließ Alexander rossige Stuten und Hengste vor sein Fenster führen und ergötzte sich mit Lukretia an dem Schauspiel. Dieses Weib war über alle Beschreibung liederlich, ob sie aber nach dem Papstrecht das Prädikat Hure verdient, weiß ich nicht, denn einige Glossatoren desselben haben aufgestellt, dass man nur diejenige eine wahre Hure nennen könne, die 23.000mal gesündigt habe!

Lukretia genoss das unbeschränkte Vertrauen ihres Vaters. In dessen Abwesenheit erbrach sie alle Briefe, beantwortete sie nötigenfalls und versammelte die Kardinäle nach Gefallen. Man schrieb ihr folgende Grabschrift: Hier liegt die, die Lukretia hieß und eine Thais war, Alexanders Weib, Tochter und Schwiegertochter. Letzteres, weil einer ihrer vielen Männer ein anderer Sohn des Papstes, also ihr Halbbruder war.

Die zu jener Zeit auflebenden Wissenschaften und die immer weiter um sich greifende Anwendung der höllischen Erfindung der Buchdruckerkunst machten den Papst sehr besorgt. Er fürchtete, dass eine freie Presse dem Schandleben der Päpste ein Ende machen möchte und hatte nicht Unrecht zu fürchten. Er führte daher die Bücherzensur ein, die bis auf die neueste Zeit geblieben ist und wo sie endlich vor der öffentlichen Meinung weichen musste, in die fast noch schlimmere Phase der Presseprozesse übergegangen ist, die sehr häufig im Sinn Richelieu's geführt werden, der behauptete, kein Schriftsteller könne fünf Worte schreiben, ohne sich eines Verbrechens schuldig zu machen, welches ihn in die Bastille bringe. Derjenige, zu dem er dies sagte, schrieb: »Zwei und eins macht drei.« – »Unglücklicher!«, rief der Kar-

dinal, »Sie leugnen die Dreieinigkeit!« Seitenstücke dazu liefern manche moderne Presseprozesse.

Julius II. (1502–1513) gelangte ebenfalls durch Lust und Bestechung auf den päpstlichen Stuhl. Er war ein tüchtiger Soldat; das ist das einzige, seltsame Lob, welches man diesem Statthalter Gottes geben kann. Er hetzte alle Fürsten gegeneinander, ließ Armeen marschieren, kommandierte sie selbst und belagerte und eroberte Städte.

Seine Gegner beriefen eine Synode nach Pisa, um dem martialischen Sohn der Kirche sein unberufenes Handwerk zu legen. Von dieser Kirchenversammlung wurde er »als Störer des öffentlichen Friedens, als ein Stifter der Zwietracht unter dem Volk Gottes, als ein Rebell und blutdürstiger Tyrann und als ein in seiner Bosheit verhärteter Mensch« aller geistlichen und weltlichen Verwaltung entsetzt.

Julius kehrte sich natürlich nicht an dieses Urteil; es erbitterte ihn nur noch mehr gegen seine Feinde und besonders gegen den vortrefflichen König von Frankreich, Ludwig XII., den er absetzte. Ganz Frankreich wurde ebenfalls mit dem Interdikt belegt; aber die aus dem Vatikan geschleuderten Blitze zündeten nicht mehr.

Julius II. handelte, nach dem Ausdruck des berühmten Geschichtsschreibers Mezeray, »wie ein türkischer Sultan und nicht wie ein Statthalter des Friedensfürsten und wie ein Vater aller Christen.« In den Kriegen, die er aus Rachbegierde und Blutdurst führte, verloren zweimal hunderttausend Menschen ihr Leben. Er starb mitten unter Vorbereitungen zu neuen Kriegen.

Er war so liederlich wie Alexander VI., und vor diesem hatte er noch voraus, dass er ein Trunkenbold war. Kaiser Maximilian I. sagte einst: »Ewiger Gott, wie würde es der Welt gehen, wenn du nicht eine besondere Aufsicht über sie hättest, unter einem Kaiser wie ich, der ich nur ein elender Jäger bin, und unter einem so lasterhaften und versoffenen Papst wie Julius ist!«

Der Zeremonienmeister dieses Papstes, de Grassis, erzählt, dass der Heilige Vater einmal so heftig von der Krankheit angesteckt war, welche der Ritter Bayara le mal de celui qui l'a nennt, dass er am Karfreitag niemand zum Fußkuss lassen konnte.

Ein ebenso liederlicher Mensch war sein Nachfolger Leo X. (1513–1521), welcher seine Erhebung zum Papst derselben Krankheit verdankte, die Julius am Fußkusse verhinderte. Als er zur neuen Papstwahl ins Konklave kam, litt er an einem venerischen Geschwür am Hintern, welches einen pestilenzialischen Geruch verbreitete. Die anderen Kardinäle, welche angesteckt zu werden fürchteten, befragten die Ärzte des Konklaves, und diese erklärten einstimmig, dass Leo gewiss bald sterben würde. Um nur baldigst von dem Gestank befreit zu werden, erwählten ihn die Kardinäle zum Papst.

Leo X., ein Sprössling der berühmten Fürstenfamilie der Medicis, war ein gescheiter Mann, welcher Künste und Wissenschaften liebte und manche andere Eigenschaften hatte, die wir an einem weltlichen Fürsten recht hoch schätzen würden. Er lebte »vergnügt wie ein Papst« und kümmerte sich ebenso wenig um die Christenheit wie um Geschäfte, wenn er nicht durch seine ungeheuren Geldbedürfnisse dazu gezwungen war.

Er soll während der acht Jahre seiner Herrschaft 14 Millionen Dukaten verbraucht haben, was sehr glaublich ist, da er das so leicht erworbene Geld ebenso leicht ausgab. Bei seiner Krönung verschenkte er 100.000 Dukaten. Dichter und Maler erhielten von ihm sehr bedeutende Summen; aber die guten Christen deckten das alles. Einst sagte Leo zum Kardinal Bambus: »Wie viel uns und den unsrigen die Fabel von Christo eingebracht hat, ist aller Welt bekannt.«

Sein Hof war der prächtigste, den es gab, und das Geld wurde mit vollen Händen weggeworfen, wie an denen der altrömischen Kaiser. So war es denn kein Wunder, dass er trotz seines Ablasskrams noch bedeutende Schulden hinterließ.

Leo verkaufte alles, was nur Käufer fand, und sein Finanzminister Armellino war der unverschämteste Blutsauger. Einst sagte Colonna von letzterem: »Man ziehe diesem Schinder das Fell über die Ohren und lasse ihn für Geld sehen, was mehr einbringen wird, als wir brauchen.«

Leo wurde durch einen plötzlichen Tod aus seinem üppigen Leben hinweggerissen und hatte nicht einmal Zeit, die kirchlichen Sakramente zu empfangen. Dieses gab einem Dichter Veranlassung zu einem Epigramm, welches in der Übersetzung lautet: »Ihr fragt, warum Leo in der Sterbestunde die Sakramente nicht nehmen konnte? – Er hatte sie verkauft.«

Leo's Ablasskram, von dem ich bereits geredet habe, gab die nächste Veranlassung zur Reformation. Die Geschichte derselben ist unendlich oft geschrieben worden und befindet sich in den Händen des Volkes; ich darf sie also als bekannt vorausetzen.

Die gefährliche Lage des päpstlichen Stuhls hätte einen recht kräftigen Papst erfordert; aber Leo's Nachfolger, Hadrian VI., war dies durchaus nicht. Er war ein bornierter Gelehrter, mehr geeignet, »sich und die Jungens zu langweilen«, als das lecke Schifflein Petri über Wasser zu erhalten, obwohl sein Vater Schiffszimmermann in Utrecht war.

Spottbild auf das üppige und liederliche Leben am Hofe Papst Leos X.

Seiner Gelehrsamkeit wegen hatte man ihn zum Lehrer Karls V. gewählt, und als sein Zögling Kaiser war, machte man ihn zum Rektor der Universität Löwen. Luther sagte von ihm: »Der Papst ist ein Magister noster aus Löwen, da krönt man solche Esel.« Man möchte geneigt sein, dies summarische Urteil zu bestätigen, wenn man liest, dass Hadrian bei den herrlichsten Kunstwerken Roms, wie Laokoon, Apoll von Belvedere usw. mit einem flüchtigen Seitenblick vorüberging, indem er sagte: »Es sind alte Götzenbilder.«

Als dieser deutsche Barbar zu Fuß nach Rom kam, als er zu seinem Unterhalt täglich nicht mehr als zwölf Taler brauchte und – horribile dictu – Bier dem Wein vorzog, da machten die Kardinäle sehr lange Gesichter und kamen zu der Einsicht, »dass der Heilige Geist keinen als einen Italiener verstehe«.

Hadrian war ein hölzerner Pedant und viel zu ehrlich, als dass man ihn lange auf dem päpstlichen Stuhl hätte dulden können. Die Satiriker nahmen ihn scharf mit. Der Richter Berni charakterisiert dieses Papstes Regierung sehr ergötzlich. Die bezügliche Stelle heißt in der Übersetzung: »Eine Regierung voll Bedacht, Rücksicht und Gerade, voll Wenn und Aber, Jedennoch und Vielleicht, und Worten in Menge ohne Saft und Kraft, voll Glauben, Liebe, Hoffnung, das heißt voll Einfalt – wird Hadrian allgemach zum Heiligen machen.«

Hadrian beging ein in den Augen aller Kardinäle und Geistlichen grässliches Verbrechen; er gestand nämlich ein, dass Luther mit seinem Verlangen nach einer Reformation gar nicht so Unrecht habe, indem er ehrlich genug war, zu schreiben: »Gott gestattete die Verfolgung um

Deutscher Ablassbrief

der Sünde willen; die Sünde des Volks stammt von den Priestern, die daher Jesus auch zuerst im Tempel aufsuchte, und dann erst in die Stadt ging. Selbst von diesem unserem Heiligen Stuhl ist so viel Unheiliges ausgegangen, dass es kein Wunder ist, wenn sich die Krankheit vom Haupt in die Glieder, von Päpsten in die Prälaten gezogen hat. Wir wollen allen Fleiß anwenden, damit zuerst dieser Hof, von dem vielleicht alles Unheil ausging, reformiert werde, je begieriger die Welt solche Reformen erwartet.«

So etwas war unerträglich, und Hadrian wurde gestorben. Der Jubel der Römer bei seinem Tod war sehr groß, und sie begingen die Unschicklichkeit, die Tür seines Leibarztes zu bekränzen und mit der Inschrift zu versehen: Liberatori Patriae S. P. Q. R. (Der Senat und das Volk Roms dem Befreier des Vaterlandes).

Damit man nicht in Versuchung kommt, das Schicksal dieses ehrlichen gelehrten Dummkopfes gar zu sehr zu beklagen, bemerke ich, dass er fünf Jahre lang Großinquisitor in Spanien war und dort 1.620 Menschen lebendig und 560 im Bildnis verbrennen ließ, und 21.845 andere zu Vermögenskonfiskation, Ehrlosigkeit usw. verurteilte.

Clemens VII. (1523–1534), wieder ein Medici, folgte dem Magister noster Esel und verstand es besser als dieser, den Kirchenmonarchen zu spielen; aber die Reformation konnte er ebenso wenig unterdrücken. Er hatte große Not auszustehen, denn der Connetable Karl von Bourbon stürmte mit seinem unbezahlten Heer Rom. Der Feldherr selbst wurde zwar bei dem Sturm erschossen, allein dies diente nur dazu, die Wut der beutelustigen Soldaten mehr anzufachen. Unter ihnen befanden sich 14.000 Deutsche unter Georg von Frundsberg, der es besonders auf den Papst abgesehen hatte und einen goldenen Strick bei sich trug, um Se. Heiligkeit damit eigenhändig in den Himmel zu befördern.

Der Papst floh in die Engelsburg, und mit Rom wurde unbarmherzig umgegangen. Die Kardinäle hatten schlimme Zeit, denn selbst die katholischen Spanier gingen hart mit ihnen um. Die Damen nahmen die Sache von der besten Seite; sie waren neugierig auf die stämmigen deutschen Landsknechte, und Geschichtsschreiber erzählen boshafterweise, dass sie es gar nicht erwarten konnten, bis das Notzüchtigen losging.

Die Soldaten raubten, wo sie etwas fanden; denn wenn die Krieger der damaligen Zeit Geld witterten, dann suspendierten sie alle Religion, stahlen und mordeten nach Herzenslust und ließen sich dann absolvieren. Die Beute belief sich an Gold, Silber und Edelsteinen auf mehr als zehn Millionen Gold, und an barem Geld, womit sich die Vornehmen ranzionieren mussten, auf eine noch größere Summe.

Ich habe da ein altes Buch von 1569 vor mir, in welchem Adam Reißner, der in Diensten Frundsbergs mit in Rom war, die tolle Wirtschaft, welche die Soldaten dort neun Monate lang trieben, sehr einfach und treuherzig beschreibt. Ich will eine Stelle daraus wörtlich hersetzen:

»Die Landsknecht haben die Cardinäls Hüt auffgesetzt, die roten langen Röck angethan, und sind auff den Eeseln in der Statt umbgeritten, haben also jr Kurzweil und Affenspiel gehalten. Wilhelm von Sandizell ist oftermals mit seiner Rott, als ein Römischer Bapst, mit dreyen Kronen für die Engelburg kommen, da haben die andern Knecht in den Cardinäls Röcken jrem Bapst Reuerentz gethan, jre lange Röck vornen mit den Händen aufgehebt, den hindern Schwantz hinden auff der Erd lassen nachschleyffen, sich mit Haubt und Schultern tief gebogen, niederkniet, Fuß und Händ geküsst. Alsdann hat der vermeynt Bapst Clementen einen Trunk gebracht, die angelegte Cardinäl sind auff jren Knien gelegen, haben ein jeder ein Glaßvoll Wein außtrunken, und dem Bapst bescheyd gethan, darbey geschrien, Sie wollen jetzt recht fromme Bäpst vnd Cardinäl machen, die dem Keyser gehorsam, und nicht wie die vorige widerspenstig, Krieg und Blutvergiessen anrichten.

Zuletzt haben sie laut vor der Engelburg geschrien: Wir wöllen den Luther zum Bapst machen! Welchen solchs gefallen, der soll ein Hand auffheben, haben darauff all jre Händ auffgehebt, und geschrien, Luther Bapst, und viel dergleichen schimpffliche lächerliche Spottreden gethan.

Grünenwald, ein Landsknecht, schrey vor der Engelburg mit lauter stimm, Er hett lust, dass er den Bapst ein stück auß seinem Leib solt reissen, weil er Gottes, deß Keisers, und aller Welt Feind sey.«

Nachdem Papst Clemens an die Truppen noch gegen 400.000 Dukaten bezahlt hatte, ließ man ihn, als Diener verkleidet, aus der Engelsburg entwischen.

Clemens hatte kein Glück, aber auch kein Geschick. So viel hätte er mit seinem Verstand erkennen können, dass die Zeit der Innocence vorüber war; allein er war unpolitisch genug, es mit dem despotischen Heinrich VIII. von England zu verderben, den er exkommunizierte, und der sich dafür mit seinem ganzen Land von Rom lossagte. Dadurch verlor der päpstliche Stuhl den Petersgroschen, eine Abgabe, welche seit 740 von jedem englischen Haus nach Rom bezahlt wurde.

Die Reformation machte unter diesen beiden letzten Päpsten immer weitere Fortschritte, und die 1522 auf dem Reichstag zu Nürnberg versammelten Reichsstände erklärten: »Dass sie die päpstlichen und kaiserlichen Verordnungen nicht vollstrecken lassen könnten, weil das Volk, welches den Lehren Luthers in großer Menge zugetan sei, dadurch leicht auf den Argwohn geraten könnte, als wolle man die evangelische Wahrheit unterdrücken, und die bisherigen Missbräuche unterstützen, und dies könnte leicht zu Aufruhr und Empörung Anlass geben.«

Die deutschen Fürsten auf dem Reichstag nahmen diesmal kein Blatt vor den Mund, und in den hundert Beschwerden der deutschen Nation sprachen sie geradezu von Betrügereien der Päpste, was sie nicht einmal heutzutage wagen würden. Überhaupt sagten die Verteidiger der Reformation damals vieles sogar mit dem Beifall der Fürsten, was selbst heute in anständiger Sprache nicht gewagt werden dürfte, aus Furcht vor endlosen Prozessen.

Man ließ Luthers Satiren ungeniert passieren, obwohl sie eigentlich nichts als unflätige Schimpfereien waren.

Der »Gottesmann Lutherus« zeigte wenig Respekt vor Päpsten oder Fürsten, wenn es die Verteidigung seiner Sache galt. Er ging mit ihnen um, als ob sie Bettelbuben gewesen wären, und sagte sowohl dem König von England als dem Herzog Georg von Sachsen auf das allerderbste Bescheid. Den Herzog von Braunschweig nannte er nur »den Hansworst«; aber am schlimmsten kam der Papst weg.

In seinem Buch: »Das Papsttum vom Teufel gestiftet« nennt er die Kirche »die Lerche« und den Papst »den Kuckuck, der die Eier fresse und dafür Kardinäle hineinscheiße«. Er nennt Se. Heiligkeit »einen Gaukler, das Leckerlein von Rom, päpstliche Höllischkeit und Spitzbube, ein epikurisch Schwein, das vom Teufel hintenaus geboren, und will, dass man ihm den Hintern küsse, – einen beschissenen und furzenden Papstesel, vor dessen Fürzen sich der Kaiser fürchtet, und der alle Fürze der Esel binden, und die selbsteigenen angebetet haben will, und dass man ihm dabei noch den Hintern lecke«.

Karikatur auf das Papsttum während der Reformationszeit

Wagte es heutzutage ein Schriftsteller so gegen den Papst zu schreiben oder gegen den Kaiser Napoleon, dann fiele halb Europa in Ohnmacht und dem Verfasser winkte ein Presseprozess mit darauffolgendem Gefängnis, so lang wie das Fegefeuer.

Seine Gegner blieben Luther indessen nichts schuldig, und Dr. Eck, den der Reformator stets Dreck nannte, zahlte ihm mit gleicher Münze. Die gewöhnlichen Titel, die man ihm gab, waren Doktor Dreck-Märte, Doktor Sauhund von Wittenberg und dergleichen. Der Jesuit Weislinger sagte von Luther in Bezug auf die Tischreden: »Luther ist Zeremonienmeister bei Hofe, wo man Mist ladet, Advokat zu Sauheim, wo nicht gar Stadtrichter zu Schweinfurt; – gäbe es ein Mistingen, Schmeisau oder Dreckberg, so gehörte der Sauluther dahin.« Das war, wie bemerkt, im 16. Jahrhundert Satire.

Clemens VII. war ein großer Freund der Mönche. Unter ihm entstanden die Kapuziner, eine Abart der Franziskaner, welche sich von den letzteren nur durch ihre größere Dummheit und Schweinerei auszeichneten. Die spitzen Kapuzen, die sie tragen und einem Lichtauslöscher sehr ähnlich sehen, können zugleich als ihr Feldzeichen dienen, denn Clemens hoffte durch sie, das Licht auszulöschen, welches durch Luther angezündet war.

Paul III. (1539–1549), der nach Clemens Papst wurde, war schon im 26. Jahr Kardinal geworden und zwar, weil er seine schöne Schwester Julia Farnese an Alexander VI. verkuppelt hatte. Er war einer der liederlichsten Päpste. Blutschande, Mord und ähnliche Verbrechen waren ihm geläufig. Er vergiftete sowohl seine eigene Mutter wie seine Schwester!

Die falschen und die wahren Apostel Christi

Doch das sind eigentlich Familienangelegenheiten, die uns weniger angehen. Weit wichtiger war es für die Welt, dass Paul am 27. September 1540 den Orden der Jesuiten bestätigte. Wir werden diese Fledermäuse noch näher kennenlernen und wollen ihnen dann sagen, was sie waren und was sie sind; denn sie selbst wollten und konnten darüber keine Auskunft geben und sagten, sie wären tales quales; das heißt: Diejenigen, welche.

Julius III. war ein Papst, der noch weniger taugte als seine Vorgänger. Er hielt sich mit dem Kardinal Creszentius gemeinschaftlich Beischläferinnen, und die Kinder, welche dieselben bekamen, erzogen sie gemeinschaftlich, da keiner von beiden wusste, wer der Vater sei. Seinen Affenwärter, einen hässlichen Jungen von sechzehn Jahren, machte er zum Kardinal, und als ihm die anderen Kardinäle deshalb Vorwürfe machten, rief er: »Potta di Dio! Was habt ihr denn an mir gefunden, dass ihr mich zum Papste machtet?«

Der Heilige Vater ließ einst in Rom Musterung über alle Freudenmädchen halten, und es fanden sich nicht weniger als 40.000 in der Stadt. Unter einem so liederlichen Papst wie Julius musste ihr Handwerk natürlich gedeihen. Sein Nuntius Johann a Casa, Erzbischof von Benevent, schrieb ein Buch über die Sodomiterei, worin er diese lebhaft in Schutz nimmt. Dies Buch ist 1552 in Venedig gedruckt und – dem Papst dediziert!

Paul IV. war ein vor Stolz halb wahnsinniger, achtzigjähriger Narr und nebenbei ein mordlustiger Pfaffe. Unter ihm konnte die Inquisition nicht genug Opfer erwürgen. Hören wir, was Pasquino über ihn sagte. Aber vorher noch einige Worte über Pasquino.

Nach der Sage war dieser ein lustiger Schneider in Rom, dessen Schwänke viele Leute zu seiner Bude lockten. Dieser gegenüber stand eine verstümmelte Statue, an welcher man häufig Satiren angeklebt fand, die man dem Schneider Pasquino zuschrieb. Daher das Wort Pasquil. Es gibt indessen noch andere Traditionen darüber. Bald wurde nun eine andere Statue am Kapitol dazu ausersehen, Antworten auf die Fragen aufzunehmen, die man an der ersten Statue fand, und so entstand ein Frage- und Antwortspiel, welches nicht nur sehr ergötzlich, sondern auch von großem Nutzen war.

Als Paul IV. 1559 gestorben war, schlug Pasquino folgende Grabschrift vor: »Hier liegt Caraffa (aus dieser Familie stammte der Papst) verflucht im Himmel und auf Erden, dessen Seele in der Hölle, dessen Aas im Boden ist. Der Erde missgönnte er den Frieden, dem Himmel Gebet und Gelübde; ruchlos richtete er Klerus und Volk zugrunde; vor den Feinden kroch er, gegen Freunde war er treulos; wollt ihr alles auf einmal wissen? Er war Papst!«

Der Name Papst war damals in Rom zum Schimpfwort herabgesunken. Pasquino erwiderte einem Fragenden: »Warum jammerst du?« – »Ach, der Schimpf bricht mir das Herz!« – »Nun, was ist's?« – »Du errätst es nicht? – Sie haben mich«, ruft er unter Schluchzen, »sie haben mich – einen Papst genannt.«

Paul war Kaiser Karls V. erbitterter Feind gewesen und wollte nach dessen Abdankung Kaiser Ferdinands Wahl nicht anerkennen, weil dessen Sohn und Thronfolger, Maximilian, meist unter Lutheranern aufgewachsen sei.

Der Kaiser kehrte sich wenig an den Papst, dazu angeregt durch den Reichs-Vizekanzler Dr. Seld, den Benst Ferdinands I. Dieser Minister sagte in einem Gutachten: »Man lacht jetzt über den Bann, vor dem man sonst zitterte; man hielt sonst alles, was von Rom kam, für heilig und göttlich, jetzt speiet männiglich, er sei alter oder neuer Religion, darüber aus. Die alten Kaiser haben die Päpste beim Kopf genommen, gestöckelt, gepflöcket und abgesetzt; wir haben selbst erlebt, wie Karl mit Clemens umgegangen; solchen Ernstes sind Ew. Majestät nicht einmal benötigt. Übrigens weiß man, dass Se. Heiligkeit die Kardinäle, welche Wahrheiten sagen, Bestien und Narren gescholten, solche mit Stecken geschlagen, woraus abzunehmen, dass dieselben Alters oder anderer Zufälle wegen nicht wohl bei Vernunft und Sinnen seien.«

Unter Pius IV. wurde das berühmte Trientiner Konzil geschlossen (im Dezember 1563), welches achtzehn Jahre versammelt gewesen war, um die schon längst als notwendig erkannte Reformation der Kirche an »Haupt und Gliedern« vorzunehmen.

Das Konzilium stand unter der unmittelbaren Beaufsichtigung des Papstes. Kardinal del Monte stand mit ihm durch eine ununterbrochene Kurierlinie zwischen Trient und Rom in fortwährender Verbindung, und des Papstes Instruktionen hatten auf alle Beschlüsse den entscheidendsten Einfluss. Alle Welt schrie, das Konzil sei nicht bei Trost, aber niemand konnte das ändern.

Der Bischof Dudith von Tina in Dalmatien und mehrere andere sagten: »Der Heilige Geist, der die versammelten Väter in Trient belehrte, kam im römischen Felleisen.«

Die heiligen Väter strengten sich nicht übermäßig an. Alle Monate einmal eine Sitzung, wenn nicht Ferien oder Festlichkeiten die Zeit wegnahmen, und hielt man einmal eine Sitzung, so verging dieselbe meistens mit unnützen Redereien.

Man disputierte mit allem Ernst, der so wichtigen Dingen gebührt, über den Rang der Abgeordneten, über Kleidung, Siegel und dergleichen. Dann fragte man, ob man vom Glauben oder von der Reformation anfangen wolle? Endlich entschied man sich dann für den Glauben, da einige Vorwitzige unverschämt genug waren, die Meinung zu äußern, dass die Reformation bei den Häuptern beginnen müsse!

Die Franzosen und selbst die so geduldigen Deutschen verloren die Geduld. Ein kaiserlicher Gesandter behauptete gar, der Papst und seine Legaten »hätten die Hufeisen verkehrt aufgeschlagen, um sich den Schein zu geben, vorwärts zu gehen, während sie doch rückwärtsgingen«.

Wenn das Volk, welches sich nach all den schönen Versprechungen auf die Konziliumsbeschlüsse wie Kinder auf den Heiligenchrist freute, durch seine Vertreter deshalb anfragen ließ, dann erhielt es immer zur Antwort, »dass der Bericht noch nicht fertig sei«.

Als aber der Bericht endlich fertig war, da machte alle Welt ein langes Gesicht und »entsatzete« sich. Beim Schluss der Synode stand der Kardinal von Guise auf und rief: »Verflucht seien alle Ketzer!« »Verflucht! Verflucht! Verflucht!«, brüllten die Herrn Gesandten im Chorus, und der »Heilige Geist« in Rom lachte ins Fäustchen. Dies war freilich nicht der Weg, die Protestanten in den Schoß der Kirche zurückzuführen, welches eigentlich der Hauptzweck der langen Synode war.

Es bedarf in der Tat keiner großen Prophetengabe, um vorhersagen zu können, dass das in diesem Jahr abzuhaltende Konzil ganz denselben römischen Stuhlgang haben wird, wie das Trienter. Der alte Mann, der jetzt die wurmstichige Tiara trägt, leidet an der Einbildung, dass wir 1368 schreiben und handelt demgemäß. Es ist ein Glück, dass es ziemlich gleichgültig ist, was das Konzil beschließt, da sich niemand daran kehren wird und dass die Tage des Landvogtes Gottes gezählt sind:

»Mach' deine Rechnung mit dem Himmel, Landvogt,
Fort musst du, deine Uhr ist abgelaufen.«

Das Trienter Konzil war das letzte, welches gehalten wurde, und seine Beschlüsse sind bis auf den heutigen Tag das Gesetz für die römische Kirche. Hume sagt bei der Geschichte der Königin Elisabeth von England: »Das Trienter Konzil ist das einzige, das in einem Jahrhundert beginnender Aufklärung und Forschung gehalten wurde; die Wissenschaften müssten tief sinken, wenn das Menschengeschlecht aufs Neue zu einem solchen groben Betrug geschickt würde.«

Der protestantische Schriftsteller Haidegger verglich das Papsttum mit einer Hure, die immer unverschämter wird, je länger sie mitmacht. Dieser Vergleich ist zwar nicht sehr höflich; aber wenn man die Beschlüsse des Trientiner Konzils durchliest – muss man ihm beistimmen. Aller Unsinn, welcher sich allmählich in die christliche Kirche eingeschlichen hatte, wurde dadurch feierlich sanktioniert, und was von der Trientinischen Glaubensformel abwich, hatte »den Verlust der Seligkeit« zu erwarten.

Dass aus der Synode nicht viel werden konnte, lag auf der Hand, denn die Jesuiten nahmen sich ihrer an und soufflierten dem Heiligen Geist.

Dies Konzil hatte große Folgen, und die allerschlimmste war wohl die, dass die Päpste, welche bisher beständig gegen die weltliche Macht Opposition gebildet hatten, von nun an gemeinschaftliche Sache mit ihr machten, um das sichtbare Streben nach einem besseren Zustand und nach politischer Freiheit zu lähmen.

Das Blutbad unter den Hugenotten in Paris – die sogenannte Pariser Bluthochzeit

Pius IV. »gab seine Seele durch den Teil des Leibes von sich, durch welchen er sie empfangen hatte«. Ihm folgte Pius V., ein ehemaliger Großinquisitor. Bei seiner Wahl soll er geäußert haben: »Als Mönch hoffe ich, selig zu werden; als Kardinal zweifle ich daran und als Papst halte ich die Sache für unmöglich.«

Dieser Pius V., der als Großinquisitor eine geeignete Vorschule gehabt hatte, war der grausamste unter allen Päpsten. Ihn belebte nur eine Idee: Ausrottung der Ketzer. Er ist der Urheber der Pariser Bluthochzeit, der schrecklichen Verfolgungen in den Niederlanden unter Herzog Alba, der sich rühmte, dass er in sechs Jahren 18.000 Personen hinrichten ließ, und aller Verschwörungen in Schottland und England.

Das Motiv der Grausamkeit dieses Papstes war nicht allein religiöser Fanatismus. Er ließ zum Beispiel Nik Franko wegen eines unschuldigen Distichons hängen, welches er auf den im Lateran (päpstlichen Palast) neuerbauten Abtritt machte!

»Papst Pius V., der beladenen Bäuche sich erbarmend,
Errichtete diesen Abtritt, ein edles Werk.«

Das ist die Übersetzung der Zeilen, die den Poeten an den Galgen brachte. Der arme Mensch rief mit Recht: »Das ist zu arg!« Und noch auf der Leiter wollte er nicht glauben, dass die Sache Ernst sei und fragte: »Wie, Nikolas, an den Galgen?«

Als Pius unter grässlichen Steinschmerzen seine Henkerseele ausgehaucht hatte, herrschte allgemeine Freude. Die während seiner Regierung beinahe in den Ruhestand versetzten öffentlichen Mädchen versammelten sich jubelnd um seine Leiche, und sogar der türkische Sultan ließ Freudenfeste wegen dieses Todes anstellen.

Doch ich darf nicht das Gute unerwähnt lassen, was von diesem Papst zu melden ist, und um so weniger, als es auf dem »apostolischen Stuhl« eine Seltenheit ist. Er führte ein sehr strenges Leben, wie ein Einsiedler, trug einen handbreiten, stachligen Drahtgürtel (Cilicium genannt) auf dem bloßen Leib und kein Hemd. Seine Speise bestand aus Gemüse und sein Getränk aus Wasser. Gregor XIII. war seinem Vorgänger an fanatischem Ketzerhass gleich, wenn auch nicht an Sittenstrenge. Er eröffnete dem spitzbübischen Jesuitengeneral Aquaviva, dass es Protestanten, besonders Gelehrten, Fürsten, höheren Beamten und anderen einflussreichen Personen, wenn sie zur römischen Kirche übergingen, aus besonderer päpstlicher Gnade gestattet sein sollte, ihren neuangenommenen Glauben verleugnen und noch alle protestantischen Kirchengebräuche mitmachen, kurz, nach wie vor sich als Protestanten benehmen zu dürfen.

Nach Gregor kam Sixtus V. (1585–1590) auf den päpstlichen Stuhl. Sein Vater war Weingärtner, seine Mutter eine Magd, und er selbst hütete in seiner Jugend die Schweine. Deshalb scherzte er oftmals: »Ich bin aus einem durchlauchtigen Hause; Sonne, Wind und Regen hatten freien Zugang in die Hütte meiner Eltern.«

Sein Name war Felice Peretti, und er wurde 1521 zu Grotta a Mare, nicht weit von Montalto in der Mark Ankona geboren. Ein Franziskaner, dem der Junge gefiel, nahm ihn von den Schweinen weg und brachte ihn in ein Kloster und somit auf die Leiter, die ihn zum apostolischen Stuhl führte. Er stieg schnell. Papst Pius V. war ihm gewogen und machte ihn zum Kardinal Montalto; aber Gregor konnte ihn nicht leiden und so hielt er es denn für zweckmäßig, sich ganz zurückzuziehen und dem Anschein nach ein völliger Franziskaner zu werden. Er spielte seine Rolle so gut, dass sämtliche Kardinäle angeführt wurden. Er stellte sich äußerst demütig, einfältig und körperlich hinfällig, ließ sich geduldig der Esel aus der Mark nennen und dachte, wer zuletzt lacht, lacht am besten.

Die Kardinäle waren bei der Papstwahl in sechs Parteien geteilt und da keine der anderen den Willen tun wollte, rief die größte Zahl der Kardinäle, »dass der Esel aus der Mark Papst sein solle«. Kaum wurde der an seiner Krücke einherschleichende Montalto gewahr, dass er die meisten Stimmen für sich habe, als er sogleich seine Krücke wegwarf, sich kerzengerade in die Höhe richtete, bis an die Decke der Kapelle spuckte und mit einer Stentorstimme ein Te Deum anstimmte, dass die Fenster zitterten.

Man kann sich den Schrecken der überlisteten Kardinäle denken. Als der Zeremonienmeister den neuen Papst dem Gebrauch gemäß fragte, ob er die Würde annehme, antwortete er: »Ich hätte noch Kraft zu einer zweiten«, und als ihm einer der stolzesten Kardinäle wegen seines guten Aussehens Komplimente machte, sagte er lachend: »Ja, ja, als Kardinal suchten wir gebückt die Schlüssel des Himmelreiches; wir fanden sie und sehen nun aufrecht gen Himmel, da wir auf Erden nichts mehr zu suchen haben.«

Einer der Kardinäle, der sich immer für ihn interessiert hatte, wollte seine verschobene Kapuze in Ordnung bringen; aber Montalto wies ihn zurück und sagte: »Tut nicht so vertraut mit dem Papste.«

Kardinal Farnese, der dem nunmehrigen Papst niemals recht getraut und ihn stets den Paternosterfresser genannt hatte, äußerte nun zu seinen Kollegen: »Ihr meintet, einen Gimpel zum Papst zu machen; ihr habt einen dazu gemacht, der mit uns allen wie mit Gimpeln umgehen wird!« Pasquino erschien mit einem Teller voll Zahnstocher.

Sixtus V. blieb auch als Papst ein strenger Mönch und griff nun mit Energie in die bisher so jämmerlich schlaff gehandhabten Zügel der Regierung. Zuerst war er darauf bedacht, das Land von den unzähligen Räuberbanden zu reinigen, die unter Gregor XIII. so überhandgenommen hatten, dass kein Mensch seines Lebens sicher war. Fünfhundert Verbrecher erwarteten, wie es bei einem Regierungsantritt gewöhnlich war, ihre Befreiung; allein Sixtus ließ ihnen den Prozess machen, und die Galgen wurden nicht leer. »Ich sehe lieber die Galgen voll, als die Gefängnisse«, pflegte er zu sagen.

Hinrichtung am Galgen

Ganz Rom geriet in Entsetzen, denn seine Strenge traf Reiche und Arme, was man bisher gar nicht gewohnt gewesen war. Graf Pepoli, welcher die Banditen beschützte, wurde zu Bologna enthauptet, und die Villa des Prälaten Cesarino ließ der Papst niederreißen, weil sie ein bekannter Banditenschlupfwinkel war.

»Ich verzeihe«, sagte er, »was unter Montalto geschehen ist; aber als Sixtus muss ich das Haus niederreißen und einen Galgen an die Stelle setzen.« Cesarino wurde vor Angst Karthäuser.

Einer der Bargellos (Landhäscher), die nur zu oft mit den Banditen gemeinschaftliche Sache machten, wollte sich verbergen, als er Sixtus gewahr wurde. Dieser ließ ihn in Ketten legen und gab ihn nur unter der Bedingung frei, dass er ihm innerhalb acht Tagen eine bestimmte Anzahl Banditenköpfe einliefere.

Pfuh Teufel friss Landsknechte, scheiß Pfaffen.
Satire auf die römische Kirche wegen der Hugenottenkämpfe.

Ja, der Papst ging in seiner grausamen Gerechtigkeitsliebe so weit, dass er, um Verbrecher zu entdecken, die alten Kriminalakten durchstöbern ließ. Einen gewissen Blaschi, der schon vor 36 Jahren wegen eines Mordes nach Florenz entwischt war, ließ er requirieren und enthaupten.

Diese Strenge gab Pasquino hinlänglichen Stoff. Einst sah man an der Bildsäule die Engelsbrücke abgebildet, mit den sich gegenüber stehenden Statuen der Apostel Petrus und Paulus. Petrus war in Stiefeln und Reisemantel. Paulus äußerte sein Erstaunen und fragt nach der Ursache des Reisekostüms und Petrus antwortet: »Ich will mich fortmachen, denn ich habe vor 1.500 Jahren Malchus das Ohr abgehauen.«

Sixtus trieb seine Justiz mit förmlicher Leidenschaft und einst nach einer großen Hinrichtung äußerte er bei Tisch: »Mir schmeckt es nie besser, als nach einem solchen Akt der Gerechtigkeit.« Pasquino erschien wieder mit einem Becken voll kleiner Galgen, Räder, Beile usw. und sagte: »Diese Brühe wird dem Heiligen Vater Esslust geben.«

Die Mütter schreckten jetzt ihre Kinder mit dem Papst, und wenn sich dieser auf der Straße blicken ließ, so drückte sich jeder beiseite. Ein Zeichen, dass es in Rom viele Spitzbuben und andere Leute gab, welche die Strenge des Papstes zu fürchten hatten. Er verfolgte nicht allein Banditen, sondern auch die Menschenfleischhändler, oder Kuppler, welche den Kardinälen und liederlichen Reichen ihre Weiber und Töchter zu verhandeln pflegten. Eine berühmte Buhlerin, Pignaccia, welche man nur die Prinzessin nannte, ließ er hinrichten und von ihrem Vermögen ein schönes Hospital erbauen.

Für die Armen sorgte er in bedrängter Zeit väterlich und ließ nicht allein Lebensmittel austeilen, oder die Preise derselben herabsetzen, sondern auch Seiden- und Tuchfabriken anlegen; den Adel nötigte er, seine Schulden zu bezahlen, was demselben hart genug ankam.

Ein schöner Zug von Sixtus war es, dass er sich früher erhaltener Wohltaten erinnerte. Einem Schuster hatte er einst für ein Paar Schuhe nur sechs Paoli bezahlt und gesagt: »Das Übrige werde ich bezahlen, wenn ich Papst bin.« Nun bezahlte er seine Schuld mit Interessen und gab dem Sohn des Schusters – ein Bistum. Ebenso belohnte er einen Prior, der ihm vor vierzig Jahren vier Skudi geborgt hatte.

Seine Verwandten vergaß er übrigens auch nicht; aber trotz dieser Ausgaben und der nun bedeutend geringer gewordenen Einnahmen des päpstlichen Stuhles legte er doch drei Millionen Skudi im päpstlichen Schatz nieder, während andere Päpste Schulden machten.

Sixtus besaß Verstand und selbst Witz; aber gegen den anderer war er sehr empfindlich. Pasquino trocknete einst sein Hemd am Sonntag. »Warum wartest du nicht bis Montag?« – »Ich trockne es, bevor die Sonne verkauft wird.« Und sein ungewaschenes Hemd entschuldigte er: »Der Papst hat mir meine Wäscherin (seine Schwester Camilla) zur Prinzessin gemacht.«

Die peinliche Frage – Folterung zum Zweck des Geständnisses

Dieser Spott beleidigte Sixtus sehr. Er versprach dem Entdecker des Verfassers tausend Dukaten, indem er dem letzteren das Leben zusicherte. Der Spötter dachte die Belohnung selbst zu verdienen, und war dumm genug, sich zu melden. Sixtus ließ ihn am Leben, wie er versprochen, allein er ließ ihm die Zunge ausreißen und die Hände abhauen, dann tausend Dukaten auszahlen.

Trotz seiner mancherlei guten Eigenschaften und seines Hasses gegen die Jesuiten und gegen den spanischen Tyrannen Philipp II. blieb er doch immer ein fanatischer Mönch und fand es ganz in der Ordnung, dass die Ketzer brennen müssten. Die Ermordung Heinrichs III. von Frankreich billigte er, und als die rachsüchtige Elisabeth von England Maria Stuart hatte hinrichten lassen, rief er aus: »Glückliche Königin! Ein gekröntes Haupt zu ihren Füßen!«

König Heinrich IV. und Elisabeth wusste er übrigens zu würdigen und äußerte einst: »Ich kenne nur einen Mann und nur eine Frau, würdig der Krone.« Elisabeth erfuhr es und scherzte: »Wenn ich je heirate, muss es Sixtus sein.« Dieser rief, als man ihm die Äußerung hinterbrachte: »Wir brächten einen Alexander zustande!«

Die Jesuiten wollten Sixtus überreden, dass er einen Jesuiten als Beichtvater annehmen solle, wie die anderen Großen; er aber meinte, »es würde besser für die Kirche sein, wenn die Jesuiten dem Papste beichten wollten.«

Er tat außerordentlich viel für die Verschönerung Roms und legte mehrere nützliche Anstalten an. Unter ihm wurde auch der große ägyptische Obelisk auf dem Piazza del Popolo wieder aufgerichtet, der zwei höchst merkwürdige Inschriften hat: Cäsar Augustus Pontifex Maximus unterwarf sich Ägypten und weihete ihn der Sonne auf der einen Seite, und auf der anderen: Sixtus V. Pontifex Maximus weihet diesen Obelisken, nach dessen Reinigung, dem Kreuze.

Ketzerverbrennung

Sixtus V. war den Kardinälen und den Römern zu streng, und so ist es denn nicht zu verwundern, dass er bald anfing zu kränkeln. Sein Leibarzt fühlte an des Patienten Nase, aber dieser fuhr zornig in die Höhe und rief: »Wie, du wagst es, einem Papst an die Nase zu greifen?« Der arme Doktor wurde krank vor Schrecken.

Im Jahre 1590 starb dieser letzte gefürchtete Papst. Er hätte immer noch länger leben können, wahrscheinlich zum Heil der Menschheit, denn er ging damit um, die meisten Mönchsorden aufzulösen. Vielleicht starb er an diesem Vorsatz.

Die Römer waren froh, dass sie diesen Zuchtmeister los waren und gaben ihre Freude dadurch zu erkennen, dass sie die auf dem Kapitol stehende Bildsäule dieses Papstes in Stücke schlugen. Pasquino sagte: »Mache ich je wieder einen Mönch zum Papst, so soll mir ewig der Rettig im Hintern bleiben.«

Der erste Papst im 17. Jahrhundert war Paul V., der nach den verwickeltsten und seltsamsten Intrigen im Konklave gewählt wurde. Er hätte gern Sixtus V. nachgeahmt; aber die Reformation hatte das Ansehen der Päpste mächtig erschüttert. Paul wollte Venedig seine Macht fühlen lassen; aber der Senat dieser Republik kehrte sich wenig an den Bannstrahl des Papstes, der bereits zum Theaterblitz herabgesunken war.

Der Papst tobte und verlangte durchaus Gehorsam; allein der savoyische Gesandte klärte ihn über seinen Standpunkt in Bezug auf Regierungen und Fürsten auf und sagte ihm geradezu: »Das Wort Gehorsam ist unschicklich, wenn von einem Fürsten die Rede ist. Alle Welt würde es für vernünftig halten, wenn Ew. Heiligkeit Mäßigung gebrauchten.«

Die Jesuiten versuchten es vergebens, das venetianische Volk zur Empörung zu verleiten, und endlich verließen sie mit einer Menge anderer Mönche die Stadt. Das Volk schickte ihnen Verwünschungen nach. Der Senat benahm sich überhaupt gegen die geistlichen Anmaßungen mit großer Energie; alle Geistlichen gehorchten ihm und kehrten sich nicht an das Interdikt. Nur der Großvikar des Bischofs von Padua ließ dem Senat auf sein Verbot des Interdikts antworten, dass er tun werde, was Gott ihm eingebe; als man ihm aber antwortete, Gott habe dem Senat eingegeben, einen jeden Ungehorsamen hängen zu lassen, da kroch der Kuttenheld zu Kreuze.

In diesem Kampf zwischen Venedig und der päpstlichen Gewalt zeichnete sich der Servite Paul Sarpi, auch Fra Paolo genannt, aus, indem er mit seiner gewandten Feder die Anmaßungen des Papstes mit großer Geschicklichkeit bekämpfte. Die Kardinäle Bellarmi und Baronius strengten vergebens ihren Geist an, um Sarpi zu schlagen, trotzdem, dass sie die ganze päpstliche Rüstkammer von Lügen zur Hilfe nahmen.

Um den gefährlichen Feind loszuwerden, beschloss man, Sarpi zu ermorden. Eines Abends (1607) überfielen ihn Banditen und versetzten ihm fünfzehn Dolchstiche. Als er sie erhielt, rief

Karikatur des 16. Jahrhunderts auf das jesuitisch beherrschte Papstum

der Märtyrer der Wahrheit: »Ich kenne den Griffel der römischen Kurie!« Sarpi starb indessen nicht an seinen Wunden, und der Anteil, welchen alle Venetianer an seinem Schicksal nahmen, belohnte den wackeren Schriftsteller für das, was er gelitten hatte. Da man den römischen Kurialstil kannte, so musste eine Sicherheitswache Sarpi begleiten, wenn er ausging.

Urban VII., der 1644 starb, war ein kleiner Tyrann, da es ihm an Macht fehlte, ein großer zu sein. Die Ketzer aller Art hasste er gründlich und war eifrig bemüht, überall das Feuer des Fanatismus gegen sie anzuschüren. Er publizierte die wahnsinnige Bulle, die In coena Domini beginnt, und in welcher alle Spielarten der Ketzer bis in den allertiefsten Abgrund der Hölle »im Namen des allmächtigen Gottes, des Vaters, des Sohnes und des Heiligen Geistes« verflucht werden. Diese Bulle wird bis auf den heutigen Tag alljährlich am Gründonnerstag zur Erbauung der Gläubigen in allen römischen Kirchen öffentlich vorgelesen.

Nebenbei war auch dieser liebenswürdige Papst, was man beim Militär einen »Gamaschenfuchser« nennt. Er bekümmerte sich um die geringsten Kleinigkeiten und behandelte sie mit der größten Wichtigkeit. So verbot er bei strenger Strafe, in der Kirche Tabak zu kauen, zu schnupfen oder zu rauchen. Aber der spätere Innozenz XII. ging noch weiter, indem er jeden exkommunizierte, welcher in der Peterskirche schnupfen würde!

Urban befahl auch, dass sich die Chorherren von St. Anton nicht mehr im Scherz – kitzeln sollten, und dass man am Fest des Heiligen Markus keine – Ochsen mehr in die Kirche lasse. An anderen Festtagen gehen seitdem desto mehr hinein, denn er ordnete auch an, dass neben den 52 Sonntagen noch 34 Feiertage bei Todsünde gefeiert werden sollten. Er scharrte 20 Millionen Skudi zusammen, die er aber meistenteils für seine Familie verwandte, und hinterließ noch eine Schuldenlast von 8 Millionen.

Innozenz X. war ein elender Papst, der sich ganz und gar von Donna Olympia, der Witwe seines Bruders, seiner Mätresse, leiten ließ. Dieses unverschämte Weib regierte die christliche Kirche und verhandelte ohne Scheu Ämter und Pfründen. Um nur Geld zu bekommen, säkularisierte sie zweitausend Klöster, das heißt sie hob sie auf und zog deren Güter ein. Noch in den zehn letzten Tagen vor dem Tod des Papstes soll sie eine halbe Million Skudi beiseite geschafft haben.

Als sie einst beim Spiel eine sehr bedeutende Summe verlor, sagte sie lachend: »Ach, es sind ja nur die Sünden der Deutschen.« Eine ähnliche Äußerung erzählt man sich von Alexander VI.

Der Papst protestierte gegen den westfälischen Frieden, welcher der Welt nach dreißigjährigem Krieg den Frieden wiedergab, weil durch ihn zehn Stifte säkularisiert werden sollten. Selbst Österreich war empört über solche Niederträchtigkeit, und die Bulle, welche der päpstliche Nuntius an allen österreichischen Kirchen hatte anschlagen lassen, wurde abgerissen, und der Drucker derselben eingesperrt und um 1.000 Taler gestraft.

Selbst Kaiser Ferdinand, so bigott er war, sagte zum Nuntius Melzi: »Der Papst hat gut reden; im Reiche geht es bunt zu, während er sich von Olympia krabbeln lässt.«

Der letzte Papst im 17. Jahrhundert war Innozenz XII., ein Mann, der im Vergleich zu den anderen Päpsten ziemlich vernünftig genannt zu werden verdient. Er erlebte die Freude, dass der Fürst, in dessen Land die Reformation entstanden war, wieder in den Schoß der »allein seligmachenden« römischen Kirche zurückkehrte, nämlich Friedrich August, Kurfürst von Sachsen, der diesen Schritt tun musste, wenn er König von Polen werden wollte und der wie Heinrich IV. von Frankreich dachte, dass eine Königskrone schon eine Messe wert sei.

Im Innern dachte Friedrich August gar nicht römisch-katholisch, das heißt, er war ein in Religionssachen freidenkender Mann. Als Prinz hatte er in Wien genauen Umgang mit dem nachherigen Kaiser Joseph I. Dieser klagte, dass ihm in der Burg ein Gespenst erschienen sei, welches ihn vor Irrlehren gewarnt und gedroht habe, in drei Tagen wieder zu kommen, wenn er sich nicht bessere.

Der sächsische Prinz bat Joseph, in seinem Zimmer schlafen zu dürfen, denn er hatte große Lust, die nähere Bekanntschaft dieses Gespenstes zu machen. Es kam auch wirklich wieder, aber Friedrich August packte es so kräftig, dass das arme Vieh von einem Gespenst mehrmals in seiner Angst: »Jesus, Maria, Joseph!« stöhnte. Der Prinz warf das Gespenst zum Fenster hinaus, und siehe, es war Se. Hochwürden der Beichtvater!

Von den Päpsten im 18. Jahrhundert ist nicht viel mehr zu sagen, als dass sie meistens nach der Pfeife der Jesuiten tanzten und es versuchten, ihre so ziemlich gestürzte öffentliche Macht auf Schleichwegen wieder zu erlangen, indem sie das Fundament des Staats durch die Jesuiten, ihre Hofmaulwürde unterminieren ließen, welche aber nur so weit für das Interesse des Papstes arbeiteten, als es mit dem ihrigen übereinstimmt.

Im Allgemeinen fingen jetzt selbst die Heiligen Väter menschlicher zu werden; das heißt die viehischen Unflätereien, mit denen sich der päpstliche Hof bisher beschmutzt hatte, wurden mehr im Geheimen getrieben, da man nunmehr Ursache hatte, öffentlichen Skandal zu fürchten. In alten Zeiten setzt man sich in Rom über die öffentliche Meinung hinweg; allein die Reformation hatte gelehrt, dass man dies nicht ungestraft tun dürfe und dass es selbst Vize-Göttern nicht mehr gestattet war wie die Schweine zu leben.

Benedikt XIV. (1740–1758) war der gelehrteste und humoristischste Papst, der bisher auf dem angeblichen Stuhl Petri gesessen hatte. Er war natürlich durch seine Stellung dazu gezwungen, die althergebrachten Anmaßungen der Päpste, besonders solche, die Geld eintrugen, zu unterstützen und zu verteidigen; allein so viel er konnte, suchte er doch zu mildern und zu versöhnen.

Ich will nur zwei Anekdoten von ihm erzählen, die ihn als Mensch ziemlich charakterisieren.

Nachdem er einst dem Herzog von York, also einem Ketzer alle Merkwürdigkeiten des Vatikans gezeigt hatte, umarmte er ihn und sagte: »Um Absolution kümmern Sie sich nicht, aber der Segen eines alten Mannes wird Ihnen nicht schaden.«

Ein alter Seekapitän namens Mirabeau, stellte sich mit seinen jungen Offizieren dem Papst vor. Die jungen Herren konnten sich nicht enthalten, über die Etikette zu lachen. Der Kapitän stammelte einige Entschuldigungen; aber Benedikt unterbrach ihn: »Seien Sie ruhig; ich bin zwar Papst, aber ich habe keine Macht, Franzosen am Lachen zu verhindern.«

Clemens XIII. (1758–68) war wieder ein Fanatiker. Er konnte die Zeit nicht aus dem Sinn bekommen, wo Kaiser vor den Päpsten auf den Knien herumgerutscht waren und wo sich die Völker ohne Murren das Fell über die christlichen Ohren ziehen ließen. Alle päpstlichen Anmaßungen, selbst diejenigen, welche man allgemein als solche verdammt hatte, waren ihm geheiligte Anstalten zur Erhaltung der Kirche; sie waren ihm Religion und Sache Gottes.

Er erwartete alles Heil von den Jesuiten und sammelte diese um seinen Thron. Dies gab Pasquino genug Veranlassung zum Spott. Einst äußerte sich dieser steinerne römische Kladderadatsch: »Ich hatte einen Weinberg gepflanzt und wartete, dass er Trauben brächte; und er brachte Herlinge.« Clemens setzte einen Preis auf Entdeckung des Spötters; am anderen Morgen antwortete Pasquino: »Es ist der Prophet Jeremias!«

Der Papst erlebte indessen den Jammer, dass das fromme Portugal, ja auch Frankreich, die Jesuiten zu ihrem Vater, dem Teufel, jagten und letzteres sie »für Feinde aller weltlichen Macht, aller Souveräne und der öffentlichen Ruhe« erklärte.

Clemens nahm indessen nicht Vernunft an; er bestätigte die Jesuiten aufs Neue; hatte aber kein Glück damit. Seine deshalb erlassene Bulle wurde in Frankreich durch Henkershand verbrannt und ihre Bekanntmachung in Portugal bei Lebensstrafe verboten. Das bigotte Spanien entschloss sich sogar zu einem kräftigen Schritt. Alle Jesuiten in diesem Land wurden an einem schönen Frühlingsmorgen aufgepackt und – nach dem Kirchenstaat geschickt. Kurz, von allen Seiten wurde Jagd auf dieses gefährliche Ungeziefer gemacht. Der von ihm nun halb aufgefressene Papst – er sollte all die schwarzen Blutsauger ernähren! – trieb es so weit, dass Frankreich große Lust bekam, den Starrkopf zu Rom selbst beim Kragen zu nehmen; aber der Tod errettete ihn von diesem Schicksal.

Sein Nachfolger Clemens XIV. musste endlich der allgemeinen Stimme Gehör schenken. Am 21. Juli 1773 wurde der Orden der Jesuiten aufgehoben. Dieser Akt verursachte in ganz Europa den ungeheuersten Jubel. Als Clemens die Aufhebungsbulle unterzeichnete, sagte er: »Diese Aufhebung wird mich das Leben kosten.« Er kannte seine Leute. Clemens starb an Jesuitengift. Ein Großer in Wien fragte ganz naiv einen Ex-Jesuiten: »Clemens ist tot, nicht wahr, ihr habt ihm vergeben?« – »Ja, wie wir alle Schuldigen vergeben!«, antwortete mit der sanftesten Miene der würdige Schüler Loyolas.

Clemens XIV. war unter 200 Päpsten der beste. Er saß von 1758 bis 1774 auf dem »Stuhl Petri«, und wenn es denn doch einmal Päpste geben muss, so wollte ich, er säße noch heute darauf. Mit Vergnügen liest man die Lebensgeschichte dieses Mannes, und ich bedauere nur, dass ich hier nicht länger bei derselben verweilen kann.

Sein eigentlicher Name war Ganganelli. Er stieg durch seine Talente allmählich zu den höchsten Kirchenwürden, und als er, ohne dass er es suchte, Papst wurde, blieb er ebenso einfach, wie er als Mönch gewesen war. Seine Mittagsmahlzeit war ganz bürgerlich einfach, und als die Hofköche über diese Einfachheit jammerten, sagte er: »Behaltet euer Gehalt, aber verlangt nicht, dass ich über eure Kunst meine Gesundheit verliere.«

Alle anderen Päpste waren darauf bedacht, ihre Nepoten – d. h. Vettern – zu bereichern; er sorgte väterlich für das Wohl seiner Untertanen. Als man ihn fragte, »ob man seiner Familie nicht durch einen Kurier von seiner Erhebung Nachricht geben solle?«, erwiderte er: »Meine Familie sind die Armen, und diese pflegen die Neuigkeiten nicht durch Kuriere zu erhalten.«

Ganganelli war ein vortrefflicher Mensch in jeder Beziehung und machte eine der wenigen Ausnahmen von dem alten Erfahrungssatz, »dass sich jeder ganz und gar ändere, sobald er Papst werde.« Von seiner päpstlichen Gewalt machte er, wo er konnte, den wohltätigsten Gebrauch, und seine Menschenfreundlichkeit und Mildtätigkeit waren unbegrenzt.

Zwei Soldaten wurden zum Tod verurteilt und endlich einer von ihnen begnadigt. Sie sollten nun um ihr Leben würfeln; aber der Papst duldete dies nicht, sondern begnadigte beide, indem er sagte: »Ich habe ja selbst die Hazardspiele verboten.« Ein englischer Lord war von dem Papst so entzückt, dass er ausrief: »Dürfte der Papst heiraten, ich gäbe ihm meine Tochter.«

Nachdem Clemens die Sache der Jesuiten drei Jahre lang selbst auf das sorgfältigste geprüft hatte, unterschrieb er die berühmte Bulle: Dominus ac redemptor – die Bullen werden stets nach den Anfangsworten bezeichnet –, wodurch die Jesuiten aufgehoben wurden und damit, wie er wohl wusste, sein Todesurteil. – Schon in der Karwoche 1774 wirkte das Jesuitengift in den Eingeweiden des trefflichen Mannes. Alle Gegenmittel waren wirkungslos; er starb am 22. September. Der Körper war durch das Gift so zerstört worden, dass selbst das Einbalsamieren nichts half. Die Haare fielen aus, und selbst die Haut löste sich vom Kopf, sodass bei der Ausstellung der Leiche das Gesicht mit einer Maske bedeckt werden musste.

Schließlich muss ich von diesem Papst noch bemerken, dass er es für unschicklich hielt, die Ketzer an jedem Gründonnerstag zu verfluchen, und dass er daher die früher erwähnte berüchtigte Bulle In coena Domini aufhob. Er schützte alle Männer von Verdienst, mochten sie nun Katholiken oder Protestanten sein. Die Inquisition war ihm ein Gräuel, und schon ehe er Papst war, befreite er manche aus ihren Krallen.

Der dankbare Kammerpachter des Papstes, Giorgi, setzte ihm von dem berühmten Bildhauer Canova verfertigtes Denkmal; aber ein weit schöneres und unvergänglicheres errichtete Clemens XIV. sich selbst in der Geschichte.

Nach langem, heftigem Kampf im Konklave setzten es die Jesuiten durch, dass abermals einer ihrer Freunde namens Braschi als Pius VI. Papst wurde (1775 – 1799). Er war unwissend, listig, intolerant, stolz, hochmütig, ausschweifend, starrsinnig, habsüchtig, herrschsüchtig, jähzornig, diebisch, selbstgefällig und eitel. Eine schöne Galerie von schlechten Eigenschaften; aber dafür ist die Reihe der guten desto kürzer, sodass es sich kaum die Mühe lohnt, sie zu nennen. Er war ein guter Komödiant und ein hübscher alter Mann; das sind all seine Verdienste.

Ein solcher Mensch war allerdings nicht geeignet, das wankende Papsttum aufrechtzuerhalten. Ein Stückchen nach dem anderen bröckelte davon los, und eine tüchtige Bresche in demselben verursachte ihm das Werk eines Deutschen, des Weihbischofs von Trier, J. N. von Hontheim. Es handelte über den Zustand der Kirche und von der rechtmäßigen Gewalt des Papstes, und in ihm war bewiesen, dass der Zustand der Kirche erbärmlich und die Gewalt der Päpste usurpiert sei.

Dieses vortreffliche Buch, das Resultat eines dreiundzwanzigjährigen Fleißes, wurde in verschiedene Sprachen übersetzt, tat dem Papsttum unendlichen Schaden und rief eine Menge ähnlicher Schriften hervor. Der achtzigjährige Hontheim wurde indessen durch allerlei Quälereien dahin gebracht, zu widerrufen; er tat es, um in seinem hohen Alter Ruhe zu haben; allein, die in seinem Buch enthaltenen Beweise konnten dadurch ihre Bedeutung nicht verlieren; widerlegt hat sie niemand.

Einzug von Papst Pius IV. in Wien

Kaiser Joseph II. machte mit dem Papst und den Pfaffen wenige Umstände. Er hob sehr viele Klöster auf und hielt es für besser, das Geld seines Volkes im Land zu behalten, als es nach Rom zu senden. Die Wechsel aus Wien blieben aus und, da Pius VI. dieselben nicht entbehren konnte, so entschloss er sich, dorthin zu reisen, um womöglich die Verstopfung zu heben. Der Kaiser ließ ihm zwar sagen, »er werde nächstens selbst nach Rom kommen, um sich von Sr. Heiligkeit Rat zu erbitten«, allein Pius wollte den Wink nicht verstehen.

Die Wiener gerieten ganz außer sich über die Anwesenheit des Papstes in ihrer Stadt. Seit dem Konstanzer Konzil war kein Papst in Deutschland gewesen, und nun kam gar einer nach Wien! Und dazu einer, der es verstand, prächtig Komödie zu spielen. Die Damen waren rein närrisch vor Vergnügen, und alles drängte sich herzu, um den im Vorzimmer ausgestellten Pantoffel Sr. Heiligkeit zu küssen.

Kaiser Joseph zuckte die Achseln zu dem Enthusiasmus seiner Wiener, erwies dem Papst alle Ehre, allein machte dessen Reisezweck vollständig zunichte. Als Pius nämlich auf die Hauptsache kommen wollte, bat ihn Joseph, »alles schriftlich zu machen, er verstehe nichts von Theologie« und verwies ihn an den Staatskanzler Kaunitz.

Der Papst erwartete nun wenigstens den Besuch dieses Ministers; allein er wartete vergebens, und der Heilige Vater musste sich entschließen, selbst zu ihm zu gehen, unter dem Vorwand, seine Gemälde zu besehen. Pius reichte dem Kanzler die Hand zum Kusse, aber dieser begnügte sich damit, sie recht herzlich zu schütteln, und der Heilige Vater war ganz verblüfft. Er wurde es noch mehr, als ihn Kaunitz ohne Umstände vor seinen schönsten Gemälden hin und her schob, damit er den richtigen Standpunkt finde. Dies wollte aber Pius in Wien nicht gelingen, und die Million Skudi, welche die Reise kostete, war weggeworfen.

Der Kaiser schenkte dem Papst einen schönen Wiener Reisewagen – wahrscheinlich auch ein diplomatischer Wink! – und ein Diamantkreuz, 200.000 Gulden an Wert, als Pflaster auf die Wunde, die dem pästlidien Ansehen geschlagen war.

Auf der Rückreise passierte Pius München und vergaß hier die erlittenen Demütigungen. Er nannte diese Stadt das »deutsche Rom«, ein Name, um den es andere deutsche Städte nicht beneiden.

»Ich hoffe mein Volk noch zu überzeugen, dass es katholisch bleiben kann, ohne römisch zu sein«, sagte der beste deutsche Kaiser einst zu Azara. Armer Kaiser! Es ging ihm wie seinem Vorgänger Friedrich II. von Hohenstaufen; das dumme Volk ließ ihn im Stich.

Pius erlebte aber nicht nur einen abtrünnigen Kaiser von Österreich, er erlebte sogar die große Revolution, welche mit den Pfaffen den Kehraus tanzte. 1798 rückte Berthier in Rom ein und die neu-römischen Republikaner sangen:

Non abbiamo Pazienza,
non vogliamo Eminenza,
non vogliama Santita,
ma – Egualianza e Liberta.
(Wir haben keine Geduld, wir wollen keine Eminenz, keine Heiligkeit, sondern Freiheit und Gleichheit.)

Man hatte gehofft, der nun schon sehr alte Heilige Vater werde vor Alteration gen Himmel fahren; als er aber dazu noch keine Anstalten machte, sannen die Republikaner darauf, ihn wenigstens aus Rom fortzuschaffen. Der General Ceroni ging zu ihm und sagte: »Oberpriester, die Regierung hat ein Ende; das Volk hat die Souveränität selbst übernommen.«

Darauf nahm man dem Papst seine Kostbarkeiten und selbst seinen Ring ab und verlangte, dass er die dreifarbige Kokarde aufstecken solle. Der alte Pius weigerte sich jedoch und sagte: »Meine Uniform ist die Uniform der Kirche.« Da nun nichts mit dem alten Mann anzufangen war, so packte man ihn in einen Wagen, brachte ihn unter sicherer Eskorte nach Siena und endlich nach Florenz in die dortige Kartause.

Die frommen Katholiken unterstützten ihn reichlich, und der gedemütigte alte Mann würde hier gern sein Leben beschlossen haben; allein so gut wurde es ihm nicht. Nachdem ihm sein Nepote noch den Schmerz bereitet hatte, mit dem Rest seiner Reichtümer durchzugehen, zwangen ihn die Republikaner, bei der Annäherung des Feindes nach Frankreich zu reisen.

Pius war krank und zeigte den Ärzten seine geschwollenen Füße und Beulen mit den Worten des Pilatus: Ecce homo! Aber das, was das Volk so lang von Päpsten und Fürsten erdulden musste, hatte die Herzen der Republikaner für die Leiden eines alten Papstes unempfindlich gemacht. Sie hatten die Bedrückungen von Jahrhunderten und das Blut von Millionen zu rächen, welches die Päpste »für den Glauben« vergossen hatten. Pius musste fort über die Alpen durch Eis und Schnee, meistenteils bei Nacht, um Aufläufe der Katholiken zu verhindern, bis er nach Valence an der Rhone kam.

Wir Deutsche sind weichmütige Narren, und die Leiden eines alten, kranken, gedemütigten, wenn selbst bösartigen Feindes, gehen uns ans Herz. Mir geht es ebenso, und damit ich nicht sentimental werde, rufe ich mir den deutschen Kaiser Heinrich IV. ins Gedächtnis, wie er, körperlich und geistig krank, zu Fuß im strengsten Winter durch Schnee und Eis die Alpen übersteigt, um im Schlosshof zu Canossa barfuß und fast nackt sich vor einem Papst zu demütigen; ich sehe die Opfer der Inquisition sich am Marterpfahl winden, und freue mich nur, dass die Rachsucht der Republikaner nicht zufällig einen guten Papst, sondern einen lasterhaften traf.

Pius benahm sich indessen in seinen Leiden wie ein Mann, und es wäre eine Ungerechtigkeit, das nicht anzuerkennen. Man wollte ihn von Valence abermals weiter nach Dijon bringen, als er am 29. August 1799 starb. Er hinterließ nichts als seine kleine Garderobe, 50 Livres an Wert, welche der Maire für Nationaleigentum erklärte. Die Revolutionen tun oft einzelnen weh; aber noch häufiger tun sie der Gesamtheit der Menschen gut. Wo wären wir ohne 1848!

Pius hatte versucht, sich durch viele geschmacklose Bauwerke zu verewigen, auf welche er stets seinen Namen und sein Wappen setzen ließ, und unternahm es auch, die berüchtigten pontinischen Sümpfe auszutrocknen, obwohl ohne Erfolg. Er verlor dadurch ungeheure Summen und erwarb damit nichts als den Spottnamen Il Seccatore, welches »der Austrockner« heißt, aber zugleich auch einen überlästigen Menschen bedeutet.

Bei Pius' Tod hatte Pasquino viel zu tun. Er antwortete auf die Frage: »Wie fand man den Leichnam des Heiligen Vaters?« – »Im Kopf waren seine Nepoten, im Magen Josephs Kirchenordnung und in den Füßen die pontinischen Sümpfe.«

Wer hätte es jemals gedacht, dass Frankreich, welches vor tausend Jahren die Macht des Papstes schuf, einst den Vize-Gott auf Pension setzen würde. Aber die Zeit der Wunder war wiedergekehrt, nur dass der Wundertäter kein gläubiger Heiliger sondern Napoleon I. war.

Der große Bonaparte verriet die Freiheit und war klein genug, Kaiser werden zu wollen, und das konnte er nur, wenn er die Dummheit der Menschen beförderte, und dazu brauchte er wieder einen Papst; denn Pfaffen und Despotie gehören zusammen, wie Stiel und Hammer.

Der neue Papst Pius VII. salbte Napoleon. Pasquino konnte sein Maul nicht halten; er antwortete auf die Frage: »Warum ist das Öl so teuer?« – »Weil so viele Könige gesalbt und so viele Republiken gebacken sind.«

Mit Zittern und Zagen ging Pius nach Frankreich; aber die wilden Löwen der Republik waren bereits wieder sanfte Schafe der Kirche geworden, und der Papst äußerte selbst: »Ich rechnete darauf, als ehrlicher Mann empfangen zu werden, aber nicht als Papst.«

Die Pariser waren indessen – durch das Revolutionssieb filtrierte Pariser. Der Krönungszug war für sie kein heiliges Schauspiel, sondern eine Farce, und als Pius VII. seinen Segen erteilte, riefen die Gamins: »Bis! Bis!«

Der Esel, auf welchem der Kreuzträger vor dem päpstlichen Wagen herritt, erregte ihre ganz besondere Heiterkeit: »Ach, seht da die päpstliche Kavallerie! Ach, der apostolische Esel, der heilige Esel, der Esel der Jungfrau!« Und schallendes Gelächter erschallte vor Notre Dame.

Der Kaiser ließ den Papst eine Stunde in der Kirche warten und setzte sich dann mit seiner Gemahlin selbst die Krone auf. Pius VII. spielte eine untergeordnete Figurantenrolle.

Zorn im Herzen kehrte der Heilige Vater nach Rom zurück. Der Spott der Pariser hatte ihn vielleicht etwas verrückt gemacht. Er wurde im Kalender irre und meinte wahrscheinlich acht Jahrhunderte früher zu leben, denn er dachte ernsthaft daran, alle Fürsten und alle Kirchen wieder von sich abhängig zu machen. Er hatte das Papstfieber.

Napoleon hatte indessen erreicht, was er wollte und schonte den toll gewordenen Papst nicht länger. Am 2. Februar 1808 rückte General Miollis in Rom ein. Pius trat ihm entgegen und fragte: »Sind Sie Katholik?« – »Ja, Heiliger Vater«, stammelte der General ganz verlegen. Pius gab ihm schweigend den Segen und ging in sein Kabinett.

Lachen wir auch über die Anmaßungen des Papstes, so müssen wir doch gestehen, dass er seine Rolle dem allmächtigen Kaiser gegenüber gut spielte. Das römische Volk war durch die harte Behandlung, die man den Kardinälen und selbst dem Papst zuteil werden ließ, gegen die Franzosen so erbittert, dass es diesem nicht schwer gewesen wäre, ein Seitenstück zur Sizilianischen Vesper hervorzurufen. Dass es dazu Lust hatte, lässt sich vermuten; allein die Sache war doch zu gewagt, und Pius beschloss, gute Miene zum bösen Spiel zu machen.

Napoleon wollte ihn jedoch in Frankreich unter seiner speziellen Aufsicht haben. Eines Nachts drangen Soldaten in den Vatikan, und der Heilige Vater wurde in einem Lehnstuhl durch das Fenster hinabgelassen und nach Frankreich gebracht. Hier lebte der Vize-Gott nicht »wie der liebe Gott in Frankreich«, sondern zurückgezogen und einfach und begnügte sich damit, gegen die ihm angetane Gewalt zu protestieren. Er gab dem Kaiser nicht einen Zoll breit nach, und das war männlich. In einer Privatunterhaltung, die zufällig belauscht wurde, nannte er Napoleon verächtlicherweise »Komödiant!«, was den Kaiser so wütend machte, dass er, um seinem Zorn Luft zu machen, ein kostbares Porzellangefäß auf dem Boden zertrümmerte.

Als Napoleon nach Elba verbannt wurde, zog Pius VII. (im Mai 1814) nach Rom und gebärdete sich als echter Papst. Er hatte es erfahren, dass die Macht aus den geistlichen Händen wieder in die weltlichen übergegangen war. Mit Gewalt war sie nicht wieder zu erlangen, dazu fühlte er sich zu unmächtig; aber es gab andere Wege, heimliche, verborgene, und die Menschen waren noch immer dumm!

Sein erstes Werk war es, die Jesuiten wieder herzustellen (7. August 1814). Die Erweckung der anderen Mönchsorden folgte nach, wie auch die der Bulle In coena Domini, die alle Ketzer verflucht. Ja, die Inquisition, selbst die Folter trat wieder ins Leben und wurde gegen mehrere unglückliche Carbonari angewendet. All der Unsinn der früheren Jahrhunderte kam wieder zutage. Pius öffnete die seit Jahren geschlossene Rumpelkammer des päpstlichen Zeughauses und heraus flatterten mittelalterliche Eulen und Fledermäuse. Prozessionen, Wallfahrten, Heiligenbilder und wie der Gaukelapparat heißen mag, kamen aufs Neue zur Geltung; das neue Licht sollte mit Gewalt ausgelöscht werden.

Pius VII. fiel auf dem Marmorboden seines Zimmers, brach einen Schenkel und starb am 20. August 1823 in einem Alter von 81 Jahren.

Sein Andenken muss jedem Freund fast noch verhasster sein, als das irgendeines anderen Papstes aus der Zeit des früheren Mittelalters, weil Pius im 19. Jahrhundert lebte und aus Herrschsucht und Habgier das römische Ungeziefer über die Erde losließ, unbekümmert über das Unglück, welches dadurch angerichtet wurde; gleich jenem Jungen, von dem die Zeitungen berichteten, der Scheunen in Brand steckte, um dadurch zu den Nägeln zu gelangen, wovon er den Erlös vernaschte.

Leo XII., der nun folgte, war ein munterer Lebemann, von dem manche deutsche Dame zu erzählen wusste. Dabei war er Jagdliebhaber, kurz ein ganz flotter Bursche. Pasquino meinte: »Wenn der Papst ein Jäger ist, so sind die Kardinäle die Hunde, die Provinzen die Forste und die Untertanen das Wild.« Ach, guter Pasquino, Wild waren die Untertanen immer, und das wird sich nur ändern, wenn sie ernstlich wild werden!

Als Leo Papst wurde – wurde er eben wieder ein Papst! Er verkündete 1825 ein Jubiläum und lud die Gläubigen ein: »Die Milch des Glaubens aus den Brüsten der römischen Kirche unmittelbar zu saugen«. Bon appetit!

Dieser Leo war ein solcher Papst, dass er die Kuhpockenimpfung als gottlos verbot, weil der Eiter eines Tieres mit dem Blut eines Menschen vermischt werde! Unter früheren Päpsten wurde für Geld selbst Sodomiterei mit Tieren erlaubt, und doch machen die Päpste den Anspruch auf Unfehlbarkeit.

Leo trat ganz in die Fußstapfen seines Vorgängers, und die Kirche, von den Regierungen, besonders aber von der österreichischen, mit despotischer Liebe unterstützt, erholte sich immer mehr von dem Schlag, den ihr die Revolution versetzt hatte. Im Jahr 1827 bestand der päpstliche Generalstab aus 55 Kardinälen, 10 Nuntien, 118 Erzbischöfen und 642 Bischöfen. Die Armee der Weltgeistlichen, Mönche und Jesuiten vermag ich nicht zu taxieren.

Leo starb 1829, und ihm folgte Pius VIII., der bereits am 30. November 1830 ebenfalls starb, nachdem er den Obskurantismus nach besten Kräften gefördert hatte. Wer daran zweifelt, er lese sein Generaledikt des heiligen Officiums vom 14. Mai 1829, worin »in Gemäßheit eines heiligen Gehorsams und unter Strafe der Ausschließung und des Verbanntseins, außer den anderen Strafen, welche schon durch die heiligen Kanone, Dekrete, Konstitutionen und Bullen der Päpste ausgesprochen werden, allen und jeden, die der Gerichtsbarkeit des Generalinquisitors untergeben sind, geboten wird: »Binnen Monatsfrist alles, was sie wissen oder erfahren werden, gerichtlich anzugeben, in Betreff alles oder eines jeden von denen, welche Ketzer oder der Ketzerei verdächtig und von ihr angesteckt, oder ihre Gönner und Anhänger sind – die vom katholischen Glauben abgefallen sind – welche sich den Beschlüssen der heiligen Inquisition widersetzt haben oder sich widersetzen, die entweder in eigener Person oder durch andere, auf welche Art es auch geschehen mag, einen Diener, Ankläger, einen Zeugen bei dem heiligen Gericht in ihrer Person, ihrer Ehre und ihren Vorrechten beleidigt haben, oder beleidigen, zu beleidigen gedroht haben oder zu beleidigen drohen – welche in eigener Wohnung oder bei anderen Büchern von ketzerischen Verfassern, Schriften, die Ketzereien enthalten oder religiöse Gegenstände ohne Bevollmächtigung des Heiligen Stuhles behandeln, ehedem besessen haben oder jetzt besitzen.«

Am 2. Februar 1831 bestieg der Kardinal Mauro Capellari unter dem Namen Gregor XVI. den päpstlichen Stuhl. Er hieß eigentlich Bartolomeo Alberti Capellari und wurde 1765 in Belluno im Venetianischen geboren. Im Jahre 1783 trat er unter dem Namen Mauro in den Kamaldulenserorden, und nachdem er 1801 Abt, 1823 General seines Ordens geworden war, machte man ihn 1826 zum Kardinal.

Die Unzufriedenheit im Kirchenstaat war groß, und bald nach seiner Besteigung des päpstlichen Stuhles brachen Aufstände aus, welche jedoch mit Hilfe österreichischer und französischer Truppen unterdrückt wurden. Anstatt, wie er verheißen, das Los seiner unglücklichen Untertanen zu erleichtern, zog er auf den Rat einiger Kardinäle die Zügel der Regierung noch schärfer an, und jede freie Äußerung wurde im Kirchenstaat noch härter bestraft, als zu jener Zeit selbst in Österreich oder Preußen.

Schon unter Pius VIII. war Gregor XVI. zu politischen Unterhandlungen gebraucht worden, und namentlich leitete er diejenigen, welche mit Preußen wegen der gemischten Ehen gepflogen wurden. Als Papst geriet er mit allen Regierungen in Streit, denn er trachtete danach, seine geistliche Gewalt in ihrer alten Herrlichkeit wiederherzustellen. Alle Anmaßungen der Päpste und der Hierarchie wurden von ihm mit Starrsinn aufrechterhalten, alles, was dem entgegen stand, bekämpft und alle Anstalten und Einrichtungen begünstigt, welche seit Jahrhunderten zur Unterstützung dieses Strebens gedient hatten. Die Wissenschaften wurden unterdrückt, die Jesuiten begünstigt und Klöster errichtet oder neu aufgeführt.

Mit Spanien und Portugal kam er in Streit, ebenso mit Preußen wegen der Erzbischöfe Droste von Vischering und Dunin; mit Russland gleichfalls und auch mit der Schweiz wegen der Aufhebung der Klöster im Aargau.

Er starb am 1. Juni 1846, und die Welt freute sich, einen Mann los zu sein, dessen ganzes Trachten es gewesen war, die Weltuhr zurückzustellen, während es überall gärte und das Volk zum Fortschritt drängte.

Zu seinem Nachfolger wurde Pius IX. erwählt, der jetzt noch auf dem sogenannten Stuhl Petri sitzt, und von dem man hofft, dass er der letzte eigentliche Papst gewesen sein wird. Sein Name ist Giovanni Maria Graf Mastai-Ferretti. Er wurde am 13. Mai 1792 in Sinigaglia geboren. Er war ein von den Damen sehr wohl gelittener junger Mann geworden, als er 1815 in die päpstliche Garde treten wollte; allein leider konnte er nicht angenommen werden, da er an der fallenden Sucht oder Epilepsie litt. Er beschloss daher, die geistliche Laufbahn einzuschlagen und fing an, die unnütze Wissenschaft zu studieren, welche man Theologie nennt, die aber den relativen Nutzen hat, dass sie zu hohen Ehren und Stellen führen kann.

Ein römisch-katholischer Priester darf aber an keinem körperlichen Gebrechen leiden, und die Kirche hat sehr triftige Gründe dafür; der junge Graf Ferretti würde daher mit seinen epileptischen Anfällen gleichfalls von ihr zurückgewiesen worden sein, wenn sich nicht der Himmel mit einem Wunder hineingemischt hätte. Ein Geistlicher in Loretto Namens Strambi eilte ihn von dem grässlichen Übel durch Magnetismus, das heißt durch Handauflegen, eine Kraft, welche übrigens auch viele Ketzer haben und ausüben.

Da nun nichts seiner Weihe als Priester im Wege stand, so wurde er in Rom als Priester ordiniert und 1823 mit der Mission nach Chile in Südamerika geschickt. Von dort kehrte er nach zwei Jahren zurück, wurde 1827 Erzbischof von Spoleto, 1833 Bischof von Imola und 1840 Kardinal. Am 16. Juni 1846 wurde er zum Papst gewählt und als Pius IX. am 21. Juni gekrönt.

Selten trat ein Papst seine Regierung unter so günstigen Umständen an, denn die Härte seines Vorgängers ließ jede versöhnliche Maßregel, jede Verbesserung als doppelt wertvoll erscheinen. Da Pius IX. ein milder und für einen Papst freisinniger Mann war, so trugen ihm die Italiener eine an Enthusiasmus grenzende Liebe entgegen. Man erwartete indessen mehr von ihm, als er in seiner Stellung als Papst leisten konnte und wollte, und die von der revolutionären Partei ihm zugemuteten Schritte – überschritten diese Grenze.

Das Jahr 1848 brach an; auch der Papst musste dem Sturm folgen und die Verfassung vom März 1848 bewilligen, obwohl mit Widerstreben. Das konstitutionelle Regieren war aber einem Papst ein ungewohntes Ding, und um den heraufbeschworenen Geist in seine Schranken zu bannen, wurde von ihm Graf Pelegrino de Rossi zum Minister ernannt, welcher das Volk durch strenge Maßregeln in Furcht halten wollte. Das ging nicht im Jahr 1848, und die Folge waren Aufstände in Rom und die Ermordung des missliebigen Ministers. Die Aufregung stieg, und das von dem Volksverein dirigierte Volk zog vor den Quirinal, seine Wünsche darzulegen. Der Papst wollte »sich nicht imponieren lassen«, allein als man das kanonische Recht – das heißt wirkliche metallene Kanonen – gegen ihn anwandte, hatte er nachzugeben und ein demokratisches Ministerium zu ernennen, an dessen Spitze Graf Mamiani della Rovera stand. Da sich Pius aber aller Macht beraubt sah, so hielt er es für zweckmäßig, am 24. November 1848 unter dem Schutz des bayerischen Gesandten Grafen Spaur und in einer Verkleidung als Abbate aus Rom zu fliehen und sich in Gaêta unter den Schutz des Königs von Neapel zu stellen. Die Folge davon war, dass Rom zur Republik erklärt wurde.

Eine politische Geschichte liegt außer dem Bereich dieser Schrift, die weniger mit dem Fürsten des Kirchenstaates als mit dem Oberhaupt der römisch-katholischen Christenheit zu tun hat. Dass dieser zugleich weltlicher Fürst und als solcher in politische Händel verwickelt ist, ist ein Umstand, welcher selbst von vielen Katholiken beklagt wird, da er dem Oberhaupt der Kirche die Würde raubt. Wie derselbe in seiner Eigenschaft als Fürst durch französische Bajonnette noch immer künstlich erhalten wird, ist bekannt, wie auch die ziemlich gewisse Hoffnung, dass mit dem Aufhören dieses Schutzes der Papst von seinen weltlichen Regierungssorgen erlöst werden wird.

So bewegt und trübe die Laufbahn des gegenwärtigen Papstes als Fürst war, so waren doch seine Erfolge als Oberhaupt der Kirche für ihn sehr günstig. Er trat genau in die Fußstapfen seines Vorgängers, allein er tat es in weniger schroffer Weise, als dieser. Es gelang ihm, mit fast allen Mächten Konkordate abzuschließen, durch welche die Macht und das Ansehen der römischen Kirche wieder hergestellt wurde. Besonders erfolgreich war er in dieser Beziehung in Frankreich und Österreich, wo die Kirche ihren ganzen verderblichen Einfluss auf die Schulen wieder gewann.

Die Fürsten, durch das Jahr 1848 erschreckt, hielten es für notwendig, den verdummenden und knechtenden Einfluss der Kirche auf das Volk wieder zur Unterstützung ihrer eigenen despotischen Gelüste zu Hilfe zu rufen, während andererseits die römische Kirche, besonders in Deutschland, danach strebte, sich von dem Einfluss der weltlichen Regierungen möglichst frei zu machen. Zu dem letzteren Zweck wurden die Piusvereine gestiftet, deren erster 1848 im April in Mainz gegründet wurde und deren Zahl bald so sehr wuchs, dass bereits im Oktober desselben Jahres eine Generalversammlung von 83 solcher Vereine beschickt wurde. Von diesen Vereinen gingen nun unter verschiedenen Namen wieder andere Vereine hervor, die sämtlich für die Wiederherstellung der römischen Herrlichkeit in der umfassendsten und praktischsten Weise wirkten.

Der ausgesprochene Zweck dieser Vereine ist es, mit allen gesetzlichen Mitteln zu wirken für die Freiheit des römischen Glaubens und Kultus, für das göttliche Recht der Kirche zu lehren und zu erziehen; für unbeschränkten Verkehr zwischen Bischöfen und Gemeinden und zwischen beiden und dem Papst; für Heilung der Notstände und für freie Verwaltung und Verwendung des Kirchenvermögens. In politischer Beziehung wollten die Vereine nur zur Unterstützung der obrigkeitlichen Gewalt und zur Förderung der staatlichen Zwecke indirekt beitragen; allein sie beschränkten sich keineswegs darauf, sondern griffen wo immer möglich, direkt in die Politik ein.

Pius IX. ist weit entfernt, das Unzeitgemäße der Lehren der römisch-katholischen Kirche zuzugeben, sondern im Gegenteil eifrig bemüht, den Glauben an alle im Mittelalter zur Geltung gebrachten Dogmen wieder zu erwecken, und die Welt erlebte von ihm die wunderbare Tatsache, dass er die wahnsinnige Lehre von der unbefleckten Empfängnis der Jungfrau Maria am 8. Dezember 1854 in der Peterskirche durch feierlichen Akt zum Dogma erhob.

Während die Tätigkeit der römischen Kirche in Deutschland solche Erfolge errang, verlor sie immer mehr und mehr in Rom und in ganz Italien und besonders in Sardinien und im jetzigen Königreich Italien, dessen konstitutionelle Regierung den Anmaßungen der Kirche entschieden entgegentrat.

Den härtesten Schlag erhielt jedoch die römische Kirche, oder vielmehr die päpstliche Gewalt, durch den im Jahr 1866 stattgehabten Umschwung der Dinge. Die von dem österreichischen Reichstag ausgesprochene teilweise Aufhebung des Konkordats beraubt sie der Leitung des Schulwesens und der Kontrolle über die Ehe und damit zweier der mächtigsten Hebel ihrer Macht.

Die große Tätigkeit, welche die römische Kirche durch ihre Vereine und andere ihr zu Gebote stehenden Mittel entwickelt, und das immer dreistere Auftreten derselben, machten nicht nur manche Regierungen stutzig, sondern veranlassten auch die Männer der Wissenschaft und selbst diejenigen, welche sich nie um die Religion kümmerten, sich gegen die verfinsternden und die Entwicklung des freien Volksfortschritts hemmenden Bestrebungen der Kirche mit aller Kraft zu erheben. Was immer auch Papst Pius IX. von dem in diesem Jahr von ihm zusammenberufenen Konzil für sanguinische Hoffnungen hegen mag, wer die Lage der Dinge mit vorurteilsfreiem Auge betrachtet, sieht mit sonnenheller Klarheit, dass ein für das Mittelalter berechnetes Institut im Jahre 1869 nicht wieder neu aufblühen kann. Der Genius der Freiheit wird die Finsterlinge in den Staub treten.

Eidesablegung

SODOM UND GOMORRHA

Es ist kein feyner Leben auff erden, denn gewisse zinß haben von seinem Lehen, eyn Hürlein daneben und unserm Herre Gott gedienet.

Die Reformation wurde recht eigentlich durch das Schandleben der römisch-katholischen Geistlichkeit hervorgerufen, denn der Ablassunfug war nur die nächste Veranlassung. Es verlohnt sich daher schon der Mühe, einen Blick in diese geistliche Kloake zu tun und zu prüfen, woher es kommt, dass gerade diejenigen, welche durch ihre Stellung vorzugsweise dazu berufen waren, den Menschen als Muster der Sitte voranzugehen, sich durch die zügellosesten sinnlichen Ausschweifungen so sehr befleckten, dass sie dadurch den allgemeinen Abscheu gegen sich hervorriefen.

Die schaffende und erhaltende Kraft oder Macht, die wir Gott nennen, hat allen lebenden Geschöpfen den Geschlechtstrieb gegeben. Sie machte ihn zu dem mächtigsten Trieb, weil sie damit die Fortpflanzung verband, worauf sie bei allen organischen Geschöpfen besonders vorsorglich bedacht war; ja sie stellte es nicht in den freien Willen, dem Geschlechtstrieb zu folgen, sondern zwang dazu, ihm zu folgen, indem sie die unnatürliche Unterdrückung desselben empfindlich strafte. Der gewaltsam unterdrückte Geschlechtstrieb macht Tiere toll und Menschen zu Narren, wie wir an einigen Beispielen im Kapitel von den Heiligen gesehen haben.

Die Befriedigung des Geschlechtstriebes ist also eine Naturpflicht und an und für sich ebenso erlaubt und unschuldig wie die Befriedigung des Durstes. Vom sittlichen Standpunkt aus beurteilt, verdienen der Fresser und der Säufer in nicht geringerem Grad unseren Tadel als der in der sinnlichen Liebe ausschweifende Wollüstling, und die seltsam verkehrte Ansicht, wodurch wir selbst die naturgemäße Befriedigung des Geschlechtstriebes gleichsam zu einem Verbrechen, oder doch zu einer Handlung stempeln, deren man sich schämen muss – verdanken wir einzig und allein der missverstandenen, verunstalteten christlichen Religion.

Das gesellschaftliche Zusammenleben macht es durchaus notwendig, dass die Leidenschaften der Menschen geregelt werden, sei es nun durch die sogenannte Sitte, oder durch Gesetze. Wollte ein jeder seinen Leidenschaften den Zügel schießen lassen, so würden sich Staat und Gesellschaft bald in wilde Anarchie auflösen. Damit ein jeder Bürger, auch der schwächste, im Genuss seines Lebens und Eigentums selbst gegen den stärksten geschützt sei, muss jeder seinen natürlichen Leidenschaften eine vom Gesetz bestimmte Grenze setzen, welche von den Vollziehern dieser Gesetze, hinter denen die Gesamtkraft des Volkes steht, sorgfältig bewacht und geschützt wird.

Die Erfahrung lehrt, dass der Geschlechtstrieb gar oft die gewaltigsten und verderblichsten Wirkungen hervorbringt, und so musste er denn natürlich auch die ganz besondere Aufmerksamkeit der Gesetzgeber in Anspruch nehmen. Sie fanden in der Ehe das geeignetste Mittel,

den Folgen geschlechtlicher Ausschweifungen vorzubeugen, und alle zivilisierten Völker alter und neuer Zeit betrachteten die Ehe als die festeste Grundlage des Staatslebens und in jeder Hinsicht als ein höchst segensreiches und die Menschen veredelndes Institut.

Die christliche Kirche verkannte die Wichtigkeit der Ehe durchaus nicht, und da sie unablässig bemüht war, den größtmöglichen Einfluss auf die Menschen zu erlangen, so bemächtigte sie sich auch vorzugsweise der Ehe, obwohl dieselbe die Kirche nicht mehr berührt wie jede andere gesellschaftliche Einrichtung, und behauptete, dass zur Schließung derselben die priesterliche Einsegnung durchaus nötig sei; ja sie ging so weit, dass sie diese rein gesellschaftliche Übereinkunft, über welche höchstens dem Staat eine Kontrolle zusteht, für ein sogenanntes Sakrament erklärte.

Wir haben im vorigen Kapitel gesehen, dass die Päpste selbst die schamlosesten Betrügereien nicht scheuten, wenn es die Vergrößerung ihrer Macht galt, und so kann es uns nicht mehr besonders auffallen, wenn wir nachweisen, dass sie auch in Bezug auf die Ehe wahrhaft lächerliche Inkonsequenzen begingen.

Die Ehe, dieses heilige Sakrament, wurde den Geistlichen verboten, weil es sie verunreinigt! Den wahren Grund dieses Verbotes habe ich bei Erwähnung Gregors VII. im vorigen Kapitel erwähnt, und der angegebene Zweck wurde damit erreicht, obwohl dadurch Folgen erzeugt wurden, welche der römischen Kirche fast ebenso großen Nachteil brachten, wie den Menschen im Allgemeinen.

Die Geistlichen wurden durch das Zölibat – so nennt man die erzwungene Ehelosigkeit römischer Priester – völlig isoliert und ihre Verbindung mit den übrigen Menschen und dem Staat zerrissen, dafür aber desto fester an die Kirche, das heißt an den Papst gefesselt; denn dieser ist es ja, von dem jeder römisch-katholische Geistliche in höchster Instanz sein zeitliches Heil zu erwarten hat. Der alte Vizegott in Rom ist ihm Familie und Vaterland. Ein echt römisch-katholischer Geistlicher kann gar kein guter Patriot oder Staatsbürger sein.

Was kümmern sich die Päpste um die abscheulichen Folgen des Zölibats. Sie wollen unumschränkt herrschen um jeden Preis, wenn auch durch ihren schändlichen Egoismus die Moralität der ganzen Welt samt dem Christentum zugrunde geht. Die Heiligen Väter in Rom werden durch nichts anderes bewegt, als durch ihren Eigennutz, welche erhabenen Gründe sie auch mit salbungsvollen Worten zur Bemäntelung desselben vorbringen mögen.

Weder Tonsur noch Weihen vermögen es, den Geistlichen die »menschlichen Schwächen«, wie man dummerweise die Regungen des Naturtriebes häufig nennt, abzustreifen. Die Natur respektiert einen geweihten Pfaffenleib ebenso wenig wie den irgendeines anderen tierischen Organismus und kämpft mit ihm um ihr Recht. Diese Kämpfe endeten bei gewissenhaften Geistlichen, denen es mit ihrem Keuschheitsgelübde ernst war, gar häufig mit Selbstmord oder Wahnsinn, oder mit unnatürlicher Befriedigung des Geschlechtstriebes oder mit freiwilliger Verstümmelung. Der schlechtere Teil der Geistlichen, die ich hauptsächlich mit »Pfaffen« meine, betrachtet dagegen die Ehe als eine Fessel, von der sie der gute Gregor befreit hat, und tut wie jener Mönch, der nach langen Kämpfen endlich dem Rat eines alten Praktikus folgte: »Wenn mich der Teufel reizt, so tue ich, was er will, und dann hört der Kampf auf.« Sie wissen sich, was die Befriedigung des Geschlechtstriebes anbetrifft, für die Ehe schadlos zu halten, indem sie nach Clemens VI. Ausdruck »wie eine Herde Stiere gegen die Kühe des Volkes wüten.«

Diese Pfaffen nennt der heilige Bernhard Füchse, die den Weinberg des Herrn verderben und die Enthaltsamkeit nur zum Deckel der Schande und Wollust brauchen, vor denen schon der Apostel Petrus gewarnt habe. »Man müsse«, fährt er fort, »ein Vieh sein, um nicht zu merken, dass man allen Lastern Tür und Tor öffne, wenn man rechtmäßige Ehen verdamme«.

Jesus war selbst nicht verheiratet; aber bei vielen Gelegenheiten äußerte er sich über die Ehe und erkannte sie als eine durch göttliche Anordnung geheiligte Anstalt an; ja wir wissen, dass er mit seiner Mutter und seinen Jüngern einer Hochzeitsfeier in Kana in Galiläa beiwohnte, was er nicht getan haben würde, wenn er die Ehe überhaupt als eine unsittliche Verbindung erkannt hätte.

Die Apostel hatten darüber ganz dieselben Ansichten. Paulus nennt die Ehe einen in allen Betrachtungen ehrwürdigen Stand und erklärt sogar die Untersagung derselben für eine Teufelslehre. Kurz nach allen in der Bibel enthaltenen Lehren des Christentums ist das Band, welches die Ehe um Mann und Weib schlingt, ein höchst ehrwürdiges.

Die Christen der ersten Zeit waren auch weit davon entfernt, die Ehe der Geistlichen als etwas Unerlaubtes zu betrachten, ja sie setzten dieselbe bei ihnen sogar voraus. Petrus selbst, dessen Nachfolger die Päpste sein wollen, und die meisten der Apostel waren verheiratet. Paulus verlangt von den Bischöfen und Diakonen, dass sie im ehelichen Stand leben sollten. Er schreibt an Timotheus: »Ein wahres Wort: Wer ein Bischofsamt sucht, der strebt nach einem edeln Geschäft. Ein Bischof muss deswegen tadellos sein, eines Weibes Mann, nüchtern, ernst, wohlgesittet, zum Lehrer tüchtig; kein Trunkenbold, nicht streitsüchtig (nicht schmutziger Habgier ergeben), sondern sanft, friedliebend, frei von Geiz; der seinem Hause gut vorstehe, der seine Kinder im Gehorsam erhalte mit allem Ernst: Denn wer seinem eigenen Hause nicht vorzustehen weiß, wie kann er die Gemeinde Gottes regieren? Die Diakonen seien eines Weibes Männer, wohl verstehend ihren Kindern und ihren Häusern.«

An Titus schreibt er: »Deswegen habe ich Dich in Kreta zurückgelassen, damit Du das, was noch fehlt, vollends in Ordnung brächtest und in jeder Stadt Priester (Älteste) ansetzest, wie ich Dir aufgetragen habe; wenn nämlich Jemand unbescholtenen Rufes ist, eines Weibes Mann, der gläubige Kinder hat.«[1]

Diese Stellen, welche noch durch zahlreiche andere vermehrt werden könnten, sprechen so deutlich, dass es kaum begreiflich erscheint, wie die Päpste es wagen konnten, die Rechtmäßigkeit des Zölibats der Geistlichen aus der Bibel beweisen zu wollen. Sie würden auch mit diesem Gesetz nie durchgedrungen sein, wenn nicht schon seit früher Zeit in der christlichen Kirche die Idee der Verdienstlichkeit des ehelosen Lebens gespukt hätte.

Wie diese dem Christentum so durchaus fremde Ansicht von der Ehe in demselben allmählich Wurzel fasste, auseinanderzusetzen, würde sehr weitläufig sein, und da ich hier mich darauf nicht einlassen kann, so will ich mich bemühen, den Gang der Sache in flüchtigen Umrissen zu skizzieren.

Zurzeit als Jesus auftrat, hatte der Glaube an die alten Götter eigentlich längst aufgehört. Der öffentliche Gottesdienst bestand in leeren Zeremonien, und an die Stelle der Religion war die Philosophie getreten. Selbst das Volk nahm Teil an den philosophischen Streitigkeiten, wie heutzutage an den religiösen und hing teils diesen, teils jenen der unendlich vielen aufgestellten Systeme an.

---

[1] *Tit. I, 5-6.*

Als nun das Christentum entstand und die Zahl der Anhänger desselben sich vermehrte, wurden auch die alten philosophischen Ansichten, deren man sich nicht so schnell entäußern konnte, in dasselbe mit hinüber genommen und man versuchte es, so gut es anging, dieselben mit den christlichen Lehren zu vereinigen.

Die reine Philosophie – Vernunftwissenschaft, Erkenntnislehre – kann nie Schwärmerei erzeugen, welche eine entschiedene Feindin der Vernunft ist; werden ihr aber religiöse Bestandteile beigemischt, so kann sie gar leicht nicht allein zur Schwärmerei, sondern selbst zum wütendsten Fanatismus führen. Aber fast alle philosophischen Systeme jener Zeit hatten religiöse Bestandteile in sich aufgenommen, teils griechischen, altorientalischen, ägyptischen oder jüdischen Ursprungs, und ihre Anhänger und Bekenner waren meistens Gnostiker, das heißt Geheimwisser oder Offenbarungskundige. In diese Systeme kam nun noch das christliche Element und das Resultat dieser Vereinigung waren oft sehr erhabene, aber noch häufiger höchst abgeschmackte Lehrbegriffe über Gott, Weltschöpfung, die Person Christi, den Ursprung des Übels, das Wesen des Menschen und so weiter. Wir haben es hier nur mit ihren Ansichten über die Ehe zu tun.

Vorherrschend unter den Offenbarungs-Philosophen war die Ansicht, dass die Materie – das Körperliche – die Quelle alles Bösen, und dass die Welt nicht durch den höchsten Gott, sondern durch ein ihm untergeordnetes, unvollkommeneres Wesen – Demiurg (Werkmeister) – geschaffen sei. Der Körper des Menschen stehe unter der Herrschaft der Materie und deshalb mehr oder minder bösartig gedachter Demiurgos, und das Heil des menschlichen Geistes bestehe darin, dass es sich von den Fesseln der Materie und des Demiurgos losmache und zu dem höchsten Gott zurückkehre. Mit anderen Worten heißt das: Der Mensch soll ein rein geistiges Leben führen und alle vom Körper ausgehenden sinnlichen Regungen wie einen Feind bekämpfen.

Hieraus geht schon deutlich hervor, dass die Ansichten dieser Schwärmer der geschlechtlichen Vereinigung und der Ehe nicht günstig sein konnten. Ehe ich einige dieser Ansichten namhaft mache, muss ich noch von dem Brief des Paulus an die Korinther reden, welcher auf diese Philosophie von bedeutendem Einfluss war.

Die Christen in Korinth konnten sich über die Meinung von der Ehe nicht einigen und baten den Apostel Paulus um Belehrung. Dieser erfüllte ihr Begehr, und was er ihnen antwortete, kann jeder in der Bibel nachlesen. (I. Korinth. Kap. 7.) Aus diesem Schreiben geht hervor, dass es Paulus für besser hielt, unverheiratet zu bleiben; aber er erklärt ausdrücklich, dass er mit diesem Rat den Christen keine Schlinge werfen wolle, und dass derjenige, der es für besser halte zu heiraten, damit durchaus keine Sünde begehe. (I. Korinth. 7, 32.)

Vergleichen wir die in diesem Brief enthaltenen Ratschläge mit seinen an anderen Stellen stehenden Aussprüchen über die Ehe, so möchte man mit dem römischen Statthalter Festus ausrufen: »Paule, dein vieles Wissen macht dich rasen!« Allein in dem Brief selbst ist der Schlüssel zu seiner Handlungsweise enthalten: »Ich wollte euch aber vor Sorgen bewahren.«

Die Christen erwartete damals eine stürmische Zeit der Verfolgungen und Trübsal, dann auch die baldige Wiederkehr Christi zum Weltgericht, und dieser Glaube hatte auf die Antwort des Paulus unverkennbaren Einfluss. Ein Unverheirateter wird die Leiden des Lebens meistens leichter ertragen als ein Familienvater; das wird jeder fühlen, der eine Familie hat.

Dieser Brief des Paulus diente den Verteidigern des Zölibats der Geistlichen als Hauptstütze; sie vergaßen dabei aber außer den besonderen Umständen, unter denen er geschrieben wurde, dass er an alle Christen zu Korinth und nicht allein an die Geistlichen geschrieben war; und hätte man die in ihm in Bezug auf die Ehe enthaltenen Ratschläge allgemein als Befehl anerkennen wollen, so würde das Christentum bald ein Ende gehabt haben, indem seine Anhänger ausgestorben wären. Denn, wenn Paulus sagt: Wer heiratet tut wohl; wer nicht heiratet tut besser, so sagt er doch auch: Es ist dem Menschen gut, dass er kein Weib berühre. Das hätten sich die Geistlichen, welche das Zölibat verteidigen, nur ebenfalls merken und als einen Befehl erachten sollen. Ehe ist besser als Hurerei, und was Paulus darüber dachte, geht aus folgendem hervor:

Durch die Ratschläge des Apostels, vielleicht auch dadurch verführt, dass die Frauen, welche Ehelosigkeit gelobten, von der christlichen Gemeinde erhalten und oft zu untergeordneten Kirchenämtern – zu Diakonissinnen – gewählt wurden, versprachen mehrere Witwen in Korinth, sich nicht wieder zu verheiraten. Die jungen Weiber hatten sich jedoch zu viel Kraft zugetraut. Die Ehelosigkeit wurde ihnen höchst unbequem, und viele von ihnen hätten gern wieder geheiratet, wenn sie es wegen ihres Gelübdes gedurft hätten. Aber der Fleischesteufel – um auch einmal diesen beliebten pfäffischen Ausdruck zu gebrauchen – kehrt sich an kein Gelübde und plagte die armen verliebten Weiberchen so sehr, dass sie es endlich machten wie der oben erwähnte Mönch und ihm den Willen taten, damit sie nur Ruhe gewannen. Sie waren aber sehr schwer zu beruhigen, und ihr unzüchtiges Leben fing an, Aufsehen zu machen. Paulus fand sich dadurch veranlasst, zu verordnen, dass diese Frauen, wenn sie Neigung dazu bekämen, trotz ihres Gelübdes lieber heiraten als ein unzüchtiges Leben führen sollten, »damit nicht den Gegnern des Christentums dadurch eine willkommene und gerechte Veranlassung gegeben werde, dasselbe zu verlästern«.

Die Päpste handelten jedoch ganz anders wie der Apostel. Ihnen war es nur um Ausrottung der Ehe unter den Priestern zu tun, und sie gestatteten sogar gegen eine Geldabgabe außereheliche, geistlich-fleischliche Ausschweifungen, unbekümmert um das Ärgernis, welches dadurch gegeben wurde; ja sie gingen selbst mit dem schändlichsten Beispiel voran!

Von ihnen gilt, was Paulus ahnungsvoll vorhersah: »Bestimmt aber sagt der Geist, dass in den letzten Zeiten einige vom Glauben abfallen werden, achtend auf Irrgeister und Teufelslehren, die mit Scheinheiligkeit Lügen verbreiten, gebrandmarkt am eigenen Gewissen, die verbieten zu heiraten und gewisse Speisen zu genießen, welche Gott geschaffen, dass sie dankbar genossen werden von den Gläubigen und von denen, welche die Wahrheit erkannt.«

Doch ich will wieder zu unseren Offenbarungsnarren zurückkehren und anführen, was einige Sekten derselben von der Ehe hielten.

Julius Cassianus, ein Hauptnarr, erklärte die Ehe für Unzucht, und die ganze zahlreiche Sekte der Enkratiten sah die Berührung der Weiber überhaupt als eine Sünde. Zu ihnen gehörten die Abeloniten in der Gegend von Hippo in Afrika, die sich durchaus des geschlechtlichen Umgangs enthielten. Um aber die Vorschrift des Paulus (I. Korinth. 7, 29), dass »diejenigen, die Weiber haben, seien als hätten sie keine«, buchstäblich zu erfüllen, nahmen die Männer ein Mädchen und die Weiber einen Knaben zur beständigen Gesellschaft zu sich, um in Verbindung mit dem anderen Geschlecht, aber doch außer der Ehe zu leben.

Ein gewisser Marzion, der von dem Heidentum zum Christentum übertrat, trieb es mit der Entsagung besonders weit und litt wahrscheinlich am Unterleib, denn dafür sprechen seine hypochondrischen Lebensansichten. Seine Genossen redete er gewöhnlich an: Mitgehasste und Mitleidende! Dieser trübselige Narr erklärte jedes Vergnügen für eine Sünde; er verlangte, dass jeder von den schlechtesten Nahrungsmitteln leben solle, und von der Ehe wollte er vollends nichts wissen, denn diese erschien ihm als eine privilegierte Unzucht. Er verlangte von seinen Anhängern, wenn sie verheiratet waren, dass sie sich von ihren Wiebern trennten oder doch das Gelübde leisteten, sie nicht als ihre Weiber zu betrachten. Diese Sekte bestand bis zur Mitte des 4. Jahrhunderts unter besonderen Bischöfen.

Manche Lehren dieser philosophischen Christensekten führten zur Auflösung aller sittlichen Ordnung. Kapokrates, der wahrscheinlich zur Zeit des Kaisers Hadrian in Alexandrien lebte, lehrte: Dass die Befriedigung des Naturtriebes nie unerlaubt sein könne, und dass die Weiber von der Natur zum gemeinschaftlichen Genuss bestimmt wären. Wer sich der sittlichen Ordnung unterwerfe, der bleibe unter der Macht des Erdgeistes; sich aber allen Lüsten ohne Leidenschaft hingeben, heiße gegen ihn kämpfen und ihm Trotz bieten.

Ein anderer Schwärmer namens Marzius führte geheimnisvolle Zeremonien ein und machte besonders die Weiber damit bekannt, wodurch bei ihnen alle Schamhaftigkeit vernichtet wurde.

Von den Anhängern des Kapokrates erzählt man, dass sie bei ihren Versammlungen die Lichter verlöschten und untereinander das taten, wobei sich übrigens niemand gern leuchten lässt. Die Adamiten trieben es ähnlich. Vor ihrem Tempel, den sie das Paradies nannten, war eine bedeckte Halle. Unter dieser entkleideten sie sich und marschierten dann nackt und paarweise in die Versammlung. Hier ergriff jedes Männlein ein Fräulein – und das nannte man die mystische Vereinigung. Ganz so, wie bei unseren gutprotestantischen Muckerversammlungen. Die Seelenbräute sind eine uralte Erfindung.

Andere Herätiker – so hieß die ganze Klasse dieser seltsamen Philosophen – gestatteten zwar die Ehe, verhinderten aber die Schwangerschaft, indem sie es machten wie Onan, der Erzvater der Onanie.

Montanus, der in der Mitte des 2. Jahrhunderts in Phrygien lebte, sagte: Dass Jesus und die Apostel der menschlichen Schwäche viel zu viel nachgesehen hätten. Er verachtete alles Irdische und legte auf die Ehelosigkeit sehr großen Wert.

Die Valesier, eine Sekte des 3. Jahrhunderts, zwangen ihre Anhänger zur Kastration; ja sie trieben dieselbe so leidenschaftlich, dass sie gar häufig Fremde durch List in ihre Häuser lockten und diese unangenehme Operation mit ihnen vornahmen.

Die Lehren dieser Schwärmer, besonders über das Verdienst der Ehelosigkeit, fanden in der christlichen Kirche sehr großen Beifall, und besonders waren es die des Montanus, welche sowohl unter Geistlichen als Laien großen Anhang fanden. Wenn nun auch die römische Kirche schon frühzeitig jede kirchliche Gemeinschaft mit den Montanisten abbrach, so behielt sie doch ihre Lehre über die Fasten und das Verdienstliche der Ehelosigkeit.

Dass alles Irdische verachtet werden müsste, wurde bald der allgemeine unter den orthodoxen Christen geltende Grundsatz. Wie den Anhängern des Montanus waren ihnen Jesus und seine Jünger viel zu milde und nachsichtig, und auf welche Abwege sie durch ihre asketische Schwärmerei gerieten, haben wir im ersten Kapitel gesehen.

Je mächtiger der Geschlechtstrieb war und je mehr sinnliches Vergnügen seine Befriedigung gewährte, desto verdienstlicher erschien es, ihn zu bekämpfen, und diejenigen, denen es vollkommen gelang, standen im höchsten Ansehen und waren Gegenstand der allgemeinen Bewunderung.

Die Kirchenväter in den ersten Jahrhunderten waren meistens der Ansicht, dass die Seelen gefallener Geister zur Strafe in einen Körper gebannt wären, und dass die sittliche Freiheit des Menschen in der Fähigkeit bestände, sich durch Besiegung »des Fleisches« aus der niederen Ordnung empor zu schwingen. Der Irrtum lag in der Übertreibung; setzt man statt »Besiegung« und »Abtötung« Herrschaft, so wird wohl jeder Vernünftige mit der Lehre einverstanden sein.

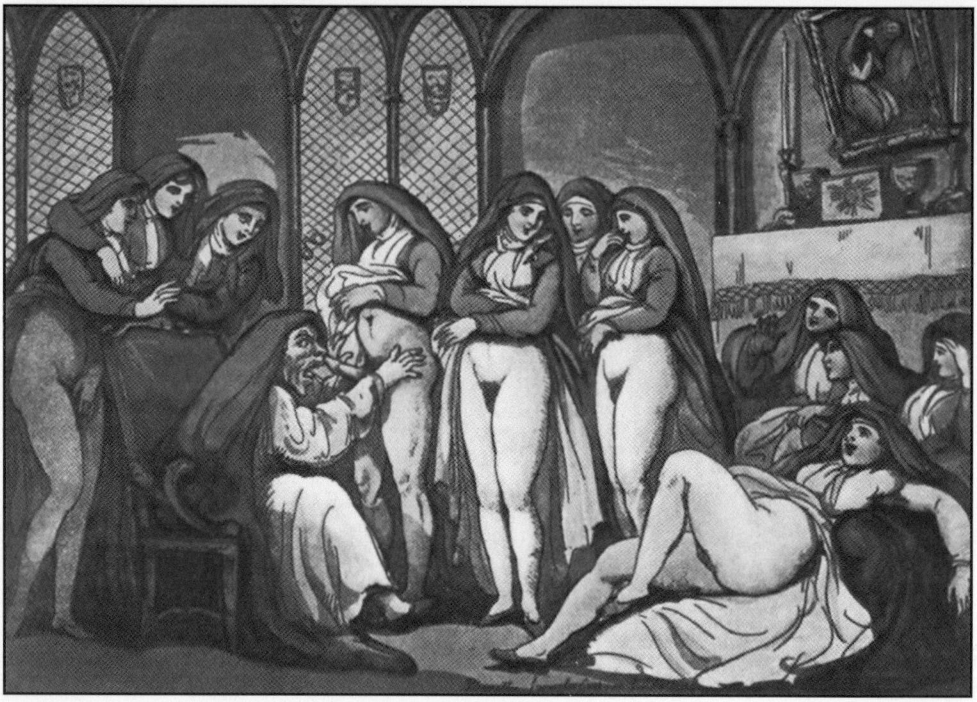

Die Ehe hielt man zwar nicht eigentlich für böse; allein man betrachtete sie als ein notwendiges Übel zur Fortpflanzung des Menschengeschlechtes und zur Verhinderung der Ausschweifungen, von dem man so wenig als nur möglich Gebrauch machen müsse; man würdigte das schönste Verhältnis zu einer bloßen Kinderbesorgungsanstalt herab.

Die Vorliebe für den ehelosen Stand wurde immer allgemeiner und stieg zum Fanatismus, sodass einer der ältesten Kirchenlehrer, Ignatius, sich zu der Erklärung gezwungen sah: Dass es sündlich sei, sich der Ehe aus Hass zu entziehen.

Der Philosoph Justinus, welcher den Märtyrertod erduldete, hielt es für sehr verdienstlich, wenn man den Geschlechtstrieb ganz und gar unterdrücke, indem man sich dadurch dem Zustand der Auferstandenen annähere. Er verwarf daher auch die Ehe ganz und gar und verwies auf Christus, der nur deshalb von einer Jungfrau geboren sei, um zu zeigen, dass Gott auch Menschen hervorbringen könne ohne geschlechtliche Vermischung. Einen Jüngling, der sich selbst kastrierte, belobte er sehr.

Athenagoras und andere, die nicht so streng waren, gaben die Ehe nur wegen der Kindererzeugung zu. Clemens von Alexandrien verteidigte zwar die Ehe und wies auf das Beispiel der Apostel hin; allein er gestand doch zu, dass derjenige vollkommener sei, welcher sich der Ehe enthalte.

Origenes, der sich selbst entmannte, sein Schüler Hierax und Methodius verdammten die Ehe, und ihre Lehren fanden unter den Mönchen Ägyptens großen Beifall.

Einer der heftigsten Eiferer gegen die Ehe war Quintus Septimus Florens Tertullian, Priester zu Karthago. Er erklärte die Ehe zwar nicht für böse, aber doch für unrein, sodass sich der Mensch derselben schämen müsse. Die zweite Ehe nannte er geradezu Ehebruch. Auf die Frage, was aber aus dem Menschengeschlecht werden sollte, wenn die Ehe aufhöre, antwortete er: Es kümmere ihn wenig, ob das Menschengeschlecht ausstürbe; man müsse wünschen, dass die Kinder bald stürben, da das Ende der Welt bevorstände. Und Tertullian war selbst verheiratet!

Die Lehren dieses sehr geachteten Kirchenvaters waren von sehr großem Einfluss. Die Geistlichen, welche diese Ansichten von der Verdienstlichkeit der Enthaltsamkeit verbreiteten und anpriesen, mussten natürlich mit dem Beispiel vorangehen, und sie hatten in jener Zeit auch noch die besten praktischen Gründe, sich der Ehe zu enthalten, da sie es ja hauptsächlich waren, welche den Verfolgungen zum Opfer fielen.

So kam es denn allmählich, dass die verheirateten Kirchenlehrer in eine Art von Verachtung gerieten, und dieser Umstand war ein Beweggrund mehr für die Geistlichen, sich der Ehe zu enthalten. Fanatische Bischöfe wussten es bei den ihnen untergebenen Geistlichen mit Gewalt durchzusetzen, dass sie sich nicht verheirateten, und das Volk sah immer mehr in dem ledigen Stand einen höheren Grad der Heiligkeit.

Diese Ansicht war schon im 5. Jahrhundert ziemlich allgemein, und diejenigen Geistlichen, welche nicht aus Überzeugung unverheiratet blieben, taten es aus Scheinheiligkeit, und die verheiratet waren, wussten den Glauben zu erwecken, als lebten sie mit ihren Frauen wie mit Schwestern. Fälle von Selbstentmannung kamen sehr häufig vor; aber dessen ungeachtet war um diese Zeit die Ehelosigkeit der Geistlichen weder allgemein, noch wurde sie von der Kirche geboten.

Der erste Versuch hierzu geschah im 4. Jahrhundert auf der in Spanien von neunzehn Bischöfen abgehaltenen Synode zu Elvira (zwischen 305–309). Hier wurde es nicht allein verboten, Verheiratete als Priester anzustellen, sondern man untersagte auch denen, die bereits im Ehestand lebten, den geschlechtlichen Umgang mit ihren Weibern.

Andere Synoden folgten diesem Beispiel, und da man nun sehr häufig den unverheirateten Geistlichen den Vorzug gab, so bewog dies viele zum ehelosen Leben und der Scheinheiligkeit und Heuchelei waren Tür und Tor geöffnet.

Auf der ersten allgemeinen Kirchenversammlung zu Nicäa (325) stellte ein spanischer Bischof den Antrag, die Ehe der Priester allgemein zu untersagen; allein da erhob sich Paphnutius, Bischof von Ober-Thebias, ein achtzigjähriger, in der höchsten Achtung stehender, unverheirateter Mann, und verteidigte die Ehe mit solcher Wärme und so überzeugend, dass sich die Versammlung damit begnügte, den Geistlichen die Beischläferinnen zu verbieten. Doch selbst die Erlaubnis, sich zu verheiraten, brachte den dazu geneigten Priestern wenig Nutzen, denn der Zeitgeist erklärte sich einmal gegen die Ehe.

Einen bedeutenden Einfluss auf diese Zölibatsschwärmerei hatte das Mönchswesen. Den fanatischen Mönchen war die Ehe und jede geschlechtliche Berührung ein Gräuel; ja sie gingen in ihrem verkehrten Eifer so weit, dass sie sogar die Frauen verfluchten, und behaupteten, dass man sie gleich einer ansteckenden Seuche oder gleich giftigen Schlangen fliehen müsse. Sie riefen sich, wenn sie einander begegneten, Sentenzen zu, welche sie immer daran erinnern sollten, dass das Weib zu verachten sei, wie z.B. »Das Weib ist die Torheit, welche die vernünftigen Seelen zur Unzucht reizt!«, und dergleichen.

Was die allgemein auf das Höchste verehrten Mönche als verwerflich bezeichneten, erschien nun auch den Laien so, und wenn sich auch nicht jeder zum Mönchsleben stark genug fühlte, so suchte man doch, selbst in der Welt lebend, so viel als möglich Ansprüche auf asketische Heiligkeit zu erwerben.

Dies Streben nach Heiligkeit erzeugte heldenmütige Entschlüsse, die zwar subjektiv immer zu bewundern sind, aber doch mit Bedauern darüber erfüllen, dass so viel moralisches Pulver ins Blaue hinein verschossen wurde.

Jünglinge und Jungfrauen schwärmten für die Keuschheit. Pelagius, später Bischof von Laodicea, bewog noch im Brautbett seine Braut zu einem enthaltsamen Leben; andere wurden in derselben kritischen Lage von ihren Bräuten dazu beredet. Einige Beispiele habe ich schon früher angeführt.

Einzelne Sekten, wie die Eustathianer und Armenier, erklärten jetzt geradezu, dass kein Verheirateter selig werden könne und wollten von verehelichten Priestern weder das Abendmahl annehmen, noch sonst mit ihnen irgendeine Gemeinschaft haben. Da sie aber auch das Fleischessen für sündlich erklärten und behaupteten, dass die Reichen, wenn sie nicht ihrem ganzen Vermögen entsagten, nicht selig werden könnten, so wurden ihre Lehren auf einem Konzil als irrtümlich verdammt.

Das weitere Umsichgreifen des Mönchswesens erzeugte ein immer allgemeineres Vorurteil gegen die Ehe, und die verheirateten Priester bekamen einen immer schwierigeren Stand.

Viele der Kirchenväter, deren Schriften allgemeine Verbreitung fanden, waren mit asketischen Ansichten aufgewachsen und eiferten heftig gegen die Ehe. Dies taten Eusebius und Zeno, Bischof von Verona, derselbe der erklärte, dass es der größte Ruhm der christlichen Tugend sei, die Natur mit Füßen zu treten.

Ambrosius, römischer Statthalter der Provinz Ligurien und Aemilien, trat zum Christentum über und wurde acht Tage nach seiner Taufe zum Bischof von Mailand gemacht. Er kannte kaum die christlichen Lehren, und da er nicht hoffen konnte, sich durch Gelehrsamkeit auszuzeichnen, so versuchte er es durch ein asketisches Leben. Da es bis dahin noch für Ketzerei

Frauen sind das große Übel der Zölibatsschwärmer

galt, die Ehe zu verdammen – die Apostel waren ja verheiratet gewesen –, so gestand er ihr immer noch einiges Gute zu; aber er konnte in den Anpreisungen des ehelosen Lebens kein Ende finden und hatte es besonders darauf abgesehen, den Jungfrauen ihre Jungfrauschaft zu erhalten. Maria stellte er ihnen beständig als Muster auf und erzählte die seltsamsten Wunder, die stattgefunden haben sollten, um die Jungfrauschaft dieses oder jenes Mädchens zu retten. Ja, er ging so weit, die Kinder zum Ungehorsam gegen die Eltern zu verführen, indem er in einem Aufruf an die Jungfrauen sagte: »Überwinde erst die Ehrfurcht gegen deine Eltern! Wenn du dein Haus überwindest, so überwindest du auch die Welt.«

Er erzeugte in Mailand durch seine Predigten einen solchen Keuschheitsfanatismus unter den Mädchen, dass die jungen Männer in Verzweiflung gerieten, und vernünftige Eltern ihren Töchtern verbieten mussten, seine Predigten zu besuchen. Sein Ruf war so weit verbreitet, dass man ihm aus Afrika Jungfrauen zusandte, damit er sie zur Keuschheit verführe.

Augustin, der nach einem wilden Leben zum Christentum übertrat und endlich auch Bischof von Hippo wurde, verdammte zwar die Ehe ebenfalls nicht geradezu, trug aber durch seine Schriften sehr viel zur Zölibatsschwärmerei bei. Er lehrte, dass der unverheiratete Sohn und die unverheiratete Tochter weit besser seien, als die verehelichten Eltern und sagte: »Die ehelose Tochter wird im Himmel eine weit höhere Stufe einnehmen als ihre verehelichte Mutter; ihr Verhältnis wird zueinander sein, wie das eines leuchtenden und eines finsteren Sterns.«

Die Ehe zwischen Joseph und Maria stellte er als Muster einer Ehe auf, denn sie lebten im ehelichen Verhältnis, hatten sich aber gegenseitig Enthaltsamkeit gelobt. Früher sei die Ehe notwendig gewesen, um das Volk Gottes fortzupflanzen, jetzt aber, da das Christentum bereits verbreitet sei, müsse man auch diejenigen, welche sich Kinder zeugen wollten, zur Enthaltsamkeit ermahnen. Man müsse wünschen, dass alles ehelos bleibe, damit die Stadt Gottes eher voll und das Ende der Welt beschleunigt würden. Übrigens forderte Augustin von den Geistlichen nicht durchaus Ehelosigkeit.

Von dem allergrößten Einfluss auf das Zölibat und auf das Mönchsleben war der uns schon bekannte Hieronymus. Er hatte selbst aus Erfahrung die Macht des Geschlechtstriebes kennen gelernt und schildert seine Kämpfe so lebhaft, dass es Grauen erregt.

»Ich«, schrieb er an Eustochium, »der ich mich aus Furcht vor der Hölle zu solchem Gefängnis verdammte, der ich mich nur in der Gesellschaft von Skorpionen und wilden Tieren befand, befand mich doch oft in den Chören von Mädchen. Das Gesicht war blass von Fasten, und doch glühte der Geist von Begierden im kalten Körper und in dem vor dem Menschen schon erstorbenen Fleisch loderte das Feuer der Wollust. Von aller Hilfe entblößt, warf ich mich zu den Füßen Jesu, benetzte sie mit meinen Tränen, trocknete sie mit meinen Haaren und das widerspenstige Fleisch unterjochte ich durch wochenlanges Hungern.«

Besonders eifrig bemüht war auch Hieronymus, die Frauen für das enthaltsame Leben zu gewinnen. Dies gelang ihm vortrefflich, denn durch seinen Umgang mit den vornehmen Römerinnen hatte er sich eine sehr genaue Kenntnis des weiblichen Herzens und seiner schwachen Seiten erworben.

Eine Stelle in seinen Briefen zeigt dies schon deutlich und beweist, dass die Weiber vor tausend Jahren nicht anders waren, als sie es heutzutage sind. Er schreibt nämlich an ein junges Mädchen, dem der Aufenthalt im Haus der Mutter zu eng wird:

»Was willst du, ein Mädchen von gesundem Körper, zart, wohlbeleibt, rotwangig, vom Genuss des Fleisches und Weins und vom Gebrauch der Bäder aufgeregt, bei Ehemännern und Jünglingen machen? Tust du auch das nicht, was man von dir verlangt, so ist es doch schon ein schimpfliches Zeugnis für dich, wenn solche Dinge von dir verlangt werden. Ein wollüstiges Gemüt verfolgt unanständige Dinge desto brennender, und von dem, was nicht erlaubt ist, macht man sich desto lockendere Vorstellungen.

Selbst dein schlechtes und braunes Kleid gibt ein Kennzeichen deiner verborgenen Gemütsart ab, wenn es keine Falten hat, wenn es auf der Erde fortgeschleppt wird, damit du größer zu sein scheinst; wenn es mit Fleiß irgendwo aufgetrennt ist, damit zugleich das Garstige bedeckt werde und das Schöne in die Augen falle. Auch ziehen deine schwärzlichen und glänzenden Hosen, wenn du gehst, durch ihr Rauschen die Jünglinge an sich.

Deine Brüste werden durch Binden zusammengepresst, und der verengte Busen wird durch den Gürtel in die Höhe getrieben. Die Haare senken sich sanft entweder auf die Stirn oder auf die Ohren herab. Das Mäntelchen fällt zuweilen nieder, um die weißen Schultern zu entblößen, und dann bedeckt sie wieder eilends, als wenn es nicht gesehen werden sollte, dasjenige, was sie mit Willen aufgedeckt hatte.«

Um die Mädchen zu verführen, Jesum zum Bräutigam zu erwählen, gebrauchte er oft sehr seltsame Mittel, indem er dieses zarte Verhältnis höchst üppig und unzart schilderte. So schreibt er zum Beispiel an Eustochium: »Es ist der menschlichen Seele schwer, gar nichts zu lieben; etwas muss geliebt werden. Die fleischliche Liebe wird durch die geistliche überwunden. Seufze daher und sprich in deinem Bett: Des Nachts suche ich denjenigen, den meine Seele liebt. Dein Bräutigam muss in deinem Schlafgemach nur mit dir scherzen. Bitte, sprich zu deinem Bräutigam, und er wird mit dir sprechen. Und hat dich der Schlaf überfallen, so wird er durch die Wand kommen, seine Hand durch das Loch stecken und deinen Bauch berühren.«

Die keusche Ehelosigkeit erschien Hieronymus als das Höchste, und von der Ehe weiß er nur das zu rühmen, dass aus ihr Mönche und Nonnen erzeugt würden!

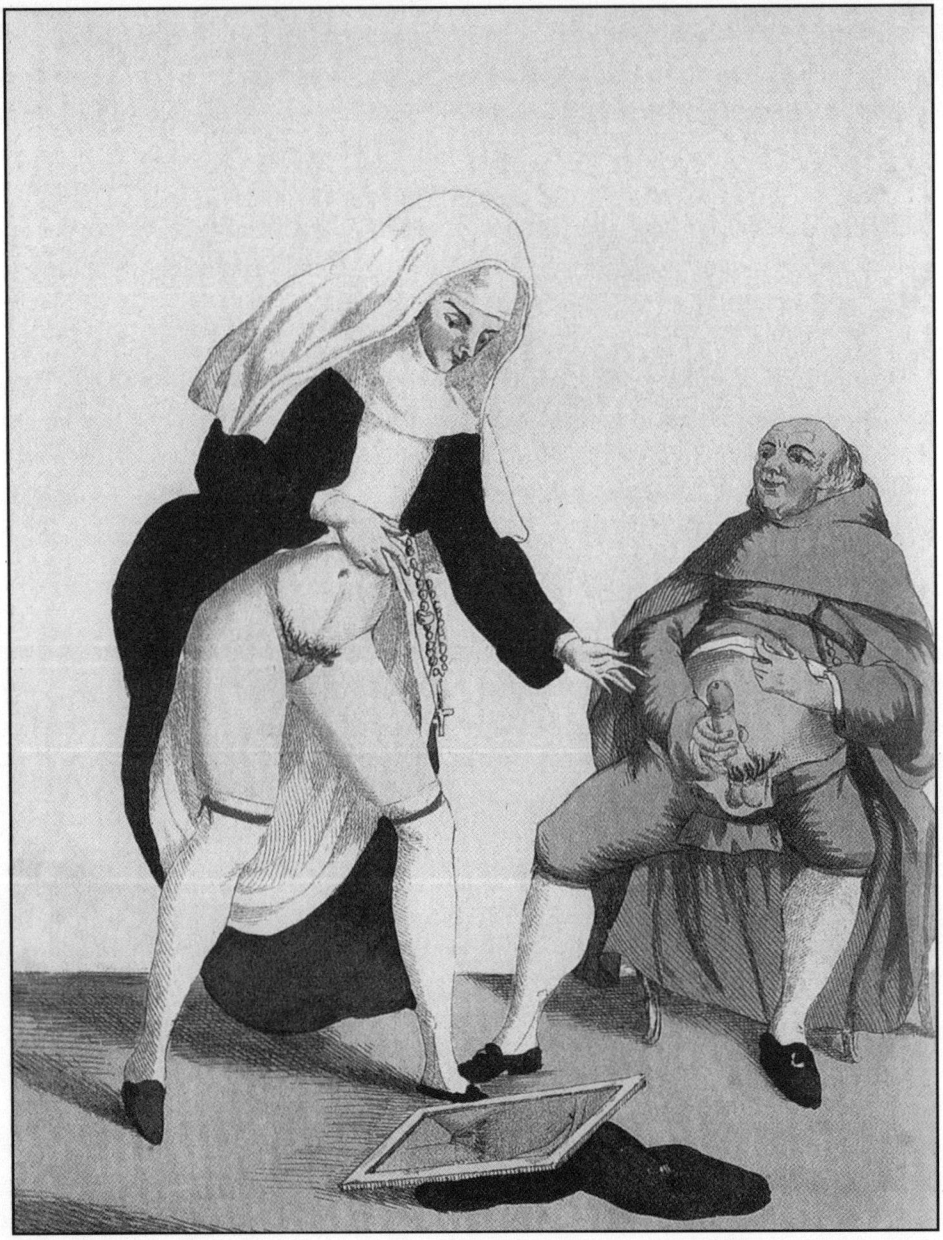

In sehr heftigen Streit geriet er mit Jovian, welcher die Ehe verteidigte. Er bekämpfte die Lehren desselben mit großer Gewandtheit, wenn uns auch die beigebrachten Argumente sehr häufig ein Lächeln ablocken.

In einer seiner Streitschriften führt er den Jovian redend ein. Er lässt ihn fragen, wozu Gott die Zeugungsglieder geschaffen und warum er die Sehnsucht nach Vereinigung in den Menschen gelegt habe? Darauf antwortete Hieronymus, dass diese Körperteile geschaffen wären, um den Flüssigkeiten, mit denen die Gefäße des Körpers bewässert sind, Abgang zu verschaffen!

»Auf das aber«, fährt er fort, »dass die Geschlechtsorgane selbst, der Bau der Zeugungsteile, die Verschiedenheit zwischen Mann und Weib, und die Gebärmutter, welche geeignet ist zur Empfängnis und Ernährung der Frucht, einen Geschlechtsunterschied zeigen, will ich in Kürze antworten.

Wir sollen wohl deshalb nie aufhören, der Wollust zu frönen, damit wir nie vergebens diese Glieder mit uns herumtragen? Warum soll wohl da die Witwe ehelos bleiben, wenn wir bloß dazu geboren sind, nach Weise des Viehs zu leben? Was brächte es mir denn für Schaden, wenn ein anderer meine Frau beschläft? Was will da der Apostel, dass er zur Keuschheit auffordert, wenn sie gegen die Natur ist? Gewiss verdient es der Apostel, der uns zu seiner Keuschheit auffordert, zu hören: Warum trägst du dein Schamglied mit dir herum? Warum unterscheidest du dich von dem Geschlecht der Weiber durch Bart, Haare und durch andere Beschaffenheit der Glieder? u.s.w. Lasst uns Christum nachahmen, der sich der Zeugungsglieder nicht bediente und sie doch hatte.«

Die Art und Weise, wie der Heilige Hieronymus die Ehe bekämpfte, fand indessen wenig Beifall, wenn auch sehr viele mit ihm in der Hauptsache übereinstimmten, und er sah sich genötigt, sich zu verteidigen.

»In Streitschriften«, sagte er, »habe man mehr Freiheit, als im Lehrvortrag, und könne sich in ihnen selbst einer Art von Verstellung bedienen, um seinen Feind desto besser zu stürzen.«

So schreibt er gegen einen Mönch, der ihn in Verdacht bringen wollte, dass er die Ehe überhaupt verdamme, ganz in der alten Art, und schließt: »Weg mit dem Epikur, weg mit dem Aristippus! Sind die Sauhirten nicht mehr da, dann wird auch die trächtige Sau nicht mehr grunzen. Will er nicht gegen mich schreiben, so vernehme er mein Geschrei über so viele Länder, Meere und Völker hinweg: Ich verdamme nicht das Heiraten! Ich verdamme nicht das Heiraten! Ich will, dass jeder, welcher etwa wegen nächtlicher Besorgnisse nicht allein liegen kann, sich ein Weib nehme.«

Im ersten Kapitel habe ich angegeben, wie sich die Republik der christlichen Gemeinde allmählich in eine Despotie verwandelte. Diese Veränderung, in Verbindung mit dem mächtigen Einfluss des Mönchswesens, wirkte für die Priesterehe sehr nachteilig. Ihre Gegner traten immer entschiedener auf, und von der öffentlichen Meinung unterstützt, folgten immer mehr Familien dem Beispiel der von Elvira.

Ein allgemeines Verbot der Priesterehe war indessen bis zum Ende des 4. Jahrhunderts noch nicht gegeben worden; aber dessen ungeachtet verdankte sie ihr Fortbestehen weniger der Anerkennung ihrer Rechtmäßigkeit, als vielmehr einer teils auf besonderen Ansichten, teils auf dem Gefühl der Unausführbarkeit der strengen Grundsätze begründeten Nachsicht von Seiten der Bischöfe, während fortdauernd das Bestreben dahin gerichtet war, ihr völlig ein Ende zu machen.

Einen sehr bedeutenden Anteil an der Unterdrückung der Priesterehen von Seiten der Machthaber der Kirche hatten der Geiz und die Geldgier derselben. War es den Priestern erlaubt, zu heiraten, so fiel auch ihr Nachlass an ihre rechtmäßigen Kinder, und alles, was mit List und Betrug zusammengescharrt war, ging der Kirche verloren.

Da ich keine Geschichte der Kämpfe um die Priesterehe schreiben, sondern mehr das Verderbliche des Zölibats zeigen will, und auch dargetan habe, wie die Idee von der Verdienstlichkeit der Ehelosigkeit unter den Christen Eingang gewann, so kann ich mich in Bezug auf den ersten Punkt umso kürzer fassen, als ich im Verfolg des zweiten noch genötigt sein werde, auf jene Kämpfe zurückzukommen.

Die griechische Kirche hatte die Überzeugung gewonnen, dass ein so unnatürliches Gesetz wie das Zölibat ohne die größten Nachteile nicht durchzuführen sei, und auf einer unter Justinian II. im kaiserlichen Palast Trullus gehaltenen Synode (692) wurde beschlossen, dass die Geistlichen nach wie vor heiraten und mit ihren Weibern leben könnten. Dieser vernünftige Beschluss behielt in der griechischen Kirche bis heute seine Geltung.

Die trullische Synode begnügte sich aber nicht allein damit, die Priesterehe stillschweigend zu gestatten, wie es die von Nicäa tat, denn dies würde am Ende wenig geholfen haben, sondern sie verordnete: Dass ein jeder, der es wagte, den Priestern und Diakonen nach ihrer Ordination die eheliche Gemeinschaft mit ihren Weibern zu untersagen, abgesetzt werden sollte. Ferner dass diejenigen, welche ordiniert werden und unter dem Vorwand der Frömmigkeit nun ihre Weiber fortschicken, exkommuniziert werden sollten.

Die Päpste Konstantin und Hadrian I. waren vernünftig genug, die Beschlüsse der trullischen Synode zu billigen, und Papst Hadrian II. (867–871) war selbst verheiratet. Noch am Anfang des 11. Jahrhunderts kann man es als Regel annehmen, dass überall der bessere Teil der Geistlichen in einer rechtmäßigen Ehe, oder doch wenigstens in einem Verhältnis lebte, welches der Ehe gleich geachtet wurde.

Die Päpste Viktor II., Stephan IX. und Nikolaus II. setzten doch die Versuche fort, die Priesterehe abzuschaffen; aber der Hauptfeind derselben war Gregor VII.; er verbot sie geradezu und zwang die schon verheirateten Priester, ihre Weiber zu verlassen.

Der Kampf der Geistlichen um ihre Rechte als Menschen dauerte zwei Jahrhunderte. Endlich unterlagen sie; aber dieser Sieg brachte der römischen Kirche keinen Segen. Die traurigen Folgen des Zölibats riefen, wie ich schon im Eingang bemerkte, die Reformation hervor. Aber selbst diese vermochte es nicht, den Starrsinn der Päpste zu brechen. Die Fürsten drangen bei der Trientiner Kirchenversammlung auf Abschaffung des Zölibats, welches als die Wurzel allen Übels betrachtet wurde; aber vergebens; das Zölibat wurde von diesem Konzil bestätigt, und seine Beschlüsse gelten noch bis heute.

Das Vorurteil von der Verdienstlichkeit der Selbstquälerei, und der Vorzug, welchen fanatische Bischöfe den unbeweibten Geistlichen gaben, bewogen viele von diesen zum ehelosen Leben, wenn auch ihre Neigungen damit durchaus nicht übereinstimmten. Sie wussten es indessen schon anzustellen, dass sie den Schein der Heiligkeit bewahrten, dabei aber doch dem brüllenden Fleischesteufel im Geheimen opferten. Sehr günstig war dafür die seltsame Sitte, dass unverheiratete Geistliche, oder auch Laien, Jungfrauen zu sich ins Haus nahmen, welche gleichfalls Keuschheit gelobt hatten. Diese Jungfrauen nannte man Agapetinnen oder Liebesschwestern. Mit diesen lebten die Geistlichen »in geistiger Vertraulichkeit und platonischer Liebe«. Sie waren fortwährend mit ihnen beisammen und schliefen sogar meistens mit ihnen in einem Bett, behaupteten aber, dass sie – eben nur miteinander schliefen.

Dies zu glauben, – nun dazu gehört eben Glauben. Von einigen weiß man mit Bestimmtheit, dass sie mitten in den Flammen der Wollust unverletzt blieben. Der heilige Adhelm, zum Beispiel, legte sich zu einem schönen Mädchen, die sich alle Mühe gab, das geistliche Fleisch rebellisch zu machen. Der Heilige benahm sich aber wie die drei Männer im feurigen Ofen, und bannte den Unzuchtsteufel durch fortwährendes Psalmsingen.

Ich kannte einen zwanzigjährigen Dragonerfähnrich, dem dies Kunststück ohne Psalmensingen gelang. Wahrscheinlich ging es ihm und St. Adhelm wie jenem Abt in Baden, von dem uns Hämmerlin, Kanonikus zu Zürich und Propst zu Solothurn (starb 1460), erzählt, der sich zur Gesellschaft zwei hübsche Dirnen holen ließ, und als sie nun da waren, höchst ärgerlich ausrief: »Die verfluchten Versuchungen, gerade jetzt bleiben sie aus!«

Das faule Leben, welches die Pfaffen führten, und die asketischen Übungen, welche sie mit sich vornahmen, waren der Keuschheit nichts weniger als günstig. Von den geachtetsten und würdigsten Kirchenlehrern aus den ersten Jahrhunderten, denen es mit Besiegung des Geschlechtstriebes vollkommen ernst war, wissen wir, wie viel ihnen derselbe zu schaffen machte, und welche Kämpfe sie zu bestehen hatten.

Basilius hatte sich in eine reizende Einöde zurückgezogen; aber er gestand, dass er wohl dem Getümmel der Welt, aber nicht sich selbst entgehen könne. »Was ich nun in dieser Einsamkeit Tag und Nacht tue«, schreibt er an einen Freund, »schäme ich mich fast zu sagen; indem ich die inwohnenden Leidenschaften mit mir herumtrage, bin ich überall gleicherweise im Gedränge. Deshalb bin ich durch diese Einsamkeit im Ganzen nicht viel gefördert woren.«

Gregor von Nazianz behandelte seinen Körper auf die härteste Weise, aber dessen ungeachtet klagt er über die unaufhörlichen Neigungen zur Wollust, über die Anfälle des Teufels und seine eigene Schwäche. Er droht seinem rebellischen Fleisch, es durch Schmerzen aller Art so zu entkräften, dass es ohnmächtiger als ein Leichnam werden solle, wenn es nicht aufhören würde, seine Seele zu beunruhigen. Aber gerade seine Kasteiungen machten ihn so entzündbar, dass er einst, als ein Verwandter mit einigen Frauen in die Nähe seiner Wohnung zog, aus dieser flüchtete, um nur seine Keuschheit zu retten!

Ähnliche Beispiele haben wir schon im zweiten Kapitel kennen gelernt. Alle diese heiligen Männer sind entzündbar wie Streichhölzchen und gleichen jenem würdigen Priester aus dem Gebiete von Nursia, welcher gewissenhaft und standhaft genug war, seine Frau nach seiner Ordination zu fliehen. Als er hochbetagt war, erkrankte er an einem Fieber und war im Begriff, sein Leben zu enden, als seine Frau sich liebevoll über ihn beugte, zu lauschen, ob er noch atme. Da raffte der Sterbende seine letzten Lebenskräfte zusammen und rief: »Fort, fort, liebes Weib, tu' das Stroh hinweg, noch lebt das Feuer!«

Climakus wusste ebenfalls aus Erfahrung, dass der »Fleischesteufel« der am härtesten zu besiegende ist. Er sagte: »Wer sein Fleisch überwunden hat, hat die Natur überwunden – ist über die Natur, ist ein Engel. Ich kann mit David sagen, dass ich in mir den Gottlosen wahrgenommen, der durch seine Wut meine Seele ängstigte – durch Fasten und Abtötung verlor er seine Hitze, und da ich ihn wieder suchte, fand ich kein Merkmal seiner Gewalt mehr in mir.« Warum er ihn aber wieder suchte, das hat der fromme Mann vergessen anzugeben.

Der heilige Bernhard war ebenfalls ehrlich genug, die Macht dieses »Gottlosen« anzuerkennen: »Diesen Feind können wir weder fliehen, noch in die Flucht schlagen, wenngleich Hieronymus die Flucht vor dem Weib anrät, als der Pforte des Teufels, der Straße des Lasters, – der Mann ist eine Stoppel, nähert er sich, so brennt er.«

Was manche Heilige für wunderliche Dinge vornahmen, um die verzehrende Liebesglut zu ersticken, haben wir schon früher gesehen. Der heilige Abt Wilhelm legte sich auf ein Bett von – glühenden Kohlen und lud seine Verführerin ein, sich zu ihm zu legen! Ja, dieser Heilige ließ das Grab seiner verstorbenen Geliebten öffnen, weil er das Andenken an sie nicht ausrotten konnte, und nahm ihren faulenden Körper mit in seine Zelle, um ihn sich als Stärkungsmittel unter die Nase zu halten, wenn ihn der Fleischesteufel kitzelte.

Solche Kämpfe hatten also sogar Heilige zu bestehen und gestanden ihre Schwachheit ein; aber wie wenige Heilige gibt es unter den Geistlichen! Die meisten gleichen wohl dem heiligen Augustin, Bischof von Hippo, der bekannte, dass er einst Gott gebeten habe: »Er möge ihm die Gabe der Keuschheit verleihen, aber nicht sogleich, indem er wolle, dass seine wollüstigen Triebe erst gesättigt werden möchten.« Dann ist die Keuschheit freilich leicht!

So stark nun auch der Glauben in der ersten Zeit des Christentums war, so hieß es ihm doch etwas zu viel zumuten, nichts Böses zu denken, wenn ein junger Mann und ein junges Weib in einem Bett schliefen, und viele vernünftige Kirchenlehrer trachteten danach, dies anstößige und verdächtige Zusammenleben zu bekämpfen.

Dies tat unter anderen schon der heilige Chrysostomus. Er schrieb: »Ich preise glücklich diejenigen, welche mit Jungfrauen zusammen wohnen und keinen Schaden nehmen, und wünschte selbst, dass ich solche Stärke hatte; auch will ich glauben, dass es möglich sei, solche zu finden. Aber ich wünsche auch, dass die, welche mich tadeln, mich überzeugen könnten, dass ein junger Mann, welcher mit einer Jungfrau zusammen wohnt, sich an ihrer Seite befindet, mit ihr an einem Tisch speist, sich mit ihr den ganzen Tag unterhält, mit ihr, um ein anderes zu verschweigen, lächelt, scherzt, schmeichelnde und liebkosende Worte wechselt, von Begierde fern gehalten werden könne. Ich habe vernommen, dass viele zu Steinen und Statuen Neigung empfunden haben. Vermag aber so viel ein Kunstwerk, was muss da erst vermögen ein zarter lebender Körper?«

Jedenfalls musste solches Zusammenleben den Weltkindern Stoff zum Spott und zur Verdächtigung geben, und wenn man einen Pfaffen angreifen wollte, so griff man ihn immer zuerst bei seiner Liebesschwester an. Viele Jungfrauen bestanden zwar auf Untersuchung ihrer Jungfrauschaft durch Hebammen; aber der heilige Cyprian meint mit Recht: »Augen und Hände der Hebammen können auch getäuscht werden.«

Am sichersten war es freilich, wenn der Geistliche den Beweis seiner Unschuld führen konnte, wie der Patriarch Acacius, der von der Kirchenversammlung zu Seleucia (489) der Unzucht beschuldigt wurde. Er hob seine Kutte auf und bewies den ehrwürdigen Vätern durch den Augenschein, dass Unzucht bei ihm ein Ding der Unmöglichkeit sei.

Schon Tertullian spricht von der oftmals vorkommenden Schwangerschaft solcher »Jungfrauen« und von den verbrecherischen Mitteln, welche sie anwendeten, dieselbe zu verheimlichen; denn damals konnten sie sich noch nicht damit entschuldigen, dass sie einen Papst gebären würden, wie es später oftmals vorkam, als die Lehre geltend gemacht wurde, dass der Vater der Päpste der – Heilige Geist sei!

Die Synode von Elvira fand es auch schon für nötig, ihr Augenmerk auf diese platonischen Bündnisse zu richten, und verordnete, dass Bischöfe und Geistliche nur Schwestern oder Töchter (aus früherer Ehe erzeugte) bei sich haben sollten, welche das Gelübde der Keuschheit geleistet hatten. Aber in den Verordnungen des Erzbischofs Egbert von York (um 750) finden wir Strafen festgesetzt für Bischöfe und Diakonen, welche mit Mutter, Schwester usw., ja mit vierfüßigen Tieren Unzucht treiben! Ein Beweis, dass solche Vergehungen vorkamen.

Später suchte man dem Übel dadurch zu steuern, dass man das Alter, welches die Liebesschwestern haben mussten, sehr hoch ansetzte. Schon Theodosius II. sah sich genötigt, zu bestimmen, dass die im Dienst der Kirche stehenden Diakonissinnen über sechzig Jahre alt sein mussten, da es vorgekommen war, dass ein Diakon eine vornehme Frau in einer Kirche von Konstaninopel geschändet hatte. Dieses Alter schützte jedoch nicht gegen die Unzucht, und ein ungenannter Bischof, der dagegen eiferte, kannte die geile Natur der Pfaffenspatzen – so nannte man später die Franziskaner zum Unterschied von den Dominikanern, die Schwalben hießen –, indem er schrieb: »Auch nicht ein altes noch hässliches Frauenzimmer sollen die Geistlichen in ihr Haus nehmen, weil man da, wo man vor Verdacht sicher ist, am schnellsten sündige; auch die Lust sich nicht an das Hässliche kehre, indem der Teufel ihr das hübsch mache, was abscheulich ist.«

Den Beweis, wie früh sich schon die verderblichen Folgen des Vorurteils gegen die Priesterehe zeigten, liefern die Beschlüsse der ersten Konzilien. Das zu Elvira sah sich schon genötigt, Strafen festzusetzen gegen unzüchtige Geistliche. »Wenn ein im Amt befindlicher Bischof, Priester oder Diakon«, heißt einer ihrer Beschlüsse, »erfunden worden ist, dass er Unzucht getrieben habe, so soll er auch am Ende seines Lebens nicht zur Kommunion gelassen werden.«

Das Konzil zu Neu-Cäsarea bestimmte, dass ein solcher Geistlicher abgesetzt werde und Buße tun soll. Ja, diese Beschlüsse redeten auch schon von Knabenschänderei und Sodomiterei mit Tieren.

Doch was nützen alle strengen Strafbestimmungen, wenn sie gegen eine Sache gerichtet sind, welche der Natur durchaus entgegen ist; sie können höchstens bewirken, dass sich die mit der Strafe Bedrohten mehr Mühe geben, ihre Handlungen zu verheimlichen; und schon die hier genannten Kirchenversammlungen reden von Frauen der Geistlichen, die ihre im Ehebruch erzeugten Kinder umbrachten.

Gar viele Geistliche, die sich nach ihrer Ordination nicht von ihren Frauen trennen wollten, gelobten sich ihrer zu enthalten; aber der heilige Bernhard sagt: »Eine Frau haben und mit dieser nicht sündigen, ist mehr als Tote erwecken.« Wie oft wurde nicht dieses Gelübde gebrochen, und wie oft wurde es nicht eben mit dieser Absicht geleistet! War ein Geistlicher gewissenhaft, so hatte er den größten Schaden davon, denn die mit der Enthaltsamkeit ihres Mannes unzufriedene Frau suchte sich einen Stellvertreter, und zeigten sich Folgen dieses Umganges, dann kam der unschuldige Mann in Verdacht, sein Gelübde gebrochen zu haben.

Dass die Frauen der Geistlichen sich gar häufig auf solche Weise und manchmal selbst mit der Erlaubnis oder mit Wissen ihrer Männer entschädigten, beweisen abermals die Bestimmungen des schon oft genannten Konzils von Elvira. Eine derselben lautet: »Wenn die Frau eines Geistlichen hurt und ihr Mann dies weiß und sie nicht sogleich verstößt, so soll er auch nicht am Ende des Lebens die Kommunion empfangen.«

Doch nicht allein die Ehe der Geistlichen, ja sogar die der Laien wurde von der Kirche auf das Sorgfältigste überwacht. Ich finde augenblicklich dafür keinen früheren Beweis, als in dem Buch von den Kirchenstrafen, welches Regino, Abt von Prüm, im Jahr 909 auf Befehl des Erzbischofs Rathbod von Trier schrieb. Dort heißt es: »Der Verehelichte, der sich 40 Tage vor Ostern und Pfingsten oder Weihnachten, an jeder Sonntagsnacht, am Mittwoch und Freitag; von der sichtbaren Empfängnis bis zur Geburt des Kindes von der Frau nicht enthält, muss, wenn ein Sohn geboren wird, 30 Tage, wenn eine Tochter geboren wird, 40 Tage Buße tun. Wer in der Quadragesima (der vierzigtägigen Fastenzeit) vor Ostern seiner Frau beiwohnt, muss ein Jahr Buße tun oder 16 Solidos an die Kirche bezahlen oder unter die Armen verteilen. Tut er es in der Besoffenheit und zufällig, so darf er nur 40 Tage Buße tun. Jeder muss sich vor Empfang des Abendmahls der Frau sieben, fünf oder drei Tage enthalten.«

Die Kirche verdankt das große Licht St. Iso in St. Gallen nur dem Umstand, dass er von seinen vornehmen Eltern – in der Osternacht gezeugt wurde, welche darüber Gewissensskrupel hatten und ihn der Kirche widmeten.

Schon früher bemerkte ich, dass der Eigennutz der Bischöfe großen Anteil an der Verdammung der Priesterehe hatte. Bekam ein verheirateter Priester keine Kinder – nun dann sah man durch die Finger. Die Folge davon war, dass sie die Schwangerschaft ihrer Weiber entweder verhinderten, wie Onan, oder dass sie zu gefährlichen Mitteln ihre Zuflucht nahmen.

Ein südamerikanischer Indianerstamm soll ein ganz unschädliches Mittel besitzen, die Empfängnis der Weiber zu verhindern, was oft von solchen Frauen angewendet wird, die nicht gleich eine Familie haben wollen. Mich wundert, dass noch niemand dasselbe aufgefunden und nach Europa gebracht hat; er könnte sich große Verdienste erwerben.

Den Beweis dafür, wie es der Kirche ganz hauptsächlich darauf ankam, dass die Geistlichen keine Kinder bekommen, die sie beerben konnten, liefert ein Konzilium, welches Erzbischof Johann von Tours im Jahre 1278 in London hielt.

Dort heißt es in einer der Verordnungen: »Da die Fleischeslust den Klerikalstand vielfältig entehrt, besonders wenn es zum Kinderzeugen kommt, so verordnen wir, dass die Kleriker, besonders die in den heiligen Weihen befindlichen, sich nicht unterstehen, ihren im geistlichen Stand erzeugten Söhnen und ihren Konkubinen etwas testamentarisch zu vermachen. Solche Vermächtnisse sollen der Kirche des Testators zufallen.«

Das Leben der Geistlichen in den ersten Jahrhunderten lernen wir sehr genau aus den Schriften der Kirchenväter kennen, welche sich bemühten, die unter denselben herrschende Verderbnis zu bekämpfen. Es erscheint oft unglaublich, dass die Religion, die Jesus lehrte, zu so abscheulichen Lastern führen konnte, wie sie uns in diesen Schriften berichtet werden. Dass die Geistlichen sich für das Verbot der Ehe auf andere Weise zu entschädigen suchten, nun, das ist menschlich und an und für sich zu entschuldigen. Bei solchen Vergehungen muss man nicht sowohl den schwachen Menschen als vielmehr das naturwidrige Verbot verdammen, welches zur Verletzung der Sittengesetze zwingt; aber anders ist es mit den von den Bischöfen begangenen Schändlichkeiten und Verbrechen, die in dem Geiz, der Herrschsucht und anderen bösen Leidenschaften ihre Ursache haben.

Basilius schreibt an Eusebius, Bischof von Samosata: »Nur an die allernichtswürdigsten Menschen ist jetzt die bischöfliche Würde gekommen.« In einem Brief, welchen er und zweiunddreißig andere Bischöfe an sämtliche Bischöfe Galliens und Italiens richten, wird der schmachvolle Zustand der Kirche mit großer Wehmut geschildert: »Die Schlechtigkeit der Bischöfe und Kirchenvorsteher«, heißt es darin, »sei so groß, dass die Bewohner vieler Städte keine Kirchen mehr besuchen, sondern mit Weib und Kind außerhalb der Mauern der Städte unter freiem Himmel für sich Gebete verrichten.«

Gregor von Nazianz, Chrysostomus, Cyrill von Jerusalem usw. können nicht grell genug die Sittenverderbnis der Geistlichen schildern. Diese hatten es damit so weit gebracht, dass man die Unzucht als förmlich zum Pfaffen gehörig betrachtete und nicht mehr für ein Verbrechen hielt. Die afrikanischen Synoden sahen sich gezwungen, zu verordnen, dass kein Geistlicher allein zu einer Jungfrau oder zu einer Witwe gehen solle!

Am lebhaftesten schildert die Geistlichen und den Sittenverfall der damaligen Zeit der schon oft genannte heilige Hieronymus. Er schreibt in einem Brief an Eustochium: »Sieh, wie die meisten Witwen, die doch verehelicht waren, ihr unglückliches Gewissen unter dem erlogenen Gewand verbergen. Wenn sie nicht der schwangere Bauch oder das Geschrei der Kinder verrät, so gehen sie mit emporgestrecktem Hals und hüpfendem Gang einher. Andere aber wissen sich unfruchtbar zu machen und morden den noch nicht geborenen Menschen. Fühlen sie

Deß Bapst Frevel vnnd Sanct Peters Eyffer/
vber Christi deß Herren Binde vnd Löse Schlüssel.

sich von ihrer Ruchlosigkeit schwanger, so treiben sie die Frucht durch Gift ab. Oft sterben sie mit daran, und dreifachen Verbrechens schuldig, gelangen sie in die Unterwelt, als Selbstmörderinnen, als Ehebrecherinnen an Christus, als Mörderinnen des noch nicht geborenen Sohnes. Ich schäme mich, es zu sagen, oh der Abscheulichkeit! Es ist traurig, aber doch wahr.

Woher brach die Pest der Agapetinnen in unsere Kirchen herein? Woher ein anderer Name der Eheweiber ohne Ehe? Ja, woher das neue Geschlecht der Konkubinen? Ich will mehr sagen, woher die Hure eines Mannes? Ein Haus, ein Schlafgemach, nur oft ein Bett umfasst sie, und nennen uns argwöhnische Leute, wenn wir etwas Arges vermuten.«

Und weiter in demselben Brief: »Es gibt andere, ich rede von Leuten meines Standes, welche sich deshalb um das Presbyteriat und Diakonat bewerben, um die Weiber desto freier sehen zu können. Ihre ganze Sorgfalt geht auf ihre Kleider, auf dass sie gut riechen, und die Füße unter einer weiten Haut nicht aufschwellen. Die Haare werden rund gekräuselt, die Finger schimmern von Ringen, und damit ihre Fußsohlen kein feuchter Weg benetze, berühren sie ihn kaum mit der Spitze. Wenn du solche siehst, solltest du sie eher für Verlobte, als für Geistliche halten. Einige bemühen sich ihr ganzes Leben hindurch nur darum, die Namen, Häuser und Sitten der Matronen kennen zu lernen. Einen von ihnen, den vornehmsten in dieser Kunst, will ich kurz beschreiben, damit du desto leichter die Schüler erkennest.

Er steht eilfertig mit der Sonne auf, entwirft die Ordnung seiner Besuche, sieht sich nach einem kürzeren Weg um, und der überlästige Alte geht beinahe bis in die Kammern der Schlafenden. Wenn er ein zierliches Kissen oder Tuch oder sonst etwas von Hausrat sieht, so lobt, bewundert und berührt er es; indem er klagt, dass es ihm fehle, presst er es mehr ab, als dass er es verlangte, weil sich eine jede Frau fürchtet, den Stadtfuhrmann zu beleidigen. Ihm sind Fasten und Keuschheit zuwider; eine Mahlzeit billigt er nach ihrem feinen Geruch und nach einem gemästeten jungen Kranich. Er hat ein barbarisches und freches Maul, das immer zu Schmeichelworten gewaffnet ist. Du magst dich hinwenden, wohin du willst, so fällt er dir zuerst in die Augen.« Solcher geistlichen Stadtfuhrleute gibt es auch noch heutzutage, und ich könnte dem wackeren Hieronymus mehrere nennen, die zu seinem Porträt vortrefflich passen würden.

Dergleichen Schilderungen erweckten dem Hieronymus natürlich viele Feinde, die sich dadurch rächten, dass sie ihn verlästerten. Viel Not hatte er mit einem Diakon namens Sabinian. Dieser hatte eine Wallfahrt zu allen liederlichen Häusern Italiens unternommen und nebenbei eine Menge Jungfrauen genotzüchtigt und Ehefrauen verführt, von denen mehrere wegen dieser Verbrechen öffentlich hingerichtet wurden. Endlich verführte er auch die Frau eines vornehmen Goten, der diesen Schimpf entdeckte, echt gotisch darüber ergrimmte und den liederlichen Pfaffen auf Tod und Leben verfolgte. Dieser kam mit einem Empfehlungsschreiben zu St. Hieronymus nach Bethlehem, wo er in ein Kloster gesteckt wurde. Hier sah er eines Tages eine Nonne aus dem Kloster der Paula, verliebte sich in dieselbe, schrieb ihr Liebesbriefe und erhielt die Versicherung, dass alle seine Wünsche erfüllt werden sollten, – als der Handel entdeckt und die Keuschheit der Nonne gerettet wurde. Sabinian fiel Hieronymus zu Füßen und erhielt Verzeihung unter der Bedingung, dass er die ihm auferlegte Buße tragen solle. Er versprach alles, hielt aber nichts, lebte lustig wie zuvor und verleumdete Hieronymus, wo er konnte.

Die Gesetzgebung des Justinian war der Priesterehe durchaus nicht günstig, denn in einer Verordnung von 528 heißt es: »Indem wir die Vorschrift der heiligen Apostel befolgen, verordnen wir, dass so oft ein bischöflicher Stuhl in einer Stadt erledigt ist, die Bewohner derselben über drei Personen von reinem Glauben und tugendhaftem Leben sich vereinigen, um aus ihnen den Würdigsten hervorzuheben. Doch treffe die Wahl nur einen solchen, der das Geld verachtet und sein ganzes Leben Gott weiht, der keine Kinder und keine Enkel hat. Der Bischof muss durchaus nicht durch Liebe zu den fleischlichen Kindern verhindert werden, aller Gläubigen geistlicher Vater zu werden. Aus diesen Ursachen verbieten wir, jemanden der Kinder und Enkel hat, zum Bischof zu weihen.« In derselben Verordnung wird den Bischöfen auch verboten, in ihrem Testament ihren Verwandten etwas von dem zu vermachen, was sie als Bischöfe erwarben.

Die folgenden Bestimmungen sind noch strenger, und in einem Erlass von 531 befiehlt Justinian, dass niemand zum Bischof geweiht werde, als wer keiner Frau ehelich beiwohne und Kinder zeuge. Statt der Frau möge ihm die heiligste Kirche dienen. Diese ist aber, nach des heiligen Ambrosius üppiger Schilderung: Eine nackte, reizende Braut, deren schöne und bezaubernde Gestalt Christum mit Begierde erfüllt und ihn bewogen habe, sie zur Gemahlin für sich zu erwählen!

Dass alle strengen Gesetze wenig fruchteten, dafür könnte man unendlich viele Beweise anführen. Alle Synoden waren bemüht, schärfere Verordnungen zu erlassen, und auf einer im Jahr 751 gehaltenen wurde bestimmt: »Der Priester, welcher Unzucht übt, soll in ein Gefängnis gesteckt werden, nachdem er vorher gegeißelt und ausgepeitscht worden ist.«

Ratherius von Verona, der zu Anfang des 10. Jahrhunderts lebte, klagt: »Oh, wie verworfen ist nicht die ganze Schar der Kopfgeschorenen, da unter ihnen keiner ist, der nicht ein Ehebrecher ist oder ein Sodomit.«

Unter so bewandten Umständen war es denn wohl natürlich, dass vielen Christen Bedenken kamen, ob es wohl zieme, dass sie das, was sie für das Heiligste hielten, das Abendmahl, aus so beschmutzten Händen annehmen könnten.

Auf eine deshalb an ihn gerichtete Frage antwortete Papst Nikolaus I.: »Es kann niemand, so sehr er auch verunreinigt sein mag, die heiligen Sakramente verunreinigen, welche Reinigungsmittel aller Befleckungen sind. Der Sonnenstrahl, welcher durch Kloaken und Abtritte geht, kann doch dieserhalb keine Befleckung an sich ziehen. Daher mag der Priester beschaffen sein, wie er will, er kann das Heilige nicht beflecken.« Aus diesem beruhigenden Bescheid und passend gewählten Vergleich sieht man übrigens, dass die Pfaffen beim Papst in nicht besonders gutem Geruch standen!

Die Ansichten der Kirche von der Ehe übten aber nicht nur ihren demoralisierenden Einfluss auf die Pfaffen selbst aus; die Ehrwürdigkeit der Ehe im Allgemeinen litt darunter, denn es war nur natürlich, dass ein Verhältnis, welches von den so hoch verehrten Lehrern verachtet wurde, auch bei den Laien nicht in besonderer Achtung stehen konnte. Die Liederlichen benutzten daher gern die Zeitansicht, um ledig zu bleiben und so ungezwungener ihren Leidenschaften zu folgen; und die Verheirateten, welche ihrer Weiber überdrüssig waren, fanden leicht einen heiligen Vorwand, sich ihrer zu enthalten und sich außer dem Hause zu entschädigen.

Das Leben der Päpste um diese Zeit, besonders im 11. Jahrhundert, war wenig geeignet, auf die Sittlichkeit der Geistlichkeit vorteilhaft einzuwirken.

Ein großer Eiferer gegen die Priesterehe, obwohl auch gegen die Unzucht der Pfaffen, war der Kardinal Petrus Damiani, der durch seine Schriften einen ganz außerordentlich großen Einfluss ausübte; das heißt in Bezug auf das Zölibat, aber nicht auf die Besserung der Geistlichen. Er war im Jahre 1002 in Ravenna von ganz armen Eltern geboren, die schon so viele Kinder hatten, dass sie nicht wussten, was sie mit dem neuen Ankömmling anfangen sollten. Die harte Mutter fasste den Entschluss, den Knaben auszusetzen, wurde aber durch die Frau eines Priesters davon abgehalten.

Petrus weihte sich der Kirche und wurde endlich im Jahre 1058 oder 59 Kardinalbischof von Ostia. Er nahm diese Stelle nur mit Widerstreben an und, empört über die Verderbtheit der Pfaffen, gab er sie bald wieder auf und zog sich in ein Kloster zurück, wo er 1069 starb.

Damiani entwirft von dem Schandleben der Pfaffen in seinem liber Gomorrhianus ein trauriges Bild. Er beklagt und schildert darin ihre Hurerei, ihre widernatürliche Unzucht, insbesondere ihre Sodomiterei, ihre Unzucht mit Jünglingen und Knaben, ihre Unflätereien mit Tieren; die Unzucht der Pfaffen und Mönche untereinander, mit ihren Beichtkindern, und führt an, wie die gemeinschaftlichen Verbrecher, um ungestört fortsündigen zu können, sich einander in der Beichte absolvierten.

Damiani wird in seinem Eifer gegen die Weiber der Priester oft spaßhaft, und seine Anrede an dieselben ist wahrhaft originell. »Indes rede ich auch euch an, ihr Schätzchen der Kleriker, ihr Lockspeise des Satans, ihr Auswurf des Paradieses, ihr Gift der Geister, Schwert der Seelen, Wolfsmilch für die Trinkenden, Gift für die Essenden, Quelle der Sünden, Anlass des Verderbens. Euch, sage ich, rede ich an, ihr Lusthäuser des alten Feindes, ihr Wiedehopfe, Eulen, Nachtkäuze, Wölfinnen, Blutegel, die ihr ohne Unterlass nach mehrerem gelüstet. Kommt also und hört mich, ihr Metzen, Buhlerinnen, Lustdirnen, ihr Mistpfützen fetter Schweine, ihr Ruhepolster unreiner Geister, ihr Nymphen, Sirenen, Hexen, Dirnen, und was es sonst für

Schimpfnamen geben mag, die man euch beilegen möchte.

Denn ihr seid Speise der Satane, zur Flamme des ewigen Todes bestimmt. An euch weidet sich der Teufel, wie an ausgesuchten Mahlzeiten, und mästet sich an der Fülle eurer Üppigkeit. Ihr seid die Gefäße des Grimmes und des Zornes Gottes, aufbewahrt auf den Tag des Gerichts. Ihr seid grimmige Tigerinnen, deren blutige Rachen nur nach Menschenblut dürsten, Harpyen, die das Opfer des Herrn umflattern und rauben, und die, welche Gott geweiht sind, grausam verschlingen.

Auch Löwinnen möchte ich euch nicht unpassend nennen, die ihr nach Art wilder Tiere eure Mähne erhebt und unvorsichtige Menschen zu ihrem Verderben in blutigen Umarmungen räuberisch umklammert. Ihr seid die Sirenen und Charybden, indem ihr während ihr trügerisch anmutigen Gesang ertönen lasst, unvermeidlichen Schiffbruch bereitet. Ihr seid wütendes Otterngezücht, die ihr vor Wollustbrunst Christum, der das Haupt der Kleriker ist, in euern Buhlen ermordet.«

Damiani muss ein komischer Kauz gewesen sein, und um seinen Reichtum an Schimpfwörtern könnte ihn manches Fischweib beneiden. Nicht weniger seltsam sind oft seine Vergleiche. So zum Beispiel vergleicht er, um der Markgräfin von Turin die Nachteile der Priesterehe begreiflich zu machen, die Priester mit ihren Frauen den Füchsen, die Simson bei den Schwänzen aneinander band, Fackeln dazwischen steckte, sie anzündete, und sie dann in die Saatfelder der Philister jagte.

Damiani war es vorzüglich, welcher Papst Gregor VII. den Weg bahnte. Durch ihn und andere Eiferer kam es endlich so weit, dass die Orthodoxen die außereheliche Unzucht für weit weniger verbrecherisch hielten als die Ehe, und zur Zeit Kaiser Heinrichs IV. verstießen viele Ehemänner, sowohl Geistliche als Laien, ihre Weiber, und gesellten sich zu Jungfrauen, die ebenfalls, wie sie, Keuschheit gelobt hatten. Kurz, es erneuerte sich wieder der Unfug mit den Liebesschwestern, der eigentlich unter den Geistlichen nie aufgehört, nur dass man die geheuchelte Keuschheit beiseite getan und in ehrlicher, offener Hurerei gelebt hatte.

Andere Ehemänner, in Verzweiflung darüber, dass sie als Verheiratete nicht selig werden könnten, verstießen gleichfalls ihre Frauen und begaben sich samt Hab und Gut unter den Schutz der Mönche und führten eine gemeinsame kanonische Lebensweise.

Trotzdem stieß aber Gregors VII. Zölibatgesetz auf den entschiedensten Widerstand. Lambert von Aschaffenburg erzählt, dass bei der Bekanntmachung desselben die ganze Schar der Geistlichen gemurrt habe. Alle wären der Meinung gewesen, »dass es besser sei, zu freien, als Brunst zu leiden, und dass durch das Verbot der Ehe der Hurerei Tor und Tür geöffnet würde. Wolle Gregor auf seiner Meinung bestehen, so wollten sie lieber dem Priestertum entsagen, dann möge er, den Menschen anstinken, sehen, woher er Engel zur Regierung des Volks in den Kirchen bekomme.«

Mehrere Anhänger Gregors, welche das Zölibatgesetz mit Gewalt durchsetzen wollten, verloren beinahe das Leben darüber. Als Bischof Altmann von Passau den Befehl des Papstes von der Kanzel verkündete, mussten ihn die anwesenden vornehmen Laien vor den wütenden Priestern schützen, die ihn in Stücke reißen wollten. Der Bischof Heinrich von Chur geriet durch seinen Eifer für das Zölibat ebenfalls in Lebensgefahr.

Als Erzbischof Johann von Rouen auf einer Synode das Gesetz verlas, entstand ein Tumult, man bombardierte den Erzbischof mit Steinen, sodass er in großer Eile die Kirche verlassen musste.

In England fand Gregors Gesetz ebenfalls bedeutenden Widerstand; aber einer der englischen Prälaten tröstete sich, indem er sagte: »Man kann wohl den Priestern die Weiber, aber nicht den Weibern die Priester nehmen.«

Bis zum Tod Heinrichs IV. von Deutschland wurden hier die beweibten Priester auf das Grausamste verfolgt, und da es den Päpsten nur um Ausrottung der Priesterehe zu tun war, so wurden außereheliche Unzucht und die oft daraus entstehenden Verbrechen weniger hart bestraft.

Auf die Anfrage des Abts Rudolf von Saez, was einem Mönch geschehen solle, der es versucht hatte, einen Ehemann zu vergiften, antwortete Anselm, Erzbischof von Canterbury, man solle ihn nicht zum Diakonat oder Presbyteriat befördern!

Die englischen Geistlichen zeichneten sich ganz besonders durch ihre Liederlichkeit aus, und ehrenhalber musste der Papst endlich offiziell dagegen einschreiten. Auf der Synode zu London (1125) wurde also bei Strafe der Absetzung den Priestern das Zusammenleben mit Weibern verboten. Der Legat des Papstes, Kardinal Johann von Crema, hatte große Mühe gehabt, diesen Beschluss durchzukämpfen, und noch am Abend desselben Tages, wo es ihm gelungen war, ertappte man ihn mit einer feilen Dirne. Er war unverschämt genug, sich damit zu entschuldigen, »dass er nur der Zuchtmeister der Priester sei.«

Bischof Ranulph von Durham, genannt Flambard, oder Passaflaberer, war vielleicht der liederlichste Geistliche in der Welt. Er lebte wie ein türkischer Sultan. Schöne Mädchen in üppiger Entkleidung kredenzten ihm bei Tisch den Wein, und damit er stets die Mittel hatte, flott zu leben, so bedrückte und plünderte er seine geistlichen Pflegekinder.

Sein Ruf war auch zu dem päpstlichen Legaten gedrungen. Dieser ließ ihn von der Synode nach London zitieren; allein Ranulph fand es nicht für gut, diesem Ruf zu folgen, und der Kardinal Johann entschloss sich, selbst nach Durham zu gehen, um sich hier durch den Augenschein von der Wahrheit der Gerüchte zu überzeugen.

Ranulph wusste zu leben. Er empfing den Legaten Sr. Heiligkeit auf das Freundlichste, veranstaltete ein großes Gastmahl, bei dem alle Leckereien der Welt und die feinsten Weine aufgetragen wurden, sodass der Kardinal ganz außer sich vor Entzücken war, besonders da eine schöne »Nichte« des Bischofs, die auf ihre Rolle einstudiert war, sich alle mögliche Mühe gab, ihn vortrefflich zu unterhalten, ja sich endlich bewegen ließ, bei dem päpstlichen Legaten zu schlafen.

Nachdem dieser wie ein Gimpel in die ihm gestellte Falle gegangen war, versammelte der Bischof seine Kleriker und Knaben, welche Becher und Lichter trugen und begab sich in feierlicher Prozession an das Bett. Der Chorus rief: Heil! Heil!

Der verwirrte Legat fragte erstaunt: »Soll dies eine Ehrenbezeugung für den Heiligen Petrus sein?« – »Mein Herr«, antwortete der Bischof, »es ist in unserem Land Sitte, dass wenn ein Vornehmer heiratet, man ihm diese Ehre erzeigt. Stehet auf und trinket, was in diesem Kelche ist. Weigerst du dich, so sollst du den Kelch trinken, nach welchem du nicht mehr dürsten wirst.«

Der Legat musste gute Miene zum bösen Spiel machen; er erhob sich, »nackt bis zur Hälfte seines Leibes« und trank den dargereichten Becher seiner Bettgenossin zu. Darauf entfernte sich der Zug mit dem Bischof, der nun wegen seines Bistums unbesorgt war.

Die Veranlassung zu dem Streit zwischen König Heinrich von England und Thomas Becket war auch ein liederlicher Priester zu Worcestershire, der die Tochter eines Pächters geschändet und diesen ermordet hatte, und welchen der König trotz allen Protestierens des Erzbischofs vor den weltlichen Richterstuhl zog.

In Frankreich trieben es die Geistlichen ungefähr ebenso wie in England. Der Erzbischof von Besançon zum Beispiel, machte sich aller möglichen Verbrechen schuldig. Um seinen Geiz zu befriedigen, verkaufte er alles, was Käufer fand und plünderte seine Geistlichen dermaßen aus, dass sie in ärmlicher Kleidung, wie Bauern, umhergehen mussten. Nonnen und Geistlichen gestattete er für Geld die Ehe. Er selbst lebte mit einer Verwandten, der Äbtissin von Reaumair Mont, hatte ein Kind von einer Nonne und nebenbei die Tochter eines Priesters als Konkubine; kurz, er gestattete sich alle geschlechtlichen Ausschweifungen, und seine Geistlichen hielten sich Konkubinen.

Der Erzbischof von Bordeaux unterhielt eine Räuberbande, die er zu seinem Vorteil auf Expeditionen aussandte. Einst kam er mit einer Menge liederlicher Mädchen und Kerle in die Abtei des Heiligen Eparchius, lebte hier drei Tage in Saus und Braus und zog endlich ab, nachdem er das Kloster rein ausgeplündert hatte. »Seine übrigen Verbrechen verbietet die Schamhaftigkeit zu nennen«, sagt Papst Innozenz III. in seinen Briefen. Wer die Schandtaten der Pfaffen in jener Zeit studieren will, der lese diese päpstlichen Briefe. Dem Papste wurden so viele berichtet, dass er bald allein würde haben Messe lesen müssen, wenn er sie alle nach Verdienst bestraft hätte; er hielt es daher für besser, Milde zu üben, so sehr und oft diese schlecht angebrachte Milde auch empören muss.

Ein Mönchpriester hatte mit einem Mädchen verbotenen Umgang gehabt. Als die Dirne schwanger war, ergriff er sie, als wolle er mit ihr scherzen, am Gürtel und verletzte sie so hart, dass eine Fehlgeburt erfolgte. Der Fall kam vor Papst Innozenz III. und dieser entschied: »Dass wenn die Fehlgeburt noch kein Leben gehabt habe, der Mönch den Altardienst auch ferner verrichten könne; dass er aber, wenn diese schon Leben gehabt habe, des Altardienstes sich enthalten müsse.«

Schon im Jahr 428 hatte Papst Cölestin es für nötig gefunden, Strafe darauf zu setzen, wenn Geistliche ihre Beichtkinder zur Unzucht verführten. Dergleichen Fälle kommen unendlich oft vor, und werde ich im letzten Kapitel ausführlicher über die Beichte reden.

Einem starken Affen in einer Menagerie zu nahe zu kommen, war für eine Frau nicht so gefährlich, als mit einem Pfaffen in Berührung zu kommen. Da diese ein faules Leben hatten, so erhitzten sie Tag und Nacht ihre Phantasie mit üppigen Bildern und dachten an nichts anderes, als wie sie ihre geilen Triebe befriedigen könnten. Fälle der Notzucht kamen unendlich viele vor.

Unter Heinrich VI. baten die Geistlichen in England um Erlassung der Strafen wegen begangener Notzucht. Zu Basel hatte im Jahr 1297 ein Geistlicher eine Jungfrau mit Gewalt geschändet. Man kastrierte ihn zur Strafe und hängte das corpus delicti zum abschreckenden Beispiel für andere Pfaffen mitten in der Stadt an einer frequenten Passage auf. Die Venetianer ließen in späterer Zeit einen Augustiner zu Brescia, der ein elfjähriges Mädchen genotzüchtigt und dann ermordet hatte, vierteilen.

Sodomiterei und Knabenschändung waren unter den Geistlichen ganz gewöhnlich, und das schon seit den ältesten Zeiten der christlichen Kirche, wie die Konzilienbeschlüsse beweisen, von denen ich einige angeführt habe. Im Jahre 1212 wurde auf einem Konzil den Mönchen und regulierten Kanonikern verboten, zusammen in einem Bett zu liegen und Sodomiterei zu treiben.

Im Jahre 1409 wurden zu Augsburg auf Befehl des Rates vier Priester und ein Laie wegen Knabenschändung am Perlachturm, mit gebundenen Händen und Füßen, in einem hölzernen Käfig aufgehängt, bis sie verhungerten. Im nächsten Kapitel von den Klöstern werde ich zeigen, dass Sodomiterei bis auf die neueste Zeit als Folge des Zölibats unter den Pfaffen gebräuchlich ist.

Aus dem, was ich bisher mitteilte, geht schon hervor, dass die Bischöfe ihren Geistlichen in der Sittenlosigkeit meistens vorangingen, wenn sie es auch nicht alle so arg trieben, wie der Bischof Heinrich von Lüttich, der eine Äbtissin zur Mätresse und in seinem Garten einen förmlichen Harem hatte, und der sich rühmte, in 22 Monaten vierzehn Söhne gezeugt zu haben.

Unter so bewandten Umständen waren die Laien froh, wenn es diesen Kirchenstieren erlaubt wurde, Konkubinen zu halten, damit nur ihre Weiber und Töchter vor ihnen sicher wären. Ja,

die Friesen gingen so weit, dass sie gar keine Priester duldeten, die nicht Konkubinen hatten. »Se gedulden oek geene Preesteren sunder eheliche Fruwen (d.h. Konkubinen), up dat se ander lute bedde nicht beflecken, wente sy meinen, dat idt nicht mogelygk sy, und baven die natur, dat sick ein mensche ontholden konne«, heißt es in der Chronik.

Ich bemerkte schon früher, dass es den Päpsten mehr um die Vernichtung der Priesterehe, als um die Erhaltung der Keuschheit der Geistlichen zu tun war, denn sie wollten nicht, dass rechtmäßige Kinder das Gut erbten, was sie als Kirchengut betrachteten. Wenn nun auch die Konzilien, auf Betrieb einzelner, dem Konkubinenwesen ein Ende machen wollten, indem sie Verordnungen dagegen erließen, so war man eben nicht streng auf die Befolgung derselben bedacht.

Ja, vielen Bischöfen wäre es gar nicht recht gewesen, wenn ein Papst durchgreifende Maßregeln angewendet hätte, denn diese Konkubinen waren für sie eine Quelle der Gelderpressung. Häufig, wenn sie Geld brauchten, fiel es ihnen ein, ihren Geistlichen das Konkubinat auf das Strengste zu verbieten, da es ihnen nur um die Strafgelder zu tun war.

Heinrich von Hewen, der in der Mitte des 15. Jahrhunderts Bischof von Konstanz war, führte selbst ein üppiges Leben, und die Abgaben, welche ihm seine Geistlichen von ihren Konkubinen entrichteten, verschafften ihm eine jährliche Einnahme von 2.000 Gulden.

Zur Zeit der Reformation mussten die Priester in Island für jedes mit ihren Konkubinen gezeugte Kind ihrem Bischof acht bis zwölf Taler bezahlen.

Unter solchen Verhältnissen war es denn kein Wunder, wenn das Konkubinat, trotz aller Verbote, welche bei allen Synoden wenig beachtete stehende Artikel wurden, in voller Wirksamkeit blieb, und endlich sahen die Päpste ein, dass es ein unvermeidliches Übel sei und suchten nun selbst Vorteil daraus zu ziehen. Sie dekretierten, dass jeder Geistliche, mochte er nun eine Konkubine haben oder nicht, einen bestimmten jährlichen Hurenzins entrichten müsse.

Als Beleg dafür, dass das Konkubinat unter den Geistlichen im 15. Jahrhundert allgemein war, und zugleich um die Sitten des Klerus überhaupt durch den Mund eines Zeitgenossen kennen zu lernen, will ich einige Stellen aus einem Werk des Nikolaus de Clemanzis anführen, der in den ersten Jahrzehnten des 15. Jahrhunderts lebte, eine Zeitlang päpstlicher Geheimschreiber, Schatzmeister und Kanonikus der Kirche zu Langres war und 1440 als Kantor und Archidiakonus zu Liseur starb.

Seine Schilderung der Bischöfe ist wahrhaft scheußlich. Nach ihm trieben und gestatteten sie für Geld alle Laster. Vorzüglich sind aber die Domherrn und ihre Vikare verdorbene Menschen. Sie sind der Habsucht, dem Stolz, Müßiggang und der Schwelgerei ergeben. Sie halten ohne Scham ihre unehelichen Kinder und Huren gleich Eheweibern im Haus und sind ein Gräuel in der Kirche.

Die Priester und Kleriker leben öffentlich im Konkubinat und entrichten ihren Bischöfen den Hurenzins. Die Laien wissen an mehreren Orten den Schändungen der Jungfrauen und Ehefrauen keinen anderen Damm entgegenzustellen, als dass sie die Priester zwingen, sich Konkubinen zu halten.

»Ist jemand«, schreibt Clemanzis, »heutzutage träge und zum üppigen Müßiggang geneigt, so eilt er sogleich, ein Priester zu werden. Alsdann besuchen sie fleißig liederliche Häuser und Schenken, wo sie ihre ganze Zeit mit Saufen, Fressen und Spielen zubringen, betrunken schreien, fechten und lärmen, den Namen Gottes und der Heiligen mit ihren unreinen Lippen verwünschen, bis sie endlich aus den Umarmungen ihrer Dirnen zum Altar kommen.«

Clemanzis erwähnt hier auch das Saufen der Priester. Darin waren sie besonders stark und setzten einen Ruhm darein, es den Laien zuvorzutun. Schon im 1. Jahrhundert stoßen wir auf Bischöfe, die vollendete Trunkenbolde waren. Einer derselben, Droctigisilus, verfiel in Säuferwahnsinn. Die Pfaffen sagten, wenn sie in guter Laune waren, von sich selbst: »Wir sind das Salz der Erde, aber man muss es anfeuchten, denn kein guter Geist wohnt im Trockenen.« Besonders gut trank man in den Klöstern. Doch davon später.

Zu einem guten Trunk gehört natürlich auch eine gute Tafel, und es ist ja noch heute jedem bekannt, dass die katholischen Geistlichen einen trefflichen Tisch führen. Bischöfe jagten unermessliche Summen durch ihren Schlund, und um der nüchternen Gegenwart einen Begriff von ihren kostspieligen Fressereien zu geben, setze ich den Küchenzettel für das Gastmahl am Tag der Installation Georg Nevils, Erzbischof von York, hierher.

Zu diesem Fest waren erforderlich: 300 Quart Weizen, 330 Tonnen Ale, 104 Tonnen Wein, 1 Pipe Gewürzwein, 80 fette Ochsen, 6 wilde Stiere, 300 Schweine, 1.004 Hammel, 300 Kälber, 3.000 Gänse, 3.000 Kapaunen, 300 Ferkel, 100 Pfauen, 200 Kraniche, 200 Ziegenlämmer, 2.000 junge Hühner, 4.000 junge Tauben, 204 Rohrdommeln, 4.000 Kaninchen, 4.000 Enten,

Gastmahl eines fürstlichen Hauses

200 Fasane, 500 Rebhühner, 400 Wasserhühner, 4.000 Schnepfen, 100 große Brachvögel, 100 Wachteln, 1.000 Reiher, über 400 Stück Rotwild, 200 Rehe, 1.506 Wildbret-Pasteten, 1.400 Schüsseln gebrochene Gelee, 4.000 Schüsseln ganze Gelee, 4.000 kalte Custards, 2.000 warme Custards, 300 Hechte, 300 Brachsen, 8 Robben, 4 Delphine oder Taumler und 400 Torten. 62 Köche mit 515 Küchendienern besorgten die Zubereitung dieser Speisen, und bei der Tafel selbst warteten 1.000 Diener auf.

Doch kehren wir wieder von der Pfaffenvöllerei zur Pfaffenhurerei zurück. Die Basler Synode (1431 – 1448) gab sich die nutzlose Mühe, ernstliche Verordnungen gegen das Konkubinat zu erlassen; aber zu dem einzigen Mittel, demselben ein Ende zu machen, konnte man sich nicht entschließen, obgleich sehr angesehene Männer auf der Synode, wie der Geheimschreiber und Zeremonienmeister derselben, Clemens Sylvius Piccolomini, günstig für die Priesterehe gestimmt waren. Er äußerte: »Es gab, wie ihr wisst, verheiratete Päpste, und auch Petrus, der Apostelfürst, hatte eine Frau. Vielleicht dürfte es gut sein, wenn den Priestern zu heiraten gestattet wäre, weil viele verheiratet im Priestertum ihr Seelenheil befördern würden, welche jetzt ehelos zugrunde gehen.«

Große Eiferer gegen das Konkubinat in dieser Zeit waren Bischof Berthold von Straßburg und Bischof Stephan von Brandenburg. Der letztere klagt bitter über die Geistlichen in seiner Diözese und sagt, dass sehr viele Beischläferinnen hielten und durch ihr liederliches Leben »nicht nur gemeine Leute, sondern auch Fürsten und Große« ärgerten.

»Und diese Priester«, sagte er auf einer Synode zu Brandenburg, »haben eine solche Hurenstirn, dass sie es für eine Kleinigkeit halten, Unzucht und Ehebruch zu begehen. Denn wenn aus Schwachheit des Fleisches ihre Köchinnen und Mädchen von ihnen oder vielleicht von anderen geschwängert sind, so leugnen sie die Sünde nicht ab, sondern achten es sich zur hohen Ehre, die Väter aus so verdammlichem Beischlaf erzeugter Kinder zu sein. Ja, sie laden die benachbarten Geistlichen und Laien beiderlei Geschlechtes zu Gevattern ein, und stellen große Festlichkeiten und Freudengelage über die Geburt solcher Kinder an. Verflucht seien die, welche durch eigenes Geständnis das kund werden lassen, was sie durch Leugnen noch zweifelhaft machen, und so einigermaßen der rechtlichen Strafe entgehen könnten!« Es ist dies ein schönes Pröbchen bischöflicher Moral.

Die Regierungen mancher Länder, welche einsahen, dass nur dadurch größerem Ärgernis vorgebeugt werde, waren vernünftig genug, das Konkubinat der Geistlichen beinahe als rechtmäßige Ehe gelten zu lassen. Dies taten zum Beispiel mehrere Regierungen in der Schweiz, und die Obrigkeit schützte hier die Konkubinen der Geistlichen und deren Kinder gegen die Habsucht der geistlichen Vorgesetzten, indem sie Testamentsvermächtnisse für die ersteren als gültig anerkannten.

Zu dem Bischof von Tarent, der Legat des Papstes in der Schweiz war, sagte jemand, dass die Nonnen dort tun könnten, was sie wollten, es würde nicht untersucht etc., bekämen sie aber Kinder, dann erwarte sie ein fürchterlicher, finsterer Kerker. Darauf erwiderte der Legat: »Selig sind die Unfruchtbaren!«

Doch mit den Klöstern haben wir es noch nicht zu tun, sondern vorläufig nur mit den Weltgeistlichen. Das Konkubinat derselben, selbst wenn es gewissermaßen vom Gesetz geschützt war, konnte doch niemand die Ehe ersetzen und diente nur dazu, die Geistlichkeit verächtlich und lächerlich zu machen. Es lag in der Natur dieses Verhältnisses, dass selten Frauen von einigem Wert ein solches eingingen. Kam auch wohl hin und wieder ein Fall vor, wo sich ein Mädchen aus Liebe über die bestehenden Vorurteile hinwegsetzte, so waren es doch meistens nur gemeine Dirnen, welche nur darauf dachten, die Geistlichen zu plündern. Pfaffengut fließt in Fingerhut, sagt ein altes Sprichwort.

Dieses halbgeduldete Verhältnis konnte niemals ein geachtetes werden und bleibt stets eine Entwürdigung. Es kam wohl vor, dass einzelne Geistliche ihren Konkubinen alle Achtung zollten, wie sie einer Gattin zukommt; allein meistens und besonders von den Gebildeten wurden sie als Köchinnen oder sonstige Dienstboten im Hause gehalten. Solche Personen wussten nun den erlangten Vorteil trefflich zu ihrem Vorteil zu benützen. Sie schämten sich des Verhältnisses nicht, wohl aber der gebildetere Geistliche, der ihr Herr war, und der sich viel gefallen, ja oft ganz und gar unter den Pantoffel bringen ließ, damit nur seine menschlichen Schwachheiten nicht unter die Leute gebracht würden; denn diese ermangelten nicht, ihre Späße über die »Pfaffenköchinnen« anzubringen, und gar mancher Geistliche musste sich still wegschleichen, wenn die jungen Burschen sangen:

»Mädchen, wenn du dienen musst,
So diene nur den Pfaffen,
Kannst den Lohn im Bett verdienen
Und darfst nicht viel schaffen.«

Viele verdorbene Geistliche waren froh, dass die Ehe sie nicht an eine Frau fesselte; sie konnten ihre Lüsternheit nach Abwechslung befriedigen, indem sie die Dirne, die ihnen nicht mehr gefiel, wegjagten und eine neue nahmen. Solche Konkubinate, die leider sehr häufig vorkamen, waren gemeine Hurerei, und dadurch wurde bei den Pfaffen eine Gemeinheit und Roheit erzeugt, die sich besonders in ihrer Denkungsart über geschlechtliche Dinge äußerte, wie sie in der Ehe wohl nur selten entstehen können.

Solche Pfaffen machten aus ihrer Liederlichkeit gar kein Geheimnis; ja sie rühmten sich derselben, und gleichzeitige, sehr glaubwürdige Schriftsteller erzählen, dass bei Fress- und Saufgelagen diese Pfarrfarren und Kuttenhengste, wie sie Fischart nennt, mit den Bauern Wetten machten, deren Gegenstand so obszön war, dass ich sie gar nicht einmal näher andeuten mag, obwohl mir alle Prüderie sehr fern liegt.

Ja, diese Pfaffen scheuten sich nicht, ihre unzüchtigen Verhältnisse auf der Kanzel zu erwähnen, und oft machten sie diese Unschicklichkeit dadurch noch schlimmer, dass sie dieselbe mit irgendwelchen rohen Späßen würzten.

An den Kirchweihen wurden von ihnen die wildesten und liederlichsten Gelage gefeiert. Alle benachbarten Pfarrer mit ihren Köchinnen besuchten den Geistlichen, der sein Kirchweihfest feierte, und dann wurde gefressen, gesoffen und andere Liederlichkeiten getrieben.

Als der Bischof von Mainz den Bischof von Merseburg einst besuchte und unterwegs bei einem Pfarrer einkehrte, wo eben das Kirchweihfest gehalten wurde, begleitete ihn sein Leibarzt, der davon folgende ergötzliche Erzählung liefert:

»Der Bischof steigt abe, und nahet zu der Pfarrhe zu, zu seinem Handtwerk. Nun hatte der Pfarrher zehn ander Pfarren geladen zur kirchweyhe, und ein yeglicher hatte eine köchin mit sich gebracht. Do sie aber leutte kommen sahen, lauffen die Pfaffen mit den huren alle in einen stalle, sich zu verbergen. Indes gehet ein Grafe, der an des Bisdloffs hofe war, in den hofe, seinen gefug zu thun, und da er in den stall will, darein die hüren und büben geflohen waren, schreyt des pfarrers köchin, nicht Junker, nicht. Es seind böse hunde darinnen, sie möchten euch beißen. Er lesst nicht nach, gehet hinein, und findet einen großen hauffen hüren und büben im stalle.

Da der Grafe in die stuben kumpt, hatt man dem Bischoff eyn feyste Ganß fürgesetzt zu essen, hebt der Grafe an, und sagt diß geschicht dem Bischoff zum Tischmerlein, gen abend kamen sie gen Merßburg, daselbs sagt der Bischoff von Mentz, diß geschicht dem Bischoff von Merßburg. Da das der heylig vatter hörete, betrübet er sich nicht umb das, das die Pfaffen küren haben, sondern darumb, dass die köchin die büben im stalle hunde geheißen hätte, und spricht, Ach Herre Gott, vergebe es Gott dem weibe, das die gesalbten des Herren hunde geheyßen hat. Das hab ich darumb erzelet, das man sehe, wie wir Deutschen das Sprichwort so fest halten. Es ist kein Dörflein so klein, es wirdt des jars einmal kirmeß darinne. Das aber geschrieben stehet, Es kumpt kein hurer im Himmel, des achten wir nit.«

»Da wir uns nun genug mit der Hurerei beschäftigt haben«, heißt es in einer Predigt, »so wollen wir zum Ehebruch übergehen.«

Das Konkubinat war noch am Ende das allerunschuldigste Ergebnis des Zölibatgesetzes. Einen weit verderblicheren Einfluss auf die Moralität des Volkes hatten die sonstigen aus demselben entstehenden Folgen.

Man kann es als Regel annehmen, dass es noch immer der bessere Teil der Geistlichen war, welcher mit ständigen Konkubinen in einem der Ehe ähnlichen Verhältnis lebte. Die echten Pfaffen betrachteten aber die Frauen und Töchter der Laien als Wild, auf welches sie Jagd machten und welches sie durch alle möglichen niederträchtigen Verführungskünste in ihre Netze zu locken trachteten.

Diese Künste mussten einen umso größeren Erfolg haben, als ihr Stand die Pfaffen mit den Frauen in häufige Berührung brachte und die Dummheit der Männer diesen Verkehr noch erleichterte. Trotz aller Beispiele und täglich unter ihren Augen vorgehenden Niederträchtigkeiten wurden die Männer nicht klug, denn die Pfaffen wussten sich einen solchen heiligen Schein zu geben, dass die Ehetölpel es kaum wagten, auch nur einen Verdacht zu haben.

Alle Erzählungen von ihrer Liederlichkeit erklären die Pfaffen natürlich für schamlose Lügen, und war ein Fall einmal gar zu offenkundig geworden, dann verboten sie streng, davon zu reden, und verwiesen auf das Beispiel des Kaisers Konstantin, der einst einen Priester, den er in flagranti ertappte, mit seinem kaiserlichen Mantel zudeckte, und prägten ihren Beichtkindern ein, was der fromme Rabanus Maurus sagte: »Wenn man einen Geistlichen sähe, die Hand auf dem Busen eines Weibes, so müsse man annehmen, dass er sie segne!« Allerdings befanden sie sich nach solchem Segen gar häufig in gesegneten Umständen!

Einer derjenigen Schriftsteller früherer Zeit, welche die Schandtaten der Pfaffen mit der größten Rücksichtslosigkeit aufdeckten, war Poggio Bracciolino, den ich schon früher nannte. Die ganze Kuttenwelt geriet in Alarm, und sein berühmter Gönner Cosmo de Medici empfahl ihm die größte Vorsicht. Im siebenten Kapitel, wo wir über den Missbrauch des Beichtstuhls reden, werden einige der von ihm erzählten Fälle mitgeteilt.

Felix Hämmerlin, gestorben 1457, Chorherr zu Zürich und Zofingen und Propst zu Solothurn, schildert besonders die Verdorbenheit der Mönche; aber auch von den Weltgeistlichen weiß er manche Dinge zu erzählen, die man für ganz unglaublich halten müsste, wenn sie nicht auch noch von anderen geachteten, ernsten und wahrheitsliebenden Männern jener Zeit bestätigt würden. Die bestialische Rohheit mancher Pfaffen überstieg alle Begriffe. Selbst die Beschlüsse der Konzilien liefern die Beweise davon. Bald wird ihnen durch dieselben verboten, halbnackt, barfuß, oder in zerrissenen Jacken und Hosen den Gottesdienst zu halten; bald, keine obszönen Grimassen am Altar zu machen und keine schmutzigen Lieder zu singen.

Dies musste ich vorherschicken, um folgender Geschichte Glauben zu verschaffen, die Hämmerlin erzählt: Ein Priester lebte in einem unerlaubten Verhältnis mit einer sehr angesehenen Frau. Die Sache wurde bekannt, und er wurde gezwungen, von seiner Pfarre zu fliehen. Als er verzweiflungsvoll im Wald umherirrte, begegnete ihm ein Mönch, der ihn fragte, weshalb er so betrübt umherlaufe. Der Priester erzählte ganz treuherzig sein Leiden. Aber der vermeintliche Mönch war der Satan – vielleicht auch ein Schalk in einer Kutte – und erwiderte: »Nicht wahr, wenn du das böse Glied nicht hättest, dann könntest du in deiner Pfarrei sicher wohnen?« – »Allerdings, mein Herr«, antwortete der Pfarrer. – »Nun, so hebe dein Gewand auf, damit ich es berühre, wie sie es ja auch berührt hat, dann kannst du dich ohne Scheu deiner Gemeinde zeigen, und es wird in dem Augenblick verschwunden sein.« Der Geistliche tat, was der Mönch wollte, und rannte dann voller Freuden in seine Pfarrei zurück, ließ die Glocken läuten, versammelte die Gemeinde und bestieg die Kanzel. Voll Zuversicht hob er seine Kleider auf – et mox membrum suum abundantius quam prius apparuit.

Sehr lesenswert sind die Schriften von Johann Busch, der Propst der regulierten Chorherren zu Soltau, in der Nähe von Hildesheim, und Visitator des Erzbistums Magdeburg war. Er verfolgte mit großem Eifer die Priester, welche Konkubinen hielten, und strafte sie nicht mit Geld, wie sie es bis dahin gewohnt gewesen, sondern mit kanonischen Strafen.

Einst lud er einen Pfarrer samt seiner Konkubine zu sich. Ersteren ließ er in das Kloster kommen, aber die Dirne musste draußen bleiben. Auf das schärfste befragt, leugnete der Pfarrer standhaft und beteuerte mit einem heiligen Eid, dass er ganz keusch mit seiner Magd lebe. Nun ging Busch vor die Tür zu dem Mädchen und sagte: »Ich habe gehört, dass du bei deinem Herrn zu schlafen pflegst.« Aber sie leugnete und meinte, dass sie nur mit Kühen, Kälbern und Schweinen zu tun habe. Als aber Busch sagte, dass ihr Herr bereits gestanden habe, da gestand sie auch, und der geistliche Herr hatte falsch geschworen.

Von den Satirendichtern jener Zeit will ich gar nicht einmal reden, denn es ist wahrscheinlich, dass sie hin und wieder etwas erfanden, um die Pfaffen lächerlich zu machen. Ihre Schriften wurden indessen überall mit Beifall gelesen, denn alle Welt war über die freche Sittenlosigkeit der Pfaffen empört.

Johann Franz Piko, Prinz von Mirandola, der die seltsame Unterredung mit Papst Alexander VI. hatte, schilderte in einer Eingabe an Papst Leo X. (1513) den Verfall des Klerus, und ist besonders darüber empört, dass solche Knaben, welche den höheren Geistlichen zur Befriedigung ihrer unnatürlichen Wollust gedient hatten, zum Kirchendienst erzogen wurden.

Geiler von Kaisersberg (starb 1510) war Lehrer der Theologie zu Freiburg und wurde dann Prediger zu Straßburg. Er erklärte einst dem Bischof: Dass, wenn ein Unkeuscher keine Messe lesen dürfe, er nur die Geistlichkeit des ganzen Sprengels suspendieren möge, denn die meisten lebten in einem ärgerlichen Konkubinat.

Dieser ebenso sittenreine wie gelehrte, originelle Mann schilderte in seinen trefflichen Predigten die Mönche und Pfaffen nach dem Leben. In einer derselben, vom menschlichen Baum heißt es: »Soll nämlich die Frucht der ehelichen Keuschheit auf den Ästen des Baumes wachsen, so hüte dich, sieh dich vor, schäme dich. Zum ersten hüte dich vor den Mönchen. Diese Tengerferlin gehen nicht aus den Häusern, sie tragen etwas von der Frucht hinweg.

Ja, wie soll ich sie aber erkennen? Zu dem Ersten erkenne sie, wenn einer in dein Haus kommt, so ketscht er ein kleines Novizlein mit sich, es ist kaum eine Faust groß, das bleibt in einem Winkel sitzen, dem gibt man einen Apfel, bis die Frau ihn durch das ganze Haus geführt hat.

Zum anderen, so siehe seine Hände an, so bringt er Gaben, das schenkt er dir, das der Frau, das den Kindern, das der Dienerin.

Das dritte Zeichen ist, wenn er dir unbescheidene Ehre antut. Wenn du ein Handwerksmann bist, nennt er dich Junker. Wenn du einen semmelfarbenen Mönch siehst, so zeichne dich mit dem Heiligen Kreuz, und ist der Mönch schwarz, so ist es der Teufel, ist er weiß, so ist es seine Mutter, ist er grau, so hat er mit beiden Teil.

Zu dem anderen hüte dich vor den Pfaffen, die mache dir nicht geheim, besonders die Beichtväter, Leutpriester, Helfer und Kapläne. Ja, sprichst du, meine Frau hasset Mönche und Pfaffen, sie schwört, sie habe sie nicht lieb. Es ist wahr, sie wirft es so weit weg, dass es einer in drei Tagen mit einem Pferd nicht errennen möchte. Glaub' ihr nicht, denn der Teufel treibt die Frauen, dass sie der geweihten Leut begehren.«

Interessante Belege zu der Liederlichkeit der Geistlichen enthalten die Schriften der Ärzte. Aus ihnen lernt man die schrecklichen Folgen des Zölibats an den Leibern der Pfaffen selbst kennen. Es war nur ein Unglück, dass sie diese weiter mitteilten und auch die Menschen körperlich zugrunde richteten, welche sie bereits geistig elend gemacht hatten. Alle Ärzte klagten, dass die Lustseuche, welche deutsche Landsknechte aus Frankreich mitgebracht haben sollten, durch die Pfaffen auf eine grauenerregende Weise verbreitet wurde.

Vergebens waren alle Ermahnungen zur Mäßigkeit. Kaspar Torella, erster Kardinal am Hof Alexanders VI., Bischof von St. Justa in Sardinien und Leibarzt des Papstes, bat die Kardinäle und sämtliche Geistlichen: »Doch ja nicht des Morgens bald nach der Messe Unzucht zu treiben, sondern des Nachmittags und zwar nach geschehener Verdauung, sonst würden sie ihre Sündhaftigkeit mit Abzehrung, Speichelfluss und ähnlichen Krankheiten zu büßen haben, und die Kirche würde ja ihrer schönsten Zierden beraubt werden.«

Einige Ärzte waren sogar boshaft genug, die Besorgnis auszusprechen, dass die Geistlichen die Lustseuche auch in den Himmel verpflanzen würden; und der Arzt Wendelin Hock forderte den Herzog von Württemberg auf, der Liederlichkeit der Pfaffen Einhalt zu tun, da sonst das ganze Land verpestet werde. Diese Besorgnis war keineswegs aus der Luft gegriffen, denn die venerischen Krankheiten nahmen so überhand, dass man in den meisten größeren Städten eigene Spitäler dafür erbaute, welche man Franzosenhäuser nannte.

Bartholomäus Montagna, Professor der Heilkunde zu Padua, hatte an den Leibern seiner geistlichen Freunde die beste Gelegenheit, die Lustseuche zu studieren, und schrieb darüber ein Buch, in welchem er einige Kardinalkrankheiten schrecklich genug schildert. Alexander VI. selbst hatte fürchterlich zu leiden, und der Kardinalbischof von Segovia, der die Aufsicht über die Hurenhäuser zu Rom hatte, widmete ihnen so große Sorgsamkeit, dass er darüber sein Leben einbüßte.

Zur Zeit der Reformation kamen unzählige Nichtswürdigkeiten der Pfaffen an das Licht. Als Luther anfing, Lärm zu schlagen, da regte es sich von allen Seiten, und Schriften gegen die Geistlichkeit erschienen in unendlicher Zahl.

Luther, Melanchthon, Zwingli und andere forderten laut die Erlaubnis zur Ehe für die Priester, und letzterer richtete im Namen vieler Geistlichen Schriften an seine Vorgesetzten, die aber alle nichts fruchteten. Aus einer derselben will ich nur folgendes anführen:

Ein Schulmeister, der verheiratet war, hatte Lust, ein Priester zu werden, und wurde es mit Einwilligung seiner Frau. Er hatte sich aber zu viel zugetraut, indem er dachte, das Keuschheitsgelübde halten zu können. Er wehrte sich lange und hätte gern seine Frau wieder zu sich genommen; da er dies aber nicht durfte, so hängte er sich an eine Dirne, verließ den Wohnort seiner Frau, um diese nicht zu kränken, und kam in das Bistum Konstanz. Die Frau, welche

Martin Luther verbrennt die Bannbulle

hörte, dass er eine Haushälterin habe, zog ihm nach. Der Mann, welcher sie lieb hatte, schickte die Haushälterin weg und nahm seine Frau wieder zu sich, da er meinte, es sei dies doch besser, da es ohne weibliche Pflege nun einmal nicht ging. Der Generalvikar und die Konsistorialräte teilten aber seine Ansicht nicht; sie befahlen ihm bei Verlust seiner Pfründe, seine Frau wegzuschicken. Der arme Geistliche erbot sich, dieselbe als Konkubine jährlich zu verzinsen; allein das war umsonst, sie musste fort. Darauf nahm er seine fortgeschickte Konkubine wieder zu sich, und alles war in bester pfäffischer Ordnung; der Generalvikar hatte nichts dagegen zu erinnern!

Der Rat von Zürich gestattete bald nach einer Deputation, in welcher Zwingli die Ehe wacker verteidigt hatte, dass sich die Priester verheirateten. Mehrere machten sogleich von dieser Erlaubnis Gebrauch und verkündeten ihren Entschluss von der Kanzel. Das Volk bezeugte laut seinen Beifall, und bei der Trauung eines Priesters in Straßburg, wo man bald dem guten Beispiel folgte, rief man im Volk, er habe recht getan, und wünschte ihm tausend glückliche Jahre.

Erasmus von Rotterdam, der durch seine Schriften sehr viel beitrug, die Macht der Päpste zu untergraben, nannte die Reformation das „lutherische Fieber“, oder ein Lustspiel, da es mit einer Heirat schließe. Als er Luthers Vermählung erfuhr, scherzte er: Es ist ein altes Märlein, dass der Antichrist von einem Mönch und einer Nonne kommen soll. Er schrieb gleichfalls gegen das Zölibat, meinte aber, dass die Päpste es schwerlich abschaffen würden, da ihnen der Hurenzins gar zu gut tue.

Auf der Trientiner Synode, wo all der alte römische Kohl wieder aufgewärmt wurde, bestätigte man auch wieder aufs Neue das Zölibat und erließ die strengsten Befehle gegen das Konkubinat. Aber auch diese Beschlüsse halfen nicht viel. In Polen lebten zur Zeit der Reformation fast alle Geistlichen in heimlicher Ehe, und viele bekannten sie selbst öffentlich. Dieser Zustand änderte sich auch nach der Trientiner Synode nicht, und dass das Konkubinat fortbestand, lehren die unzähligen späteren Verordnungen dagegen.

In denjenigen Ländern, in welchen die Reformation festen Fuß gefasst hatte, waren die Geistlichen freilich darauf bedacht, ihr Schandleben vor den Augen der Welt mehr zu verbergen; aber wie begreiflich wurde damit nichts für die Sittlichkeit gewonnen, sondern diese wurde im Gegenteil noch mehr dadurch gefährdet. Die Pfaffen blieben trotz aller Konzilienbeschlüsse liebebedürftige Menschen, um die Sache einmal recht zart auszudrücken, und da beim unvorsichtigen Genuss harte Strafen drohten, so waren sie darauf angewiesen, sich in der Kunst der Verstellung und Heuchelei zu vervollkommnen. Das Handwerk des Frauenverführens wurde nun jesuitischer betrieben, und das war wahrlich kein Gewinn.

In den echt katholischen Ländern genierte man sich indessen weniger, und der Kardinal Bellarmin zum Beispiel führte ein Leben, als hätte nie eine Reformation stattgefunden. Man erzählt von ihm, dass er 1.624 Geliebte gehabt und nebenbei zur Sodomiterei noch vier schöne Ziegen gehalten habe! Mehr kann man von einem Kardinal billigerweise nicht verlangen.

Im 17. Jahrhundert erschienen noch sehr zahlreiche, die Unzucht der Pfaffen betreffende Verordnungen, und da man einmal das Konkubinat nicht ausrotten konnte, so viele Mühe man sich auch

Die geistliche Narrenmühle. Spottbild auf die katholische Kirche.

gab, so bestimmte man nun das Alter der Köchinnen und Haushälterinnen auf fünfzig Jahre, und trotz dieses Alters, welches gegen das höchst rücksichtslose Kinderbekommen sicherte, worauf es hauptsächlich ankam, mussten die Pfaffenköchinnen sich einer strengen Prüfung unterwerfen.

Im 18. und 19. Jahrhundert werden die Provinzialsynoden immer seltener, und dies ist der Grund, weshalb die beständigen Erinnerungen an die Keuschheitsgesetze wegfallen, welche nur hin und wieder in den bischöflichen Hirtenbriefen eingeschärft werden.

Man hatte eingesehen, dass Pfaffenfleisch sich nicht ertöten lässt, und war weit diplomatischer geworden. Anstatt bei Keuschheitsvergehen an die große Glocke zu schlagen, vertuschte man sie, und suchte den Glauben zu verbreiten, als stehe es mit der Keuschheit der Pfaffen sehr gut. Fand man eine Erinnerung nötig, so sorgte man auch dafür, dass keine Kunde davon unter die Leute kam, und in dem Ausschreiben Joseph Konrads, Bischofs von Freising und Regensburg an den Regensburger Klerus, vom 7. Januar 1796, heißt es ausdrücklich: »Übrigens wollen wir, dass von diesen Statuten keine Nachricht unter das Volk komme, damit nicht der Klerus verachtet und verspottet werde. Wir haben uns auch deswegen der lateinischen Sprache bedient, damit für die Ehre des Klerus gesorgt und das Volk bei seiner guten Meinung erhalten werde, da einige in demselben glauben, es dürfe auch nicht der Verdacht eines schändlichen Verbrechens auf die Priester und seine Seelsorger fallen.«

Ein Umlaufschreiben des Bischofs Ignaz Albert von Augsburg vom 1. April 1824 ist im Allgemeinen außerordentlich diplomatisch abgefasst, und umso mehr wird man darin von folgender Stelle frappiert: »Ja, wir wissen es, dass es bei einigen Pfarrern schon zur Gewohnheit geworden ist, an Kirchfesten und Jahrmärkten mit den Köchinnen zu erscheinen und im Pfarrhaus oder in Wirtshäusern einzusprechen und in später Nacht vollgefressen und vollgesoffen nach Hause zurückzukehren.«

In Spanien stand es mit der Sittlichkeit der Geistlichen in den ersten Jahrzehnten dieses Jahrhunderts sehr schlecht, und der Großinquisitor Bertram erklärte: Dass die ganze Strenge der Inquisition dazu nötig sei, um Kleriker und Mönche von Verbrechen zurückzuhalten, und zu verhindern, dass der Beichtstuhl in ein Bordell umgewandelt werde. Wie es mit der Moralität der Geistlichen in der Schweiz steht, werden wir im nächsten Kapitel an einigen Beispielen sehen. In Südamerika überbieten die Pfaffen alle anderen Stände an Liederlichkeit, was dort etwas heißen will. In Peru besteht das Konkubinat in voller Blüte.

Wie es mit der Sittlichkeit der römischen Geistlichkeit in Deutschland steht, will ich hier nicht erörtern. Leser, die in katholischen Distrikten unseres Vaterlandes wohnen, wissen es. Das Zölibat besteht noch, und wenn auch die höhere Bildung unseres Zeitalters es nicht gestattet, dass die Liederlichkeit der Pfaffen mit derselben frechen Unverschämtheit auftritt wie früher, so bleiben die Folgen dieses Zölibats doch überall dieselben. Diese Folgen waren es fast ebenso sehr wie die Habsucht der Pfaffen, welche die Reformation herbeiführten; und wenn das jetzt zusammentretende Konzil über die Mittel beraten sollte, die katholische Religion in den schwankenden Ländern zu rehabilitieren, so sollte es nicht vergessen, dass die Aufhebung des Zölibats das wirksamste sein würde.

DIE MÖNCHEREI

Im Weltgewühle wohnt
Der Sünde freche Fülle,
In heil'gen Mauern thront
Unheiligkeit in Stille.

Wie das Mönchswesen entstand, habe ich früher angedeutet. Klöster stiegen im Mittelalter wie Pilze aus der Erde hervor. Bis zur Reformation waren allein 14.993 Bettelmönchklöster errichtet worden! Durch die Reformation und die darauf folgenden Kriege gingen in Deutschland 800 Klöster zugrunde, in Sachsen allein 130; aber dessen ungeachtet fand Kaiser Joseph II. bei seinem Regierungsantritt noch 1.565 Mönchs- und 604 Nonnenklöster in seinen Staaten. Zur Zeit Luthers belief sich die Zahl der Mönche auf 2.465.000 und das stehende Heer der Bettelmönche allein auf eine Million!

Es ist fast unmöglich, alle Spielarten dieser Mönche und Nonnen aufzuzählen und ich unterlasse es daher, wie Marnix de St. Aldegonde in seinem berühmten „Bienenkorb deß heil. Röm. Immenschwarms" und bemerke nur mit seinen Worten: »Wie etliche in Schneeweis, etliche in kohlschwarz, die andern in Eselgraw, inn grasgrün, in feuerrodt, in himmelblaw, inn bund oder geschecket gekleyd gehn, die eynen eyn helle, die andern eyn trübe kapp antragen, die eyn Rauchfarb vom Fegfeuer geräuchert, die ander von Requiem Todenpleych. Den einen Mönch graw wie ein Spatz, den andern hellgraw wie eyn Klosterkatz: Etliche vermengt mit schwartz und weis, wie Atzeln, Raupen und Läus, die andern Schwefelfarb und Wolffsfarb, die Dritten Eschenfarb vnnd Holtzfarb, etliche inn vil Röcken vber einander, die andern in eyner blosen Kutt: Etliche mit dem Hemd vberm Rock, die andern ohn eyn hemd, oder mit eym pantzerhemd, oder härin hemd, oder Sanct Johanns Cameelshaut auf bloser haut: Etliche halb, etliche gantz beschoren; etliche bärtig, die andern Unbärtig und Ungeberdig: Etliche gehn barhaupt, vil Barfüßig, aber all miteynander müßig: Etliche sind ganz Wüllin, etlich Leinin, etlich Schäfin, etlich Schweinin: Etlich füren Juden Ringlein auff der Brust, die andern zwey schwerter kreutzweis zum kreutzstreich darauff geschrenkt, die dritten ein Crucefix für eyn Bottenbüchs, die Vierten zwen schlüssel. Die fünfften Sternen, die sechsten kräntzlin: die siebenden Spiegel auß dem Eulenspiegel, die achten Bisdiofshut, die Neunten fligel, die Zehenden Tuchschären, die eylfften Kelch, die zwölften Muscheln und Jacobsstäb, die Dreizehnden geysseln, die Vierzehnden schilt, und andre sonst auf der Brust seltsam grillen, von Paternostre, Ringen und Prillen. Sehet da, die Feldzeychen sint schon ausgetheylt, es fälen nur die Federpusch, so ziehen sie hin inn Krig gerüst.«

Es war dies eine ungeheure Macht, besonders durch ihren Reichtum, zu welchem sie durch die Schenkungen frommer Schwachköpfe und durch – Betrügereien gelangten.

Hatte eine Kirche oder ein Kloster Lust nach einem schönen Landstrich, so fand sich bald im Klosterarchiv eine vergilbte Pergamenturkunde, ausgestellt von diesem oder jenem Fürsten

Haustracht der Johanniter

der Vorzeit, welcher den ersehnten Landstrich dem Kloster schenkte. Im Kloster St. Medardi zu Soissons war eine förmliche Fabrik von falschen Dokumenten. Der Mönch Guernon beichtete auf dem Sterbelager, dass er ganz Frankreich durchzogen habe, um für Klöster und Kirchen falsche Dokumente zu machen. Da war es denn freilich kein Wunder, dass zur Zeit der Revolution das Vermögen der Geistlichkeit in Frankreich auf 3.000 Millionen Franken angeschlagen werden konnte!

Die Pfaffen verschmähten kein Mittel, um reich zu werden, denn sie hatten es längst erkannt, dass Geld Macht ist, und dann wollten sie gut leben. Ihre Gelübde wussten sie damit trefflich zu vereinigen, und was die fanatischen Stifter der Klöster eingerichtet hatten, um dem Wohlleben zu steuern, wurde von ihren Nachfolgern so gedreht und gewendet, dass es ihnen zu einer Quelle des Erwerbs und Wohllebens wurde.

Die Karthäuser zum Beispiel, denen ihre Regel den Genuss des Fleisches verbot, kultivierten die Obstbaumzucht und die Fischereien in solchem Grad, dass sich von deren Erträgen auch ohne Fleisch sehr luxuriös leben ließ. Karthäuserobst ist in der ganzen Welt bekannt. Die Obstbaumschule der Karthause in Paris trug jährlich 30.000 Livres ein. Dafür konnte denn auch ihr Prior während einer Krankheit für 15.000 Livres Hechtbouillon verzehren!

Die Messe war, wie die Mönche lehrten, die einzige Erfrischung für die armen Seelen im Fegefeuer, die mächtigste Vogelscheuche für den Teufel, und war für dreißig Kreuzer zu haben, ja die Bettelmönche lasen für die Hälfte und fanden sich umso besser.

Einzelne Klöster wurden außerordentlich reich durch einen Ablass, zu welchen ihnen der Papst ein besonderes Privilegium gegeben hatte. Der Portiunkula-Ablass brachte den Franziskanern Millionen. Ein Hieronymitenkloster bei Valladolid mit achtzig Mönchen hatte das ausschließliche Privilegium, die Kreuzbulle zu verkaufen, das ihm jährlich 12.000 Dukaten eintrug.

So gern nun auch die Mönche nahmen, so ungern gaben sie, und jeder, der es wagte, sie mit Gewalt dazu zu zwingen, wurde bis in den tiefsten Abgrund der Hölle verflucht, wie folgende Formel zeigt, die einer jeden Schenkungsurkunde angehängt war: »Sein Name sei vertilget aus dem Buch des Lebens; und alle Plagen Pharaos sollen ihn treffen – der Herr werfe ihn aus seinem Eigentum, und gebe solches seinen Feinden – sein Teil sei bei dem Verräter Judas – bei Dattan und Abiram – seine Äcker werden wie Sodom, und Schwefel verderbe sein Haus wie

Gomorrha, – die Luft schicke Legionen Teufel über ihn – er sei verflucht vom Fuße bis zum Haupte, dass ihn die Würmer mit Gestank verzehren und sein Eingeweide ausschütte wie Judas – sein Leichnam werde verzehrt von den Vögeln und wilden Tieren, und sein Gedächtnis von der Erde vertilgt – verflucht alle seine Werke, verflucht wenn er aus- und eingeht, verflucht sei er im Tod wie ein Hund, und wer ihn begräbt, sei vertilgt. Verflucht die Erde, wo er begraben wird, und er bleibe bei den Teufeln und seinen Engeln im höllischen Feuer!« Dabei musste einem Christen des Mittelalters wohl der Appetit nach Klostergut vergehen!

Wenn nun auch das Hauptgeschäft der Mönche im Handel mit geistlicher Ware bestand, so ließen sie sich doch auch zu dem mit irdischen Dingen herab, als die ersteren im Kurs zu fallen begannen. Viele Klöster wussten sich das Recht zu erwerben, Wein und Bier zu verzapfen und verdienten damit viel Geld. In Nürnberg verkaufte eines jährlich 4.500 Eimer Bier. Jeder Bettler, der in seine Bierstube kam, erhielt einen Pfennig, aber das Glas wurde ihm für zehn Pfennig verkauft.

Im Allgemeinen gaben sich die Mönche aber mehr mit dem Trinken als mit dem Verkaufen ab, und die Klosterkeller stehen bei alten Zechern im besten Andenken. Die frommen Väter hatten in ihren Kellern Fässer, die größer waren als die Zellen ihrer Vorfahren, der armen Einsiedler.

Als man in Österreich die Klöster aufhob, fand man selbst in Nonnenklöstern herrlich versehene Weinkeller. Die Kanonissinnen zu Himmelspforten in Wien hatten in dem ihrigen noch 6.800 Eimer und Raum für das Doppelte. Es gab da einen Gottvaterkeller, Gottsohn- und Heiligengeistkeller, einen Muttergottes-, Johannes-, Xaveri- und Nepomukkeller. Der allergrößte, der Gottsohnkeller, war leer bis auf ein einziges Fass. Was mag nun erst in Mönchsklöstern für ein Vorrat gewesen sein!

Der Saufteufel an der Totenbahre

Saufen galt bei den alten Rittern für eine Tugend, und es war die einzige, in welcher sie es einigermaßen weit brachten, worin sie aber dennoch im Allgemeinen von den Mönchen übertroffen wurden; einzelne Ausnahmen fanden freilich statt und es kam sogar vor, dass Mönche von einem Ritter totgesoffen wurden.

Ein sehr geachteter protestantischer Geistlicher zu Caen in Frankreich war angeklagt worden, über die Ohrenbeichte der Katholiken schlecht gesprochen zu haben. Die Sache wurde sehr streng untersucht, aber man konnte an dem Geistlichen keine Schuld finden, und er wurde freigesprochen. Der Jubel darüber war in Caen ungeheuer, und jeder suchte seine Freude auf irgendeine Weise an den Tag zu legen. Dies tat denn auch ein Ritter, welcher in einem ziemlich schlechten Ruf stand. Er lud zwei Kapuziner ein und »der Wein floss in Strömen«. Es begann ein Wettsaufen, welches damit endete, dass einer der Mönche maustot auf dem Platz blieb. Seelenvergnügt ging nun der protestantische Edelmann zu dem Geistlichen und sagte: »Er sei über dessen Freisprechung außerordentlich erfreut und habe gedacht, dies durch nichts besser an den Tag zu legen als dadurch, dass er dieser Freude einen Mönch opferte. Eigentlich hätte es ein Jesuit sein sollen; da er diesen aber nicht habe bekommen können, so möge der Geistliche diesmal mit einem Kapuziner vorlieb nehmen.«

Wenn die Klöster nicht selbst stark genug waren, sich zu beschützen, so rechnete es sich irgendein Fürst zur Ehre, ihr Schutzherr zu sein, wofür ihm dann von den Klosterherren diese oder jene Rechte eingeräumt wurden. Aber nicht alle Schutzherren machten davon einen so ernsthaften Gebrauch, wie der Herzog Julius von Braunschweig. Dieser ließ die Äbtissin von Gandersheim, eine geborene von Warberg, die sich mit ihrem Stiftsverwalter zu tief eingelassen hatte, nach der Stauffenburg abführen und hier (1587) lebendig einmauern!

Meistens brauchten die Klöster keinen Schutz; die Äbte und Prälaten waren große Herren, welche Lehnsleute hatten, die ihnen zu allerlei Diensten verbunden waren, wie auch Leibeigene. Oft war es bei diesen Lehnsleistungen übrigens nur auf einen gnädigen Spaß abgesehen, der mitunter sehr derb war.

Der Lehnsmann eines Klosters zu Bologna musste jährlich dem Abt einen Topf mit Reis mit einem Huhn darin bringen, und diesen Sr. Hochwürden unter die Nase halten, denn – er war nur den Dampf davon schuldig.

Ein Bauernhof zu Soest in Westfalen hatte die Verpflichtung, dem Dominikanerkloster alljährlich ein Ei auf einem vierspännigen Wagen zu bringen. Im Quedlinburgischen mussten Bräute den Herren Pfaffen ihren Stech- oder Bunzengroschen zahlen und im Paderbornschen eine Bockshaut liefern. Mehreren schwäbischen Klöstern mussten die Bräute einen kupfernen Kessel geben, »so groß, dass sie darin sitzen konnten«, und die Beweisführung war natürlich das Hauptgaudium für die frommen Herrn.

Die Gräfin Hidda von Eulenburg ließ sich von Witwen, die wieder heirateten, einen Beutel ohne Naht mit zwei Schreckenbergern darin liefern, und unfruchtbare Eheleute mussten im Hildesheimischen alljährlich, wegen des Abgangs an Taufgeld, damit man mit ihrem Unvermögen Geduld habe, einen Geduldshahn opfern.

Die Fuchsnatur der Pfaffen offenbarte sich auch in ihrer Lüsternheit nach Hühnern und ihre Lehnsleute mussten davon herbeischaffen, so viel sie nur immer konnten. Es gab Haupt- und

Leibhühner, Rauchhühner, Erbzins- und Fastnachtshühner, Pfingst-, Sommer-, Herbst-, Ernten-, Wald-, Garten-, Heu- und Ehrenhühner! Audubon hat diese Hühnerarten in seiner Naturgeschichte der Vögel vergessen; doch waren sie ja auch nur in Europa zu Haus, und Gloger, als er sein treffliches Werk schrieb, hätte sich darum bekümmern sollen.

Schreibender Klosterbruder

Manche Äbte und Bischöfe unterhielten Heere, wie es Fürsten nicht vermochten. Der Bischof Galen von Münster hatte 42.000 Mann Infanterie, 18.000 Reiter und die schönste Artillerie, und die meisten Klöster waren verbunden, ein mehr oder minder deutendes Kontingent zu den Truppen des Landesbischofs stoßen zu lassen. Als die Reformation und die Revolution die Klöster gehörig angezapft hatte, da wurde dies manchem schwer genug, und eine Äbtissin schrieb an die Kreisdirektion: »Dass sie und ihre Kanonissinnen im letzten Kriege so von den Franzosen gerichtet worden, dass sie nicht imstande seien, auch nur einen halben Mann aufsitzen zu lassen.«

Ehe wir nun einen Blick in die Klöster tun, wollen wir einmal prüfen, welchen Nutzen die Mönche der Welt brachten. Wir werden leider finden, dass dieser zu dem Übel, dessen Ursache sie waren, so wenig im Verhältnis steht, dass er fast ganz und gar verschwindet.

Die Verteidiger des Mönchswesens machen geltend, dass durch Mönche das Christentum in die fernsten Weltteile getragen wurde. Es ist das ein sehr zweifelhafter Verdienst; denn das Mönchs-Christentum brachte mehr Fluch als Segen, wohin es auch immer kam, namentlich aber solchen Völkern, die unter dem Einfluss eines ewig milden heiteren Himmels sich gebildet hatten und für welche das scheußliche Mönchs-Christentum mit seinen trübseligen asketischen Ansichten eine moralische Unmöglichkeit war. Das erste Kloster wurde 1525, also vier Jahre nach der Eroberung von Mexiko, gebaut und zwölf Millionen unglücklicher Indianer wurden dem blutigen Pfaffengott als Opfer geschlachtet! Ähnlicher Art waren die Wirkungen des durch Mönche verbreiteten Christentums fast überall. Die Marianeninseln wurden früher von 150.000 glücklichen Naturkindern bewohnt, und im Lauf der Zeit wurden sie durch christliche Krankheiten, Trunksucht und das Franziskaner-Evangelium auf 1.500 elende, Christen genannte Subjekte reduziert.

Um auch dem Teufel zu geben, was ihm gebührt, will ich wenigstens bemerken, dass die Jesuiten, welche sich viel mit dem Missionswerk beschäftigten, neben dem vielen Schlechten, dessen Urheber sie sind, in manchen Gegenden der Erde segensreich wirkten, sodass das Untergehen ihrer Missionen zu beklagen ist, wie zum Beispiel in Südamerika an den Ufern des Amazonenstroms und des Orinoko.

Das Missionswesen, wie es von Katholiken und Protestanten betrieben wurde und zum Teil noch betrieben wird, ist ein an der Menschheit begangenes himmelschreiendes Unrecht, welches ich ein Verbrechen nennen würde, wenn ihm nicht, großenteils wenigstens, ehrlich-dummer Glaubenseifer zugrunde läge. Die protestantischen Missionare, besonders diejenigen, welche von dem puritanischen England auszogen, haben vor den Mönchen nur allein das voraus, dass ihr Fanatismus weniger blutig war. Die Bewohner der Freundschaftsinseln liefern die schlagendste Illustration zu dieser Behauptung, die jedem in die Augen fallen muss, der die Schilderungen der dort lebenden Indianer vor und nach Einführung des Christentums liest. Männer, wie Dr. Livingstone, sind unter den Missionaren sehr selten. Er und die wenigen ihm gleichgesinnten Männer sind ein Segen für die Menschheit; allein ihr geläutertes Christentum würde wenig Gnade finden vor den Augen der Inquisition oder selbst vor orthodoxen englischen Christen. Ich nenne hier Dr. Livingstone und die ihm gleichgesinnten Männer, da es ein bitteres Unrecht sein würde, sie in den Tadel einzuschließen, der den größten Teil derjenigen trifft, welche sich wie sie Missionare nennen.

Den Mönchen verdanken wir, sagen die Klösterverteidiger weiter, die Erhaltung der Kunst und der Wissenschaften, wie auch die der meisten alten Klassiker. Daran ist allerdings etwas Wahres, und besonders erwarben sich die Benediktiner Verdienste in dieser Beziehung; aber eine andere Frage ist es, ob sich nicht ganz ohne Mönche, ja ganz ohne Christentum, Künste und Wissenschaften weit frühzeitiger und herrlicher entfaltet haben würden.

Die alten Griechen dienen uns noch heute in manchen Zweigen der Kunst als unerreichbare Muster, und sind jemals die Wissenschaften unter der Herrschaft der römischen Kirche so ins Volk gedrungen, wie bei ihnen? Alle die herrlichen Resultate, welche sie erzielten, erreichten sie ohne Christentum, ohne Mönche, und eine Tatsache ist es, dass die Wissenschaften in Europa erst anfingen recht aufzublühen, als das Mönchswesen anfing abzusterben. Ja noch mehr, sind nicht noch heutzutage die Heimatländer der Pfaffen und Klöster in Bezug auf Wissenschaften so gut wie Null?

In der Malerei, Bildhauerkunst und Baukunst leisteten die Mönche noch das meiste; allein welche krasse Geschmacklosigkeit herrscht nicht in den mönchischen Erzeugnissen der erstgenannten Künste! Einige technische Fertigkeit mochten sie allenfalls erlangen; aber bei der Komposition der Gemälde wie der Skulpturen war ihnen überall ihre Unwissenheit im Weg, und sie brachten Dinge hervor, die an Abgeschmacktheit nicht ihresgleichen finden. Wer alte Gemälde gesehen hat, besonders solche, die aus Mönchshänden hervorgingen, wird mir Recht geben.

Von den unendlich vielen Beispielen mönchischer Geschmacklosigkeit und Borniertheit, wie sie sich in Gemälden äußert, nur zwei. In Erfurt befand – oder befindet sich vielleicht noch – ein Gemälde, welches die Transsubstantiation verherrlichen soll. Die vier Evangelisten werfen kleine Papierchen in eine Handmühle, und auf den Zetteln liest man die Worte: Das ist mein Leib. Die vier großen Kirchenlehrer halten einen Kelch unter, und das Jesulein fährt geschrotet aus der Mühle in den Kelch.

An einem anderen Ort befindet sich eine Darstellung von dem Opfer Abrahams. Isaak kniet kläglich auf dem Holzstoß, und sein Vater setzt ihm eine Pistole auf die Brust. Der Hahn ist gespannt, und man sieht, der Erzjude will eben abdrücken; man zittert, aber oben in den Wolken schwebt schon der Erretter, ein Engel, der so geschickt aus der Höhe herunterpisst, dass durch sein heiliges Wasser das Pulver auf der Pfanne nass und dadurch Isaak errettet wird.

Spottbild auf die maßlose Völlerei in Deutschland

Es würde zu weit führen, wollte ich den Einfluss des mönchischen Christentums auf die Malerei und Kunst überhaupt weiter ausführen; ich überlasse das unbefangenen Fachmännern und begnüge mich damit, auf die in den Museen aufgehäuften Erzeugnisse hinzuweisen, welche dieser Religionsanschauung ihr Dasein verdanken. Es ist gewiss viel relativ Herrliches darunter; allein man vergleiche es mit den Werken, die aus einer Zeit und von Künstlern stammen, die sich von dem eigentlichen römischen Christentum emanzipiert haben.

Den Mönchen verdanken wir auch die Schauspiele, rufen die Klosterfreunde. Nun, auf diesen Ruhm werden die frommen Männer, welchen die Schauspiele ein Gräuel sind, eben nicht besonders stolz sein; allein die Sache hat ihre Richtigkeit. Unsere Schauspiele gingen allmählich aus den sogenannten Mysterien hervor, welche in den Klöstern aufgeführt wurden; aber Shakespeare, Lessing, Schiller, Goethe und Konsorten, welche die rein christlichen Vorbilder verließen und sich zu viel mit den Schauspielen der alten Heiden beschäftigten, haben sie vollkommen verpfuscht!

In diesen Klosterschauspielen erreicht die Mönchsdummheit ihren Gipfelpunkt, und wer einmal recht von Herzen lachen will, der versuche sich dergleichen Machwerke zu verschaffen, und wer das nicht kann, der lese das vortreffliche Werk von Karl Julius Weber: „Die Möncherei." Der treffliche Mann ist tot; aber wenn er sich noch um die Erde bekümmern sollte, würde er sich gewiss freuen, dass ich in diesem Buch mir seine fabelhafte Belesenheit zunutze machte.

Ein Lieblingsthema der Mönche scheint die Schöpfung gewesen zu sein, denn sie wurde sehr oft dargestellt, und höchst erbaulich ist es, wenn Gott, der im Schlafrock, mit Brille und Perücke erscheint, von Adam auf den Knien darum gebeten wird – erschaffen zu werden. In einem dreiaktigen Passionsspiel, welches 1782 unter dem Titel „Die Sündflut" in Ingolstadt aufgeführt wurde, klagt Gott Vater über das sündige Leben der Menschen:

Ist das, o Mensch! das Leben dein!
Der Henker soll Gott Vater sein,
Es tut mich bis in Tod verdrießen,
Dass ich euch Schweng'l hab' machen müssen.

Neptun und Aeolus bieten nun Gott ihre Dienste an, das sündige Geschlecht zu vertilgen, und ersterer sagt höchst ärgerlich:

Tut länger Ihr so barmherzig sein,
So schlagens uns noch in d'Fressen, nein,
Ein Exempel müsst Ihr statuieren,
Sonst tun's einem noch ins Haus hofieren.

Endlich ist die Arche fertig und zum Abfahren bereit. Der Engel trinkt mit Noah eine Flasche Wein; dieser geht endlich in die Arche, der Engel schiebt den Riegel vor, und nun geht das Donnerwetter, das Regnen und der Sturm los, dass die Menschen in der Luft herumfliegen.

Als endlich die Geschichte zu Ende ist und Noah opfert, spricht Gott:

Potz Element, was riecht so süß?
Das ist zu meiner Ehre gewiss.
Zum Zeichen, wie ich dir gewogen,
Nimm um den Hals den Regenbogen.

Fama posaunt dies nach allen vier Winden in einer herrlichen Arie aus:

Das bleibt der Welt nun immer kund,
Geschlossen ist der Gnadenbund.
Pum, Pum, Pumpidipum, Pum!

In einer Passionskomödie, die in einem schwäbischen Kloster aufgeführt wurde, tritt Judas zu den versammelten Pharisäern:

Judas:	Gelobt sei Jesus Christ, ihr lieben Herrn!
Phar.:	In Ewigkeit! Judas, was ist dein Begehr'n?
Judas:	Ich will euch verraten Jesum Christ,
	Der für uns am Kreuz gestorben ist.

Größerer Unsinn kann wohl nicht leicht in vier Zeilen gesagt werden!

Besonders stark in derartigen Schauspielen waren die Jesuiten; wenn sie sich auch von solchen plumpen Dummheiten frei hielten, so ersetzten sie dieselben reichlich durch mehr innerliche. Ein sehr schönes, originelles Stück ist des Paters Sauter „Genius der Liebe", und ein Theaterdirektor könnte heutzutage sein Glück machen, wenn er diese brillante Oper, mit Offenbachscher Musik, auf die Bühne brächte.

Heilige Jungfrauen (aus meinem zweiten Kapitel) bringen dem Genius »Gaben der Liebe« in goldenen Schalen. Der Genius singt:

Genius:	Nun, was bringt mir, liebe Bräute,
	Euer Galantismus heute?
St. Lucia:	Herr, dir zum süßen Augenschmaus.
	Stach ich mir selbst die Augen aus.
St. Euphemia:	Für dich, o Herr, zur Morgengab'
	Schnitt ich mir Nas' und Lefzen ab.
St. Apollonia:	Viel weißer als das Elfenbein
	Siehst du hier Zähne, Jesus mein!
St. Magdalena:	Ich bringe dir zum Opfer dar
	Meine schöne blonde Haar';
	Nimm auch von mir verschreiten Musch
	Den roten und den weißen Tusch.
Chor:	Pupillen,
	Mammillen
	Und Zähne schneeweiß!
	Jungfräuliche Haar',
	Nasen und Lefzen und mehr solche War',
	Steh'n, heilige Liebe, hier alle dir preis!

Die Prozessionen sind auch eine Erfindung der Mönche, und ihr seltsamer Geschmack verwandelte sie in die seltsamsten, abenteuerlichsten und lächerlichsten Possenspiele. Besonders bunt und toll waren die am Karfreitag und am Fronleichnamsfeste. Alle Personen aus dem alten und neuen Testament erschienen in entsprechendem Kostüm – natürlich nach mönchischer Anordnung und Angabe – im Zug. Wie im wilden Heer wirbelte der tollste Maskenzug, Menschen und Tiere durcheinander, die Straßen entlang. Jede Gruppe sang ihr eigenes Lied, und dem Zuschauer wurde ganz schwindlig dabei. Nahm er aber nicht andächtig den Hut ab, oder unterstand er sich gar, über den tollen Spuk zu lachen, dann konnte es ihm leicht sehr übel ergehen, denn die Geistlichen ermahnten selbst von der Kanzel herab, die Spötter zu züchtigen.

Noch unter Karl Theodor von Baiern predigte der Karmeliter F. Damascenus in München: »Liebe Christen, morgen ist Prozession. Ihr werdet da an vielen Fenstern Freimaurer und Freidenker sehen – Unchristen, die unserer spotten. Waffnet euch mit dem Eifer des Herrn, greift nach Steinen und werfet sie nach ihnen.« Anstatt den Eiferer zu bestrafen, ließ ihm Karl Theodor sein Wohlgefallen an seinem Eifer zu erkennen geben!

Diese Prozessionen endeten gar häufig mit Liederlichkeiten und Saufereien, wenn sie nicht schon damit begannen. Engel, Apostel und Teufel soffen sich gemeinschaftlich voll, und der Bauernlümmel, der Christus vorstellte und der gewöhnlich der Dümmste war, kam meistens betrunken ans Kreuz und fing an zu extemporieren. Ein solcher Christus, den ein nicht ganz klarsehender Ritter Longinus mit der Lanze in der Seite kitzelte, anstatt die mit Blut gefüllte Schweinsblase zu treffen, schrie ganz erbost: »Hol mich der Teufel, Arm und Bein schlag ich dir entzwei, wenn ich herunterkomme!«

Es kamen noch weit unanständigere und lächerliche Szenen bei dieser Kreuzigung vor, die ich aber weglassen muss, weil sie zu sehr an die Zote streifen. Wäre ich ein Pfaffe oder ein Frommer, so müsste ich mit einem Seufzer meine Augen zum Himmel aufschlagen und an diesen Missbrauch des Heiligsten meine salbungsvollen Redensarten knüpfen; ich mache aber nicht den geringsten Anspruch darauf, von irgendjemand für einen frommen Christen gehalten zu werden, und muss ehrlich gestehen, dass mich diese Sachen weit mehr amüsieren als empören.

Da wir nun einmal bei der spaßhaften Seite der Möncherei sind, die ich bei der Charakteristik derselben nicht unberücksichtigt lassen durfte, so mögen diejenigen Leser, welche sich vielleicht daran ärgern, diesen Kelch gleich auf einmal leeren. Ich will es übrigens kurz machen, obwohl dieses Thema ein besonderes Buch verdiente.

Wer hätte nicht schon von den berühmten Predigten des Paters Abraham a Santa Clara gehört! Sie sind in einer neuen Auflage zum Amüsement der Ketzer erschienen, und ich will mich nicht lange bei ihnen aufhalten, da sie jedem zugänglich sind.

Diese Predigten, welche oft die originellsten und seltsamsten Vergleiche und Wendungen enthalten, hatten seinerzeit auf das Volk eine große Wirkung. In seinem Eifer brachte er oft die seltsamsten Dinge vor, wovon der Schluss einer Predigt über den Ehebruch als Probe dienen mag: »Ja, ja, es gibt so verdorbene Männer, dass sie diesem Laster nachrennen, und wenn sie zu Hause die schönsten Frauen haben! Wie gern würden wir, was uns betrifft, die Stelle dieser Männer vertreten!«

In ähnlicher Art, aber noch derber und oft unflätig, predigte in der Mitte des 16. Jahrhunderts der Pater Cornelius Adriansen zu Brügge in Flandern, wo er in dem zu jener Zeit herrschenden großen Revolutionskrieg eine nicht unbedeutende Rolle spielte. Er sprach, was ihm gerade in den Mund kam und das war dann häufig sehr derb niederländisch.

Einst verglich er des Himmels Süßigkeit mit – Hammelfleisch und weißen Rüben, welches Gericht er wahrscheinlich sehr gern aß. Der Rat der Stadt konnte es ihm nie recht machen, und er schimpfte über ihn ganz öffentlich von der Kanzel, sodass ihm endlich das Predigen untersagt wurde. Eine Rede gegen diesen Rat schloss er mit einer neuen Beschuldigung und bereitete auf dieselbe mit den Worten vor: »Nun noch eine Klette an seinen Hintern!« Diesen Pater Cornelius werden wir im nächsten Kapitel genauer kennen lernen, wenn ich von dem Missbrauch des Beichtstuhls rede.

Noch populärer und einflussreicher als Cornelius und Abraham a Santa Clara war der kurz vor der Revolution in Neapel verstorbene Pater Rocco. Dieser sagte dem König Ferdinand die derbsten Wahrheiten, und man durfte ihn nicht hindern, denn in seiner Hand lag das Schicksal Neapels. Alle Lazzaroni zitterten, wenn er den Mund auftat und niemand wagte eine Miene zu verziehen, wenn er auch die lächerlichsten Dinge vorbrachte.

Einst jagte er einen Marktschreier von seiner Bühne herab, trat an seine Stelle, hielt das Kreuz in die Höhe und rief mit Donnerstimme: »Dies ist der wahre Policinello!« Alles zitterte, und er hielt den Ehebrecherinnen eine furchtbare Strafpredigt über den seltsamen Text: »Und Alexanders Bucephalus ließ niemand aufsitzen als seinen Herren und übertraf die Menschen an Tugend.«

»Ich will sehen«, sprach er, »ob eure Sünden euch leid sind. Wem es mit der Buße ernst ist, der hebe die Hand in die Höhe.« Alle Hände reckten sich in die Höhe. »Nun, heiliger Michael, der du mit deinem Flammenschwerte am Thron des Ewigen stehst, haue alle die Hände ab, die sich in Heuchelei erheben!« Und alle Hände sanken wie mit einem Schlag wieder herunter. Nun aber begann Rocco eine furchtbare Strafpredigt und schloss dieselbe mit Erzählung einer Vision oder eines Traumes, in welcher er durch eine Abtrittsöffnung tief, tief hinunter gesehen auf eine ungeheure Schar von Lazzaronis, die der Teufel sich alle hinten hineingesteckt habe in eine Öffnung, die so groß gewesen sei wie der See Agnano.

Die römische Kirche zählt unter ihren Mönchspredigern so viele originelle Leute, dass ich nur einige wenige anführen kann. Ein Kapuziner hatte sich von einem anderen eine Passionspredigt machen lassen; sie schloss »Und Christus verschied.« Dieser Schluss schien dem Pater doch gar zu dürftig und er fügte noch schnell hinzu: »Nun, Gott sei dem armen Sünder gnädig!«

Der Liebling des Würzburger Publikums am Ende des vorigen Jahrhunderts und einer der größten Feinde der Aufklärung war der achtzigjährige Kapuziner Pater Winter. Eine Rosenkranzpredigt schloss er einst mit folgender Frage: »Wer sind die Neuerer?« – sehr lange spannende Pause – »Esel sind sie, Amen!«

Ein Franziskaner hielt 1782 bei Einkleidung einer Nonne zu Gmünd eine Predigt, die von ganz Deutschland mit vielem Lachen gelesen wurde. Besonders komisch ist der Schluss: »Nun, geistliche Braut, seien Sie ein junger Affe, der seiner Mutter, der würdigen Frau Oberin, alles nachäfft – äffen Sie nach dem alten Affen in Tugenden, Kasteiungen und Bußwerken, – äffe nach, du junger Affe, ihre Keuschheit, Demut, Geduld und Auferbaulichkeit! Und Sie, würdige Frau Oberin!, gleichen Sie dem alten Bären, der ein ungelecktes Stück Fleisch so lange leckt, bis es die Gestalt eines jungen Bären hat; lecke, du alter Bär, gegenwärtiges geistliches Stück Fleisch so lange, bis es dir vollkommen ähnlich ist; – lecke du auch dein ganzes Konvent, samt allen Kost- und Klosterfräuleins! Lecke, du alter Bär, die sämtliche Familie der geistlichen Braut und alle hier in dem Herrn Versammelten; – zuletzt lecke auch mich, damit wir alle wohlgeleckt und gereinigt den Gipfel der Vollkommenheit erreichen mögen. Amen!«

Eins der originellsten Predigertalente war aber wohl der sogenannte Wiesenpater zu Ismaning in Bayern, der vor hundert Jahren lebte. Seine Rosenkranzpredigt: Der heilige Rosenkranz überg'waltigt d'Höllenschanz und seine Schwanzpredigt sind höchst komisch. Die letztere sollte bewirken, dass die Bauernburschen sich nicht mehr, wie sie zu tun pflegten, Sauschwanz schimpften, sondern beim Namen nannten. In ihr kommt folgende Stelle vor: »Warum, meine Christen, ist gewachsen dem Hund sein Schwanzerl? Dem Hund sein Schwanzerl ist gewachsen, damit er wedle und wackle, dass ihm nicht fahren die Mucken ins Loch. Wir Geistlichen sind aber die wahren Schwänzerl, wir müssen wedeln und wackeln, damit nicht fahren die Seelen der gläubigen Christen ins Loch des Teufels!«

Wenn nun auch einzelne Spötter über solche Mönchspredigten lachten, so waren sie doch von Wirkung auf das Volk und dem Bildungsgrad desselben angemessen. Wäre dies nicht der Fall gewesen, so hätte Luther gewiss nicht in derselben Weise gepredigt. Einst predigte er über die letzte Posaune: »So geht es in der Feldschlacht; man schlägt die Trommel und bläst die Trompete Tara-tan-ta-ra! – man macht ein Feldgeschrei Her! Her! Her! – der Hauptmann ruft Hui-Hui-Hui! Bei Sodom und Gomorrha war die Trompete und Posaune Gottes, da ging es Pumperlepump-Plitz-Platz-Schein! Schmier! Denn wenn Gott donnert, so lautet es schier wie eine Pauke Pumperlepump – das ist das Feldgeschrei und die Taran-tan-tara Gottes, dass der ganze Himmel und alle Luft wird gehen Kir-Kir-Pumperlepump!« Nun denke man sich dazu die Gebärden des heftigen Mannes und bewundere die Zuhörer, welche zitterten und bebten und nicht lachten!

Von den evangelischen, protestantischen, lutherischen und anderen nicht römischen Predigern hört man auch zu Zeiten Unsinn, welcher dem vorangeführten nicht viel nachgibt. Ich kannte einen Garnisonsprediger Ziehe in Berlin, der sehr häufig in Knittelversen predigte. Meistens reden die Herrn aber langweiligen Unsinn.

Hätten die Mönche weiter nichts getan, als schlechte Schauspiele aufgeführt und verrückte Predigten gehalten, dann könnte man ihnen ihr Dasein allenfalls verzeihen, allein sie übten einen unendlich unheilvollen Einfluss dadurch, dass sie sich der Erziehung des Volks bemächtigten und über die Schule hinaus demselben Laster einimpften, die in den Klostermauern ausgebrütet wurden und in denselben die größten Schandtaten und Niederträchtigkeiten hervorbrachten, die in der Welt sicher sehr selten vorkommen und dann mit den härtesten und entehrendsten Strafen, die das Gesetz vorschreibt, bestraft werden.

Wer von den Klostergeistlichen nichts weiter kennt, als ihre Lächerlichkeit, der ist gar leicht geneigt, sie für harmlose Dummköpfe zu halten; wer aber tiefer in das Klosterleben hineinsieht, der entsetzt sich vor der Bosheit und Verworfenheit dieser frommen Herrn, die in den echt römisch-katholischen Ländern noch heute den größten Einfluss haben.

Mönche zu Lehrern des Volkes zu machen, ist das schwerste und verderblichste Unrecht, welches man an demselben begehen kann und unbegreiflich bleibt es, dass die Erfahrungen von Jahrhunderten darüber noch nicht genügend aufgeklärt haben, und dass in vielen Ländern Europas das Schulwesen mit dem Mönchswesen auf das engste verbunden und selbst in protestantischen Ländern von der Kirche abhängig gemacht ist.

Das pedantische Pennalwesen, welches noch heutzutage selbst in vielen protestantischen Schulen, besonders in England, herrscht, ist die Folge der Mönchsschulen, wo die Kinder auf die schauderhafteste Weise behandelt wurden.

Man sollte es kaum für möglich halten, dass die preußische Regierung noch am Anfang dieses Jahrhunderts den Trappisten, den aller wahnsinnigsten Mönchen, die es gab, die Erlaubnis erteilte, zu Bieren und Walda in Paderbornischen Schulen zu errichten!

Diese fanatischen bornierten Mönche übernahmen junge Leute, ja Kinder beiderlei Geschlechts von drei bis vier Jahren – zur Erziehung! Der Abt reiste überall selbst umher, leichtgläubige Eltern zu verführen, ihm ihre armen Kinderchen zu übergeben. Auf diese Weise wurden hundert dieser unglücklichen Opfer zusammengeschleppt. Es wäre ihnen besser gewesen, man hätte sie gleich bei der Geburt erstickt! Die Mütter wären wahnsinnig geworden, hätten sie gesehen, wie die Trappisten mit den unschuldigen Kindern umgingen. Die Schilderung, welche ein Augenzeuge davon gemacht hat, wendet einem nicht ganz gefühllosen Menschen das Herz im Leib herum!

Die Kinder, meistens im Alter von vier bis zehn Jahren, lebten in düsteren Zellen, deren ganzes Gerät ein Strohsack, ein Totenkopf, Spaten und Hacke war, womit sie ihre Kartoffelfelder bearbeiteten, die sie nebst Wasser und Brot nährten. Sie waren gekleidet wie die Trappisten und mussten ganz ebenso leben wie ihre Lehrer. Sie durften nicht reden, und die ganze Anstalt glich einem Taubstummen-Institut. Wenn solch ein armes Kind zur Unzeit sprach, lachte, aß oder sonst einen kleinen Fehler beging, wurde es bis aufs Blut gegeißelt. Fortwährend Prügel, gewürzt durch etwas Latein, das war die ganze Erziehung, denn alle anderen Wissenschaften wurden verachtet.

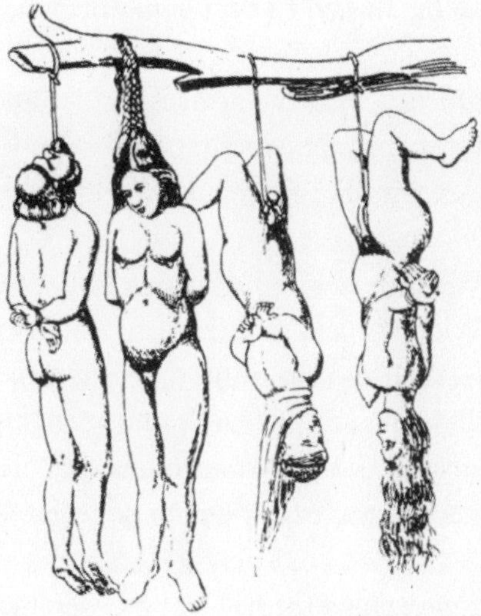

Es konnte nicht ausbleiben, dass viele der Kinder durch die Flucht sich dieser barbarischen Behandlung zu entziehen suchten; allein die armen Geschöpfe wurden leicht wieder eingefangen und die fürchterlichen Strafen schreckten von ferneren Fluchtversuchen ab. Klagen konnten die Ärmsten niemandem, denn die Eltern durften ihre Kinder nicht sprechen und diese waren bis zum 21. Jahr Eigentum des Klosters!

Die Folge davon war, dass eine große Menge der Kinder krank oder wahnsinnig wurden. Es kamen Gerüchte davon unter das Volk und der Ex-Jesuit Le Clerc schrieb öffentlich gegen die Kindermordanstalt. Seine Stimme fand Gehör, und Friedrich Wilhelm III. von Preußen machte der Scheußlichkeit ein Ende.

Aber nicht alle Fürsten denken so vernünftig und wir sehen in anderen Staaten Klöster und Klosterschulen in höchster Blüte. Die Mönche trachten danach, ihre Schüler zu Mönchen oder doch möglichst mönchähnlich zu machen, und in der höchsten Vollkommenheit zeigen sich diese Bestrebungen bei der Erziehung der Novizen, weshalb ich einiges darüber sagen will.

Climakus spricht: »Es ist besser gegen Gott zu sündigen, als gegen seinen Prior.« Das erste Gesetz in einem Kloster ist unbedingter Gehorsam, und deshalb trachtet man denn auch vor allen Dingen danach, Geist und Körper in Fesseln zu legen. Ein Novize darf gar keinen Willen haben; er muss auf den Wink der frommen Väter oder des Novizenmeisters aufpassen, wie ein Pudel in der Dressur. Er muss auf Befehl krank und gesund sein, sich in Wasser oder Feuer stürzen und die unsinnigsten Dinge vornehmen, wenn sie ihm geheißen werden.

Die Novizen sind die Hofnarren der Patres und müssen sich alle Ausbrüche ihrer guten oder bösen Laune gefallen lassen. Diese nehmen mit ihren Zöglingen die allerverrücktesten Dinge vor, um sie »an Gehorsam und an Demut zu gewöhnen.«

Die Novizen mussten zum Beispiel manchmal, mit schweren Reitstiefeln angetan, auf einem Bein um den Tisch hüpfen oder ein Dutzend Purzelbäume schlagen, so gut sie es konnten. Dann wurde ihnen wieder befohlen, Fischeier oder Salz in die Erde zu säen; oder man spannte sie an einen Wagen und ließ sie einen Strohhalm oder eine Feder spazierenfahren.

Kapuziner haben ihren Novizen Heu und Stroh vorgesetzt oder sie aus Sautrögen essen lassen. Ein Vergnügen, welches sie sich oftmals machten, war, dass sie auf dem Fußboden einen Strich mit Kreide zogen und nun dem Novizen befahlen, diesen aufzulecken. Das war an und für sich schon arg genug; aber überdies zogen sie den Strich absichtlich über den Speichel, womit sie die Dielen zu verzieren pflegten.

Oft ließ man die armen Dulder auch exerzieren. Es wurde ihnen ein alter Kessel über den Kopf gestülpt, ein Bratspieß oder Flederwisch an die Seite gesteckt und eine Bratpfanne als Gewehr über die Schulter gelegt.

Wehe dem Unglücklichen, der es wagte, die Miene zu verziehen oder sich gar Worte des Widerspruchs zu erlauben; ihn erwarteten strenge Strafen. Wenn ein Novize vielleicht beim Gesang zu früh einfiel, oder die Tür zu heftig zuwarf, etwas fallen ließ und dergleichen, so war dies eine „culpa levis", und man strafte ihn damit, dass man ihn auf den Knien liegend, mit ausgestreckten Armen ein langes Gebet sprechen ließ, oder indem er einen Finger in die Erde steckte, was man Bohnen pflanzen nannte.

Eine „culpa media" war es, wenn es der Novize unterließ, dem Oberen die Hand oder den Gürtel zu küssen, oder vergaß, sich vor dem Allerheiligsten, wenn es vorbeigetragen wurde, zu verneigen, oder wenn er ohne Erlaubnis auslief. Für solche Vergehen musste er hungern, oder mit seinem Gürtel um den Hals, an der bloßen Erde essen.

Ging er ohne geistliche Waffen, das heißt ohne Rock, Skapulier und Gürtel zu Bett, besaß er irgendetwas als Eigentum, schrieb er Briefe oder opponierte sich gar gegen Obere, dann beging er eine „culpa gravis" und wurde mit entsetzlichen Hieben, Fasten und Einsperrung bestraft.

Eine „culpa gravissima" aber war es, wenn er einen anderen geschlagen, verwundet oder gar getötet, oder wenn man den Novizen auf wiederholter Unkeuschheit ertappt hatte, oder wenn er den Versuch machte, aus dem Kloster zu entweichen. Diese Verbrechen wurden nach den Umständen oder nach Laune der Oberen mit einjähriger Einsperrung bei Wasser und Brot, oder auch mit täglicher Geißelung und ewigem Gefängnis bestraft.

Und was für Gefängnisse waren es, in welchem die Ärmsten oft wegen geringer Vergehen jahrelang sitzen mussten. Pater Franz Sebastian Ammann, der Benediktinerstudent im Kloster Fischingen und dann Guardian (Vorsteher) mehrerer Klöster in der Schweiz gewesen war, und dem wir die interessantesten und abschreckendsten Aufschlüsse über das jetzige Klosterleben verdanken, beschreibt auch den im Kapuzinerkloster auf dem Wesamlin bei Luzern befindlichen Kerker (Custodie). Er liegt an einem feuchten und grauenhaften Ort, ist von dicken Balken aufgeführt, mit zwei Türen und einem kleinen stark vergitterten Fenster versehen und inwendig ungefähr zwölf Fuß lang, sechs breit und ebenso hoch. Da er nicht heizbar ist, so hat hier schon mancher durch Kälte und schlechte Nahrung sein Leben eingebüßt. Wie mögen nun erst dergleichen Löcher im Mittelalter beschaffen gewesen sein!

Die gewöhnliche Beschäftigung der Novizen war sehr dazu geeignet, den Menschen in ihnen zum Vieh herabzuwürdigen. Ihre wissenschaftlichen Studien bestanden darin, dass sie asketische Schriften oder das Brevier lesen mussten, woraus allerdings sehr viel Weisheit zu holen war! Dann mussten sie sich im Schweigen und im Niederschlagen der Augen, kurz in der Heuchelei üben. Wer zu unrechter Zeit den Mund auftat, musste eine Zeitlang ein Pferdegebiß im Mund tragen, und wer seine Augen zu viel umherschweifen ließ, erhielt eine Brille oder Scheuklappen.

Ferner war es das Geschäft der Novizen zu läuten, die Treppen, Gänge, ja selbst die Abtritte zu fegen. Wer verschlief, der musste mit der Matratze oder mit dem Nachttopf am Hals erscheinen, oder im Sarg schlafen. Holz, Licht und Wasser herbeizuholen gehörte ebenfalls zu ihren Verrichtungen, und außerdem mussten sie noch im Chor singen bis zur äußersten körperlichen Erschöpfung.

Dabei fehlte es nicht an allerlei Kreuzigungen des Fleisches. Sie mussten in der größten Hitze dürsten, bis sie fast verschmachteten; den Abspülicht der Geschirre als Suppe essen, oder wenn sie hungrig waren, mit jedem Löffel voll Speise eine Leiter hinaufsteigen und durften ihn erst dann in den Mund stecken, wenn sie oben angelangt und noch etwas darin war.

Zu Meran in Tirol musste 1747 an einem Fest ein Kapuziner-Novize – er war der Sohn eines Grafen – drei Stunden lang gebunden an einem Kreuz hängen und fortwährend rufen: »Erbarmen mir großem Sünder!« Er hatte einen Krug zerbrochen! Fischingen, in welchem der oben genannte ehemalige Guardian Ammann von seinem siebten bis vierzehnten Jahr war, stand in dem Ruf, eines der sittenreinsten und vorzüglichsten Klöster der Schweiz zu sein, und welche Nichtswürdigkeiten gingen hier vor! [1]

[1] Öffnet die Augen, ihr Klosterverteidiger u.s.w. Von F.S.Ammann. 7. Aufl. Bern, bei C.A. Jenni Sohn 1841.

Die liederlichen Patres lebten untereinander wie Hund und Katze, und einer suchte dem anderen auf jede Weise zu schaden. Ammann wurde von einem seiner Lehrer so lange mit einem schweren Lineal auf die Fingerspitzen geschlagen, bis Blut herausspritzte und die Hände ganz dick geschwollen waren. Dann musste er in einem offenen Gang mitten im Winter zwei Stunden lang auf dem Ziegelboden sitzen; und warum? Weil er von einem anderen Lehrer nichts Böses zu sagen wusste! Mönche sind pur eins in ihrem Hass gegen die Weltgeistlichen, aber diese werden von ihnen gründlich gehasst.

Ein von dem ehemaligen Benediktiner zu Rom, Raffaeli Cocci, 1846 (bei Pierer in Altenburg) veröffentlichtes Buch enthält über die Novizen und über die Klosterverhältnisse so entsetzliche Tatsachen, dass sich beim Lesen derselben die Haare sträuben. Der Unglückliche wurde durch seine von den Geistlichen ganz umgarnten Eltern gezwungen, ins Kloster zu gehen und hatte hier Schreckliches zu leiden, bis es ihm endlich 1842 gelang, nach England zu fliehen, wo er wohl noch lebt.

Interessant ist zu beobachten, wie den Knaben schon von Jugend auf unter dem Schleier der Religion der bitterste Hass gegen die Protestanten in das Herz gepflanzt wird. Diese, lehrt man, beteten den Mammon als Gott an und glaubten nicht an Christum; täglich kämen bei ihnen Fälle vor, wo einer den anderen totschlüge; die Römisch-katholischen, die in ihre Länder kommen, würden zum Tod verurteilt; sie hatten keine Gesetze, sondern lebten fortwährend in einem anarchistischen Zustand.

Wenn ein Novize Vernunft zeigte, dann war es um ihn getan; er hatte die entsetzlichsten Qualen zu erdulden. Man wandte die äußersten Mittel an, den rebellischen Geist des Knaben durch Einwirkungen auf die Sinne zu brechen, was bei vielen zum Wahnsinn führte. Cocci fand einst nach einer schrecklichen Predigt in seiner Zelle ein grinsendes Totengerippe und ein anderes Mal ein scheußliches Gemälde des Jüngsten Gerichts, welches mit vielen Lichtern beleuchtet war. Wenn solche Mittel nicht fruchten wollten, dann folgten die grausamsten Geißelungen.

Weiter unten, wenn ich von den Folgen des Zölibats in den Klöstern rede, wird sich zeigen, welchen schändlichen Verführungen die unter Leitung der Mönche stehenden Knaben ausgesetzt sind, und ein jeder Vater wird daraus erkennen, wie höchst gefährlich es für seine Kinder ist, wenn er diese in Klosterschulen unterrichten lässt.

Welche Vorteile kann auch diesen Gefahren für die Sittlichkeit gegenüber die Erziehung durch Geistliche gewähren! Der größte Teil derselben, mögen sie nun Katholiken, Lutheraner oder Reformierte heißen, sind beschränkt und diejenigen, die es nicht sind, müssen so scheinen, da ihre Existenz davon abhängt. Die unter ihrer Leitung erzogenen Knaben saugen von Jugend auf eine Menge falscher Ansichten und Vorurteile ein, die sie dann ihr ganzes Leben lang wie eine Sklavenkette mit sich herumschleppen und die ihnen vielfach in ihrem Fortkommen hinderlich sind. Man nehme die Erziehung aus den Händen der Geistlichen und trenne die

Ein Bauer dringt auf einen Mönch ein, der seine Tochter entführt hat

Kirche durchaus von der Schule; ehe das nicht geschieht, werden wir nicht Männer erziehen, welche den Anforderungen des gegenwärtigen Jahrhunderts entsprechen.

Ich erwähnte oben, dass die Novizen für geringe Vergehen grausam gegeißelt wurden und muss einiges über das Geißeln überhaupt sagen, da es eine ganz außerordentlich große Rolle in der römischen Kirche und besonders in den Klöstern spielt. Ich habe einen ganzen Band über das Geißeln geschrieben, und andere haben es vor mir getan; aber dennoch den Gegenstand nur oberflächlich behandeln müssen, da er in der Tat zu reichhaltig ist, um in einem Band erschöpft werden zu können. Hier muss ich mich vollends auf nur wenige und fragmentarische Angaben beschränken.

Schon unter den Christen der ersten Jahrhunderte gewann der Gedanke Raum, dass es verdienstlich und zur Erlangung der Seligkeit förderlich sei, sich Entbehrungen und körperliche Qualen freiwillig aufzuerlegen. Der Gedanke lag nahe, sich diese durch selbst erteilte Schläge zu verursachen, und wir finden daher schon frühzeitig unter den Christen Selbstgeißler, besonders unter den Mönchen. In den Statuten vieler Klöster heißt es darüber: »Wenn die Mönche die Geißelung an sich selbst ausüben, so sollen sie sich an Christum, ihren liebenswürdigsten Herrn erinnern, wie er an die Säule gebunden und gegeißelt ward, und sollen sich bemühen, wenigstens einige geringe von den unaussprechlichen Schmerzen und Leiden selbst zu erfahren, welche er erdulden musste.«

Andere Gründe für die Selbstgeißlung waren, dass man dadurch sein Gewissen beruhigte, wenn man eine Sünde begangen hatte, und als durch die Pfaffen der Glaube aufkam, dass man durch diese oder jene von ihnen auferlegte Pönitenz sich entsündigen könne, lag der Gedanke nahe, dass dies durch selbst gegebene Schläge geschehen könne. Ein weiterer Grund dafür war auch der, dass man dadurch die »Anfechtungen des Fleisches« besiegen wollte.

Allmählich wurde die freiwillige Geißelung als Bußmittel immer beliebter. Es bildeten sich besondere Gebräuche dabei, und das Verhältnis zwischen Sünde und Hiebe wurde festgestellt. Besondere Bußbücher bestimmten, durch welche Strafen gewisse Sünden gebüßt werden könnten. Geißelhiebe wurden gleichsam die Scheidemünze der Buße besonders für diejenigen, welche der römischen Kirche keine anderen Münzen zahlen konnten.

In der Mitte des 11. Jahrhunderts gab es in Italien einige Männer, welche im Selbstgeißeln Unerhörtes leisteten. Sie geißelten sich nicht nur für ihre Sünden, sondern übernahmen auch die Buße für die Sünden anderer.

Von den vielen Geißelhelden will ich nur den berühmtesten anführen. Es war dies der Mönch Dominikus der Gepanzerte, welchen Namen er erhielt, weil er beständig, außer wenn er sich geißelte, einen eisernen Panzer auf dem bloßen Leibe trug. Petrus de Damiani, Kardinalbischof von Ostia, war Abt des Benediktinerklosters zu Fonte-Avallana. Er erzählt:

»Kaum vergeht ein Tag, ohne dass er mit Geißelbesen in beiden Händen zwei Psalter hindurch seinen nackten Leib schlägt, und dieses in den gewöhnlichen Zeiten, denn in den Fasten oder wenn er eine Buße zu vollbringen hat (oft hat er eine Buße von hundert Jahren übernommen), vollendet er häufig unter Geißelschlägen wenigstens drei Psalter. Eine Buße von hundert Jahren wird aber, wie wir von ihm selbst gelernt haben, so erfüllt: Da dreitausend Geißelschläge nach unserer Regel ein Jahr Buße ausmachen, und wie es oft erprobt ist, bei dem Hersingen von zehn Psalmen hundert Hiebe stattfinden, so ergeben sich für die Disziplin[1]) eines Psalters fünf Jahre Buße, und wer zwanzig Psalter mit der Disziplin absingt, kann überzeugt sein, hundert Jahre Buße vollbracht zu haben. Doch übertrifft auch darin unser Dominikus die meisten, da er als ein wahrer Schmerzenssohn, da andere mit einer Hand die Disziplin ausüben, mit beiden Händen unermüdet die Lüste des widerspenstigen Fleisches bekämpft. Jene Buße von hundert Jahren vollendete er aber, wie er mir selbst gestanden hat, ganz bequem in sechs Tagen.« Er gab sich also nach dem angegebenen Maßstab (3.000 für ein Jahr) während dieser sechs Tage 300.000 Hiebe. Er musste sich also täglich sieben Stunden geißeln und in jeder Sekunde derselben zwei Hiebe geben, was angeht, da er sich mit beiden Händen geißelte.

---

[1] Ursprünglich bedeutet dieses Wort alle Strafen und Züchtigungen; als aber die Disziplin durch Geißeln über jede andere Art den Preis davon trug, wurde das Wort Disziplin der technische Ausdruck, womit man diese Art Züchtigung bezeichnete, und endlich nannte man selbst das Instrument, welches zum Schlagen gebraucht wurde, die Disziplin.

Welchen Anblick mag der Körper dieses Geißelhelden dargeboten haben, denn schon beim achten Psalter war das Gesicht zerschlagen, voller Striemen und blau und braun.

Der Körper Dominikus, erzählt Damiani mit Stolz, habe ausgesehen, wie die Kräuter, welche der Apotheker zu einem Ptisane zerstoßen habe!

Es entstand unter den Frommen Streit darüber, ob man sich beim Geißeln entkleiden soll, oder nicht, und ferner, ob Schläge auf Rücken und Schultern, oder auf den Hintern, der Gesundheit weniger nachteilig oder dem Himmel angenehmer seien. Die ganze geißelnde Welt teilte sich in zwei Parteien; die eine zog die obere Disziplin vor (disciplina supra, oder im besten Mönchslatein secundum supra), die andere die untere Disziplin (disciplina deorsum, secunduni sub).

Die Gegner der unteren Disziplin sagten, sie verstoße gegen die Schamhaftigkeit, und der Abbé Boileau sagt in seinem berühmten Werk darüber: »Der hl. Gregorius von Nyssa lobt in seiner kanonischen Epistel den Gebrauch, die toten Körper zu vergraben, welches man seiner Meinung nach tue, damit die Schande der menschlichen Natur nicht dem Sonnenlicht ausgesetzt werde. Aber ist es bei der verdorbenen Natur nicht weit schamloser und niederträchtiger, beim Licht der Sonne die Lenden junger Mädchen und ihre, obwohl der Religion geweihten, nichtsdestoweniger wunderschönen Schenkel zu zeigen, als einen bloßen und entstellten Leichnam?«

Trotzdem fand die untere Disziplin bei den Frauen den meisten Beifall, und die medizinischen Gründe des gelehrten Abbé Boileau, die ich hier hersetze, machten wenig Eindruck – im Gegenteil.

»Wenn man ein Übel flieht«, sagte der Abbé, »so muss man wohl Acht geben, dass man nicht unkluger Weise in das entgegengesetzte rennt, und dass man, nach dem lateinischen Sprichwort, um die Scylla zu vermeiden, nicht in die Charybdis gerät. Wenigstens ist die Geißelung der Lenden umso viel gefährlicher, als die Krankheiten des Geistes mehr zu fürchten sind als die des Körpers. Die Anatomen bemerken, dass die Lenden sich bis zu den drei äußeren Muskeln der Hinterbacken erstrecken, dem großen, dem mittleren und dem kleinen, sodass darin drei Zwischenmuskeln enthalten sind, oder ein einzelner, welchen man den dreiköpfigen Muskel nennt, oder den triceps, weil er an drei Orten des os pubis beginnt, an dem oberen Teil nämlich, an dem mittleren und dem inneren. Hieraus folgt nun ganz notwendig, dass, wenn die Lendenmuskeln mit Ruten- oder Peitschenhieben getroffen werden, die Lebensgeister mit Heftigkeit gegen das os pubis zurückgestoßen werden und unkeusche Bewegungen erregen. Diese Eindrücke gehen sogleich in das Gehirn über, malen hier lebhafte Bilder verbotener Freuden, bezaubern durch ihre trügerischen Reize den Verstand, und die Keuschheit liegt in den letzten Zügen.

Man kann nicht daran zweifeln, dass die Natur auf dieselbe Weise verfährt, weil es außer den Nierenblut-, Samen- und Fettadern (veines emulgentes, spermatiques et adipeuses) noch zwei

Eine Tochter wird von ihren Eltern ins Kloster geführt

andere gibt, welche man Lendenadern nennt, und die sich zwischen dem Rückgrat, zu beiden Seiten des Rückenmarkes, befinden, und vom Gehirn einen Teil der Samenbestandteile herführen, sodass diese durch die Heftigkeit der Peitschenhiebe erhitzte Materie sich in die Teile stürzt, welche zur Fortpflanzung dienen, und durch den Kitzel und den Stoß des os pubis zur rohen fleischlichen Lust anreizen.«

Diese hier erwähnten Folgen der unteren Disziplin – die wir Müttern zur Beachtung empfehlen – waren entweder ihren Anhängern nicht bekannt, oder wurden von ihnen nicht gefürchtet, indem sie es, so künstlich zu fleischlicher Lust aufgeregt, vielleicht für umso verdienstlicher hielten, ihr »Fleisch« zu besiegen. Wie die Herren Jesuiten auf diese Wirkung spekulierten, werden wir im letzten Kapitel sehen.

Die Kirche wollte lange Zeit hindurch das Geißeln nicht als eine Notwendigkeit anerkennen; allein die Gegner desselben unterlagen, und das Selbstgeißeln sowohl wie das Geißeln als Strafe wurde allgemein und mit einem Fanatismus betrieben, der in unserer Zeit völlig unbegreiflich ist. Der Heilige Antonius von Padua kann die Geißelmode nicht genug loben; aber der Heilige Franziskus nennt ihn ein Rindvieh, und ich will dem Heiligen umso weniger widersprechen, als dieses heilige Rindvieh der Urheber der Geißlerprozessionen wurde, aus denen die Geißelbrüderschaften hervorgingen, die Jahrhunderte hindurch eine große Rolle in der römischen Kirche spielten.

Das Geißeln fand unter den frommen Frauen besonders viele Anhänger und wurde in den Nonnenklöstern besonders mit Leidenschaft getrieben. Über den Grund will ich mir weiter keine Untersuchungen gestatten, sondern nur den Verdacht aussprechen, dass der triceps und das os pubis mehr mit dieser Leidenschaft zu tun hatten, als die Religion und als die armen Frauen selbst ahnten.

Die Karmeliter hatten eine ziemlich vernünftige Regel, bis sie unter die Herrschaft der Heiligen Therese kamen; dieselbe, welche den Mönchen buchstäblich die Hosen auszog und diese ihren Nonnen anzog. In den Regeln, die sie gab, spielte die Selbstgeißelung eine Hauptrolle. Während der Fasten besonders geißelten sich manche ihrer Mönche und Nonnen drei- bis viermal täglich, ja sogar während der Nacht.

Das Kloster zu Pastrana war eine freiwillige Marteranstalt. Eine Zelle war gleichsam das Geißelzeughaus. Hier waren alle nur möglichen Geißelinstrumente angehäuft, und jeder Novize hatte das Recht, sich dasjenige Folterwerkzeug auszusuchen, welches ihm für seine Buße am passendsten schien. – Eine beliebte Art der Selbstquälerei war das sogenannte Ecce homo. Sie wurde gewöhnlich in Gesellschaft vorgenommen. Die bußbedürftigen Brüder stellten sich im Refektorium auf. Einer trat nun aus der Reihe heraus. Er war nackt bis zum Gürtel, und sein Gesicht mit Asche bedeckt. Unter dem linken Arm schleppte er ein schweres hölzernes Kreuz, und auf dem Kopf trug er eine Dornenkrone, in der rechten Hand trug er eine Geißel. So ging er mehrmals im Refektorium auf und nieder, peitschte sich fortwährend und sagte mit kläglicher Stimme einige besonders zu dieser Gelegenheit verfasste Gebete her. War er fertig, dann folgten die anderen Brüder.

Der Karmeliterorden hat berühmte Geißelhelden und -heldinnen hervorgebracht, und ich erinnere nur an die Heilige Therese und an die Heilige Katharina von Cardone, von denen ich schon im Kapitel von den Heiligen weitläufiger gesprochen habe.

Die letztere brauchte zum Geißeln Ketten mit Häkchen, oder eine gewöhnliche Geißel, in welche sie Nadeln und Nägel steckte, oder die sie mit Dornenzweigen durchflochten hatte. Mit solchen grässlichen Werkzeugen geißelte sie sich oft zwei bis drei Stunden lang.

Maria Magdalena von Pazzi, eine Karmeliternonne zu Florenz, erlangte durch ihre Selbstquälerei und noch mehr durch die Folgen derselben einen hohen Ruf. Sie war 1566 in Florenz geboren und die Tochter angesehener Eltern. Schon als Kind hatte sie eine Leidenschaft für das Geißeln, und als sie siebzehn Jahre alt war, nahm sie den Schleier. Es war ihre größte Freude, wenn die Priorin ihr die Hände auf den Rücken binden ließ und sie in Gegenwart sämtlicher Schwestern mit eigener Hand auf die bloßen Lenden geißelte.

Diese schon von Jugend auf vorgenommenen Geißelungen hatten ihr Nervensystem ganz und gar zerrüttet, und keine Heilige hat so häufig Entzückungen gehabt. Während derselben hatte sie es besonders mit der Liebe zu tun, und schwatzte darüber das wunderlichste Zeug. Der himmlische Bräutigam erschien ihr sehr häufig, und sie sah ihn in allen möglichen Lagen. Einst blieb sie, das Kruzifix in der Hand, sechzehn Stunden lang in Betrachtungen über das Leiden Christi versunken und sah im Geist eine der Martern nach der anderen, welche er erduldet hatte. Dieser Anblick rührte sie so sehr, dass sie Ströme von Tränen vergoss und ihr Bett davon so nass wurde, als ob es in Wasser getaucht worden wäre. Dann fiel sie in Ohnmacht, blass wie der Tod, und blieb lange Zeit ohne Bewegung liegen.

In diese Entzückungen verfiel sie gewöhnlich, nachdem sie das Abendmahl genommen hatte, oder wenn sie sich in die Betrachtung eines heiligen Ausspruchs vertiefte. Besonders geschah das, wenn sie über ihren Lieblingstext nachdachte, dieser war: Und das Wort ward Fleisch. Einst geriet sie dabei in eine Verzückung, welche von abends fünf Uhr bis zum anderen Morgen dauerte. Während derselben rief sie plötzlich aus: »Das ewige Wort ist in dem Schoße des Vaters unermesslich groß; aber in Mariens Schoß ist es nur ein Pünktchen. Deine Größe ist, unergründlich und Deine Weisheit unerforschlich, mein süßer, liebenswürdiger Jesus !«

Das innere Feuer drohte sie zu verzehren, und häufig schrie sie: »Es ist genug, mein Jesus! Entflamme nicht stärker diese Flamme, die mich verzehrt. Nicht diese Todesart ist es, die sich die Braut des gekreuzigten Gottes wünscht; sie ist mit allzu vielen Vergnügungen und Seligkeiten verbunden!«

So steigerte sich ihr Zustand von einer Stufe des Wahnsinns zur anderen, und endlich bildete sie sich ein, förmlich mit Christus vermählt zu sein und sowohl von ihm, wie von ihrem Schwiegervater und dessen Adjutanten, dem Heiligen Geist, Visiten zu erhalten. Die Hysterie erreichte den höchsten Grad, und »der Geist der Unreinigkeit« blies ihr die wollüstigsten und üppigsten Phantasien ein, sodass sie mehrmals nah daran war, ihre Keuschheit zu verlieren. Aber die Qualen, denen sie sich nach solchen Versuchungen unterzog, waren entsetzlich. Sie ging in den Holzstall, band einen Haufen Dornengesträuch los und wälzte sich so lange darauf, bis sie am ganzen Körper blutete und der Teufel der Unzucht sie verlassen hatte. So ging es fort, bis endlich der barmherzige Tod ihren Qualen ein Ende machte. Die arme Wahnsinnige wurde natürlich heiliggesprochen.

Die unendlich vielen Abarten des Zisterzienserordens haben sich im Punkt des Selbstgeißelns sehr ausgezeichnet, allein von ihnen keine so sehr wie die Trappisten. Sogar Mönche nannten den Stifter dieses Klosters zu La Trappe den Scharfrichter der Religiösen. Der Orden war

durch die Revolution sehr herabgekommen; aber Karl X. nahm ihn unter seinen besonderen Schutz, und von 814–1827 zählte man in Frankreich nicht weniger als 600 Nonnenklöster dieses Ordens. Die Geißel war hier an der Tagesordnung, und Mademoiselle Adelaide de Bourbon, die Beschützerin dieser Klöster, wie auch die alternde Frau von Genslis, geißelten sich von Zeit zu Zeit mit den Nonnen in frommer Andacht.

Die Krone der Zisterzienser ist aber die hochgepriesene Mutter Passidea von Siena, von der ich schon früher erzählte, dass sie es für verdienstlich hielt, sich wie einen Schinken in den Rauch zu hängen. Im Geißeln leistete sie Dinge, welche selbst Dominikus den Gepanzerten mit Neid erfüllt haben würden. Die natürliche Folge des unmäßigen Geißelns war ebenfalls ein dem Wahnsinn nahe kommender Zustand, in welchem ihr Christus erschien. Das Blut floss aus seinen Wunden, er strecke ihr die Arme entgegen und rief mit zärtlicher Stimme: »Schmecke, meine Tochter, schmecke!«

Elisabeth von Genton geriet durch das Geißeln förmlich in bacchantische Wut, was aber die Pfaffen heilige Verzückung nannten. Am meisten raste sie, wenn sie, durch ungewöhnliche Geißelung aufgeregt, mit Gott vereinigt zu sein glaubte, den sie sich als einen schönen, nackten Mann und in beständigem Bräutigamstaumel mit seiner irdischen Geliebten dachte. Dieser Zustand des Entzückens war so überschwenglich beglückend, dass sie häufig in den Ausruf ausbrach: »Oh Gott! Oh Liebe, oh unendliche Liebe! Oh Liebe! Oh ihr Kreaturen, rufet doch alle mit mir: Liebe! Liebe!«

Ich könnte die Zahl solcher Beispiele unendlich vermehren, allein ich halte es für überflüssig, da die Wirkungen so ziemlich überall dieselben waren.

Dass das Geißeln unter den Strafen die Hauptrolle spielte, kann man sich nach dem Gesagten wohl denken. Die Klosterregel der Heiligen Therese ist so reichlich mit Geißelverordnungen gespickt, dass manches Kloster, welches derselben folgte, ein eigenes Magazin für Ruten haben musste.

Die beschuhten oder graduierten Karmeliter, die sich viel mit dem Studieren beschäftigten und deshalb einige Vorrechte genossen, erhielten dennoch trotz ihrer Gelehrsamkeit bei den kleinsten Vergehungen Prügel. Am allerhärtesten wurden aber die Vergehungen mit hübschen Klosterfrauen bestraft, besonders ein mit denselben begangenes Verbrechen, welches zwar nicht genannt, aber in dem Orden sehr häufig vorgekommen sein muss. Schon auf den bloßen Verdacht hin, dasselbe begangen zu haben, wurde ein Mönch, ohne Hoffnung auf Milderung oder Barmherzigkeit zu haben, mit ewigem Gefängnis bestraft, und zwar: Um dort erbärmlich gequält zu werden, wie der Beisatz in den Statuten lautet.

Nicht so streng scheint man indessen dergleichen Vergehungen genommen zu haben, wenn sie mit nicht geistlichen Frauen begangen wurden, und die Mönche trugen Sorge, dass solche in der Nähe waren. Besonders scheinen die Weiber der Klosterdiener, die in den Wirtschaftsgebäuden, der sogenannten Vorstadt, wohnten, eine große Anziehungskraft für die Heiligen Väter gehabt zu haben, und besonderen Wert hatten diejenigen Weiber, welche keine Kinder bekamen, oder in der Klostersprache sterile (Unfruchtbare) waren. Der bekannte Schriftsteller Karl Juli Weber wohnte einst einer Unterhaltung bei, welche ein Domherr mit seiner Köchin hatte, die von ihm einen höheren Lohn forderte. Der Domherr wollte nicht einsehen, warum sie mehr verlange wie eine andere; allein sie machte ihre Vorzüge gelten und rief mit Selbstgefühl: »Ja, ich bin aber auch eine Stereliese!«

Der Orden von Fontevrauld war ein kurioser Orden. In dem Kloster lebten Mönche und Nonnen zusammen, die oft beieinander schlafen mussten, um Versuchungen gewaltsamerweise und einzig zu dem Zweck herbeizuführen, sie desto glorreicher zu überwinden. Die Regel dieses Ordens fand so viele Liebhaberinnen, dass nicht selten zwei- bis dreitausend Nonnen im Kloster waren. Da die Schwangerschaften gar zu häufig vorkamen, musste die Zucht etwas strenger eingerichtet werden.

Dies Kloster zu Fontevrauld, oder Eberardsbrunnen, hatte fünfzig Mönchsklöster unter sich. Besonders zahlreich war aber die Zahl der Novizen im Stammhaus, und meistens führten hier fürstliche oder andere vornehme Dinge das Regiment, denn dieser Orden hatte das Eigentümliche, dass hier das männliche Geschlecht dem weiblichen untergeben war.

Das Geißeln an einem jungen Frater oder Novizen war für die Damen ein Hauptvergnügen und wurde höchsteigenhändig vollzogen und am liebsten der unteren Disziplin der Vorzug gegeben. Oft ließen sich beide Teile – Mönche und Nonnen – zusammen disziplinieren; die Nonnen vom Beichtvater und die Mönche von der Äbtissin.

Die verbesserten Regeln des Zisterzienserordens waren besonders beim weiblichen Geschlecht mit dem Geißeln sehr freigebig. War eine Nonne gestorben, dann mussten die Schwestern sich noch viele Wochen lang zum Heil der Seele der Toten den Hintern zerhauen. Dies Geißeln zum Heil der armen im Fegefeuer schwitzenden Seelen fand in vielen Nonnenklöstern statt, und auch in Leyden, wie uns der gelehrte aber etwas derbe Marnix Herr von St. Aldegonde in seinem Bienenkorb folgendermaßen erzählt:

»Noch vber alle dise heylsame hülffmittel, haben die liebe andächtige Schwestern zu Leyden in Holland, vnd inn allen Regularissenklöstern, noch etwas gefunden, das sehr artig ist. Denn zwischen Remigy und aller Heyligentag, nachdem man die Vigilien von neun Lektionen sehr andächtiglich hat gesungen, so geht ihre Frau Mater inn eyn finster Kellerlein, mit eyner Ruten inn der hand, vnd da kommen die Schwesterlein, eyne vor, die ander nach, mit dem hindern bloshaupts, ja etliche auch wol gantz Mutternackend, vnnd legen sich für sie, vnnd empfangen die selige Disziplin oder züchtigung für die Selen im Fegfeuer. Dann als manchmal sie zehen streich empfangen, so manche Seelen fliegen knapp inn schnapps dem Himmel zu, wie die Küe inn eyn Mäußloch. Ist das nicht köstlich Ding, mit Nonnenärssen die Seelen aufplasen? Ei der kräfftigen Nonnenfürz, welche so feine Blaßbälg inns Fegfeuer geben! Ich denk, die andern Nonnen, Beginen vnnd Schwestern werdens inen auch nach thun müssen, vnnd solls allein wolstandshalben geschehen; auch das es der Pater offtmals thun muss, wann kein Mater vorhanden ist; denn malet schon der Müller mit bei tag, so versiehts doch die Müllerin bei nacht.«

Sebastian Ammann, der Ex-Prior der Kapuziner, den ich schon früher erwähnte, gibt eine Beschreibung davon, wie die Geißelung noch in gegenwärtiger Zeit in den Kapuzinerklöstern angewandt wird. Ich führe es hier an, damit die Leser nicht glauben, dass das was ich erzählte, nur dem »finsteren Mittelalter« angehört.

»Die Geißel ist ein Instrument, aus Eisendraht geflochten, ungefähr vier Schuh lang; ein Teil davon, den man beim Schlagen um die Hand windet, ist einfach, derjenige aber, mit dem man auf den Leib schlägt, fünffach geflochten und an den fünf Enden gewöhnlich mit eisernen Zacken versehen. Die Geißelung geschieht bei den Kapuzinern auf zweierlei Art. Im Chor nachts bei der Mette heben sie die Kutten auf und klopfen sich auf den bloßen Steiß, bis der Obere ein Zeichen zum Aufhören gibt. Da sie keine Hosen tragen, so geht die Szene schnell auf das Kommando vor sich. In dem Speisezimmer, wo die Geißelung beim hellen Tag im Angesicht aller Conventualen vor sich geht, pflegt sie auf folgende Weise zu geschehen. Derjenige, welchem die Strafe zuteil wird, muss, bevor er zu Tisch geht, das wollene Hemd (Schweißblätz) und die leinene Schürze (Mutande), die unter der Kutte getragen werden, ausziehen und so mit den anderen sich zum Tischgebet einstellen. Nach diesem gehen alle übrigen zu Tisch; der Sträfling aber wirft sich auf die Knie, legt die Geißel vor sich hin auf den Boden, fasst mit beiden Händen die Kapuze und zieht sich die Kutte über den Kopf aus, legt dieselbe vor seine Brust hin, sodass der vordere Leib bedeckt, der hintere aber ganz nackt ist. In dieser Lage hält er mit der linken Hand die Kutte und in der rechten die Geißel.

Auf ein Zeichen, das ihm der Obere gibt, beginnt er laut Bußpsalmen, das Miserere, De profundis und lateinische Gebete zu sprechen, und schlägt sich so lange auf den nackten Rücken über die Achseln, bis der Obere zufrieden ist und das Zeichen zum Aufhören gibt. Zwickt sich der Pönitent mit der Geißel nicht heftig genug, so lässt ihn der Guardian länger beten und zuschlagen. Wer noch nicht alles Schamgefühl verloren hat, wie ergraute Kapuziner, der unterzieht sich dieser Operation gewiss ungern. Dass diese schamlose Handlung Anlass zu der naturwidrigsten Unzucht gegeben habe, könnte ich jedem mannigfach beweisen, der daran zweifeln sollte!«

Die Folgen des Zölibats zeigten sich bei den Mönchen auf eine noch widerlichere Weise als bei den Weltgeistlichen, die durch ihren Verkehr mit den Menschen doch noch Gelegenheit fanden, den mächtigen Geschlechtstrieb auf natürliche Weise zu befriedigen. Die strenge Zucht in vielen Klöstern erschwerte dies aber den Mönchen sehr, und so nahmen denn bei ihnen die unnatürlichen Laster auf eine schaudererregende Weise überhand. Die zahlreichen Verbote, keine weiblichen Tiere in Mönchsklöstern und keine Schoßhündchen in Nonnenklöstern zu leiden, sprachen laut genug dafür, welche Wege der unterdrückte Geschlechtstrieb aufsuchte.

Das asketische Leben, die schwächende Diät und der häufige Genuss der Fische, wie auch das Geißeln trugen sehr viel dazu bei, den Fleischesteufel mehr gegen die Mönche als gegen andere Menschenkinder aufzureizen; und ich sehe eigentlich nicht ein, warum nicht statt des Zölibatgesetzes ein anderes gegeben wurde, welches alle Knaben, die sich dem Klosterleben widmeten, zur Kastration verurteilt. Dann würden sie Ruhe haben und nicht durch fleischliche Anfechtungen in ihren frommen Betrachtungen gestört werden und das Familienleben durch ihre Unsittlichkeit verpesten.

Übrigens ist der Gedanke kein Originalgedanke; es gab schon längst vor mir Leute, welche ihn praktisch ausführten. Der Ritter Bressant de la Rouveraye, empört über die skandalöse Prozession, welche zur Feier der Bluthochzeit in Rom veranstaltet wurde, gelobte alle Mönche zu kombabisieren, die ihm in die Hände fielen. Wie ein Indianer die Skalpe seiner Feinde, so trug der grimmige Ritter die für die Erfüllung seines Gelübdes zeugenden Trophäen an seinem Wehrgehänge. Iphauer Bauern, welche das Kloster Birkling in der Grafschaft Kastell zerstörten, nahmen mit den erwischten Mönchen dieselbe Operation vor.

Die in den Klöstern herrschende Sittenlosigkeit übertrifft die kühnste Phantasie. Um die Folgen derselben zu verbergen, wurden sehr häufig die Mittelchen der Klosterapotheke in Anspruch genommen, und manches gefallene Mädchen blieb durch ihre Hilfe in den Augen der Welt eine reine Jungfer; aber auch mancher Ehemann verschwand durch sie.

Ammann kennt einen Pater, der einem Mädchen in Rapperswyl, das von ihm schwanger gewesen sein soll, einen Trank zum Abtreiben gab. Der Vorgesetzte war genau davon unterrichtet, aber er hielt es »zur Ehre der Geistlichkeit« nicht für angemessen, davon viel Aufhebens zu machen.

Mönche und Nonnen lebten in der innigsten Vertraulichkeit und schienen der Ansicht, dass sie nur dazu geschaffen wären, sich einander zu ergänzen. Bebel wollte ein Nonnenkloster kennen, in welchem nur eine keusche Nonne gewesen – die nämlich noch kein Kind gehabt hatte.

Das Kinderbekommen war die Schattenseite des Nonnenlebens, aber die frommen Vestalinnen wussten sich zu helfen. Das Mittel war sehr einfach, »zur Ehre der Geistlichkeit« wahrscheinlich brachten sie die Kinder um. Bei Abbrechung des Klosters Mariakron fand man »in den heimlichen Gemächern und sonst – Kinderköpfe, auch ganze Körperlein versteckt und vergraben«, und der Bischof Ulrich von Augsburg erzählt, dass Gregor I., der auch sehr für das Zölibat eingenommen gewesen war, davon zurückgekommen sei, als einst aus einem Klosterteich sechstausend Kinderköpfe herausgefischt wurden. Das Wort des Bischofs mag für diese fast unglaublich klingende Tatsache bürgen.

Als Kaiser Joseph II. diese Wiedehopfnester ausnahm, fragte er einen Prior: »Wie stark sind sie?« – »Zweihundert, Ew. Majestät.« – »Wie?« – »Ja, Ew. Majestät, wir haben aber auch vier Nonnenklöster zu versehen.« – Der Kaiser drehte dem offenherzigen Prior den Rücken zu, um ihm sein Lachen zu verbergen.

Die Äbtissinnen waren aber auch für ihre Freunde, die Mönche, auf das Liebevollste besorgt. Kranke Nonnen wurden nicht aufgenommen, ja nicht einmal solche, welche einen übelriechenden Atem hatten. Was dieser der Heiligkeit für Hindernisse in den Weg legen soll, kann ich nicht wohl begreifen; allein für die Unheiligkeit ist er höchst unbequem und bei Eheleuten, wenn ich nicht irre, in manchen Ländern ein Grund zur Scheidung.

Nichts ist possierlicher – erzählt der Ex-Prior Ammann – als wenn sich die Nonnen die körperlichen Gebrechen ihrer geliebten Patres vorwerfen. Dies erinnert an andere keineswegs der Keuschheit geweihte Häuser, und viele Geschichtsschreiber aus der Zeit der päpstlichen »babylonischen Gefangenschaft« sagen auch wirklich geradezu: »Von Nonnen kann man aus Scham gar nicht sprechen; ihre Klöster sind Hurenhäuser, und ein Mädchen, das den Schleier nimmt, tut dasselbe, als ob sie sich für eine Hure erkläre.«

Schon die Synode zu Rouen (um 650) sah sich genötigt, das Gesetz zu erlassen: Dass Nonnen, die mit Geistlichen oder Laien Unzucht getrieben hatten, durchgeprügelt und ins Gefängnis geworfen werden sollten.

Robert von Abrissel, der Stifter des oben erwähnten Klosters von Fontevrauld, ein sehr heiliger Mann, brachte die Nächte bei Nonnen zu, um seine Stärke zu prüfen in der Tugend der Ent-

haltsamkeit. Sehr vernünftig war es von ihm, dass er sich zu dieser Probe nur die allerschönsten Nonnen aussuchte. Siegte er, dann war sein Sieg umso verdienstlicher, und unterlag er, nun, dann lohnte es doch auch der Mühe.

Bebel, den ich schon mehrmals nannte, ist sehr reich an spaßhaften Anekdoten von Mönchen und Nonnen. Zwei mögen hier einen Platz finden.

Ein Mönch, der in einem Nonnenkloster einkehrte, wurde von den Nonnen auf das Freundlichste aufgenommen und bewirtet. Er sprach so viel von Tugendsinn, Gottesfurcht und Züchtigkeit, dass ihn die Nonnen für ein Muster der Enthaltsamkeit hielten und ihm sogar in ihrem eigenen Schlafsaal ein Bett anwiesen.

Mitten in der Nacht fing der Mönch plötzlich an zu schreien: »Ich mag nicht! Ich mag nicht!« Man kann sich denken, wie die Nönnchen die Ohren spitzten und wie eifrig sie herbeiliefen, um sich nach der Ursache des sehr verdächtig klingenden Ausrufs zu erkundigen.

Der Schalk erzählte ihnen nun, dass ihm eine Stimme vom Himmel befohlen habe, sich zu der jüngsten Nonne ins Bett zu legen, denn sie beide wären dazu ausersehen, einen Bischof hervorzubringen; er aber wolle nicht.

Die frommen Nonnen waren hocherfreut, wussten ihn zu Gehorsam gegen Gottes Stimme zu bekehren und führten ihn endlich an das Bett der glücklichen Schwester. Als diese einiges Bedenken fand, erklärten sich sogleich alle übrigen bereit, ihre Stelle zu vertreten, sodass sie den Mönch zu sich nahm.

Das Resultat war aber – eine Tochter! Diese konnte freilich nicht Bischof werden; und als man den Mönch zur Rede stellte, schob er den missratenen Bischof darauf, dass die Nonne nicht freiwillig gekommen wäre.

Einen ähnlichen Streich spielte den Nonnen der Pförtner ihres Klosters, welcher den sonderbaren Namen Omnis mundus führte. Während einer Nacht kroch er in die Feueresse und brüllt durch ein großes Rohr in den Kamin ihres Schlafsaals: »Oh ihr Nonnen, hört das Wort Gottes!« Die Nonnen zitterten und zagten; als sie aber in der nächsten Nacht wieder dieselbe Stimme hörten, fielen sie alle nieder, denn sie meinten, ein Engel spräche zu ihnen und sangen: »Oh, Engel Gottes, verkünde uns deine Willen!«

Die Antwort ließ nicht lange auf sich warten; sie lautete. »Haec est voluntas Domini ut Omnis mundus inclinet vel supponat vos!« Was bedeutet dieser Orakelspruch?, fragten sich die Nonnen und kamen bald dahin überein, dass der Pförtner Omni mundus bei ihnen schlafe, woraus wohl ein Bischof oder gar ein Papst entstehen sollte.

Der schlaue Pförtner wurde gerufen. Er fügte sich, und die Äbtissin, welche zuerst mit ihm allein blieb, sang beim Hinausgehen: »Wie sehr freut mich das, was mir gesagt worden ist.« Nun kam die Priorin an die Reihe. Diese sang: »Herr Gott, dich loben wir!« Die dritte Schwester: »Der Gerechte wird sich im Herrn freuen.« Und die vierte: »Lasset uns alle fröhlich sein.«

Aber nun hatte das Latein des Pförtners ein Ende, und als er davonlief, schrien ihm die übrigen Nonnen nach: »Wann erhalten wir denn nun den Ablass?«

Aber nicht immer kam ein reisender Mönch, der angenehm Offenbarungen hatte, und nicht jedes Kloster besaß einen brauchbaren Pförtner; aber das Verlangen war da und wollte befriedigt sein. Viele behalfen sich so gut es ging; aber was wollte das sagen? Einige verliebten sich in Jesus und schwärmten so lange für ihn, bis sie sich wirklich einbildeten oder träumten, Besuche von ihm zu empfangen.

Die Nonne Armelle glaubte wirklich in der Seitenwunde Christi zu wohnen und Maria a la Coque erhielt gar von ihm die Erlaubnis, ihr Herz in das seinige zu legen. Dann bekam sie es wieder; aber Christus riet ihr, wenn sie von der Operation Seitenstechen empfinde, zur Ader zu lassen.

Andere, die nicht so schwärmerisch waren, beschäftigten sich in ihren Gedanken fortwährend mit Männern, und als Abraham a St. Clara einst in einem Nonnenkloster die Beichte hörte, gestanden ihm fast alle Nonnen, dass sie von Hosen geträumt hätten. Der fromme Pater war nicht wenig ergrimmt. »Was, ihr wollt Bräute Christi sein?«, fuhr er sie an. »Christus hatte keine Hosen; ist euer Bräutigam ohne Hosen, und ihr denkt und träumt von Hosen? Gehet hin in das ewige Feuer, da werdet ihr Hosen sehen, glühende, feurige Hosen, die ihr werdet angreifen und damit spielen müssen.«

Neben ihren Träumereien von Männern, Hosen und dergleichen phantastischen Dingen verliebten sich die armen Nönnchen in Ermangelung anderer Liebesgegenstände ineinander. Grecourt erzählt ein Geschichtchen von zwei Nonnen, die ihre Reize bewundern und in ihrer Unschuld mit dem Rosenkranz messen:

Eh bon Dieu! dit Sophie,
Qui l'aurait cru? Vous l'avez, chère amie,
Plus grand que moi d'un Ave Marie!

Die Nonnen waren überhaupt ein seltsames Völkchen, und der Mangel an Männern brachte bei ihnen neben den beklagenswerten auch oft höchst komische Wirkungen hervor.

In einem flandrischen Kloster fing plötzlich eine Nonne an, in ihrem Bett höchst befremdliche Bewegungen zu machen. Das hätte am Ende nichts zu bedeuten gehabt; aber die Sache wurde ansteckend, und bald arbeiteten die Nonnen sämtlich des Nachts so heftig, dass die Bettstellen knackten. Das sonderbare Übel pflanzte sich in andere Klöster fort und machte so großes Aufsehen, dass die Geistlichkeit amtlich einschritt und mit Weihkessel und Wedel in die Klöster rückte, um die Teufel aus den Nonnen auszutreiben. Ob sie »die Teufel – à la Boccaccio – in die Hölle schickten«, davon meldet die Chronik nichts.

Im 15. Jahrhundert bekam eine deutsche Nonne den Einfall, eine andere zu beißen. Dieser gefiel der Spaß, und sie biss wieder eine andere, bis das Beißen förmlich epidemisch wurde und sich mit rasender Schnelligkeit von einem Nonnenkloster zum anderen verbreitete.

In einem französischen Kloster wurde es unter den Nonnen Mode, wie die Katzen zu miauen, und die Sache nahm so überhand, dass es viel Skandal gab. Alle Verbote fruchteten nichts, und das Miauen wurde immer ärger. Endlich erhielt eine Kompanie Soldaten den Befehl, diesen Katzenteufel zu bannen, in ein Kloster zu rücken und eines der Klosterkätzchen nach dem anderen über das Knie zu legen, und mit Ruten zu bearbeiten, bis ihnen das Miauen verging. Es verging ihnen aber schon von der bloßen Furcht, und die Exekution wurde überflüssig.

Diese Nonnen, besonders wenn sie alt und garstig wurden, konnten aber wahre Teufel sein, und ihr ganzer Hass traf die jungen und hübschen Schwestern. Diese wurden mit Argusaugen bewacht, und wehe ihnen, wenn sie auf dem Umgang mit einem Mann ertappt wurden. Dann vergaßen jene ihre eigene Jugend und begingen die empörendsten Grausamkeiten. Von den unzähligen Beispielen will ich nur einige anführen.

Im Kloster Wattum verliebte sich eine Nonne in einen Mönch. Solche Liebe war selten platonisch, und diese war es auch nicht, denn die Nonne fühlte sich schwanger. Sie verbarg ihre Lage, so lange es irgend angehen wollte, dann aber entdeckte sie sich ihren Mitschwestern. Das hatte ihr ein böser Geist geraten, denn diese stürzten über sie her und überhäuften sie mit Schmähungen und Schimpfworten. Einige rieten, die Verbrecherin zu schinden oder zu verbrennen; andere wollten, dass sie auf glühende Kohlen gelegt werde!

Nachdem sich der erste Sturm gelegt hatte, ließen die erfahreneren Nonnen sie in ein Gefängnis werfen und fesseln. Hier musste sie bei Brot und Wasser unter fortwährenden Misshandlungen liegen. Dem Mönch war es gelungen zu entfliehen.

Als die Stunde der Niederkunft heranrückte, bat das arme Geschöpf flehentlich, man möge sie aus dem Kloster entlassen, denn ihr Geliebter habe ihr versprochen, sie mitzunehmen. Die Nonnen lockten ihr nun nach und nach heraus, dass der Mönch sie auf erhaltene Nachricht an einer bestimmten Stelle in der Nacht und in weltlichen Kleidern erwarten würde.

Diese Entdeckung war den Megären willkommen! Ein handfester Pater, begleitet von einigen anderen, begab sich, gehörig verschleiert und mit einem Knittel versehen, an den bezeichneten Ort. Der Mönch wurde ergriffen und im Triumph ins Kloster geschleppt.

Hier erwartete ihn seine Geliebte und ein grässliches Schicksal! Das arme Weib wurde von den Nonnen gezwungen, ihren Geliebten zu entmannen! Dann wurde die Unglückliche wieder in das Gefängnis geschleppt.

Das arme gequälte Geschöpf schlief hier einst vom Fasten und Weinen ermattet ein und träumte, oder glaubte zu träumen, dass ein Bischof mit zwei Weibern zu ihr komme, und dass die letzteren bald darauf mit ihrem in glänzende Windeln gehüllten Kind davongingen. Als sie wieder zu sich kam, fühlte sie sich ihrer Bürde entledigt. Die Nonnen untersuchten hierauf ihre Brüste, ihren ganzen Leib, berührten und drückten alle Teile desselben, und fanden ihn weder irgendwo verletzt, noch eine Spur von einer Ermordung des Kindes. Die Geschichte wurde nun für ein Wunder erklärt und als solches im Kloster bis auf späte Zeiten den Neugierigen erzählt. Dies trug sich in der Mitte des 12. Jahrhunderts in England zu.

Doch wir brauchen nicht so weit zurückzugehen, denn noch weit ärgere Schändlichkeiten wurden von Nonnen in neuerer Zeit begangen.

Am Ende des vorigen Jahrhunderts wurden in einem deutschen Staat die Klöster aufgehoben. Der mit der Regulierung dieser Angelegenheit beauftragte Kommissar hatte die Nonnen eines Karmeliterklosters aufgefordert, dasselbe zu verlassen. Da seinem Befehl nicht Folge geleistet wurde, so begab er sich selbst in das Kloster und wiederholte der Äbtissin und ihren geistlichen Töchtern den fürstlichen Befehl. Zugleich ließ er sich die nötigen Nachweisungen und auch das Personenverzeichnis geben. In diesem waren einundzwanzig Nonnen angegeben; als er aber die Versammelten mit den Augen zählend überlief, konnte er immer nur zwanzig herausbekommen. Er zählte noch einmal – dasselbe Resultat.

Um sich unnütze Mühe zu ersparen, rief er die Personen namentlich auf; die Nonne Alberta fehlte. Auf die Frage des Kommissars, warum diese nicht anwesend sei, konnte er deutlich bemerken, dass sämtliche Nonnen in große Verlegenheit gerieten und die Äbtissin mit dem

Beichtvater sehr seltsame Blicke wechselte. Dies veranlasste ihn, ernstlich auf das persönliche Erscheinen der Nonne zu dringen.

Die Äbtissin hatte sich unterdessen gefasst. Sie sagte, dass der gegenwärtige Zustand der Nonne Alberta ihr persönliches Erscheinen unmöglich mache, da sie gefährlich krank sei. Der Kommissar, der nun einmal misstrauisch gemacht war und irgendeine Nichtswürdigkeit vermutete, drang darauf, zur Kranken geführt zu werden, denn er wolle sie sehen. Nach vielen Ausflüchten rückte die Äbtissin endlich mit dem Geständnis heraus, dass die Abwesende in so hohem Grad wahnsinnig sei, dass sie gewiss niemanden erkennen und ein Besuch ganz nutzlos sein würde.

Das ganz eigentümliche und befremdende Benehmen der Nonnen, die blass waren wie ein Tuch und so zitterten, dass sie sich kaum auf den Füßen halten konnten, veranlasste den Regierungsbeamten, nach den näheren Umständen der Krankheit zu forschen, und so erfuhr er denn, dass der gegenwärtige Klosterarzt gar nichts von dem Wahnsinn der Nonne wisse. Sein Vorgänger habe die Krankheit für unheilbar erklärt, und zur Wahrung der Ehre des Klosters habe man die Sache geheim gehalten. Seit acht Jahren befinde sich die Nonne Alberta in einem beklagenswerten Zustand. Näheren Aufschluss wollte ihm niemand geben.

Der Regierungsbeamte hielt es jedoch für seine Pflicht, der Sache auf den Grund zu gehen und nach ernstlichen Drohungen ließen sich endlich zwei Nonnen dazu bewegen, ihn zu Alberta zu führen.

Sie leiteten ihn treppauf treppab durch eine Menge schmaler Gänge in eine Art von Hintergebäude, bis sie endlich wieder vor einer Treppe stehenblieben. Der Kommissar wollte hinaufsteigen, aber die Nonnen sagten ihm, dass hier die Wohnung der Nonne Alberta sei. Er entdeckte jedoch nichts, was nur entfernt einem Aufenthaltsort für Menschen ähnlich sah und war starr vor Erstaunen, als die Nonnen auf einen Bretterverschlag unter der Treppe wiesen, in welchem sich selbst ein Hund elend gefühlt haben würde.

Aus diesem Verschlag trat ein großes, bleichgelbes Mädchen von etwa fünfunddreißig Jahren hervor, mit bloßen Füßen und mit halb verfaulten Lumpen nur notdürftig bekleidet. Die langen schwarzen Haare flatterten unordentlich um ihren Kopf, und aus ihren tiefen Augenhöhlen blitzte in unheimlicher Glut ein dunkles Augenpaar, dessen Feuer weder Leiden noch Tränen hatten erlöschen können.

Die ganze Erscheinung weckte tiefstes Mitleid. Mit herzzerreißendem Gewimmer warf sich das arme Geschöpf dem Kommissar zu Füßen, umklammerte seine Knie und bat, sie doch nicht wieder so entsetzlich zu geißeln. Als sie aber die teilnehmende Miene des tieferschütterten Mannes sah, bat sie um Rettung.

Ihre Reden waren abgerissen und verwirrt, und man sah, dass die langen Leiden den Geist dieses kräftigen Mädchens gestört hatten. Sie wurde sogleich in das Refektorium gebracht, wohin sie nur ungern folgte, denn der Anblick ihrer weiblichen Henker konnte sie nicht ermutigen. Der Kommissar befahl sogleich, dass ihr reinliche Kleidung und ein gutes Bett gegeben würde und verließ am anderen Tag in der heftigsten Entrüstung das Kloster, nachdem er die Nonnen mit den schwersten Strafen für die geringste Misshandlung der Alberta bedroht hatte.

Bald darauf begab sich der Vizepräsident des damaligen Landeskollegiums, Graf Th., mit dem Kommissar in das Kloster. Die Lage des armen Mädchens hatte sich aber leider wieder verändert und der Wahnsinn die Oberhand gewonnen. Sie sprach ohne Zusammenhang und gebrauchte eine Menge unflätiger Worte. Die Oberin und die Nonnen konnten ihre hämische Schadenfreude nicht unterdrücken. Der Präsident, der dies bemerkte, hielt den entarteten Weibsbildern eine Predigt, wie sie dieselbe wohl noch niemals von einem ihrer gefälligen Patres gehört haben mochten und die deshalb auch einen tiefen Eindruck machte. Dann stieg er mit Alberta in einen bereit gehaltenen Mietwagen und brachte sie in zweckmäßige Pflege.

Diese hatte auch einen guten Erfolg. Die körperliche Gesundheit kam wieder; aber nun zeigte sich an ihr die Hysterie, welche wohl der Hauptgrund ihres Wahnsinns gewesen sein mochte, in einem furchtbaren Grad; ja ihre Begierde nach Befriedigung des Geschlechtstriebes ging so weit, dass sie die sich ihr nähernden Männer mit Gewalt anpackte.

In den lichten Zwischenräumen gab sie Aufschluss über ihre Geschichte. Sie war aus Würzburg, mitten im schönen Franken, wo ihr Vater ein ziemlich bedeutender Weinhändler war. In seinem Haus waren die Pfaffen willkommene Gäste, und besonders hatten sich die barfüßigen Karmeliter, die in der Stadt ein Kloster besaßen, darin eingenistet.

Alberta wurde eine auffallende Schönheit. Wie es aber besonders schönen Mädchen oft zu gehen pflegt, hatte sie keine Neigung zur Häuslichkeit und ließ sich lieber von den Herren den Hof machen. Bald spann sie ein Liebesverhältnis an, welches durch den Reiz des Geheimnisses noch anziehender wurde und damit endete, dass sie ihre Jungfräulichkeit einbüßte.

Ihre Eltern, welche noch mehrere Kinder hatten, waren mit ihr sehr unzufrieden und wären sie gern aus dem Haus los gewesen. Unter solchen Verhältnissen fand der Vorschlag der Karmeliter, Alberta in ein Kloster zu schicken, bei ihnen bald Anklang. Alberta, leichtsinnig und bigott dabei, ließ sich durch Schmeicheleien und Drohungen bewegen, ihre Einwilligung zu geben und wurde in ein Kloster nach Nürnberg gebracht. Man empfing sie dort freundlich und behandelte sie auch während des Probejahrs recht gut, denn der Vater hatte versprochen, das seiner Tochter zukommende Vermögen an das Kloster zu zahlen.

Als sie aber das Gelübde abgelegt hatte und sich die Auszahlung des versprochenen Geldes verzögerte, ja sogar die Aussicht bevorstand, dass dieselbe niemals geschehen werde, da musste es Alberta büßen, welche von den Nonnen schon wegen ihrer Schönheit und ihrer Abneigung gegen alle weiblichen Beschäftigungen gehasst wurde.

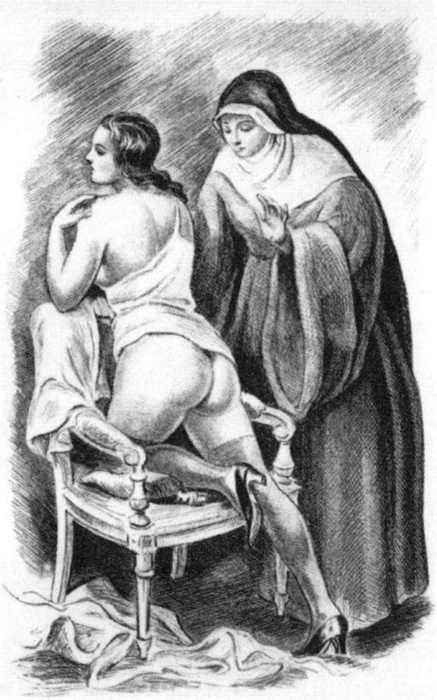

Mit dem Zustand dieses Mädchens ging unterdessen eine traurige Veränderung vor. Das einsame Leben in der Zelle und der Mangel an teilnehmenden Umgebungen waren Veranlassung, dass sie fortwährend an ihren Geliebten dachte, von welchem sie durch Mönchskniffe getrennt worden war. Die Phantasie verweilt so gern bei vergangenen Freuden, besonders in trauriger Einsamkeit. Diese Phantasien nahmen aber bald eine für ihre Gesundheit bedenkliche Richtung. Sie hatte vom Baum der Erkenntnis gegessen, und die veränderte Lebensweise trug sehr viel dazu bei, ihre Sinnlichkeit aufzuregen.

Die Karmeliternonnen dürfen kein Fleisch essen, und ihre Nahrung besteht größtenteils aus stark gewürzten Mehlspeisen und Fischen, welche das Blut erhitzen und der Keuschheit nichts weniger als zuträglich sind. Alberta suchte ihre rebellischen Sinne durch Mittel zu besänftigen, welche gerade das Gegenteil bewirkten und wurde dadurch in einen solchen Zustand versetzt, dass sie sich endlich genötigt sah, sich dem Klosterarzt zu entdecken. Es war dazu fast zu spät, denn die Hysterie hatte sich beinahe zur Mannestollheit (Nymphomanie) ausgebildet.

Vielleicht wurden die Andeutungen des höchst achtbaren Arztes missverstanden; vielleicht reizte auch das Pikante der Sache den Vorstand des männlichen Karmeliterhospiziums, kurz, er und die Oberin kamen dahin überein, dass er es versuchen solle, die Nonne zu kurieren. Er musste der Oberin aber bald gestehen, dass er dieser Kur nicht gewachsen sei und riet nun, es mit der Geißel und häufigem Fasten zu versuchen.

Aber das hieß Öl ins Feuer gießen. Die arme Nonne ging bei diesem Kampf mit ihren Sinnen fast unter, und die Oberin, anstatt aufs Neue ärztliche Hilfe herbeizurufen, beschloss, sie von allen lebenden Wesen zu entfernen, damit der Ruf des Klosters nicht leide. Man brachte sie in den abscheulichen Verschlag unter der Treppe, gab ihr nicht einmal notdürftig Nahrung und Kleidung und ließ sie täglich von boshaften Nonnen geißeln, sodass durch die schlechte Behandlung, welche sie acht Jahre lang zu erdulden hatte, ihre Krankheit in Wahnsinn überging. Alberta wurde nicht wieder geheilt; sie starb in einem Irrenhaus.

Es ist eine ziemlich bekannte Erfahrung, dass die Weiber im Allgemeinen weit grausamer sind, als Männer. Von der Grausamkeit der Nonnen will ich noch ein anderes, ebenfalls der neueren Zeit angehöriges Beispiel anführen.

Der Wundarzt Ferdinand Baumann, der in dem Dörfchen Hornstein in der Nähe einer Prämonstratenserabtei wohnte, hatte eine große Vorliebe für die Klöster, und dieselbe wurde von seiner Frau geteilt. Aus diesem Grund beschlossen beide, ihre jüngste Tochter Magdalena dem Himmel zu weihen, da die älteste große Geschicklichkeit und Neigung für die Landwirtschaft zeigte.

Der Hausfreund Baumanns war Abt der benachbarten Abtei, und er bestärkte die Eltern noch in ihrem Entschluss, ja verwendete sich selbst bei den Klarissinnen in der Hauptstadt für die künftige Aufnahme des Mädchens, und bewirkte, dass man von ihr eine nur mäßige Aussteuer verlangte. Magdalena wurde nun in allen einer Nonne dienlichen Geschicklichkeiten und auch in der Wundarzneikunst unterrichtet und meldete sich nach vollendetem sechzehnten Jahr zur Aufnahme.

Sie war ein wunderschönes Mädchen geworden und bezauberte alle Herzen durch ihr anmutiges Wesen. Es fehlte ihr daher auch nicht an Freiern, unter denen der junge Rehling die redlichsten Absichten hatte und in keiner Hinsicht zu verwerfen war. Magdalena blieb aber fest bei ihrem Entschluss, ins Kloster zu gehen, in welchem sie durch ihre bigotte Mutter nur noch mehr bestärkt wurde.

Der Vater war wankend geworden, denn die seltsamen, schmunzelnden Mienen und die höchst sonderbaren Redensarten des Beichtvaters des Klosters, wie auch das habgierige Benehmen der Nonnen, erfüllten ihn mit bangen Besorgnissen, aber er hatte nicht Energie genug, der Mutter und den Pfaffen gegenüber fest aufzutreten.

Magdalena wurde eingekleidet und vor allen Dingen in die Mysterien des Geißelns eingeweiht, für welches das arme Mädchen bald anfing zu schwärmen. Die kleine Disziplin bestand aus 36, die große aus 300 Hieben auf Rücken und Hintern. Das Noviziat ging zur Zufriedenheit vorüber, und Magdalena tat Profess zur Verzweiflung des jungen Rehlings.

Sie sah aber bald allerlei Dinge, die ihr teils gar nicht gefielen, teils sehr befremdlich vorkamen; allein sie durfte ihre Bemerkungen nicht laut werden lassen. Endlich kam das Fest der Himmelfahrt Mariä und mit ihm die große Disziplin, die sie nur der Theorie nach und im Allgemeinen kennen gelernt hatte. Das Zimmer, in welchem die Geißelung vorgenommen wurde, war zwar verdunkelt; allein durch die Ritzen der Fensterläden fiel Licht genug herein, um alles, was vorging, ziemlich genau erkennen zu lassen. Nur mit großem Widerwillen löste die schamhafte Jungfrau den Gürtel und entblößte den untadelhaften, wunderschönen Körper, an welchem sich die lüsternen Blicke der alten Klosterkatzen und der Äbtissin weideten.

Magdalena geißelte sich mit allem Eifer, bemerkte aber, dass es die anderen Nonnen mehr wie eine Spielerei betrieben. Nur eine Nonne, namens Griselda, übertrieb die Sache so sehr, dass das Blut über ihren Körper herabströmte und die Spitzen der Geißel an manchen Orten wohl einen Zoll tief in das Fleisch eingeschnitten hatten.

Magdalena, welche zur Klosterapothekerin ernannt worden war, eilte ihr zu Hilfe und stellte sie in kurzer Zeit gänzlich wieder her. Sie hatte es aber nicht unterlassen können, Griselda aufzufordern, sich doch in der Folge nicht wieder so hart zu geißeln, und dies kam der Äbtissin zu Ohren, welche darüber sehr ungehalten wurde. Als sich Magdalena entschuldigen wollte, schrie sie dieselbe herrisch an und gebot ihr zu schweigen. Die Folge davon war ein erhöhter Bußeifer der Griselda. Diese fuhr nicht allein fort, sich so hart wie früher zu geißeln, sondern quälte sich auch dermaßen mit dem Zilizium – ein stachliger Drahtgürtel, der auf der bloßen Haut getragen wird –, dass die Stacheln tief in das Fleisch eingedrungen waren. Der herbeigerufene Wundarzt erklärte, dass nur die sorgfältigste Operation der Nonne das Leben retten könne, und nun erst verbot die Äbtissin, mit Gutbefinden des Beichtvaters, der Griselda auf das strengste, sich ferner so heftig zu geißeln.

Magdalena, der nun auch das Aderlassen und Schröpfen überlassen wurde, bemerkte bald, dass die erstere Operation mit der zweiundzwanzigjährigen Schwester Theodora fast jeden Monat vorgenommen werden musste. Sie bemerkte dem Mädchen, dass ein so großer Blutverlust notwendig die Wassersucht zur Folge habe, und die arme Nonne gestand ihr weinend, dass sie dies auf Befehl der Äbtissin tun müsse, um die Wallungen des Blutes und die damit verbundenen wollüstigen Träume und verbotenen Gelüste, welche Folge des häufigen Geißelns wären, zu unterdrücken, was auch immer für kurze Zeit durch das Aderlassen gelinge. Die Unterhaltung Magdalenas mit Theodora und andere ähnliche Dinge kamen der Äbtissin zu Ohren und erbitterten sowohl diese als die älteren Nonnen.

Der Pater Beichtvater hatte seine Pläne auf das schöne Mädchen nicht aufgegeben, sondern ging recht systematisch zu Werk, zum Ziel zu gelangen. Auf seine Veranlassung wurde sie zur Oberkrankenpflegerin des Klosters ernannt, welcher Posten sie in häufigere Berührung mit dem Pater Olympius brachte, vor dem sie indessen von einer wohlmeinenden Schwester gewarnt wurde. Dieser scheinheilige Schurke machte ihr allerlei geistliche Geschenke und erwies ihr überhaupt so viele Aufmerksamkeiten, dass die anderen Nonnen neidisch wurden. Magdalena suchte sich von dem ihr übertragenen Amt loszumachen, nur um die Berührungen mit Pater Olympius zu vermeiden. Dieser erkannte sehr gut ihre Absicht und machte ihr im Beichtstuhl darüber heftige Vorwürfe, sodass sie genötigt war, denselben zu verlassen.

Magdalena war nun bereits drei Jahre im Kloster, und die Augen waren ihr vollständig geöffnet. Mit Schaudern erkannte sie nun zu spät, dass der Weg zur Rückkehr in die Welt für sie verschlossen sei, und verfiel in tiefe Schwermut. Häufig fand man sie seufzend und in Tränen. Es fing ihr an, alles gleichgültig zu werden, und in ihrer Betrübnis achtete sie nicht immer auf die vorgeschriebenen Formen und beging allerlei Fehler, die mit leichten Bußen bestraft wurden.

Zu dieser Zeit war die Tochter eines anderen Wundarztes Nonne geworden, und da sie einige Proben von Geschicklichkeit abgelegt hatte, so nahm man Magdalena ihre bisherige Stelle und fing an, sie mit großer Geringschätzung zu behandeln. Man warf ihr die Geringfügigkeit des von ihr ins Kloster gebrachten Geldes vor und nannte sie ein lästiges, durchaus unnützes Geschöpf.

Nun ging dem armen Mädchen die Geduld aus. Anstatt die Vorwürfe ruhig hinzunehmen, antwortete sie heftig und mit Spott, und wollte nicht schweigen, wenn die parteiische Priorin ihr den Mund verbot. Alsbald wurde der Äbtissin dies widersetzliche Benehmen hinterbracht, und ihr Magdalena als ein durchaus boshaftes, zänkisches und ungehorsames Geschöpf geschildert. Die Äbtissin fuhr zornig auf und schrie: »Ein solches Benehmen soll dieser Bauerndirne nicht ungestraft hingehen; man muss ihr den Nacken beugen und sie durch Zwang in die Schranken der Ordnung bringen.« Damit ließ sie Magdalena zu sich bescheiden.

Diese erschien und sah, dass bereits zwei stämmige Laienschwestern bei der Äbtissin waren; eine der Mägde hatte eine große Kinderrute in der Hand. Die Äbtissin las Magdalena ordentlich den Text und kündigte ihr an, dass sie bestraft werden solle. Die Arme weinte und bat, alles vergeblich. Endlich äußerte sie in ihrem Eifer, dass sie kein Kind und der Rute längst entwachsen, eine solche Züchtigung auch für eine Nonne unschicklich sei. Die Äbtissin ward immer zorniger und gebot Magdalena, die Erde zu küssen.

Diese war sehr bereit, dem Befehl Folge zu leisten, denn sie hoffte, dass es mit dieser Strafe für diesmal abgetan sein werde. Kaum lag sie aber auf der Erde, als sogleich eine der Laienschwestern über sie herfiel und sich auf ihren Rücken setzte, während die andere ihr das Gewand aufhob und die Rute tüchtig gebrauchte. Als dies vorüber war, musste Magdalena der Äbtissin die Hände küssen und sich für die gnädige Strafe bedanken. Die Nonnen standen auf der Lauer und begleiteten sie mit Hohngelächter, als Magdalena wieder in ihre Zelle ging.

Von nun an hatte die Unglückliche fortwährend von den Verfolgungen zu leiden, deren Ziel sie durch die Feindschaft der Äbtissin, der Priorin und des Beichtvaters geworden war.

Als sie eines Abends nicht in ihrer Zelle war und in der ihrer einzigen Freundin Kreszentia gefunden wurde, schleppte man sie am anderen Tag durch förmlichen Kapitelbeschluss zur großen Disziplin. Doch damit war es noch nicht genug; es trafen sie noch eine Menge anderer Strafen, darunter auch die Degradation von dem Nonnenrang zu dem einer Laienschwester.

Sie beging die Unvorsichtigkeit, einen Brief an ihre Eltern zu schreiben, in welchem sie ihnen ihre grauenvolle Lage schilderte und auf die rührendste Weise um Hilfe bat. Der Brief wurde aufgefangen und sie gezwungen, einen anderen lügenhaften abzuschicken, den ihr Pater Olympius in die Feder diktiert hatte. Für das Verraten von Klostergeheimnissen an Laien erhielt sie abermals eine derbe Geißelung und wurde vier Wochen lang in den Turm gesperrt, wo sie einen Tag um den anderen Wasser und Brot erhielt.

Ihre Lage verschlimmerte sich noch, als die Äbtissin starb und ihre Hauptfeindin, die Priorin, an deren Stelle kam. Vergeblich bat Magdalena um Rückgabe des schwarzen Nonnenschleiers; sie musste nach wie vor als Laienmagd Dienste in der Küche verrichten. Für jedes kleine Versehen erhielt sie hier die Rute, und als sie einstmals bei der Feier des Palmenfestes einen aus Blei gegossenen und fünfzig Pfund wiegenden »Heiligen Geist«, weil derselbe ihr zu schwer war, fallenließ, sodass derselbe zerbrach, erklärte dies Olympius für absichtliche Bosheit, für ein Religionsverbrechen! Die Ärmste empfing in dem neben dem Refektorium gelegenen Gefängnis eine starke Disziplin.

Um diese Zeit erhielt sie Besuch von einigen Verwandten, welche sie jedoch nur hinter der Klausur sprechen durfte. Was sie gesprochen hatte, wurde untersucht, und man erklärte sie für ein gänzlich verworfenes Geschöpf.

Die Sehnsucht nach »der Welt« wurde nun in Magdalena immer mächtiger, und sie sann auf Flucht. Sie war auch so glücklich, das Freie zu gewinnen, aber später wurde sie ertappt und musste wieder in das Kloster zurückkehren, obgleich ein hoher Geistlicher, den sie um Hilfe angerufen hatte, sich für sie verwendete.

Pater Olympius reizte die Äbtissin zu stets neuen Verfolgungen an, und Magdalena wurde endlich zum Gefängnis auf unbestimmte Zeit verurteilt. Als man sie dorthin bringen wollte, wehrte sie sich mit der Kraft der Verzweiflung, und man musste einen Franziskanerlaienbruder zur Hilfe rufen. Durch diesen Widerstand erbittert, ließ ihr die Äbtissin in Gegenwart der Priorin in dem Gefängnis auf einem Bund Stroh abermals sehr derb die Rute geben.

Als einst Magdalenas Gefängnis ausgebessert werden musste, wurde sie in ein benachbartes gebracht, in welchem die Schwester Christine nun schon dreizehn Jahre saß. Sie war zum Gerippe abgezehrt, vom Geißeln lahm und dem Wahnsinn nahe.

An Festtagen wurde Magdalena zum Abendmahl in die Kirche gelassen und musste monatlich einmal bei Pater Olympius beichten. Dieser Schurke hatte seinen Verführungsplan noch immer nicht aufgegeben und drang mit unzüchtigen Anträgen in sie; allein sie schrie um Hilfe, und der Pater stellte sich, als habe er ihr nur die Disziplin geben wollen. Um wenigstens in etwa seinen Sinnen zu genügen, befahl ihr der heilige Mann, sich zu entblößen; allein es kamen einige Schwestern herbei, bei denen er sein Betragen schlecht genug entschuldigte.

Die Einkerkerung des unglücklichen Geschöpfes hatte nun unter fortwährenden Misshandlungen drei Jahre und acht Monate gedauert, als endlich ein Schornsteinfeger, der in der Nähe ihres Gefängnisses arbeitete und Gewimmer hörte, die Sache der Obrigkeit anzeigte. Es wurde vom betreffenden Ministerium sogleich eine Kommission ernannt, welche in dem St. Klarenkloster eine Untersuchung anstellte.

Als man Magdalena ihre Freiheit ankündigte, weinte sie laut vor Freude; allein die Ärmste war so elend, dass sie sich kaum bewegen konnte. Man übergab sie sogleich dem Leibarzt des Kurfürsten und dem Hofwundarzt zur sorgfältigsten Pflege.

Das von beiden über den Zustand des armen Mädchens abgegebene Gutachten sprach sich dahin aus: Dass die unaufhörlichen Geißelungen ihr die heftigsten Schmerzen zugezogen hätten, an denen sie fortwährend leide, besonders bei verhärtetem Stuhlgang, ohne dass man dies als eine Wirkung der goldenen Ader betrachten könne. Durch die lange Einsperrung ohne alle Bewegung und durch die heftigen Schläge auf die muskulösen und tendinösen Teile der Schenkel und Füße seien diese entzündet, und da man bei ihr keine verteilenden Mittel angewendet habe, so hätten sich diese Teile dermaßen verhärtet und zusammengezogen, dass sie gänzlich estorpiert und schwerlich Hoffnung vorhanden sei, sie wieder so weit zu heilen, dass sie ihre geraden Glieder wieder würde gebrauchen können.

Während ihrer ärztlichen Behandlung wurde Magdalena viermal verhört, und es kamen alle im Kloster verübten Schändlichkeiten an den Tag.

Eine Nonne, namens Paschalia, die ebenso wie Magdalena gequält worden war, sollte wahnsinnig geworden und an einem Nervenschlag gestorben sein; aber einige von den fünf Nonnen, die den Mut hatten, die Wahrheit zu gestehen, behaupteten, sie habe sich in der Verzweiflung im Gefängnis an ihrem Busenschleier erhängt. Dass man auf einen solchen Selbstmord vonseiten Magdalenas ebenfalls gefasst war, ergab sich aus den Papieren der Abtei.

Obgleich alle Umstände gegen die Äbtissin und ihr Gelichter sprachen, obgleich sich über Magdalenas Bestrafung kein einziges Protokoll vorfand – die Schuldigen wussten sich doch so durchzulügen, dass sie ohne Strafe davonkamen, und die einzige Folge dieser Entdeckungen war eine Einschränkung der Macht der Äbtissin und genauere Beaufsichtigung des Klosters.

Magdalena sollte zeitlebens im kurfürstlichen Hospital bleiben, und wenn sie genesen würde, Freiheit haben, auszugehen, anständige Gesellschaften zu besuchen und zu empfangen. Das Klarenkloster musste ihr die nötige Ausstattung und außerdem jährlich zweihundert Gulden geben.

Erst nach fünf bis sechs Jahren konnte Magdalena wieder gehen, und ihr geknickter Körper erholte sich allmählich. Im Klostergefängnis hatte sie im Fall der Befreiung eine Wallfahrt nach Loretto gelobt. Diese unternahm sie nun mit Erlaubnis der Behörde; allein sie kehrte nicht mehr in ihre Heimat zurück. Im August 1778 starb sie, fünfundvierzig Jahre alt, in einem Krankenspital zu Narni in Italien.

Trotz solcher Erfahrungen gibt es doch noch heute Klöster! Und dass in denselben noch ähnliche Schandtaten verübt werden, beweisen die Schriften von Sebastian Ammann und anderen.

Von der Lieblosigkeit, mit welcher Kranke in den Klöstern behandelt werden, hat uns ebenfalls Ammann folgendes Beispiel erzählt: »Im Kloster Solothurn litt P. Theophil an einem ungeheuren Leistenbruch so schmerzhaft, dass er verzweifelte. Man legte ihn in einem Zimmer neben der Küche auf einen Strohsack und ließ ihn da zappeln. Niemand besuchte ihn, als der Klosterknecht, der ihm dreimal des Tages das Essen zutrug. Ich habe in den letzten Jahren seines Lebens nie einen Arzt bei ihm gesehen. Seine Unterleibsbeschwerden, das erschreckliche Elend und die gänzliche Verlassenheit mögen ihm sein martervolles Leben unerträglich gemacht haben. An einem Tag vor dem Mittagessen, um halb elf Uhr, war ich noch bei ihm und fand ihn äußerst schwermütig; es ist aber gewiss, dass er um elf Uhr noch lebte. Um halb zwölf Uhr wollte der Klosterknabe die Speisegeschirre bei P. Theophil abholen und fand ihn an der Zimmerdecke aufgeknüpft leblos. Als wir die Anzeige von diesem Unglück hörten, sprangen wir alle vom Tisch auf; ich war der erste bei ihm und wollte mit einem Messer das Handtuch zerschneiden, an dem er hing; aber P. Guardian Raimund untersagte mir dies, weil es schade um das Handtuch sei. Man ging lieber langsam zu Werke, weil man keine Rettung versuchen wollte. Seine Hände und Füße waren noch ganz warm, und ich verlangte, dass man auf der Stelle einen Arzt herhole, damit man die möglichsten Anstalten zum Wiedererwecken des vielleicht noch nicht Entseelten treffe. Allein P. Raimund tobte und verbot die Herbeirufung eines Arztes aufs strengste, weil es ein erschreckliches Ärgernis absetze, wenn es unter die Weltlichen käme, es habe sich ein Kapuziner erhängt. Keine Bürste wurde zum Reiben seines Leibes angewandt, sondern man legte den Leichnam ohne weiteres auf einen Totensarg und machte bekannt, P. Theophil sei an einem Schlagfluss (Apoplexie) gestorben.«

Ein anderes Beispiel, wie schnell die Pfaffen diejenigen zu expedieren wissen, die ihnen unbequem oder gefährlich werden, erzählt Rafaello Ciocci.

Don Alberico Amatori, Bibliothekar im Kloster Santa Croce di Gerusalemme zu Rom, war durch das Lesen der Bibel von vielen Irrtümern und Missbräuchen der römischen Kirche überzeugt worden. Er und fünfzehn ihm gleichgesinnte Mönche, darunter Rafaello Ciocci, unterschrieben eine Eingabe an den Ordensgeneral Nivardi Tassini, in welcher sie um Einräumung eines bequemen Klosters baten, wo sie nach ihrer Überzeugung leben konnten.

All diese Mönche schienen mit dem Charakter ihrer Mutter Kirche sehr schlecht bekannt zu sein, da sie einfältig genug waren zu glauben, dass dieselbe auch nur im entferntesten daran denken könne, ihre Wünsche zu erfüllen. Der unerhörte Vorschlag erregte allgemeines Entsetzen! Amatori wurde vor ein Tribunal gefordert, und mit Entrüstung vernahmen die geistlichen Herren, dass er à la Luther die Bibel zur Grundlage des ganzen Kirchenwesens machen wolle. Man gebot ihm Schweigen, um die Sache nicht öffentlich werden zu lassen, und fasste im Geheimen einen Entschluss über das Schicksal der ketzerischen Mönche.

Der Mönch Stramucci wurde ins Kloster San Severin in den Sümpfen geschickt, wo er in Folge »der ungesunden Luft«, aber durch anderes Zutun, nach Verlauf weniger Monate von einem starken Mann in ein Gerippe verwandelt war. Don Andrea Gigli wurde nach Rom berufen. Er war damals sehr gesund; allein er nahm täglich mehr ab und nach zwei Monaten wurde er eines Morgens tot im Bett gefunden. Don Eugenio Ghioni blieb in Rom; aber nach vier Monaten starb auch er, erst 31 Jahre alt. Don Marian Gabrielli, ein blühender Jüngling, starb ebenfalls. Alle diese Krankheiten nannte man Auszehrung! Der Abt Bucciarelli, ein Mann von herkulischer Gestalt, starb nach kurzer Krankheit von nur drei Tagen. Der Abt Berti hatte nach zwei Monaten einen »Fieberanfall« und starb nach einer Krankheit von zehn Tagen. Don Antonio Baldini bekam nach Verlauf von 34 Tagen furchtbare Krämpfe und starb. Die übrigen sechs kämpften Monate lang zwischen Leben und Tod. Nur Don Alberico und Ciocci blieben lange Zeit von dem geheimnisvollen Todesengel unberührt.

Aber die Rache zögerte nur, sie schlief nicht. Eines Abends nach dem Essen bekam Ciocci schreckliche Krämpfe im Magen und ein furchtbares Brennen in Brust und Gurgel. In wenigen Minuten war er schwarzgelb im Gesicht und vor den Mund trat ihm Schaum. Die herbeilaufenden Mönche schrien, dass er besessen sei und versuchten nun ihren abgeschmackten Hokuspokus mit Weihwasser und Reliquien, wodurch der Kranke, der diesen Unsinn verabscheute, nur geärgert wurde. Endlich kam ein Arzt, aber nicht der gewöhnliche, sondern wie man sagte, der nächste, den man habe finden können. Er gab Ciocci eine Arznei, wodurch aber die Schmerzen sogleich noch bedeutend vermehrt wurden.

Ciocci bestand nun darauf, dass man den gewöhnlichen Klosterarzt holen solle, der sein Freund war, und da man wahrscheinlich hoffte, dass er zu spät kommen werde, schaffte man ihn auch herbei. Nachdem derselbe sich etwas orientiert hatte, betrachtete er die vom ersten Arzt gegebene Arznei; von der noch einige Tropfen im Glas waren, und voll Zorn und Entsetzen warf er sie nach der Untersuchung und einem bedeutungsvollen »Aha« zum Fenster hinaus. Durch die zweckmäßigen Mittel, welche der wackere Mann anwendete, wurde Ciocci gerettet. In demselben Kloster wurde eines Tages der Novizenlehrer Pacifico Bartoci, der sich durch seine Strenge verhasst gemacht hatte, im inneren, offenen Hof des Klosters von unbekannter Hand mit einem Stein auf die linke Schläfe getroffen, dass er infolge der erhaltenen Verletzung zehn Tage darauf starb.

Man bemerke wohl, dass hier nicht vom Mittelalter, sondern von der Zeit zwischen 1835 und 1845 die Rede ist, und dass diese oder ähnliche Nichtswürdigkeiten noch ebenso wahrscheinlich heutigen Tages stattfinden.

Ich würde die mir gesteckten Grenzen zu sehr überschreiten, wenn ich auch nur einen kleinen Teil der mir noch bekannten im Kloster begangenen Schandtaten anführen wollte, deshalb übergehe ich auch die sehr interessante Geschichte des Urban Grandier, der durch die nichtswürdigsten Schikanen auf den Scheiterhaufen gebracht wurde, weil er die Begierden einer Äbtissin und ihrer Nonnen zu London nicht befriedigen wollte. Einer unserer besten Romanschriftsteller, Willibald Alexis, hat diesen Stoff zu einem Roman bearbeitet.

Ein in den Klöstern gebräuchliches Sprichwort sagt: Man kommt zusammen, ohne sich zu kennen, man lebt miteinander, ohne sich zu lieben und stirbt, ohne beweint zu werden. Ein unter solchen Verhältnissen bestehendes Zusammenleben musste den besseren unter den Mönchen zur Hölle werden, und mancher arme Pater, den seine bigotten Eltern dem Klosterleben in früher Jugend geopfert hatten, sprach mit heißen Tränen den Wunsch aus, dass ihn die Mutter bei der Geburt doch lieber ersäuft als in ein Kloster geschickt haben möchte.

Zur Zeit als das Klosterleben in seiner höchsten Blüte war, etwa im 11. Jahrhundert, herrschte unter den Menschen eine wahre Wut, ins Kloster zu gehen; nur als Mönch glaubte man der Seligkeit gewiss zu sein. Hermann, Herzog von Zähringen, schlich sich in Bauernkleidung vom Fürstenstuhl ins Kloster zu Clugny und diente demselben als Schweinehirt bis an seinen Tod, wo erst sein Stand bekannt wurde. Der Mann eignete sich ganz gewiss besser zum Schweinehirten als zum regierenden Fürsten und es war schön von ihm, dass er seinen Beruf erkannte.

Doch nicht alle trieb Andacht oder Demut ins Kloster; viele suchten in demselben weiter nichts als ein faules, liederliches Leben, was sie auch meist in reichem Maß fanden. Das Gelübde der Keuschheit, welches den Laien immer als das schrecklichste erschien, betrachtete man in sehr vielen Klöstern als eine leere Form, und Saul, der Abt des Klosters zur Heiligen Maria im Bistum Mondenandi in Spanien, verwandelte dasselbe geradezu in ein Bordell.

Sogar das Konkubinat, ja selbst die Ehe, war unter den Mönchen nicht selten. Im 10. Jahrhundert lebten in manchen Klöstern die Äbte und sämtliche Mönche im Konkubinat oder in förmlicher Ehe und statteten ihre Söhne und Töchter mit Klostergütern aus. Unter Abt Hadamar von Fulda waren die meisten Mönche verheiratet.

Doch wir brauchen nicht so weit ins graue Mittelalter hinaufzusteigen; dergleichen Fälle kamen noch in neuerer Zeit vor. Im Jahre 1563 fand man in vielen Klöstern Niederösterreichs Eheweiber, Konkubinen und Kinder der Mönche, und noch vor einigen zwanzig Jahren hielt der Prälat Augustin Bloch in der Schweiz ein allerliebstes Kammermädchen, welches als Student verkleidet war.

Doch ich wollte es diesen Klosterherren gern verzeihen, wenn sie ihre Schätzchen hinter den heiligen Mauern sittsam verbergen; davon hat die Welt eben keinen Schaden; aber mehr Unheil richten sie an, wenn sie ihre Verführungskünste außerhalb derselben wirken lassen. Um dies tun zu können, müssen sie die Grundsätze lockern, kurz die sinnlichen Ausschweifungen als höchst unbedeutende, kleine Verirrungen hinstellen, besonders wenn sie mit einem Pater begangen werden.

Wo die Mönche zu Hause sind, da gibt es fast kein Bürger- oder Bauernhaus, wo nicht ein Pater der Hausfreund ist. Kommt der heilige Mann, dann lecken ihm die Alten die schmutzigen Hände und die Kinder liegen auf den Knien, bis er seinen Segen erteilt hat. Das Beste wird nun dem geehrten Gast vorgesetzt, und wenn die Leute auch zu arm sind, sich selbst ein Glas Wein zu gönnen, so ist doch gewiss eins für den heiligen Mann bereit. Er lässt es sich gut schmecken, denn die armen Leute würden es ja für Verachtung auslegen, wenn er ihre Gaben verschmähte! Welch Gesicht schneidet er aber, wenn das gewöhnliche Glas Wein, oder seine Leibspeise fehlen!

»Was die Töchter der Lust den Wüstlingen der Welt, das sind die Mönche den Betschwestern und den Stillen im Lande«, denn diese Herren haben Tugenden, welche Frauen zu schätzen wissen und sind – verschwiegen. Vor einem solchen heiligen Mann brauchen sie sich ihrer Sündhaftigkeit nicht zu schämen, denn die Beichte zwingt sie ja, die geheimsten Sünden zu sagen. Diese Beichte wird daher von den Mönchen sehr heilig gehalten. Denjenigen, der das Beichtgeheimnis verletzt, treffen die schrecklichsten Strafen und selbst vor den weltlichen Gerichten – was auch ganz in der Ordnung ist.

Das Gericht zu Toulouse ließ 1579 einen Priester enthaupten, welcher einen ihm in der Beichte anvertrauten Mord der Behörde anzeigte. Der Mörder blieb unbestraft. Man gerät in Verlegenheit zu entscheiden, wie man über dieses Urteil urteilen soll.

Mönche sind nicht allein sehr liebevolle, sondern auch sehr bequeme Hausfreunde. Mag ein junger Bursch ein Mädchen gern, dann braucht er sich nur an seinen Herrn Pater zu wenden, dann wird sich die Sache schon machen. Mit der kleinen Sünde wird es sich schon finden, denn der fromme Herr hat einen Überfluss an Absolution, und wenn man noch so oft sündigte, eine Beichte – und man ist wieder rein wie ein neugeborenes Kind! Man glaube daher ja nicht, dass die Beichte dazu beiträgt, die Sittlichkeit zu befördern; wozu sie benutzt wird, davon werden wir im nächsten Kapitel einige Beispiele sehen.

So leicht nun die Mönche geschlechtliche Verirrungen nehmen, so streng sind sie, wenn jemand das Fasten gebrochen hat, und es ist empörend, wenn wir lesen, dass die reiche Abtei St. Claude in Burgund im Jahre 1629 einem gewissen Guillon den Kopf abschlagen ließ – weil der arme Mann während einer Hungersnot zur Fastenzeit sich ein Stück Pferdefleisch vom Schindanger geholt hatte!

Starb ein Abt, so waren die liederlichen Mönche darauf bedacht, einen solchen auf die erledigte Stelle zu setzen, von dem sie nicht besorgen durften, dass er sie in ihrer Lebensweise störe. Die Wahl traf daher nicht selten das liederlichste Subjekt des ganzen Klosters.

Johann Busch erzählt, dass die Mönche eines Klosters nach dem Tod des Abtes zur Wahl eines anderen schritten, der dem Verstorbenen an Tugenden gleiche. Die meisten Stimmen hatte ein Pater, der nicht anwesend war, sondern während der Wahl in der Schenke saß und soff. Da man ihn von diesem angenehmen Ort nicht weglocken konnte, so ging eine Deputation der Mönche dorthin, ihm das Ergebnis der Wahl zu verkündigen. Erst nach langem Bitten ließ er sich bewegen, die neue Würde anzunehmen. Als es geschehen war, wurde ein großes Gastmahl gehalten, bei dem alle Mönche mit ihren Konkubinen sich volltranken. Während sie so betrunken waren, dass sie nichts sahen und hörten, kam Feuer auf und die ganze feiste, liederliche Gesellschaft verbrannte lebendigen Leibes. Obwohl nun die Mönche unzählige gefällige Nonnen hatten – in Deutschland gab es allein wohl 200.000 – so sind sie doch besonders lüstern nach Kindern der Welt. Oft geraten sie dadurch freilich in arge Verlegenheiten, welche Spott und Hohn oder unendliche Prügel zur Folge haben.

Der Abt des Klosters zu Guldholm bei Schleswig hatte ein Liebchen in der Stadt, bei welchem er oftmals die Nacht zuzubringen pflegte. Gewöhnlich nahm er des besseren Scheins wegen einen vertrauten Pater mit. Dieser wurde ihm endlich unbequem und er ließ den Begleiter zu Haus. Dies verdross denselben und echt mönchisch dachte er sogleich auf Rache. Als nun der Abt wieder einmal die Nacht bei seiner Geliebten zubrachte, weckte der boshafte Mönch das ganze Kloster und rief: »Dominus noster Abbas mortuus est in anima.« Die Mönche deuteten das auf den leiblichen Tod des Abts, und das war es eben, was der Pater wollte. Alsbald zog man mitten in der Nacht mit Fackeln, Kreuz und Fahne an den bezeichneten Ort, um die Leiche des Abts einzuholen, und war nicht wenig überrascht, den frommen Herrn anstatt auf der Totenbahre bei seiner Buhlerin zu finden. Doch ich brauche abermals nicht so weit zurückzugehen; die neuere Zeit liefert Beweise dieser Art in Menge, und Ammann, der dreißig Jahre im Kloster war, führt deren eine Menge an.

Im Jahre 1832 pflegte ein Pater namens Amadeus jedesmal, wenn er sich unter einem frommen Vorwand entfernen konnte, die Nacht bei einem berüchtigten Frauenzimmer in Mels zuzubringen. Um den frommen Heuchler auf der Tat zu ertappen, lauerten ihm einst einige junge Burschen auf und erwischten ihn richtig in den Armen der Buhlerin. Im Triumph schleppten sie ihn in das Kloster und die Versetzung nach Schwyz war seine ganze Strafe.

Zwei andere Klostergeistliche, Pater Augustin, Pfarrer in Tussnang, und P. Benedikt, Pfarrer in Bettwiesen, verführten viele Frauen und gingen ganz ungescheut in ihre Häuser unter dem Vorwand, dass sie die Sterbesakramente dorthin zu bringen hätten.

In mehreren Orten der Schweiz, wo Klöster waren, wagte sich kein Frauenzimmer am Abend auf die Straße, denn die brünstigen Pfaffen fielen sie förmlich an, und ihre viehische Geilheit schonte selbst nicht unreife Kinder.

Pater Friedrich aus dem Kapuzinerkloster in Appenzell hatte sich, solange er noch bloßer Frater war und nicht das Kloster verlassen durfte, mit unnatürlichen Ausschweifungen beholfen; als er aber Pater wurde und mehr Freiheit hatte, verlangte er nach natürlichen. Eines Tages zog er von

Appenzell in den Flecken Teufen in das St.-Galler-Land, um in einigen katholischen Gemeinden zu predigen und Beichte zu hören. Als er nicht weit von Teufen sich einem Wald näherte, lief ihm ein Mädchen nach und bat ihn um ein Heiligenbildchen, wie die Kinder überall, wenn sie einen Kapuziner sehen, zu tun pflegen. Pater Friedrich zog ein gemaltes Bildchen aus seiner Kapuze, zeigte es dem Mädchen und versprach, es ihm zu schenken, wenn es weiter mit ihm kommen wollte. Auf diese Weise lockte er das unschuldige Kind in den Wald. Sobald er dasselbe in ein Gebüsch gebracht hatte, verübte er an ihm die brutalste Notzucht.

Das kleine Mädchen schrie um Hilfe, und sein Vater, der seine Stimme hörte und erkannte, eilte auf das schnellste herbei und ertappte den geilen Pfaffen auf der Tat. Er behielt Mäßigung genug, dem Mönch nicht auf der Stelle den verdienten Lohn zu geben, machte aber sogleich Anzeige von der schändlichen Handlung des Paters. Dieser wurde festgenommen und nach Troegen gebracht, wo man die Sache gerichtlich untersuchte. Es ergab sich, dass das arme Kind geschändet und bedeutend verletzt war.

Höchst merkwürdig sind die Ansichten, welche den Pater zu diesem Verbrechen leiteten, die aber fast von allen Mönchen in den Klöstern geteilt werden. Er glaubte, die Reformierten wären alle so schlecht, dass sie nichts für Sünde hielten, und dass bei ihnen alles erlaubt sei, weil sie nicht beichten müssen! Daher meinte er denn, in den Augen derselben kein Verbrechen zu begehen, wenn er ein reformiertes Kind notzüchtige!

Der Pater wäre zur öffentlichen Ausstellung an den Pranger und zum Staupenschlag, oder zu einer großen Geldbuße verurteilt worden, wenn sich der damalige Landamtmann, Joseph Anton Bischofsberger, des Schurken nicht auf das Angelegentlichste angenommen hätte. Er kam also ohne die verdiente Strafe davon.

Diese Pfaffenliederlichkeit ekelt mich an und wahrscheinlich auch die Leser; allein der Vollständigkeit wegen muss ich doch noch einige Worte über die in den Klöstern herrschenden unnatürlichen Laster sagen, welche traurige Folgen des schändlichen Zölibats sind.

Ammann behauptet, dass unter 200 Kapuzinern wenigstens 150 Onanisten sind. Er ist darüber ein kompetenter Richter, denn nur ein Kapuziner konnte diese so genau kennen, als es bei ihm der Fall ist.

Im Kloster Fischingen trieb ein gewisser Pater Berchthold sein Wesen, dessen hauptsächliches Geschäft es zu sein schien, Klosterschüler und junge Mönche zu verführen. Absichtlich hörte er die Beichte nicht in einem öffentlichen Beichtstuhl, sondern in einem dunklen Winkel, und viele Knaben, die ihm hier beichteten, klagten, dass er sie habe verführen wollen; allein der Guardian nahm davon nicht die mindeste Notiz. Berchthold wurde natürlich immer dreister und trieb sein abscheuliches Laster so ungescheut, dass man doch endlich gezwungen war, ihn auf seine Zelle zu beschränken und zu versetzen.

Als Ammann eben die Gelübde abgelegt hatte, schlich dieser Knabenschänder auch in der Nacht zu ihm, setzte sich auf sein Bett, holte eine Flasche Schnaps und einiges Gebäck hervor und begann, ihm von seinen Siegen über die Frauen zu erzählen. Als Ammann ihn bat, von etwas anderem zu reden, oder seine Zelle zu verlassen, sagte er: »Ja es ist eitel, von solchen guten Bissen zu reden, die wir einmal nicht haben können. Doch können wir einander auch Freude machen.« Ammann wurde endlich genötigt, durch Klopfen an der dünnen Seitenwand der Zelle Hilfe herbeizurufen, worauf ihn der Verführer verließ.

An die Stelle dieses sauberen P. Berchthold kam P. Joseph aus Freiburg. Dieser war noch ärger als sein Vorgänger, indem er sich nicht allein durch das oben bezeichnete Laster, sondern auch noch durch seine verschmitzte Heuchelei und raffinierte Bosheit auszeichnete.

Dieser Schandbube wurde niemals bestraft, sondern nur versetzt, wodurch nur Veranlassung gegeben wurde, dass sich seine abscheuliche Wirksamkeit immer mehr verbreitete.

In Sursen hatte dieser P. Joseph einen bildschönen Jüngling so sehr entkräftet, dass derselbe unter den schrecklichsten Schmerzen starb und noch auf dem Sterbebett seinen Verführer und Mörder verfluchte.

Dieses unnatürliche Laster ist bei Mönchen und selbst bei weltlichen katholischen Geistlichen in der Schweiz sehr gewöhnlich, und im Jahre 1835 wurden zwei derselben, Professor Schär und Kaplan Eisenring, im Städtchen Wyl

wegen Sodomiterei zur Untersuchung gezogen und später zum Zuchthaus verurteilt. Es gelang ihnen aber, ins Ausland zu entfliehen.

Das Verhör ergab die abscheulichsten Tatsachen, und das Publikum wollte anfangs gar nicht glauben, dass diese Männer, welche Stifter und Bezirkspräsidenten des katholischen Vereins waren, solche Schandtaten begangen haben konnten. Sie wurden durch Ammann selbst angeklagt, der sich dadurch viele Feinde machte.

Diese Untersuchung hatte noch eine andere Entdeckung zur Folge. Ein sechzehnjähriger Knabe kam zu Ammann und entdeckte ihm, dass der Prior der Karthause zu Ittlingen im Thurgau mit ihm noch weit schändlichere Dinge getrieben, als sie Schär und Eisenring zur Last gelegt wurden. Er habe, durch den Prior beschwichtigt, nicht geglaubt, eine so große Sünde zu begehen, aber jetzt sei ihm die Sache klar, da jene beiden dafür zum Zuchthaus verurteilt wären.

Ähnliche Tatsachen würden ans Tageslicht kommen, wenn wir einmal von den Klöstern anderer Länder so genaue und offenherzige Schilderungen erhielten, wie sie uns Ammann und Rafaelle Ciocci von der Schweiz und von Rom geliefert haben. Es ist durchaus kein Grund vorhanden, anzunehmen, dass die Mönche in anderen Gegenden sittenreiner sind, denn dieselben Ursachen erzeugen gewöhnlich auch dieselben Wirkungen, höchstens mit einigen, in der Hauptsache nichts ändernden Variationen.

Und solchen Männern sollen wir unsere Kinder zur Erziehung anvertrauen? Haben die Regierungen nicht den Mut und den Willen, das Volk von dieser moralischen Pest zu befreien, so muss sich jeder Familienvater selbst helfen. Die Zeiten haben sich wesentlich geändert, und keine Regierung wagt es mehr, die Untertanen in die Kirche zu treiben, oder sie zu zwingen, zur Beichte zu gehen. Übt sie auch noch einen Zwang aus auf solche Bürger, die Staatsdienste suchen, so sollten doch wenigstens diejenigen, welche ihre eigenen Herren sind, ihr Haus gegen den Einfluss liederlicher, scheinheiliger Pfaffen bewahren, und durch vernünftige Lehren im Haus den in der Schule erhaltenen Unterricht unschädlich machen, wenn die Regierung nämlich darauf besteht, den Besuch sogenannter konfessioneller Schulen zu erzwingen. Wenn das Volk es ernstlich verlangt, wird nicht nur die Schule von dem Einfluss der Kirche befreit werden, sondern der Staat wird auch aufhören, sich um die Religion seiner Untertanen weiter zu bekümmern, als es zum Schutz der kein Gesetz verletzenden Ausübung der verschiedenen Religionen nötig ist.

Werft zunächst die Pfaffen aus den Häusern und aus den Schulen und den unvernünftigen Glauben aus dem Herzen – das weitere findet sich von selbst.

DER BEICHTSTUHL

Tout homme est homme, et les Moines sur tous.
La Fontaine.

Eine der sinnreichsten und verderblichsten Erfindungen der römischen Kirche ist die Ohrenbeichte. Mit Hilfe derselben hat sie lange die Welt regiert ohne große Kosten und Beschwerden. Über den hohen Wert derselben herrscht nur eine Stimme und selbst der Ketzer Marnix von St. Aldegonde meinte schon vor dreihundert Jahren, dass dieselbe der Kirche nehmen, ihr die Augen ausstechen heiße. Er sagt nämlich: »Denn diese Ohrenbeichte ist ihr unzweifelhaft ein Paar Augen wert: Nämlich das eine braucht sie, um alle Heimlichkeiten und verborgenen Anschläge aller Könige und Fürsten dieser Welt zu erfahren, wodurch sie in den friedlichen Besitz aller Regierungen und Herrschaften gekommen ist. Das andere gebraucht sie, um damit in die Busen der jungen Mädchen und betrübten Frauen zu sehen und zu tasten, und dadurch ihre Heimlichkeiten zu ergründen und zu erfahren, und ihnen darnach solche liebe Buße aufzuerlegen, dass ihre geängstigten Gewissen getröstet und ihre Herzen merklich erleichtert werden. Oh, wie manchmal haben die heiligen Pfaffen und Mönche den betrübten und unfruchtbaren Weibchen in ihrer Ohrenbeichte so guten Rat gegeben, dass sie dadurch bald fröhliche Mütter geworden sind, und von derselbigen Zeit an zu ihren heiligen Beichtvätern solche innige Liebe wie zu ihren eigenen Männern selbst bekommen haben.«

Ich habe schon in den vorhergehenden Kapiteln hin und wieder von der Beichte geredet. Ich will mir nicht die unnütze Mühe geben zu beweisen, dass die Ohrenbeichte ihre Rechtfertigung nicht in den Evangelien findet, denn die zu ihren Gunsten angeführten Stellen begründen sie ungefähr in derselben Weise, wie die Stelle des Psalms „Lobet den Herrn mit Pauken", das Geißeln. Die Ohrenbeichte war eben, wie das Fegefeuer und andere sinnreiche Erfindungen ähnlicher Art, eines der vielen Mittel, durch welche sich die römische Kirche die Herrschaft über die Menschen erwarb.

Das Beichtgeheimnis sollte heilig gehalten werden, allein die Jesuiten hatten darüber ihre besondere Ansicht und es ist bewiesen, dass sie den Inhalt der Beichte ihren Vorgesetzten mitteilten, besonders wenn sie für die Erhaltung und das Beste ihres Ordens zweckmäßig erschien. Um überall zu herrschen und die Fäden der Regierung in der Hand zu haben, waren sie stets auf das Eifrigste bestrebt zu bewirken, dass Jesuiten als Beichtväter regierender Fürsten oder sonstiger sehr einflussreicher Personen angestellt wurden. Da sie in Bezug auf Sünden sehr spitzfindig und tolerant waren, so nahm man sie auch gern als Beichtväter an.

Jesuiten durften nichts schreiben und veröffentlichen ohne Zustimmung ihrer Vorgesetzten; was also von irgendeinem dem Orden Angehörigen veröffentlicht wurde, kann als ein Ausdruck der in demselben gutgeheißenen Ansicht betrachtet werden. Obwohl ich aus den Werken der Jesuiten eine sehr reichhaltige, interessante Auswahl von Stellen treffen könnte, über deren Moral sich jeder rechtliche Mensch entsetzen würde, so begnüge ich mich doch damit, nur einige wenige anzuführen, die hinreichend begründen, weshalb die Jesuiten als Beichtväter gern gewählt wurden.

»Die erste Regel sei: So oft Worte ihrer Bedeutung nach zweideutig sind, oder verschiedene Sinne zulassen, ist es keine Lüge, selbige in dem Sinn zu gebrauchen, den der Sprechende mit ihnen verbinden will; obschon die Zuhörenden und der, dem man schwört, selbige in einem anderen Sinn nehmen – ja ob auch der Sprechende von keiner gerechten Sache geleitet werde.«

Zwei Seiten später, nachdem der gelehrte Jesuit verschiedene Arten erlaubter Lügen ausgeführt hat, sagt er: »Ja, es ist dies von großem Nutzen, um vieles verdecken zu können, was verdeckt werden muss, aber ohne Lüge nicht verdeckt werden könnte, wenn nicht diese Art und Weise gestattet wäre. Man hat aber gerechte Ursache, sich solcher Zweideutigkeiten zu bedienen, so oft dies notwendig und nützlich ist, um das Heil des Körpers, die Ehre und das Vermögen zu schützen: Oder zur Übung irgendeiner anderen Tugend.

Es ist erlaubt, denjenigen zu töten, von dem man gewiss weiß, dass er sofort einem nach dem Leben stellt, sodass eine Frau z. B., wenn sie weiß, dass sie in der Nacht von ihrem Mann getötet wird, und nicht entfliehen kann, jenem zuvorkommen darf.«

Und weiterhin: »So oft jemand zur Folge des oben Gesagten ein Recht hat, einen anderen zu töten: Dann kann dies auch ein anderer für ihn tun, wenn dies die christliche Liebe anräth.«

»Ist einem Beichtvater, der eine Frau oder einen Mann zu verzeihlichen bösen Handlungen verlockt, das Begehen einer schweren Schuld beizumessen? Die Hände oder die Brüste einer Frau zu berühren, mit den Fingern zu kneifen und zu zwacken: Das sind in Betreff der

Keuschheit lässliche Sünden, wenn es zur bloßen Ergötzlichkeit ohne weitere Absicht oder Gefahr der Befleckung vorgenommen wird.« (Escobar: Theol. mor. Tract. V. Exam. II. Cap. V. n. 110 pag. 608.)

»Wie verhält es sich rücksichtlich des Beischlafes mit der Verlobten eines anderen? Er überschreitet nicht die gewöhnliche Hurerei, weil sie noch nicht die Frau jenes Mannes ist.« (ibid. Tract. I. pag. 141.)

»An mortiferum, virile membrum in os uxoris immittere? Negat Sanchez tom. 3. de. Matr. tom. 3 lib. 9 d. 17. n. 15. At cum aliis auderem objicere tanto Doctori, id non esse simpliciter osculum pudendorum, sed quendam ad peccatum diversae speciei, id est, praeposteram venerem ausum. (Escobar: Theol. mor. Tract. I. Exam. VIII. Cap. III. n. 69 pag. 148.)

»Wer nur äußerlich geschworen hat, ohne den Vorsatz „zu schwören", ist nicht gebunden (es sei denn des etwaigen Skandales wegen) da er nicht geschworen hat, sondern (mit dem Eid) gespielt hat.« (Busenbaum: Medull. Theol. lib. III. Tract. II. De. II. Dec Praec. dubium IV. (An in juramento liceat uti aequivocatione n. V. pag. 143.)

»Ist derjenige, der zum ersten Mal Hurerei treibt, verbunden, diesen Umstand in der Beichte zu entdecken? Jungfrauen sind hierzu wegen der Defloration verbunden; aber Jünglinge nicht.« So meinte Suarez. Jedoch halte ich es mit Vasquez für wahrscheinlicher, dass auch eine Jungfrau nicht dazu verbunden ist, sei es selbst, dass sie noch unter elterlicher Gewalt stehe, da; wenn die Jungfrau freiwillig einwilliget, ihre Hurerei keine Schändung ist; sie begeht kein Unrecht, weder gegen sich selbst noch gegen ihre Eltern, da sie die Herrin ihrer Jungfrauschaft ist. (Escobar. Theol. mor. Exam. II. Cap. VI. n. 41. pag. 13.)

Die Fehler eines Fürsten können, vornehmlich im zarten Alter, durch gute Erziehung gebessert werden (wodurch oft verdorbene Naturen gezügelt und umgewandelt worden sind). Aber wenn dies nicht gehen sollte, und Bitten und Mühe erfolglos bleiben: So halte ich dafür, dass man sie übersehe, soweit dies das öffentliche Wohl gestattet, und die verderbten Sitten des Fürsten nur Privatsachen berühren; dagegen wenn er den Staat in Gefahr bringt, wenn er sich als Verächter der väterlichen Religion zeigt und sich nicht bessern will, so halte ich dafür, dass man ihn ab- und einen anderen einsetze, was, wie wir wissen, in Spanien nicht bloß einmal geschehen ist. Wie ein gereiztes Tier muss er durch alle Geschosse angegriffen werden, weil er die Menschlichkeit verleugnet und zum Tyrannen geworden ist.

»Ob es erlaubt ist, einen Tyrannen mit Gift zu töten? Es ist rühmlich, dieses ganze pestartige und verderbliche Geschlecht aus der Gesellschaft der Menschen zu vertilgen. Und Beispiele solcher Morde gibt es viele, sowohl in alter als neuer Zeit. Es ist zwar schwer, einem Fürsten Gift zu mischen, indem er von seinem Hof umgeben ist und zudem die Speisen vorher kosten lässt. Wenn sich aber dazu eine günstige Gelegenheit darbietet: Wer sollte da so spitzfindig und subtil sein, dass er unter beiden Todesarten einen Unterschied zu machen suchte?« – Mariani ibid.

Diese Proben der Jesuitenmoral, die ich bedeutend vermehren könnte, auf den Beichtstuhl angewandt, erklären es hinlänglich, warum Jesuiten als Beichtväter Glück machten. Der Beichtstuhl wurde zur Erreichung politischer und kirchlicher Zwecke benutzt, aber hauptsächlich diente er den Pfaffen dazu, ihre Lüsternheit zu befriedigen.

Schon im Jahr 428 hatte Papst Cölestin es für nötig gefunden, Strafe darauf zu setzen, wenn Geistliche ihre Beichtkinder zur Unzucht verführten. Dergleichen Fälle kamen unendlich oft vor und mit diesen Beichtstuhlgeschichten könnte man Folianten füllen.

Poggio Bracciolini, von dem ich schon früher redete, erzählt, dass die Beichtstühle dazu benutzt wurden, die Mädchen und verheirateten Frauen zu verführen. Beichtete eine derselben, dass sie sich eine fleischliche Schwachheit habe zuschulden kommen lassen, so kam es sehr häufig vor, dass ihr der fromme Beichtvater die unzüchtigsten Anträge machte. Um sich das Verführungswerk zu erleichtern, verfehlten sie denn nicht, den lüsternen Kindern recht überzeugend vorzureden, dass ein bisschen Unzucht mit einem frommen Geistlichen so gut wie nichts zu bedeuten habe, und dass die Sünde hundertmal kleiner sei, als wenn sie mit einem fremden Ehemann begangen würde.

Ansiniro, ein Augustinereremit zu Padua, hatte alle seine Beichttöchter verführt. Die Sache wurde ruchbar und er deshalb angeklagt. Vor Gericht drang man sehr ernstlich in ihn, alle diejenigen anzugeben, welche ihm den Willen getan. Er nannte eine große Menge von Mädchen und Frauen aus den angesehensten Familien, stockte dann aber plötzlich und wollte nicht weiterreden. Der Sekretär, der ihn vernahm, bedrohte ihn mit den härtesten Strafen, wenn er nicht die Wahrheit reden und in seinem Bekenntnis fortfahren werde. So gedrängt, nannte der Pater auch den Namen, welchen er verschweigen wollte und man kann sich die Überraschung des Sekretärs denken, als er den seiner eigenen für so tugendhaft gehaltenen Frau hörte!

Hin und wieder kamen die Pfaffen auch schlimm an. Ein Priester, dem eine hübsche Frau beichtete, fand den Platz hinter dem Altar sehr bequem und wollte sie bewegen, hier seinem unzüchtigen Gelüste zu genügen. Die Frau äußerte, dass sie den Platz nicht anständig finde, versprach aber, an einem anderen Ort seine Wünsche zu erfüllen und schickte ihm als Liebespfand eine sehr schöne Torte und eine Flasche guten Wein. Der erfreute Pfaffe dachte zwei Fliegen mit einer Klappe zu schlagen und überreichte die herrliche Torte seinem Bischof, der damit bei einem Gastmahl seine Tafel zierte. Als man sie aufschnitt, fand man darin, was man gewöhnlich nicht dem Beichtstuhl, sondern dem Nachtstuhl anvertraut.

Man forschte natürlich nach dem Ursprung dieser schmutzigen Überraschung, und dieser ergab sich bald aus der Untersuchung.

Kein Ort war den geilen Pfaffen heilig, und die Regierungen mussten dieselben oft strafen, weil sie einen Altar oder einen anderen für heilig geltenden Ort als Sofa betrachtet hatten. Ein Kaplan zu Solothurn beging selbst die schreiende Sünde, die Orgel zum Schauplatz seiner unerlaubten Freuden zu wählen!

Wäre die Kirche nicht stets darauf bedacht gewesen, das Nützliche mit dem Angenehmen zu verbinden, und ihre frommen Diener so viel als tunlich für die mancherlei mit ihrem Amt verbundenen Entbehrungen zu entschädigen, dann hätte sie dem Skandal schnell ein Ende machen können. Sie hätten nur zu verordnen brauchen, dass die Weiber bei Weibern, statt bei Männern beichteten; aber wahrscheinlich fürchteten sie, dass die Weiber nicht schweigen könnten.

»Mensch bleibt Mensch und ein Pfaffe vorzüglich.« Ich würde auch lieber das Sündenregister eines schönen Mädchens mit anhören, als das eines alten Mannes, und hin und wieder würde ich wahrscheinlich auch schwach genug sein, die gemachten Entdeckungen zu meinem Privatvorteil zu benutzen; allein ich bin auch kein Priester. Wüsste ich es nicht aus anderen Quellen, so würde mich schon die Ermahnung des heiligen Borromäus an die Pfaffen lehren, dass sehr viele von diesen die Beichte der Weiber lieber hörten als die der Männer. Der Heilige, der stets des oben angeführten Mottos eingedenk ist, schreibt den Beichtvätern vor, alle Türen zu öffnen, wenn sie die Beichte irgendeiner Weibsperson anzuhören hätten; er schlägt ihnen vor, irgendeinen Vers aus den Psalmen, zum Beispiel „cor mundum crea in su Domine“, an einem freien Ort anzuschreiben, wo er ihnen beständig vor Augen wäre und sie ihn bei vorkommenden Versuchungen gleichsam als Zauberformel oder als Retro Satanas gebrauchen könnten.

Von dem Geißeln habe ich schon geredet. Da dieses nicht ohne Entblößung stattfinden konnte, so ist es begreiflich, dass es die lüsternen Pfaffen sehr bald bei der Beichte einführten. Anfänglich begnügten sie sich damit, die Geißelung als Buße vorzuschreiben; allein gar bald maßten sie sich das Recht an, dieselbe eigenhändig zu erteilen. Dies wurde von der Kirche selbst als ein Missbrauch angesehen, und Papst Hadrian I., der im Jahre 772 Papst wurde, verordnete: »Der Bischof, Priester und der Diakon sollen diejenigen, welche gesündigt haben, nicht geißeln.«

Diese Verordnung fruchtete jedoch nichts. Die Geistlichen ließen sich das angenehme Recht nicht nehmen, besonders da sie darin durch hochstehende Prälaten unterstützt wurden, und der schon früher genannte Kanzler der römischen Kirche, Kardinal Pullus, nicht das geringste Bedenken trug, nicht allein das Geißeln zu empfehlen, sondern auch sogar öffentlich bekanntzumachen, dass die völlige Entkleidung der Büßenden und ihr Niederwerfen zu den Füßen des Beichtvaters selbst in den Augen Gottes das Verdienst des Sünders vermehre, da es noch Kennzeichen äußerster Demut und Erniedrigung wären.

Solche Lehren trugen den Pfaffen gute Früchte. Das Hinterteil eines Mannes zu zerbläuen, konnte, wenn derselbe eine hohe Stellung in der Welt hatte, allenfalls ihrem Stolz und ihrer Eitelkeit schmeicheln; allein diese Strafe bei Frauen anzuwenden, hatte für den Schönheitssinn der Pfaffen einen weit höheren Reiz, und alle Mittel, welche der Kirche zu Gebot standen, wurden angewandt, die natürliche Schamhaftigkeit der Weiber und Mädchen zu besiegen.

Bei der Schamhaftigkeit fällt mir eine Anekdote ein, die zu spaßhaft ist, als dass ich sie den Lesern vorenthalten sollte. In den vierziger Jahren kam ein junges Mädchen zu dem katholischen Pfarrer eines Ortes, um bei ihm zu beichten. Nachdem sie allerlei unbedeutende Sünden gestanden hatte, stockte sie und wurde feuerrot. Der Pfarrer ermahnte väterlich fortzufahren, aber das verschämte Mädchen sagte, dass es ihr unmöglich sei, ihm hier ihre Sünden zu bekennen. Der gute Geistliche, dem dergleichen wohl schon oft vorgekommen sein mochte, fragte, ob sie ihm lieber zu Hause beichten wolle, wo sie weniger beobachtet wäre, und das Mädchen erklärte sich seufzend bereit dazu.

Zur bestimmten Stunde erschien sie auf dem Zimmer des Herrn Pfarrers, der sie mit einiger Unruhe und Neugierde erwartet hatte. »Nun mein Kind, wir sind allein, was ist's, das dich drückt? Die Mutter Kirche hat Trost; habe Zutrauen.« »Ach, Herr Pfarrer, ich kanns nicht sagen«, erwidert die kleine Unschuld und hält den Schürzenzipfel vor das Gesicht. »Nun, mein Gott, es wird doch keine Todsünde sein!« »Ach nein, aber … « »Nur offen heraus, was ist's?« »Ach, ich habe mit meinem Liebsten etwas – etwas gemacht!« »Nun, was denn, mein

Kind?« »Ach, ich kann's wahrhaftig nicht sagen.« »Nun, hat er vielleicht das getan?«, fragte der Pfarrer, indem er ihr in die Backen kneift, um ihr das Geständnis zu erleichtern. »Ach nein?« »Oder vielleicht das?« – , wobei er den Arm um ihre Taille legt und ihr einen Kuss auf den Mund drückt. Das Mädchen schüttelt beständig mit dem Kopf, und der Pfarrer, ein noch junger Mann, glüht im Gesicht beinahe ebenso sehr, wie seine verschämte Beichttochter. Er wird in seinem heiligen Eifer immer hitziger und versucht alles Mögliche, was der Geliebte nur mit ihr getan haben konnte, und da sie fortwährend beharrlich den Kopf schüttelt, so schreitet er zum Alleräußersten, in der vollen Überzeugung, dass er nun das Richtige getroffen habe. Aber wie groß ist sein Erstaunen, als er auf seine Frage ein abermaliges Kopfschütteln als Antwort erhielt. »Nun, in Satans Namen«, bricht er los, »was hast du denn mit ihm gemacht?« »Ach Herr Pfarrer – ich habe – ihn krank gemacht!« Ich überlasse es den Lesern, sich das Gesicht des guten Pfarrers auszumalen. Auf solche Weise verfuhren nun wohl nicht alle römisch-katholischen Geistlichen, um die Schamhaftigkeit ihrer Beichtkinder zu besiegen; bei den meisten gelang es ihnen durch biblische Spitzfindigkeiten, und wo dieselben nicht helfen wollten, mit Verweigerung der Absolution und Androhung der ganzen Teufelsküche. Zu solchen äußersten Mitteln brauchten die Heiligen Väter indessen nur selten zu schreiten, denn die Beichte ist schon an und für sich ein höchst wirksames Mittel zur Ertötung der Scham.

Das Mädchen oder die Frau, welche einem fremden Mann die geheimsten Regungen ihrer Sinnlichkeit und die dadurch hervorgebrachten Wirkungen mit allen Details – so verlangen es häufig die lüsternen Beichtväter – schildern kann, kostet es auch keine große Überwindung, sich vor demselben zu entblößen; wer die nackte Seele gesehen hat, mag auch den nackten Körper sehen!

Weigerte sich indessen dennoch eine Beichttochter und wollte nicht daran glauben, dass die Pfaffen ein Recht dazu hätten, die Entblößung zu verlangen, dann entgegneten diese ihnen, dass Christus gesagt habe: »Gehet hin und zeiget euch den Priestern!« Wollte es eine andere unschicklich und anstößig finden, dann antwortete man ihr: »Ach Larifari! Adam und Eva waren im Paradies nackt, und am Auferstehungstag werden wir keine Hosen tragen.« So kam es allmählich so weit, dass man gar nichts mehr darin fand, wenn ein Beichtvater einem Mädchen oder einer Frau mit eigener Hand die Rute gab.

Die Pfaffen standen schon seit den ältesten Zeiten mit vollem Recht in schlechtem Ruf, und es ist daher wohl begreiflich, dass Ehemänner ziemlich unruhig waren, wenn ihre Frauen zur Beichte gingen. Selbst sehr fromme und heilige Bücher enthalten darüber höchst ergötzliche Geschichten, wenn sie auch meistens ernsthaft langweilig und im schrecklichsten Mönchslatein erzählt sind.

In einem Buch von Scotus, betitelt Mensa philosophica, findet sich zum Beispiel die folgende: Einem Weib, welches eben in den Beichtstuhl ging, um ihre Sünden zu bekennen, folgte im Geheimen ihr Ehemann nach, da ihn die Eifersucht plagte, zu welcher er auch wohl gute Gründe haben mochte. Er verbarg sich in der Kirche so, dass er seine Frau genau beobachten konnte; aber kaum sah er sie von dem Beichtvater hinter den Altar führen, als er sehr eifrig hervorstürzte und demselben vorstellte, dass seine Frau viel zu zart sei, die Geißelung auszuhalten; solle aber einmal gegeißelt werden, nun dann erbiete er sich, die Strafe auf sich zu nehmen. Die Frau war sehr vergnügt über diesen Vorschlag, und der Beichtvater willigte ein.

Kaum hatte sich der Mann vor diesem niedergeworfen und in die gehörige Geißelpositur gesetzt, so rief seine Frau: »Nun ehrwürdiger Vater, haut nur recht tüchtig zu, denn ich bin eine sehr große Sünderin!«

Nach den Beispielen von den Wirkungen des Zölibats auf die Geistlichen, welche ich in den vorigen Kapiteln gegeben habe, werden es die Leser sehr natürlich finden, dass diese Art und Weise der beichtväterlichen Absolution zu unendlich vielen Missbräuchen Veranlassung gab. Die Zahl der davon bekannten Beispiele ist unendlich groß, obgleich die Pfaffen stets bemüht waren, dergleichen Erzählungen als Verleumdungen hinzustellen. Ich könnte eine ganze Galerie davon aufführen, begnüge mich aber damit, nur einige Geschichten dieser Art zu erzählen, deren Wahrheit bis in die kleinsten Details durch gerichtliche Untersuchungen ans Tageslicht gekommen ist, und weil sie mir ganz vorzüglich geeignet scheinen, die römisch-katholischen Geistlichen und ihre Beichte zu illustrieren.

Die erste davon ist die von dem Bruder Cornelius Adriansen zu Brügge. Derselbe war zu Dortrecht geboren. Seine Eltern bestimmten ihn zum geistlichen Stand, und nachdem er seine Studien vollendet hatte, kam er im Jahre 1548 nach Brügge in das dortige Franziskanerkloster. Bald entdeckte man in ihm eine Menge theologischer Kenntnisse und eine ganz besondere Gabe »populär« zu predigen, wodurch seine Oberen bewogen wurden, ihm das Predigeramt anzuvertrauen.

Seine Predigten waren ganz eigentümlicher Art, und man wird sie am besten beurteilen können, wenn ich ein Bruchstück aus einer derselben mitteile. Seine Reden wurden übrigens schon bei seinen Lebzeiten gesammelt und zum Ergötzen der Ketzer in den Niederlanden im Druck herausgegeben.

Am 15. Dezember 1560 ereiferte er sich sehr, weil einige angesehene deutsch-protestantische Prediger und Anhänger der Augsburgischen Konfession nach Antwerpen gekommen waren. Nachdem er einen Teil des Textes ausgelegt hatte, ergriff er die Gelegenheit, seinem Grimm über die Ketzer Luft zu machen. Er brüllte wie verrückt: »Bah, ich möchte beinah vor Zorn und Tollheit aus der Haut fahren! Ah bah, da sind nun zu Antwerpen, dem höllischen Pfuhl, dem teuflischen Abgrund, wo alles verfluchte Gift und stinkender Unflat zusammenkommt, wiederum neue Verräter, Verführer, Betrüger, neue Schelme und Bösewichter aus dem verdammten und verfluchten Deutschland angekommen, und vermeinen in diesen edlen Niederlanden, die sich jederzeit so standhaft im christlichen Glauben gehalten, bis die mageren, dürren, ledernen deutschen Arschkerben ihre beschissene Supplikation übergeben, ihre Augsburgische Konfession einzuführen und fortzupflanzen. Bah, seht doch wie schnell sie mit ihrer teuflischen Augsburgischen Konfession gelaufen kommen, sobald sie gehört, dass die verfluchten Geusen die Religion verändern wollen! Ei ja, eben recht! Wie, wir sitzen da und warten darauf, bis ihr kommt? Bah, alles bereit? Ah bah, es ist zu verwundern, wie ihr so lange geblieben seid mit eurer schönen Konfession von Augsburg, welche erstlich so süß, lieb und betrüglich von dem falschen, verdammten, höllischen Ketzer, dem unbeständigen Zweifalter und Wetterhahn Philipp Melanchthon verfasst und zusammengestellt, dann aber mit seinem teuflischen, höllischen Gift so verdorben und nach seinem ketzerischen Sinn verfälscht worden, dass auch die Zwinglianer, Kalvinisten und Sakramentierer sich damit behelfen und verteidigen können und wollen. Darum scheiß ich in die Augsburgische Konfession! Bah, die Zeit soll noch kommen, dass diese

Konfession an den Galgen gehängt und mit Kot und Dreck soll beworfen werden, ja dass alle Katholischen den Arsch daran wischen werden; bah, so sehet! Ah bah, die Wiedertäuferei ist tausendmal besser als die Konfession von Augsburg. Bah! Gott schände die Augsburgische Konfession, bah, der Teufel hole die Augsburgische Konfession! Wie, was meint ihr, dass wir toll und töricht sein und dass wir uns so von diesen ledernen Arschkerben sollen überteufeln und äffen lassen, von diesen deutschen Verrätern, den ersten Abtrünnigen und Ausgebannten von der römisch-katholischen Kirche?«

Seine Predigten wimmelten von Unflätereien, von denen die obigen nur eine bescheidene Probe sind, und hörte er, dass man sich darüber aufgehalten habe, dann schrie er von der Kanzel wie besessen: »Bah, darum haltet das Maul und lasst mich predigen, was mir der Heilige Geist eingibt!« Er übte indessen einen bedeutenden Einfluss auf den großen Haufen aus, und seine Predigten waren besonders geschickt dazu, den Hass gegen die Protestanten zum Fanatismus anzufachen. Einstmals predigte er gar »dass man den schwangeren Weibern der Ketzer den Leib aufschneiden solle, um die Kinder, ehe sie geboren wären, zu verbrennen.«

Diese Predigten fallen indessen schon in eine spätere Zeit. Bald nach Antritt seines Predigeramtes hatte er sein Augenmerk auf einen anderen Gegenstand gerichtet, – nämlich auf die schönen Mädchen und Frauen von Brügge. Er fing an, gegen das eheliche Leben zu predigen und setzte es mit allen ihm zu Gebot stehenden Mitteln herab; denn es sei fast nicht möglich, als Verheirateter selig zu werden. Dagegen konnte er die Jungfräulichkeit nicht hoch genug preisen und verhieß den Mädchen, welche darin beharren würden, ganz gewiss die Seligkeit.

Heutzutage würde man darüber selbst in streng katholischen Ländern lachen und höchstens einige verhimmelnde Ebelianische Seelenbräute würden vielleicht in dem guten Pater den sehr fleischgewordenen Paraklet sehen; aber damals, als die meisten Leute noch eine ungeheure Sorge um ihr »Seelenheil« hatten, verursachten seine Predigten einen solchen Aufruhr unter den Weibern in Brügge, dass alle Männer die Geduld verloren, denn ihre Frauen flohen sie förmlich, und die Mädchen beschlossen, in ihrem Leben nicht zu heiraten. Doch »der Geist ist willig, aber das Fleisch ist schwach.« Die armen Frauen gerieten in Verzweiflung und liefen zu Bruder Cornelius, um sich Trost und Rat zu holen. Dieser hörte sie freundlich an und belehrte sie über die Mittel, durch welche es möglich sei, im ehelichen Stand fortzuleben, ohne vom Teufel geholt zu werden. Zunächst, sagte er, sei es nötig, »der Begierde und dem Gefallen an dem fleischlichen Werk der Ehe« zu widerstehen, wenn auch dem Werk, oder der Ausübung selbst nicht. »Denn«, argumentierte er, »das Werk an und für sich ist von Gott angeordnet, aber die verdorbene ausgeartete Natur hat es verunreinigt, befleckt, beschmutzt und verunehrt mit ihren schlechten, faulen, fleischlichen Affekten und Neigungen.« Darum sollten sie denselben durchaus widerstehen und das eheliche Werk ausüben, als übten sie es nicht aus. Dies war nun freilich für die meisten ein unmögliches und übermenschliches Ding, besonders wenn sie ihre Männer lieb hatten, und täglich kamen sie zu ihm mit weinenden Augen und beklommenem Herzen.

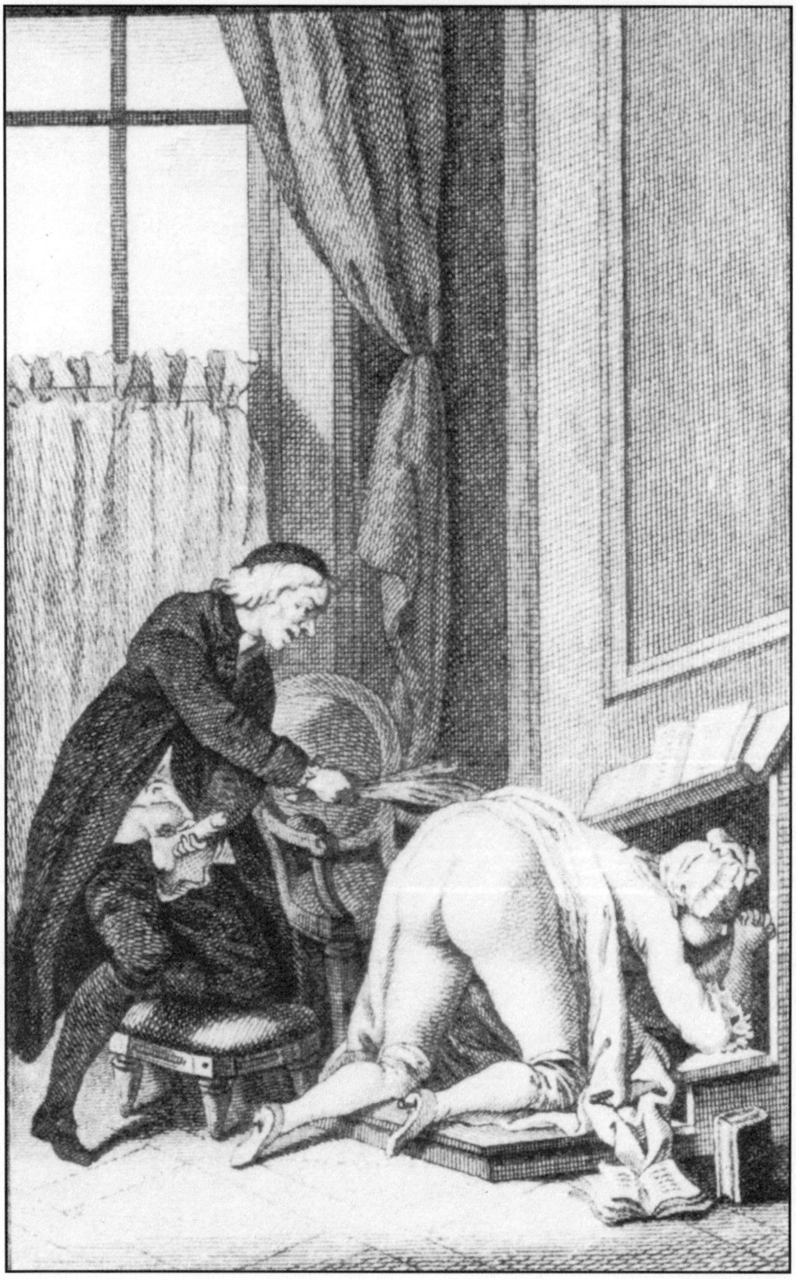

Zu denen, die weder jung noch sonderlich hübsch waren, sagte er, dass sie ihre Anfechtungen und Übertretungen ihrem Pastor oder Beichtvater sehr genau und ausführlich beichten müssten, damit sie ihnen vergeben würden und sie Absolution bekämen; aber zu denen, die er für seine Betgenossenschaft (deuotarship) wünschte, sagte er: Weil sie nun solchen innerlichen Sünden und Gebrechen ihres Körpers nicht widerstehen könnten, so wäre es nötig, dass derselbe gekasteiet werde mit einer äußerlichen Strafe oder Pönitenz. Die betrübten Frauen willigten sehr gern darin, sich derselben zu unterziehen.

Hierauf sagte er ihnen, dass sie sich ganz und gar unter seine Aufsicht und seinen Gehorsam begeben müssten, und als sie auch damit einverstanden waren, gab er ihnen eine Regel, nach welcher sie alle Monate auf einen bestimmten Tag bei ihm mit Bewilligung ihrer Männer zur Beichte erscheinen und in welcher sie ihm ihre Übertretungen mitteilen mussten.

Als sie nun die Regel angenommen hatten und bei ihm zur Beichte erschienen, gebot er ihnen bei dem Gelübde ihres Gehorsams, alle unkeuschen Gedanken, Begierden und Handlungen, die sie hatten und begingen, ungeschmückt frei heraus, ohne Scham zu gestehen; je glatter, unverhohlener, gröber und genauer, je besser: Damit er imstande sei, sie davon zu säubern, reinigen, purgieren, absolvieren und deshalb zu kasteien und strafen. Dies taten denn die Frauen ebenfalls. »Nun wohlan, meine Töchter«, sagte Cornelius darauf, »für diese heimlichen und unkeuschen fleischlichen Sünden des Körpers gehört sich auch eine heimliche Säuberung, Purgierung, Reinigung« – er liebte es sehr, wohl fünf bis sechs Synonyme hintereinander zu gebrauchen – »und heilige Disziplin oder sekrete Pönitenz, welche vor den Augen der Menschen verborgen gehalten werden muss, weil sie nicht verstehen und begreifen, was geistlich ist; ja sie würden sich darüber aufhalten und Ärgernis nehmen, wenn sie es wüssten; so sind sie durch die Verderbtheit des Fleisches in ihren Ansichten und Begriffen verwirrt, geblendet und geschändet. Darum, meine Töchter, legt die Hand auf eure Brust und schwört bei Gott und allen Heiligen, dass ihr diese heimliche Disziplin oder heilige, sekrete Pönitenz weder euern Männern, noch euern Eltern, noch irgendeinem der weltlich gesinnten Menschen, noch irgendeinem Geistlichen, sei es in der Beichte oder anders, nicht zu erkennen geben und offenbaren wollt.«

Nachdem nun die Frauen diesen Eid geleistet hatten, nahm er sie als Büßerinnen und Disziplintöchter an und hieß sie, in das Haus der Näherin Calle de Naighe, seiner Vertrauten, stets durch die Vordertür zu gehen; denn dieses Haus hatte von der Seite des Klosters her ebenfalls einen Eingang, sodass diejenigen, welche Bruder Cornelius durch denselben hineingehen sahen, die Frauen nicht sahen und umgekehrt.

Als nun die frommen Frauen das erstemal zu der Näherin kamen, gab sie jeder derselben eine Rute und hieß sie dieselbe in das Disziplinzimmer tragen, das nächstemal aber selbst Besen zu kaufen und davon eine Rute mitzubringen.

Als Cornelius in das Disziplinzimmer zu seinen Beichttöchtern eintrat, sagte er: »Nun wohlan, meine Töchter, damit ihr diese heilige Disziplin oder sekrete Pönitenz bequem empfangen könnt, ist es nötig, dass ihr euern Körper entblößt; darum befehle ich euch bei dem Gelübde eures Gehorsams, dass ihr euch entkleidet.«

Als die Frauen seinen Willen erfüllt hatten, mussten sie ihm selbst die Rute in die Hand geben und ihn demütig bitten, dass er ihren sündigen Körper discipliniere und kasteie, was er denn sehr bedächtig mit einer Anzahl Schläge tat, die eben nicht weh tun konnten. Diese Handlung begleitete er mit allerlei vom Geißeln handelnden Reden aus alten Büchern und sagte unter anderem, dass Gott die Demut der Büßenden, die sich nackt auszögen, lieber habe als die Heftigkeit der Schläge.

Im Winter, wenn es zu kalt war, um sich nackt auszuziehen, mussten seine Disziplinkinder sich auf einem großen Kissen niederlegen; Bruder Cornelius hob ihnen den Rock auf und disziplinierte sie auf diese Weise. Ebenso machte er es auch im Sommer mit denjenigen Frauen, die nicht lange von Hause wegbleiben konnten, oder mit Witwen, die lange unter seiner Disziplin gestanden hatten und anderen Bußwerkzeugen er sich bereits satt gesehen hatte; ja zuletzt ließ er wohl zu, dass diese die Disziplin von seiner Betrauten, der Näherin, empfingen.

Dass die Witwen, die bereits vom Baum der Erkenntnis gegessen, Anfechtungen hatten, nahm er als selbstverständlich an, und interessierte sich vor allen Dingen für ihre Träume, die sie ihm stets ganz genau erzählen mussten.

Ehe er aber die verheirateten Frauen und Witwen zu seiner Bußanstalt heranzog, hatte er schon längst eine Disziplinschule von jungen Mädchen errichtet, bei der ich mich etwas länger aufhalten muss, da sich dabei die ganze Schändlichkeit des nichtswürdigen Pfaffen offenbart und weil es Jungfrauen waren, die den alten lüsternen Sünder zu Schanden machten und sein Treiben zur Untersuchung brachten.

Abbe Parny in seiner köstlichen Satire „La guerre des Dieux“, in welcher die Heidengötter von der Heiligen Dreieinigkeit mit den himmlischen Heerscharen besiegt werden, hat den köstlichen Einfall, alle Satyren und Faune der alten Heidenzeit die Stammväter der Mönche werden zu lassen. Der witzige Abt kannte gewiss viele Mönche von der Art des Bruders Cornelius.

Im Jahre 1553 befand sich unter den Frauen, welche täglich die Predigten des Bruders Cornelius besuchten, eine fromme und geachtete Witwe mit ihrem schönen und gescheiten Töchterchen. Diese machten die Bekanntschaft einiger junger Mädchen, die schon lange zu der Betgesellschaft des Pastors gehörten und stets bemüht waren, für dieselbe Rekruten zu werben. Das reizende sechzehnjährige Calleken Peters schien ihnen besonders der Mühe wert. Die Mutter sah mit Vergnügen, wie ihr Töchterchen durch die Unterhaltung mit den frommen Mädchen so schön über geistliche Dinge reden lernte und ließ Calleken die Gesellschaft derselben besuchen, so oft sie nur wollte.

Hier hörte sie von der geheimen Pönitenz reden und fragte, was dieselbe denn eigentlich zu bedeuten habe? Bisher waren die Mädchen sehr bereit gewesen, ihr Rede und Antwort zu geben, allein nun meinten sie, dass Calleken darüber nur von Pater Cornelius selbst belehrt werden könne, und rieten ihr, sich an den heiligen Mann zu wenden, was sie denn auch beschloss.

Cornelius, der benachrichtigt wurde, dass sich ein so frisches Fischchen fangen wolle, setzte einen Tag fest, an welchem sie bei ihm erscheinen soll, und außer ihr fanden sich an demselben

noch zwei ausgezeichnet schöne Mädchen ein, die ebenfalls in der Disziplin unterrichtet werden sollten; sie hießen Aelken van den B. und Betken P.

Der Pater fragte Calleken, ob es ihr Ernst damit sei, ihre jungfräuliche Reinheit und Sauberkeit zu bewahren und zu dem Ende unter seine Obedienz, Untertänigkeit und Gehorsam sich verdemütigen wolle? Als sie bejahte, lobte er sie sehr und ersuchte sie, ihn mit Einwilligung ihrer Mutter an einem bestimmten Tag der Woche zu besuchen.

Nach einer mehrwöchentlichen Vorbereitung nahm er sie feierlich als Beichtkind an und ließ sie den schon oben angeführten Eid schwören. Darauf wies er sie an, gleich den anderen Mädchen, in seine Disziplinkammer zu kommen und sich dort zur Pönitenz vorzubereiten. Diese Kammer hatte er damals in einem Haus auf dem Steinhauersdyk in Brügge bei einer Witwe, Frau Pr., bei der die oben genannte Betken und einige andere Mädchen in Kost waren, um die Kochkunst zu lernen. Die Näherin wurde erst des Paters Vertraute nach dem Tod der Witwe.

Als Calleken zum ersten Mal in die Kammer trat, forderte sie Cornelius auf, bei dem Gelübde ihres Gehorsams, ihm alle Anfechtungen und Versuchungen, welche der menschlichen Natur so eigen, zu beichten und namentlich die unkeuschen Träume, Gedanken und Begierden, welche der jungfräulichen Reinigkeit so sehr zusetzten, ungescheut ihm mitzuteilen, indem er nur auf diese Weise Mittel finden könne, letztere zu beschützen.

Das arme, unschuldige Kind, welches von dergleichen Anfechtungen noch durchaus nichts wusste, stotterte etwas her, aber Cornelius erwiderte: »Bah, ich weiß recht gut, dass euch alle die Unkeuschheiten und Unreinigkeiten, welche zwischen Verheirateten und Weltmenschen vorzufallen pflegen, bekannt sind: Denn die Welt ist so im Argen und verdorben, dass junge Mädchen von acht bis neun Jahren recht gut wissen, auf welche Weise sie in die Welt gekommen sind. Bah, ein Mädchen von sechzehn bis siebzehn Jahren wie ihr sollte nichts von solchen Versuchungen, Begierden, Quälungen wissen? Bah, ihr hättet in der Welt bleiben sollen, ihr wäret bald Mutter von drei bis vier Kindern.«

Calleken, vor Scham ganz rot, sah zur Erde nieder und wusste nichts weiter zu sagen, als dass ihre Mutter sie auf das Sorgfältigste vor allen eiteln, leichtfertigen und unehrbaren Äußerungen bewahrt hätte. »Oh bah!«, fuhr der Pfaffe fort, »darauf achte ich noch nicht. Die angeborene und gebrechliche Natur muss euch in dem Alter, welches ihr nun habt, darüber belehren; darum ist es nicht möglich, dass ihr nicht bisweilen mit fleischlichem Streit angefochten werdet, den ihr allein aus Verschämtheit mir verschweigt. Aber ich kann euch durchaus nicht absolvieren, denn meine Seligkeit hängt daran, und darum bereitet euch das nächste Mal besser darauf vor, alle eure natürlichen Anfechtungen zu erkennen zu geben.« Hiermit entließ er Calleken und befahl ihr, an einem bestimmten Tag wiederzukommen, was sie in Gottes Namen zu tun gelobte.

Als sie wieder zu ihm kam, nahm er sie in seine Disziplinkammer und ermahnte sie, alle Verschämtheit, die er ein falsches, böses Tier nannte, draußen zu lassen. Auf seine abermaligen Fragen nach fleischlichen Regungen antwortete ihm das unschuldige Mädchen, dass sie täglich Gott bitte, sie vor dergleichen Anfechtungen zu bewahren. Das lobte der Pater zwar, meinte aber doch, sie müsse Gott eigentlich um Versuchungen und Anfechtungen bitten, denn ein Zustand, in welchem diese ausbleiben, sei keine Heiligkeit zu nennen. »Bah«, fuhr er fort, »es ist eine Ehre, eine quälende Natur zu haben, und dass man zu ungleichen Personen, nämlich Frauen zu Männern und Männer zu Frauen, mit natürlich brennender Hitze geneigt ist; allein was ist es denn für ein Verdienst, wenn man kein Gefühl dafür hat? Bah, mein Kind, schämt euch nicht zu gestehen, dass ihr auch Fleisch und Blut gleich allen Menschen habt, oder ich muss euch für heuchlerisch und ganz und gar für durchtrieben halten, weil ihr nicht gestehen wollt, bisweilen fleischliche Gedanken oder unreine Begierden zu haben.« Nun fuhr er fort, sie zu ermahnen, ihm rundheraus, je unumwundener je besser, alle ihre unkeuschen Gedanken und dergleichen zu sagen.

Calleken wurde immer verschämter, je länger sie den Satyr in Priestertracht anhörte. Dieser glaubte daher vor allen Dingen darauf hinarbeiten zu müssen, diese ihm so hinderliche Scham zu vernichten, und nachdem er sie durch väterliche, gleißnerische Worte zutraulich gemacht hatte, fragte er feierlich: »Nun Calleken, mein Kind, sagt mir, ob ihr mir die Seligkeit eurer Seele auch mit ganzem Herzen anvertraut?« Sie antwortete: »Ja, ehrwürdiger Vater.« »Nun wohl«, fuhr er fort, »wenn ihr mir euer Seelenheil anvertraut, so könnt ihr mir mit noch minderer Gefahr euren irdischen, vergänglichen Körper anvertrauen; denn wenn ich eure Seele selig machen soll, so muss ich vor allem euren Körper geeignet, rein, sauber und fähig machen zu allen Tugenden, Andachten und Pönitenzien. Ist's nicht so, mein Kind?« Sie antwortete: »Ja, ehrwürdiger Vater.« »Nun wohlan, mein Kind, so ist es nötig, dass ihr meiner heiligen Obedienz untertänig seid und tut, was ich euch befehlen werde.«

Hierauf setzte er sich auf eine Bettstelle, die in dem Zimmer stand, und sie musste sich zwei Schritte von ihm hinstellen. Darauf sagte er, dass es zur Überwindung der Verschämtheit, welche der Disziplin und Pönitenz so durchaus zuwider, durchaus nötig sei, dass sie sich seinem Willen füge, und er gebiete ihr daher bei ihrem Gelübde des Gehorsams, sich sogleich vor ihm nackt auszuziehen.

Calleken antwortete heftig erschrocken: »Ach, ehrwürdiger Vater, wie könnte ich das tun, ich müsste mich gar zu sehr schämen!« – »Mein Kind«, rief er, »das muss so sein, unser beider Seligkeit hängt daran, darum weg mit der Scham und tut gehorsamlich, was ich befohlen habe.« – »Ach, ehrwürdiger Vater«, stammelte das geängstigte Mädchen, »ich will euch lieber künftig alle meine Anfechtungen und fleischlichen Gedanken offenbaren« – das arme Kind hätte sie gewiss erfinden müssen –, »als dies tun, denn ach – mir ist, als würde ich lieber sterben! Darum bitte ich demütig, ehrwürdiger Vater, erlasst es mir!« Cornelius bestand aber fest darauf, denn ohne dasselbe sei es gar nicht möglich, eine vollkommene Andächtige zu werden; es sei das erste Mittel zum Empfang der heiligen, heimlichen Disziplin. Er verlange unbedingten Gehorsam, wie ihn alle übrigen Disziplinschüler leisteten.

Seine Worte hatten endlich die gewünschte Wirkung. Das schöne Mädchen hakte ihr Mieder auf und zog es aus; als sie aber ihr Leibchen aufschnürte, stürzten ihr die hellen Tränen aus den Augen, und Cornelius sagte: »Bah, mein Kind, fasst Mut und kämpft tapfer und klug gegen die Verschämtheit und Heuchelei, dann sollt ihr einen Sieg feiern, dann soll alles Triumph, Friede und Glorie sein.«

Als sie nun bis aufs Hemd entkleidet war und auch dieses fallen lassen sollte, verwandelte sich die Glut ihres Gesichtes in tödliche Blässe. Als Cornelius dies sah, stand er eiligst auf und holte aus einem Schrank einige stark riechende Essenzen, mit deren Hilfe sie bald wieder aus der Ohnmacht erwachte.

»Für diesmal ist es genug mein Kind«, redete er ihr freundlich zu, »nächstes Mal sollt ihr nicht allein bei mir sein, sondern in Gesellschaft einiger Mädchen, die ihr kennt und die euch mit gutem Beispiel vorangehen werden.« Als sie sich wieder angekleidet hatte, ermahnte er sie, keinem Menschen etwas zu sagen und ihm zu geloben, am bestimmten Tag sich auch wirklich wieder in seinem Disziplinzimmer einzustellen.

Sie hielt Wort und fand dort die oben erwähnten beiden schönen Mädchen, die gar keine Umstände machten, sich sogleich auskleideten und ganz dreist nackt vor den Pater hinstellten. Calleken folgte dem Beispiel, und Cornelius lobte sehr das Glorreiche eines solchen Sieges über die verfluchte Scham, die allem frommen Werk im Weg sei. Damit hatte es für diesmal sein Bewenden, denn Cornelius pflegte seine frommen Töchter mehrere Monate lang im Entkleiden zu üben, denn sein Grundsatz war, sie mussten freiwillig die Scham aufgeben und selbst die Disziplin begehren.

Während dieser mit Calleken vorgenommenen seltsamen Exerzitien, wurde sie von einem der Mädchen, die schon seit langem zu des Paters schamlosem Freikorps gehörte, gefragt: Ob sie denn nun wisse, was die Disziplin oder heilige sekrete Pönitenz sei? Calleken antwortete, dass sie es wohl beinahe ahne, aber noch nicht sicher wisse. »Ei«, sagte das Mädchen, »wenn du diese noch nicht verdient hast, dann musst du wohl ein ganz anderes reineres Mädchen sein als alle anderen; allein ich denke, dass du deine Anfechtungen nicht recht bekannt und gestanden hast.« Nun wurde sie zum unbedingten Gehorsam gegen Bruder Cornelius ermahnt: Sie müsse, hieß es, ihre Seele ihm ganz und gar übergeben, denn sonst könnte es unmöglich etwas werden. Calleken versprach ganz zu tun, wie die Mädchen ihr rieten.

Die vielen Reden von fleischlichen Anfechtungen, von natürlichen, unsauberen Begierden, unkeuschen Träumen usw. hatten das unschuldige Mädchen ganz verwirrt gemacht, sodass sie Tag und Nacht an nichts anderes dachte, was denn auch mit wirklichen Anfechtungen endete, sodass sie dem erfreuten Pater etwas zu beichten hatte. Sie wurde nun der Disziplin für würdig geachtet und wurde eine Devote wie die anderen.

Diese Bußgenossenschaft, zu welchem die schönsten Frauen und Mädchen von Brügge gehörten, bestand eine ganze Reihe von Jahren, ohne dass außerhalb des Kreises derselben das Geringste verlautete. Aber der Krug geht so lange zu Wasser bis er bricht, und auch den frommen Beschäftigungen des faunischen Paters sollte ein Ende gemacht werden.

Bei einer kleinen Festlichkeit einiger Mitglieder dieser Genossenschaft, der auch Pater Cornelius beiwohnte, ging es sehr lustig zu. Der Pater tanzte mit einer hübschen Beichttochter und küsste sie in seiner frommen Weinlaune auf den Mund. Calleken Peters hörte davon durch eine der Anwesenden und war sehr betreten, dann sagte sie, »man steht doch mutternackt vor ihm, und wie kann man wissen, ob ihn nicht etwas Menschliches anwandelt.« Die andere erklärte ihn für einen Engel in Menschengestalt, der nicht sündigen könne; allein Calleken antwortete: »Ich behaupte nicht gerade, dass er sündigt, aber wie nun, wenn ihn eine menschliche Schwachheit ergreifen sollte, wie wolltest du dich benehmen, um nicht mitzusündigen?« – »Ich würde es in Demut geschehen lassen«, antwortete die andere, »denn ich bin überzeugt, unser Herr Gott würde mir solches nicht zur Sünde rechnen – um des heiligen Mannes willen, indem dieser die Handlung ohne eigentlich fleischliches Gelüste vollbrächte.«

Calleken wollte diese Religion nicht einsehen, allein der Pater, der Nachricht von dieser Unterredung erhielt, bekam einen großen Schrecken, und nach mehreren Unterredungen mit Calleken ließ er sich von ihr in Gegenwart eines anderen Paters eine Erklärung unterschreiben, dass sie an ihm nie etwas bemerkt, was ihr Ärgernis gegeben habe, und dass sie nichts von einer heimlichen Disziplin wisse. Der Pater stellte ebenfalls ein Zeugnis aus, dass er Ohrenzeuge einer solchen Erklärung gewesen, und Cornelius wurde wieder ruhig, besonders da er sah, dass Calleken Peters das Geheimnis bewahrte und auch nicht aus seiner Beichtgenossenschaft austrat.

Nach zwei Jahren kamen ihr aber Skrupel, und sie wollte von dem Pater aus der Bibel bewiesen haben, dass die heimliche Disziplin zur Seligkeit absolut notwendig sei. Sie warf ihm vor, dass er auf der Kanzel die Bibelstellen ganz anders auslege als ihr, und er rief sehr verlegen: »Ah bah, wenn ich auf der Kanzel stehe, rede ich für die Weltkinder.«

Bei einem abermaligen Disput über diesen Gegenstand riss dem Pater die Geduld, und er befahl ihr, sich auf der Stelle zu entkleiden und die Pönitenz zu empfangen; allein Calleken weigerte sich durchaus und erklärte, dass nur Beweise aus der Bibel sie vermögen könnten, zum alten Glauben an die Notwendigkeit der heimlichen Disziplin zurückzukehren. Er tobte und gab ihr drei Wochen Zeit, sich zu bedenken.

Sie war bei ihrem Entschluss geblieben und ging nach drei Wochen ins Kloster. Cornelius war nicht zu Hause, und sie kam auf den Gedanken, eine Unterredung mit dem Guardian zu haben. Im Laufe derselben fragte sie denselben, ob er Kenntnis habe von der Art und Weise, wie Pater Cornelius discipliniere?

Nachdem der Guardian sich überzeugt hatte, dass nur Gewissensangst das Mädchen zu ihm trieb, so erklärte er ihr endlich, dass Cornelius zu den Menschen gehöre, von denen Christus gesagt: »Wehe denen, die einen von diesen Kleinsten ärgern; es wäre ihm besser, dass ihm ein Mühlstein an seinen Hals gehängt und er in die Tiefe des Meeres versenkt würde.«

Sie ging nun nicht mehr zu Cornelius, allein dieser belästigte sie fortwährend, und sie beschloss daher, gegen alle fernere Teilnahme an der Bußsodalität zu protestieren. Cornelius war wütend, behandelte sie wie einen bösen Geist und übergab sie feierlich dem Teufel.

Bis jetzt hatte das Mädchen geschwiegen, aber nun erhob sie sich mit dem Stolz und Mut der gekränkten und misshandelten Unschuld und rief: »Wehe euch, ihr fleischlich gesinnter Mensch, der ihr mit all diesem Nacktauskleiden und Disziplinieren nichts anderes gesucht habt, als eure unkeuschen Augen und niederträchtigen Begierden zu befriedigen, zum großen Ärgernis und Skandal von so vielen unschuldigen Mädchen. Wehe euch, es wäre euch besser, dass euch ein Mühlstein an den Hals gehängt und ihr in die Tiefe des Meeres versenkt würdet!«

Die Wut des Paters war unbeschreiblich. Die Szene endete damit, dass er sie am Arm ergriff und zur Tür hinausschob, wobei er wie wahnsinnig schrie: »Weg von hier, ihr Paulianerin! Ich sehe nun, dass ihr eine Paulianerin geworden seid, wie Betken Maes; weg, weg, ich übergebe euch dem Teufel!«

Calleken Peters ging ruhig nach Hause und lebte still und sittsam, ohne – aus Rücksicht für den Guardian und andere Frauen – von der seltsamen Bußanstalt des Paters zu reden, die immer fortblühte. Sie heiratete und kümmerte sich nicht darum; aber drei Jahre nach der oben erzählten Szene kam die ganze Geschichte durch die oben erwähnte Betken Maes an den Tag.

Es war dies ein ausgezeichnet braves Mädchen. Sie hatte sich ganz und gar der Krankenpflege gewidmet, und wohin sie immer kam, erschien sie wie ein Engel des Trostes. Sie hatte auch zur Bußgesellschaft von Cornelius gehört, allein gab ihn als Beichtvater aus und beichtete einem trefflichen Augustinermönch. Cornelius war wütend und verketzerte sie überall, allein Betken schwieg.

Als sie einst bei einer Kranken war, die zu sterben meinte, verlangte dieselbe in einer Kapuze zu sterben, die sie von Cornelius erhalten, der ihr gesagt hatte, dass sie, wenn sie in derselben sterbe, gar nicht einmal in das Fegefeuer kommen werde. Betken suchte ihr den Unsinn auszureden; die Frau wurde böse, genas aber und erzählte die Sache Cornelius.

Dieser verleumdete sie nun in allen Klöstern und Privathäusern, welche ihr die Kundschaft aufkündigten. Er wusste es sogar so weit zu bringen, dass ihr Beichtvater, weil er seine vereidigten Beichttöchter verleite, in den Bann getan wurde. Betken selbst wurde als Ketzerin sogar auf der Straße verfolgt und verspottet.

In dieser Not beichtete sie dem Provinzial der Augustiner das Geheimnis der Bußanstalt. Der Provinzial beschloss den Vermittler zu machen und bewog Cornelius, gegen ihr Versprechen zu schweigen, von der Kanzel seine Reden gegen sie zu widerrufen. Er tat dies in verblümter, nur wenigen verständlicher Weise und erklärte überall, dass er den Schritt nur auf Andringen angesehener, dem Erasmianismus anhängender Häuser getan habe. Seine Meinung aber über das Mädchen sei dieselbe.

Betken Maes war völlig wie vogelfrei; sie traute sich aus Furcht vor dem Pöbel nicht auf die Straße, und die Nächte durchwachte sie in Angst, da sie jeden Augenblick eine Gewalttat der Fanatiker, oder einen Besuch der schrecklichen Inquisition erwartete. Der Trieb der Selbsterhaltung bewog sie zum letzten Mittel. In mehreren Häusern, wo man sie noch duldete, erzählte sie die Betrügereien des Paters Cornelius und gab detailierte Schilderungen von seiner Pönitenzanstalt. Anfangs glaubte man, sie erzähle ein von der Rachsucht eingegebenes Märchen; aber die Sache verbreitete sich und kam dem Magistrat zu Ohren, der diese Gelegenheit nicht ungern ergriff, um dem verhassten Mönch an den Kragen zu kommen.

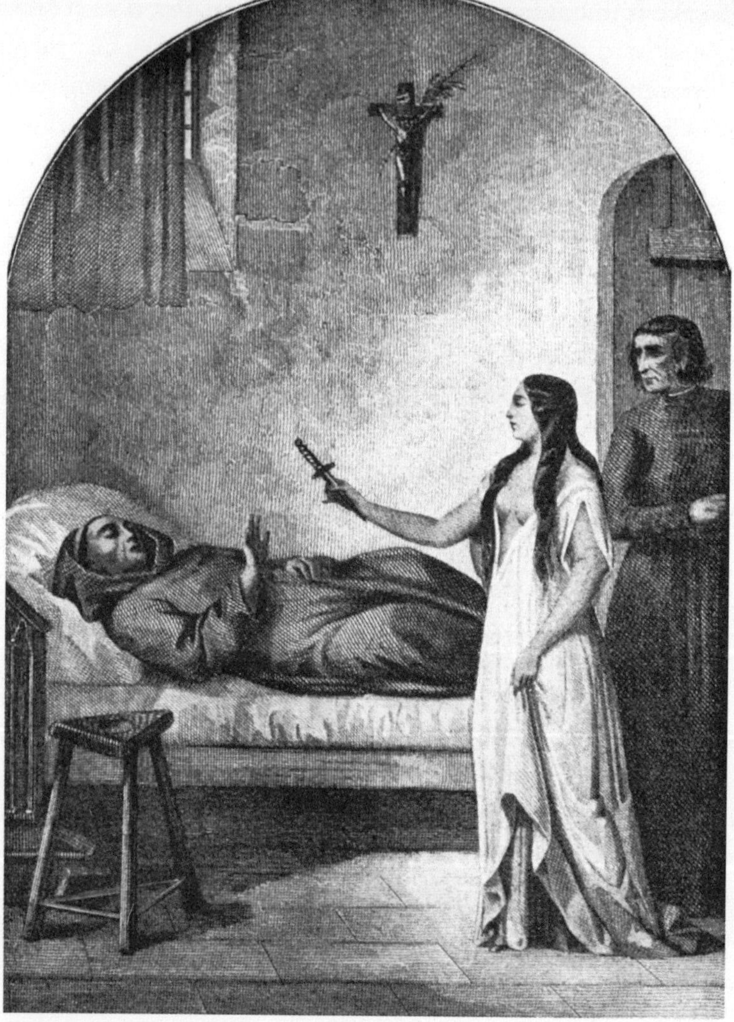

Cornelius opponierte und drohte sogar mit der Inquisition. Das zwang den Rat vollends, alle Rücksichten fallen zu lassen, und Calleken Peters und alle Soldatinnen des Paters mussten zu ihrer großen Beschämung persönlich vor Gericht erscheinen. Unter ihnen befanden sich sehr viele angesehene Frauen und Fräuleins. Ihre Unschuld erkannte man wohl im Allgemeinen an, aber es ging ihnen wie den vornehmen »Seelenbräuten« des Königsberger Muckers Ebel, der Makel des Lächerlichen blieb zeitlebens an ihnen kleben.

Das Urteil gegen Cornelius fiel sehr milde aus, denn die Pfaffen hatten damals noch die Oberhand. Er wurde von Brügge nach Ypern versetzt, da ihm kein förmlicher Angriff auf die Tugend der Frauen bewiesen werden konnte. Mehr als das Gericht, bestrafte ihn die Satire des Volks, die ihn auf alle mögliche Weise verfolgte. Er starb im Jahr 1581, aber sein Name hat sich noch in der Tradition erhalten, und manches Mädchen wird rot und kichert heimlich, wenn Broer Cornelis genannt wird.

Doch was wollen alle Künste des plumpen flämischen Paters sagen gegen die feine Niederträchtigkeit der Jesuiten in dergleichen Dingen! Sobald sie ihre Wirksamkeit begonnen, bemühten sie sich, Mädchen und Frauen für ihre Geißelsodalitäten zu gewinnen. Sie hatten sich nicht für die Geißelung auf den Rücken, sondern auf die unterhalb derselben gelegene Gegend entschieden. Diese Art der Disziplin wurde von den Jesuiten in Löwen die spanische genannt und angewandt, weil sie der Gesundheit zuträglicher sei als die obere, oder aus anderen Gründen.

Während die roheren Mönche des Mittelalters wirklich hin und wieder und aus dummem Religionseifer die Geißel anwendeten, taten es die Jesuiten meistens, um unter dem Deckmantel der Religion ihre raffinierte Wollust zu befriedigen. Wie sie dabei zu verfahren pflegten, will ich in der berüchtigten Geschichte von dem Jesuiten Girard und Fräulein Cadière zeigen, soweit es der Umfang dieser Blätter gestattet. Der Prozess, den das Fräulein gegen ihren Beichtvater einleitete, machte am Anfang des 18. Jahrhunderts ein ungeheures Aufsehen; ganz Europa nahm daran teil. Das Hauptwerk über diesen wichtigen Rechtshandel umfasst acht Bände, und man wird es begreiflich finden, dass meine Darstellung nur eine sehr skizzenhafte sein kann.

Katharine Cadière war die Tochter eines wohlhabenden Kaufmanns zu Toulon und am 12. November 1702 geboren. Sie hatte drei Brüder; der älteste verheiratete sich, der zweite trat in den Dominikanerorden und der dritte wurde Laienpriester. Der Vater war schon während der Minderjährigkeit Katharines gestorben, die nun bei ihrer borniert-bigotten Mutter als deren Liebling blieb. Sie entwickelte sich sowohl körperlich als geistig auf die vorteilhafteste Weise. Das heißt, sie wurde sehr schön, und ihrer trefflichen Gemüts- und Geistesanlagen wegen wurde sie von allen, die sie kannten, sehr wohl gelitten. Allein die Erziehung ihrer bigotten Mutter, die darin von Geistlichen unterstützt wurde, die abgeschmackten Heiligenlegenden und mystischen Bücher, die man ihr schon frühzeitig zu lesen gestattete, gaben ihrem Geist eine ganz eigentümlich schwärmerische, mystische Richtung. Das Beispiel der heiligen Frauen der römischen Kirche und die heiligen Offenbarungen und Visionen, deren dieselben gewürdigt wurden, lagen ihr beständig im Sinn, und ihr höchster Wunsch war es, diesen halbtollen Närrinnen ähnlich zu werden. Dies war denn auch der Grund, weshalb sie mehrere vorteilhafte Heiratsanträge ausschlug.

So erreichte sie das Alter von fünfundzwanzig Jahren, und man darf voraussetzen, dass in einem körperlich so üppigen und dabei so phantasiereichen Mädchen die gewaltsam unterdrückte Natur längst angefangen hatte, ihre Rechte geltend zu machen, und dass es nur eines leichten Reizes bedurfte, um ihre sinnlichen Begierden zu hellen Flammen anzublasen.

Zu dieser Zeit, im Jahr 1728, kam der Jesuit Pater Johann Baptist Girard als Rektor des königlichen Seminars der Schiffsprediger zu Toulon an. Früher hatte er in Aix gelebt. Ihm ging ein großer Ruf als ausgezeichneter Kanzelredner und als durchaus streng sittlicher Mann voraus, und er erlangte denn auch gar bald in seinem neuen Wirkungskreis eine ganz außerordentliche Geltung und Verehrung. Besonders strömten die Frauen zu seinen Predigten und in seinen Beichtstuhl. Eine große Menge junger Mädchen trat in eine Art von Orden, in welchem unter Girards Leitung fromme Übungen vorgenommen wurden. Diese fromme Schar machte ihm viel Freude, denn es waren schöne Mädchen darunter und die Frömmigkeit und Ehrbarkeit des Jesuiten waren nur das Schafsfell, mit welchem der reißende Wolf der rohesten Sinnlichkeit bedeckt wurde.

Vor allen Dingen trachtete Girard zunächst danach, durch seine Lehren die Herzen und die Phantasie der jungen Mädchen zu vergiften. Wie eine Spinne ihr Opfer mit unendlich vielen feinen Fäden umzieht, ehe sie ihm das Blut aussaugt, so war auch der Jesuit bemüht, seine Opfer im Netz der raffiniertesten Sinnlichkeit zu fangen. Er durfte nicht zu schnell vorwärtsgehen, denn Übereilung konnte alles verderben. Auch hatte er dazu keine Ursache, da er über den sicheren Erfolg seiner Verderbungstheorie vollkommen beruhigt war.

Als er bemerkte, dass die Mädchen bereits mit schwärmerischer Innigkeit und felsenfestem Vertrauen an ihm hingen, fing er allmählich an, ihnen andere Strafen, als es bisher geschehen war, für ihre Sünden aufzuerlegen und kam nach und nach auf die Disziplin.

Die meisten Mädchen ahnten aus Dummheit auch nicht das allergeringste Böse, und andere, durch das Geißeln angenehm sinnlich aufgeregt, fanden ein geheimes Vergnügen daran, wenn sie sich dessen vielleicht auch nicht klar bewusst waren. Noch andere mochten wohl den Pater und seine Absichten durchschauen, allein sie waren weit entfernt, denselben entgegenzuwirken, weil sie es nicht ungern gesehen haben würden, wenn sie heimlich und ungestraft von der verbotenen Frucht hätten naschen können. Diese und vielleicht auch finanzielle Gründe machten eine der Beichttöchter, Fräulein Guiol, dem Jesuiten ganz und gar ergeben, und sie ließ sich zu all seinen Plänen gern gebrauchen.

Diese Guiol war ein gescheites, durchtriebenes Geschöpf und dem Pater von unendlichem Nutzen. Er durfte bei seinen Beichttöchtern bald weiter gehen und bei der Disziplin seine Lüsternheit noch auf andere Weise als mit den Augen befriedigen, wenn er sich auch wohl hütete, zum Äußersten zu schreiten, wo er seiner Sache nicht ganz gewiss war.

Zur Zahl seiner Pönitentinnen gehörte auch Katharina Cadière. Das in seiner vollsten Blüte prangende geistvolle Mädchen erregte nicht nur seine Sinnlichkeit, sondern flößte ihm auch ein Gefühl ein, welches ich Liebe nennen würde, wenn ich es für möglich hielte, dass eine solch hohe Leidenschaft in der Brust eines derartigen Menschen Raum gewinnen könnte. Ihr verständiges und tugendhaftes Wesen erforderte aber ganz besondere Behandlung und Rücksicht, und er beschloss, hier mit ungewöhnlicher Umsicht zu Werke zu gehen. Er machte die Guiol zu seiner Vertrauten, und diese verhieß ihm ihren Beistand.

Als er das Innere des Mädchens sondierte, erkannte er bald ihre schwärmerische Richtung und war bemüht, den Funken zur Flamme anzublasen. Er rühmte ihre ganz besonderen Anlagen, prophezeite, dass Gott mit ihr ganz besondere Absichten hege und wusste sie zu dem Versprechen zu bewegen, sich zur schnelleren Erreichung derselben gänzlich seiner Leitung und seinem Willen zu überlassen.

So wurde das Mädchen innerlich vergiftet, ohne nur eine Ahnung davon zu haben. In ihrem Busen wogte ein Meer von unbestimmten, aber unbeschreiblich süßen Gefühlen. Kurz »das Püppchen wurde geknetet und zugericht, wie's lehren tut manche welsche Geschicht.« Dahin war Girard im Lauf eines Jahres gelangt; nun galt es, den zündenden Funken in das Brennmaterial zu werfen, welches er in ihr angehäuft hatte.

Katharina war längere Zeit krank gewesen und besuchte Girard im Refektorium der Jesuiten. Er machte ihr zärtliche Vorwürfe, dass sie ihn während ihrer Krankheit nicht habe rufen lassen und gab ihr einen glühenden Kuss. Dem erfahrenen Mädchenkenner konnte es nicht entgehen, welche außerordentliche Wirkung dieser Kuss hervorbrachte. Katharina musste ihm in den Beichtstuhl folgen, und hier forschte er genau nach ihren Ideen und Stimmungen, befahl ihr täglich zum Abendmahl zu gehen und fleißig die Kirche zu besuchen; auch weissagte er ihr baldige Visionen und ermahnte sie, ihm über diese, wie überhaupt über ihre psychischen und physischen Zustände den gewissenhaftesten Bericht abzustatten.

Diese Visionen stellten sich denn auch wirklich ein und erhitzten ihr Blut und ihre Phantasie immer mehr. Ob sie allein durch den aufgeregten Gemütszustand des Mädchens und durch das geistige Gift des Pfaffen, oder durch materielle Mittel hervorgerufen wurden, weiß ich nicht anzugeben. Es kam aber endlich so weit, dass sie ihm klagte, wie sie nicht mehr imstande sei, laut zu beten und ihm die heftige Liebe zu verbergen, die sie für ihn empfinde. Über den ersten Punkt beruhigte er sie bald und »die Liebe«, fuhr er fort, »die ihr zu mir tragt, soll euch keinen Kummer machen; der liebe Gott will, dass wir beide miteinander vereinigt werden sollen. Ich trage euch in meinem Schoße und in meinem Herzen; von nun an seid ihr nichts mehr als eine Seele in mir, ja die Seele meiner Seele. So lasset uns denn in dem heiligen Herzen Jesu einander recht brünstig lieben.«

Anstatt nun der Natur freien Lauf zu lassen und der aufs Höchste erregten Sinnlichkeit Genüge zu leisten, verfuhr er weit teuflischer. Sein Bemühen war nun darauf gerichtet, den durch ihn hervorgerufenen hysterischen Zustand zur äußersten Stufe heranzubilden. Dies gelang ihm auch. Fräulein Cadière verfiel in hysterische Krämpfe, während welcher sie wunderbare Visionen heiliger und unheiliger Art hatte, die sich aber meistens um Pater Girard bewegten.

Schon zur Fastenzeit des Jahres 1729 hatte sie eine wunderbare Vision. Sie hörte eine Stimme, welche ihr zurief: »Ich will dich mit mir in die Wüste führen, wo du nicht mehr mit Menschenkost, sondern mit Engelspeise genährt werden sollst.« Von nun an widerstand ihr jede Speise, und überwand sie ihren Ekel dagegen mit Gewalt, so folgte darauf heftiges Erbrechen. Dann bekam sie einen Blutsturz. Pater Girard und seine Vertrauten erklärten diese Zufälle als ein Zeichen der ihr nun bald zuteilwerdenden Wundergabe.

Katharina verfiel nun aus einer Verzückung in die andere. Auf ihrem Gesicht standen Blutstropfen, und an ihrer linken Seite und an Händen und Füßen wurden blutige Stigmen oder Wundmale sichtbar, mit denen nach dem römischen Aberglauben besonders heilige von Gott auserlesene Personen begnadigt werden. Ja, hiermit endeten die Wunder nicht. Als der Pater dem Fräulein die Haare abgeschnitten hatte, bildete sich um ihr Haupt eine Art von Heiligenschein, und das Tuch, mit welchem sie ihr Gesicht abgetrocknet hatte, erhielt davon das Bild eines leidenden Christus mit der Dornenkrone!

Wie weit diese wunderbaren Zustände der geistigen und körperlichen Krankheit des Fräuleins und wie weit sie jesuitischem Betrug zugeschrieben werden müssen, weiß ich nicht zu beurteilen. Dass Girard jedoch die Entdeckung des letzteren sehr fürchtete, geht schon aus der Sorgfalt hervor, mit welcher er darüber wachte, dass von dem Zustand des Fräuleins außerhalb des eingeweihten und gläubigen Kreises nichts bekannt wurde. Der Mutter hatte er gesagt, dass Katharina in vierundzwanzig Stunden sterben werde, wenn man nur ein Wort über die wunderbaren Vorgänge fallen ließe.

Girard hatte nun selbstverständlich freien Zutritt im Haus der Madame Cadière, denn er musste ja für die Seele ihrer Tochter sorgen und – die Stigmen untersuchen! Bei diesen Visiten war er stets so vorsichtig, den jüngeren Bruder Katharinas, der damals gerade im Jesuitenkollegium Theologie studierte, bis an die Haustür mitzunehmen und sich auch von ihm wieder abholen zu lassen. Er schloss sich stets mit seiner Beichttochter in deren Zimmer ein und konnte sich an den wunderbaren Stigmen, besonders dem in der Mitte, gar nicht sattsehen. Verfiel Katharina in hysterische Krämpfe und Ohnmacht, was für Besessenheit galt, dann wandte der Jesuit die ihm dadurch vergönnte Zeit dazu an, seine Lüsternheit auf brutale Weise zu befriedigen, soweit es anging. Wenn das Fräulein erwachte, fand sie sich unanständig entblößt, und hinter ihr stand mit hämischem Gesicht der fromme Jünger Jesu. Fräulein Cadière beklagte sich hierüber mehrmals bei der Guiol, aber diese leichtfertige Person lachte sie aus, dass sie dabei nur etwas Unanständiges finden könne, und ebenso erzählten ihr die anderen Mitglieder der Schwesternschaft, dass Pater Girard sich mit ihnen noch ganz andere Freiheiten herausnehme, worüber sie indessen durchaus nicht ungehalten wären. Der galante Jesuit war

aber auch stets bemüht, sich immer fester in die Gunst seiner Schülerinnen zu setzen. Er wusste ihnen die Andacht sehr zu erleichtern und sorgte dafür, dass sowohl ihre Sinnlichkeit als ihr weltlicher Sinn fortwährend Nahrung erhielten. Er sorgte stets für gute Bedienung, für eine vortreffliche Küche, Landpartien und Blumensträuße. Die Königin all seiner Gedanken blieb aber Katharina.

Bei dieser rückte er nun seinem Ziel immer näher. Er führte eine Gelegenheit herbei, um sich scheinbar mit Recht über ihren Ungehorsam beklagen zu können, und nachdem Katharina von der Guiol gehörig vorbereitet war, erschien sie demütig bei Girard zur Beichte, bereit, jede Strafe auf sich zu nehmen, die er ihr auferlegen werde. Der Pater kündigte ihr nach einer scharfen Ermahnung denn auch an, dass sie Pönitenz für den Ungehorsam leisten müsse.

Am anderen Morgen erschien er mit einer Disziplin in ihrem Zimmer und sagte: »Die Gerechtigkeit Gottes verlangt, dass, weil ihr euch verweigert habt, mit seinen Gaben euch bekleiden zu lassen, ihr euch jetzt nackt ausziehen sollt. Zwar hättet ihr verdient, dass die ganze Erde Zeuge davon wäre, doch gestattet der gnädige Gott, dass nur ich und diese Mauer, die nicht reden kann, Zeugen bleiben. Vorher aber schwört mir den Eid der Treue, dass ihr das Geheimnis bewahren wollt, denn die Entdeckung könnte mich und euch ins Verderben stürzen.«

Das Fräulein tat wie er befohlen hatte, und als sie sich bis aufs Hemd entkleidet hatte, gebot er ihr, sich auf das Bett zu legen. Nachdem es auch dies getan, wobei er sie mit einem Kissen unterstützt hatte, gab er ihr einige sanfte Hiebe auf die Hüften, die er dann küsste. Nun zwang er sie, auch die letzte Hülle zu entfernen und sich demütig vor ihn hinzustellen.

Das Fräulein wurde ohnmächtig, aber als sie wieder zu sich kam, erklärte sie, gehorchen zu wollen und kniete ganz nackt vor ihm nieder. Darauf gab er ihr noch einige Streiche und ließ nun seiner Begierde freien Lauf. Katharina setzte ihm keinen Widerstand entgegen, und der satanische Jesuit erreichte das Ziel seiner Wünsche.

Von nun an betrachtete er das Fräulein ganz und gar als sein Eigentum und verführte sie zu Handlungen der raffiniertesten Sinnlichkeit, wobei er sich jedoch stets sehr geschickt in ein heiliges Gewand zu kleiden wusste. Was er alles vornahm hier zu erzählen, ist nicht tunlich.

Wollten die Mutter oder der Bruder des Fräuleins ihn manchmal in seinen andächtigen Beschäftigungen stören, dann warf er ihnen die Tür vor der Nase zu, und als sich einmal der Dominikaner darüber bei der Mutter beklagte, hieß sie ihn schweigen und wies ihn sogar zum Haus hinaus. So sehr war die blödsinnig bigotte Frau von der Heiligkeit des Jesuiten und der Tugend ihrer Tochter überzeugt.

Girard merkte sehr bald, dass Fräulein Cadière schwanger war, und unter einem Vorwand bewog er sie, einen Trank, den er bereitet hatte, einzunehmen. Es war dies ein abtreibendes Mittel, welches auch seine Wirkung tat. Katharina fühlte sich durch den erfolgenden Blutverlust sehr geschwächt, sodass ihre Mutter, welche weit entfernt war, die Wahrheit auch nur zu ahnen, ihr sehr dringend riet, einen Arzt zu Rate zu zu ziehen, was aber Girard durch allerlei Gründe zu verhindern wusste.

Durch die Unvorsichtigkeit einer Magd wäre das Geheimnis fast entdeckt worden, und um sich dagegen und zugleich auch seine Beute zu sichern, beschloss Girard, Katharina als Nonne im St. Clarakloster zu Ollioulles unterzubringen. Er schrieb an die Äbtissin und machte ihr die hinreißendste Schilderung von der Tugend, Frömmigkeit und Gottseligkeit seiner Pönitentin, sodass sie mit Freuden bereit war, Katharina aufzunehmen, wenn ihre Familie dazu die Einwilligung geben würde. Diese wurde sehr leicht erlangt, und das Fräulein reiste, mit den besten Empfehlungsbriefen versehen, nach Ollioulles ab, wo sie sehr gut aufgenommen wurde.

Der Jesuit wusste von der Äbtissin die Erlaubnis zu erhalten, seine Beichttochter besuchen und ihr schreiben zu dürfen. So schlau Girard aber sonst war, so beging er doch einige Unvorsichtigkeiten, welche die Nonnen und die Äbtissin misstrauisch machten und die letztere veranlassten, seine Besuche zuerst einzuschränken und dann gänzlich zu untersagen. Durch Vermittlung eines ihm befreundeten Geistlichen wurde dieses Verbot jedoch bald wieder aufgehoben, und Girard genierte sich noch weniger wie früher. Er beobachtete Visionen, untersuchte die Stigmen und gab seiner Beichttochter die Disziplin auf die alte Weise.

Dies hätte alles noch hingehen mögen, allein er schloss sich oft stundenlang mit Katharina ein, und da diese auf ihre besondere Heiligkeit stolz, hin und wieder mit ihren geistlichen Genüssen gegen andere Nonnen groß tat, so kam man immer mehr und mehr auf den Gedanken, dass das Verhältnis zwischen Girard und seiner Beichttochter nicht ganz rein sein möchte. Die Äbtissin verordnete daher, dass beide bei ihren Unterredungen durch Klausur voneinander getrennt bleiben sollten.

Girard achtete das jedoch wenig. Er schnitt mit einem Taschenmesser in die ihn von seiner Geliebten trennende Leinwand ein Loch und unterhielt sich durch dasselbe stundenlang mit ihr. Hatte er sich müde geküsst und wandelten ihn andere Gedanken an, dann befriedigte er seine Lüste auf eine Weise, deren nähere Andeutung widerlich sein würde. Dergleichen erlaubte er sich sogar im Sanktuarium, und wollte man ihn in gebührender Entfernung halten, dann wurde er sehr unwillig und schrie: »Was, ihr wollt mich von meiner Beichttochter trennen?« Der Jesuit ließ sich sogar das Essen vor die Klausur bringen; beide aßen Hand in Hand, und es kam nicht selten vor, dass ihn Laienschwestern dabei überraschten, wenn er seinen Arm um den Leib des Fräuleins geschlungen hatte.

Der jesuitische Wollüstling fing aber bereits an, seines Opfers überdrüssig zu werden. Er erklärte sie daher für hinreichend heilig und beschloss, sie in ein entferntes Karthäuser-Nonnenkloster zu schicken. Die Nonnen setzten von diesem Vorhaben sogleich den Bischof von Toulon in Kenntnis, der es nicht dulden wollte, dass ein Mädchen, welches in der Welt für eine Heilige gehalten wurde, seine Diözese verließ. Er schrieb daher an Katharina und verbot ihr, in Zukunft dem Pater Girard zu beichten, oder sich an einen Ort zu begeben, wohin sie derselbe weisen würde und stellte ihr zugleich frei, zu ihrer Familie zurückzukehren. Er sandte ihr darauf einen Wagen, und der Aumonier des Bischofs und Pater Cadière, ihr Bruder, brachten sie in ein Landhaus unweit Toulon.

Als Girard diese Nachricht erhielt, erschrak er nicht wenig, und es war sein erster Gedanke, sich die Schriften und Briefe zu verschaffen, welche die Cadière von ihm hatte. Dies gelang ihm auch durch Vermittlung einer anderen Beichttochter; nur ein einziger Brief blieb durch Zufall in Katherinens Händen zurück.

Diese wurde nun als eine Heilige der besonderen Obhut des neuen Priors der Karmeliter zu Toulon übergeben. In der Beichte hörte dieser nun manch befremdende Dinge, die ihn, nebst einigen auf Girard bezüglichen schwärmerischen Äußerungen, veranlassten, tiefer nachzuforschen, und so entdeckte er denn ohne besondere Schwierigkeit den niederträchtigen Betrug, mit welchem man dies schwärmerische, unschuldige Mädchen und die Welt betrogen hatte. Er machte sogleich Anzeige bei dem Bischof, der selbst auf das Landhaus kam und Katharina über alle näheren Umstände befragte. Das arme Mädchen, dem nun die Augen so furchtbar geöffnet wurden, bat fußfällig und mit Tränen, die Ehre ihrer Familie zu berücksichtigen und die Sache zu unterdrücken.

Der Bischof versprach dies zwar, wurde aber bald durch andere Rücksichten umgestimmt und der Prozess nach einigen Präliminarien bei dem für geistliche Sachen verordneten Kriminalgerichte zu Toulon anhängig gemacht. Doch was wollte ein armes Mädchen ausrichten gegen die mächtigen Jesuiten, die selbst auf den Gerichtsbänken ihre Angehörigen sitzen hatten! Die Sache des Paters Girard wurde zu der des Ordens gemacht, welcher für diesen Prozess über eine Million Francs opferte.

Es begann nun eine Reihe der nichtswürdigsten Ränke, um Fräulein Cadière als eine Lügnerin und Betrügerin und von den Feinden des Jesuitenordens bestochene Person hinzustellen, ja sie der Ketzerei und Zauberei zu beschuldigen, vermittelst welcher sie sich auf allerlei verbotenen Wegen den Heiligenschein habe verschaffen wollen. Fräulein Cadière bereute nun, leider zu spät, dass sie dem Pater ganz arglos die Briefe und Schriften ausgeliefert hatte, mit denen sie ihre besten Verteidigungswaffen aus den Händen gab.

Der Prozess nahm bald für sie eine recht schlimme Wendung. Der König hatte Kenntnis davon erhalten und durch ein Dekret des Staatsrats die allerstrengste Untersuchung anbefohlen. Die Sache kam nun vor den hohen Gerichtshof zu Aix. Der Karmeliterprior und der Dominikaner Cadière wurden als Mitschuldige und Mitbetrüger in den Prozess verwickelt; die Nonnen zu Ollouilles wurden zu ungünstigen Aussagen gegen Fräulein Cadière durch die Jesuiten veranlasst, und die Ärmste selbst duldete bei den den Jesuiten befreundeten Ursulinerinnen in diesem Ort ein hartes Schicksal. Sie war in eine Kammer eingesperrt worden, die früher einer Wahnsinnigen als Wohnung gedient hatte und die mit Moder und Gestank erfüllt war.

Man folterte sie physisch und moralisch auf alle nur erdenkliche Weise, gebrauchte List und Gewalt und erreichte endlich damit den beabsichtigten Zweck, sie zum Widerruf zu bewegen.

Nun drangen aber die Jesuiten erst recht auf scharfe Untersuchung, denn nun schien ihr Sieg gewiss, und der erste Gerichtshof zu Aix fällte auch wirklich ein Urteil, welches Fräulein Cadière sehr ungünstig war. Man brachte sie einstweilen als Gefangene in ein Kloster zu Aix; aber sie appellierte wegen Missbrauch geistlicher Gewalt in dem eingeleiteten Verfahren, und die Sache kam vor das Parlament.

Jetzt begannen die Intrigen der Jesuiten aufs Neue. Katharina behauptete, dass sie unschuldig von P. Girard auf die angegebene Weise misshandelt und nur durch Drohungen und Quälereien während des Kriminalverfahrens zum Widerruf gezwungen worden sei.

Der königliche Prokurator zeigte sich bei dem ganzen Verfahren durchweg parteiisch für die Jesuiten und trug endlich auf: »Lossprechung des P. Girard und auf die ordentliche und außerordentliche Folter, sodann aber auf Hinrichtung durch den Strick für Katharina Cadière.«

Die vierundzwanzig Richter waren aber nicht dieser Meinung; jedoch waren ihre Ansichten geteilt. Zwölf davon sprachen sich dahin aus: Johann Baptist Girard, in Anbetracht der an ihm sichtbar gewordenen Geistesschwäche, die ihn zum Gegenstand des Spottes seiner Beichtkinder gemacht, mit seiner Klage gegen dieselbe abzuweisen. Das Urteil der anderen, besseren Hälfte des Parlaments, lautete aber sehr verschieden: Johann Baptist Girard ist zum Tod durch Feuer zu verurteilen, wegen vollkommen erwiesener geistlicher Blutschande, Fruchtabtreibung und Erniedrigung seiner geistlichen Würde durch schändliche Leidenschaften und Verbrechen.

Bei dieser Gleichheit der Stimmen entschied der Präsident, dass man beide Parteien ohne Strafe freilassen solle. Einige Richter wollten sich nicht damit begnügen, sondern trugen darauf an, dass man der Cadière wenigstens eine kleine Züchtigung möchte angedeihen lassen. Dagegen erhob sich aber ein edler Mann unter ihnen und rief: »Wir haben soeben vielleicht eines der größten Verbrechen freigesprochen, und sollten diesem Mädchen auch nur die geringste Strafe auferlegen? Nein, eher sollte man diesen Palast in Flammen aufgehen lassen!« Diese Worte machten Eindruck. Es wurde bestimmt, das Fräulein zu ihrer Mutter nach Hause zu entlassen und der Sorgfalt derselben zu empfehlen.

Das königliche Parlament hatte den Schurken zwar freigesprochen, aber in der öffentlichen Meinung war Girard gerichtet. Eine unzählbare Menschenmasse erwartete in den Straßen die

Entscheidung des Gerichtshofes. Die Richter, welche gegen die Cadière gesprochen hatten, wurden mit Schimpf und Hohn empfangen; die Gegner Girards mit Beifall. Diesen selbst bewillkommnete man mit Schimpfreden und Steinwürfen, sodass man ihn nur mit Schwierigkeit unverletzt durch die tobende Menge bringen konnte. Diese Wut des Volkes erstreckte sich sogar auf den Küchenjungen, der ihm das Essen gebracht hatte, und man zertrümmerte dessen Schüsseln, Teller und Flaschen.

Andererseits war man eifrig bemüht, Fräulein Cadière Teilnahme zu zeigen. Man wetteiferte darin, ihr die erlittenen Kränkungen und Misshandlungen durch freundliche Bewirtung und Trost vergessen zu machen. Man pries ihre noch immer große Schönheit – kurz sie wurde Mode, wie das ja aber auch mit interessanten Verbrecherinnen in Frankreich und anderswo noch heutzutage der Fall ist.

Die Teilnahme, welche sie erregte, brachte ihr jedoch Gefahr.

Man gab ihr den wohlgemeinten Rat, Aix schleunigst zu verlassen und sich verborgen zu halten. Sie reiste ab – aber von da an verlor sich ihre Spur für ewig. Man hat nie erfahren, was aus ihr geworden ist; aber die allgemeine Meinung ging zu jener Zeit dahin, dass sie von den Jesuiten heimlich aus dem Weg geschafft worden wäre.

Girard starb ebenfalls nach Verlauf eines Jahres. Die Jesuiten gingen ernstlich damit um, ihn zum Heiligen erheben zu lassen und verglichen ihn hinsichtlich seines Schicksals mit – Christus!

Eine ganz ähnliche Geschichte wie mit Fräulein Cadière trug sich kurz vor Aufhebung des Jesuitenordens in Frankreich zwischen einem seiner Angehörigen und der Tochter eines Parlaments-Präsidenten zu, welche auch mit Hilfe des Geißelns verführt wurde. Um die Ehre des Ordens zu retten und die Unmöglichkeit der Anklage beweisen zu können, hatte man einen Wundarzt erkauft und vereidigt, welcher den Schuldigen kastrierte. Das Geheimnis wurde indessen später entdeckt.

Trotz dieser und anderer an den Tag gekommener Niederträchtigkeiten – und unter Tausenden wird vielleicht nur eine bekannt! – wurde den Jesuiten nicht das Handwerk gelegt; überall wurden sie als Beichtväter gern gesehen, und besonders die Frauen ließen sich nach wie vor die angenehme Geißelung gefallen. Einer besonderen Blüte hatten sich diese Beichtinstitute mit Geißelung fortwährend in Spanien und noch mehr in Portugal zu erfreuen. König Joseph Enunanuel (1750–77) ließ sich häufig disziplinieren, und nur mit Mühe brachte ihn sein Minister, der Marquis von Pombal, davon ab. Die Damen, an ihrer Spitze die Marquise Leonore de Tavora, waren nicht weniger närrisch als der König.

Die Jesuiten wurden bekanntlich durch Pombal vertrieben, allein seine Feindin, die Königin Donna Maria (1777–99) rief sie wieder zu sich, und die angenehmen Beichtzerstreuungen mit obligater Geißelung begannen ärger als zuvor. Der interessante und verschmitzte Pater Malagrida errichtete eine förmliche Bußanstalt unter den jungen Hofdamen. Man geißelte sich selbst in den Vorzimmern der Königin, und diese soll an den frommen Übungen selbst teilgenommen haben. Manche Geschichte à la Girard mag hier im Verborgenen vorgegangen sein, denn die Hofdamen waren nach dem Zeugnis von Jesuiten auf das Geißeln so versessen, dass sie mit einer ordentlichen Wut danach verlangten, die kaum zu befriedigen und in Schranken zu halten war. Ja sogar fremde Prinzessinnen und die Damen der Gesandten wurden zu diesem wollüstig-unterhaltend-frommen Jesuitenspiel förmlich eingeladen.

Die Zahl der Beispiele von dem Missbrauch des Beichtstuhls ist unendlich groß, und es ließe sich ein umfassendes Werk damit füllen; da aber dieses Kapitel ein Ende haben muss, so beschließe ich es mit dem Bericht über eine seltsame Beicht- und Bußanstalt, welche ein Kapuziner zur Zeit Napoleons I. errichtete. Über die zur Zeit Napoleons III. und seiner Kaiserin werde ich vielleicht einmal später zu berichten haben.

Der erwähnte Kapuziner hieß P. Achazius und lebte in einem Kloster zu Düren im jetzigen preußischen Regierungsbezirk Aachen. Der Kapuziner war abscheulich hässlich, aber er predigte vortrefflich, stand in dem Ruf ganz ausgezeichneter Frömmigkeit und erfreute sich trotz seiner faunischen Manieren des Zutrauens der Damen in so hohem Grad, dass sie ihn zum Direktor ihrer geistlichen Übungen wählten. Am liebsten aber hatte es Pater Achazius mit Witwen und Jungfrauen von reiferen Jahren zu tun.

Eine dieser letzteren hat er sich zu seinem Privatvergnügen erkoren. Er brachte ihr folgende höchst seltsame Lehre bei: Der Mensch sei unfähig, die Begierden des Herzens völlig zu zähmen; aber der Geist könne doch tugendhaft bleiben, während der Körper nach gewöhnlichen Begriffen zu sündigen scheine. Der Geist gehöre Gott; der Körper der Welt; von diesem letzteren selbst mache der Himmel auf die obere Hälfte, die Welt auf die untere Anspruch. Die Seele sei daher rein zu bewahren, während man den Körper ruhig fortsündigen lasse.

Die noch immer hübsche alte Jungfer, welche diesen angenehmen Lehren ein sehr lernbegieriges Ohr lieh, ging bald in des Paters Ideen ein. Nach vollendeter Beichte musste sie vor dem Kapuziner niederknien, Vergebung für ihre Sünden erflehen und ihm »des Teufels Anteil zeigen«, das heißt sich bis zum jungfräulichen Zentrum ihres Körpers von unten herauf entblößen. Als dies geschehen war, schritt er zum letzten Teil der Andacht und weihte die Dame feierlichst zum ersten Mitglied des Ordens ein, den er zu stiften gedachte.

Diese fromme Jungfrau war nun bemüht, sowohl unter Personen ihres Alters wie, auch unter jungen Frauen und Mädchen Proselyten zu machen; kurz sie diente dem Pater als Kupplerin. Die Zahl dieser adamitischen Ordensschwestern wurde bald ziemlich zahlreich, und Achazius, unfähig einer so großen Menge frommer Damen zu genügen, zog rüstige Kämpfer des Glaubens unter seinen geistlichen Brüdern mit in seine Bußanstalt, welche fröhlich gedieh und vielleicht heute noch bestehen würde, wenn das Geheimnis derselben nicht durch ein junges Mädchen aus Achazius Schule entdeckt worden wäre, welche Nonne wurde, als solche die Bekanntschaft eines französischen Offiziers machte, und diesem die Sache mitteilte.

Es wurde nun eine genaue, gerichtliche Untersuchung angestellt, welche die merkwürdigsten Resultate ergab. Es kamen da Dinge ans Tageslicht, welche sich nicht wohl niederschreiben lassen. Eine liebenswürdige und anständige Dame, Gattin eines Papierfabrikanten, sagte in dem Verhör aus, dass sie wie verhext gewesen und wie durch einen Trank verzaubert, zu dem hässlichen Kapuzineraffen hingezogen worden sei, der sich Dinge mit ihr erlaubt hatte, deren Aufzählung dem abgehärtetsten Kriminalmenschen das Blut in die Wangen trieb. Die Geißelung spielte eine Hauptrolle. Achazius ließ die Ruten oft in Essig legen und hieb die hier erwähnte Dame manchmal so stark damit, dass sie unter irgendeinem Vorwand über drei Wochen lang das Bett hüten musste.

Im Laufe der Untersuchung ergab sich, dass so viele Kapitel, Klöster und Familien dadurch kompromittiert wurden, dass Napoleon dem Generalprokurator aus politischen Gründen befahl, den Prozess niederzuschlagen. P. Achazius nebst einigen seiner Mitarbeiter wurde eingesperrt.

Die Akten über diesen skandalösen Prozess lagen später noch längere Zeit in Lüttich, wurden dann aber an die preußische Regierung nach Aachen abgeliefert. Es fehlten indessen schon manche wichtige Stücke und andere verloren sich später, weil die beteiligten Familien alles nur Mögliche taten, die Denkmäler ihrer Schande zu vernichten. Auch die zu jener Zeit darüber erschienene Broschüre und Karikaturen wussten die Pfaffen einzusammeln und zu vernichten.

Zusammentritt des Konklaves

Wir würden uns sehr täuschen, wenn wir der Meinung wären, dass sich in so kurzer Zeit die Zustände der römisch-katholischen Geistlichkeit geändert hätten. Es ist durchaus kein Grund vorhanden, das anzunehmen; sie sind heutzutage mit geringeren Modifikationen wahrscheinlich noch dieselben, welche sie vor Jahrhunderten waren und werden sich nicht ändern, bis einst dem fluchwürdigen Zölibat und der Ohrenbeichte ein Ende gemacht wird. Ich bin nun mit diesem Buch zu Ende, obwohl keineswegs mit meinem Material, welches geradezu unerschöpflich ist. Ich halte es für unnütz, noch irgendwelche Bemerkungen hinzuzufügen. Die Schlüsse, welche sich aus dem Inhalt der vorstehenden Blätter ziehen lassen, liegen zu klar auf der Hand, als dass es noch irgendwelcher Hinweisungen bedürfte. Ich fordere nur die in römisch-katholischen Ländern lebenden Leser dieses Buches auf, sich in ihrem Kreis umzusehen, und wenn sie der guten Sache nützen wollen, mir auf den in diesem Buch behandelten Gegenstand bezügliche, authentische Mitteilungen zu machen.

Schließlich bemerke ich noch, dass die Geistlichen die von mir erzählten Fakta als Lügen, Erfindungen oder Übertreibungen darstellen werden und weise in Bezug darauf auf das hin, was ich darüber in der Vorrede sagte.

Wenn ich von dem Unwesen in der nicht römisch-katholischen Kirche nichts sagte, so geschah dies keineswegs aus Parteilichkeit, sondern einzig und allein, weil ich mich innerhalb der durch den Titel vorgezeichneten Grenzen halten musste.

NACHWORT

Otto Julius Bernhard von Corvin-Wiersbitzki wurde am 12. Oktober 1812 in Gumbinnen geboren. Corvin wurde in den Kadettenanstalten von Potsdam und Berlin erzogen und diente von 1830–1835 als preußischer Leutnant in Mainz, danach war er in Saarlouis stationiert. 1835 nahm Corvin seinen Abschied. Zunächst lebte er in Frankfurt, danach in Leipzig.

Zug der Ketzerrichter und der zum Feuertod verurteilten Ketzer zur Kirche

Er war ein entschiedener Demokrat und ein Mann, der sich in den Freiheitskämpfen des Jahres 1848 auszeichnete. Corvin nahm an dem Aufstand in Baden teil. Im Mai 1849 kehrte er nach Baden zurück und verteidigte als Bürgerwehroberst Mannheim bis nach der Schlacht von Waghäusel gegen die Preußen. Corvins »Freiheitslegion« musste sich danach nach Rastatt zurückziehen. Er wurde Chef des badischen Generalstabs und leitete die Verteidigung der Festung. Doch die freiheitsliebenden Republikaner konnten sich gegen das Militär nicht lange halten. Corvin wusste, dass er kapitulieren muss.

Er löste das Freikorps auf, und am 23. Juli 1849 marschierten die preußischen Soldaten mit klingendem Spiel in Rastatt ein. Corvin wurde nach der Übergabe standrechtlich zum Tod verurteilt, dann jedoch zu sechs Jahren Einzelhaft, die er in Bruchsal absaß, begnadigt. Im Oktober 1855 wurde Corvin entlassen. Er ging nach London. Während des amerikanischen Bürgerkrieges berichtete er als Sonderkorrespondent für die Augsburger »Allgemeine

Der päpstliche Palast zu Avingnon

Zeitung« von den Kämpfen der amerikanischen Bruderstaaten. Auch im Krieg von 1870/71 war Corvin als Journalist tätig. Corvin starb am 3. März 1886 in Wiesbaden.

Corvin war nicht nur Offizier und Schriftsteller, er hat auch eine Erfindung gemacht, die nach ihm benannt wurde: Corviniello. Dies sind Metallarbeiten, die mit eingelegter Perlmutter, Steinen, Schildpatt oder mit anderen Metallen verziert sind und nach einem Verfahren, das er sich ausdachte, hergestellt wurden.

1845 veröffentlichte Corvin, der zahlreiche andere Werke geschrieben hat, sein Buch »Historische Denkmale des christlichen Fanatismus«. Die zweite Auflage dieses Werkes, die 1869 erschien, musste sich eine Titeländerung gefallen lassen. Jetzt hieß sein Buch »Pfaffenspiegel«. Und mit dem neuen Titel kam der Erfolg. Immer neue Auflagen des Buches mussten gedruckt werden, so sehr interessierten sich die Menschen für das, was Otto von Corvin ihnen zu sagen hatte. Immer wieder wurde das Buch verboten, aber alle Verbote nützten nichts. Der »Pfaffenspiegel« hatte seinen Siegeszug angetreten, und der Erfolg war nicht mehr zu bremsen.

Gemälde von Felecin Rops

ENDE